Mary Lynn Bracht

Und über mir das Meer

Mary Lynn Bracht

Und über mir das Meer

Roman

Deutsch von Elke Link

LIMES

Die Originalausgabe erschien 2018 unter dem Titel
»White Chrysanthemum« bei Putnam, G.P. Putnam's Sons,
an imprint of Penguin Random House LLC, New York,
und Chatto & Windus, Penguin Random House UK, London.

FSC
www.fsc.org
MIX
Papier aus verantwortungsvollen Quellen
FSC® C014496

Verlagsgruppe Random House FSC® N001967

1. Auflage

Redaktion: Susann Rehlein
Umschlaggestaltung: www.buerosued.de
Umschlagmotiv: plainpicture/Cavan Images
NG · Herstellung:
Satz: Uhl + Massopust, Aalen
Druck und Bindung: GGP Media GmbH, Pößneck
Printed in Germany
ISBN 978-3-8090-2681-5

www.limes-verlag.de

Für Nico

1943
UdSS
Uws
Nuur
Ulaangom
Ulaanbaatar
MONGOLISCHE
VOLKSREPUBLIK
MANDSCH
(MANDSCHU
Mukden
Peking
Pjöngja
GELBES
MEER
TIBET
CHINA
Nanking
Shanghai
INDIEN
BIRMA
FRANZÖSISCH-
INDOCHINA
THAILAND
Hongkong

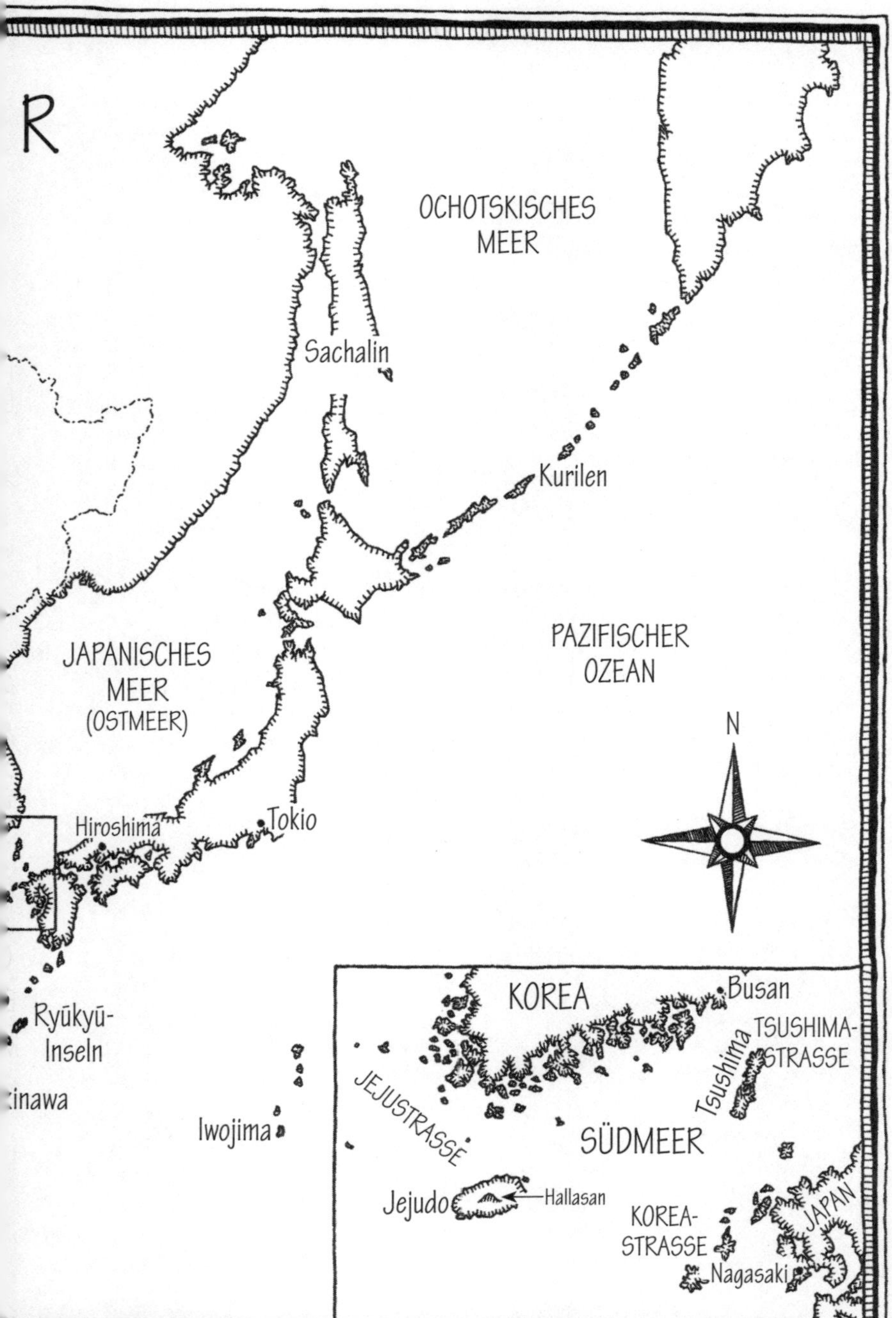
R
OCHOTSKISCHES MEER
Sachalin
Kurilen
JAPANISCHES MEER (OSTMEER)
PAZIFISCHER OZEAN
N
Hiroshima
Tokio
Ryūkyū-Inseln
inawa
Iwojima
KOREA
Busan
TSUSHIMA-STRASSE
Tsushima
JEJUSTRASSE
SÜDMEER
Jejudo
Hallasan
KOREA-STRASSE
Nagasaki
JAPAN

Prolog

Bald geht die Sonne auf, und die Dämmerung wirft bizarre Schatten auf den Pfad. Hana lenkt sich ab, damit keine Phantasiegestalten nach ihren Fesseln greifen. Sie folgt ihrer Mutter hinunter zum Meer. Ihr Nachthemd flattert in dem sanften Wind. Hinter ihr kommen leise Schritte. Ohne sich umzudrehen, weiß sie, das ist ihr Vater, ihre noch schlafende kleine Schwester auf den Armen. Am Strand werden sie schon von einigen Frauen erwartet. Hana erkennt die Gesichter in der Morgenröte, aber die Schamanin hat sie noch nie gesehen. Die heilige Frau trägt ein traditionelles hanbok*-Kleid in Rot und Königsblau und beginnt nun zu tanzen.*

Die Versammelten weichen vor ihren wirbelnden Bewegungen zurück und sammeln sich zu einer kleinen Gruppe, fasziniert von der Anmut der Schamanin. Sie singt eine Begrüßung für den Meeresdrachengott, heißt ihn auf ihrer Insel willkommen und lädt ihn ein, durch die Bambustore an die sanften Gestade der Insel Jeju zu kommen. Die Sonne schimmert am Horizont, ein Kreis aus schillerndem Gold. Hana zwinkert, als der neue Tag anbricht. Die Zeremonie ist illegal, die japanische Besatzungsregierung hat sie verboten, aber ihre Mutter hat darauf bestanden, vor Hanas erstem Tauchgang als vollwertige haenyeo ein traditionelles gut*-Ritual abzuhalten. Die Schamanin bittet um Schutz und einen* *reichen Fang. Während die Schamanin ihre Worte stetig wiederholt, stupst Hanas Mutter Hana an der Schulter, und sie verbeugen sich gemeinsam, gehen auf die Knie, so dass sie mit der Stirn den feuchten Sand berühren, auf diese Weise würdigen sie die baldige Ankunft des Meeresdrachengotts. Als sie wieder aufrecht steht, flüstert ihre Schwester ihr verschlafen zu: »Ich will auch tauchen«, und die Sehnsucht in ihrer Stimme rührt Hana an. »Kleine Schwester, du stehst auch bald an dieser Stelle, und dann bin ich an deiner Seite, um dich willkommen zu heißen«, flüstert sie zurück und freut sich auf die Zukunft, die vor ihnen beiden liegt.*

Salziges Meerwasser rinnt ihr über die Schläfen, und sie wischt es mit dem Handrücken ab. Jetzt bin ich eine haenyeo, denkt Hana, während sie der Schamanin zusieht, wie sie am Ufer weiße Bänder kreisen lässt. Sie greift nach der kleinen Hand ihrer Schwester. Nebeneinander stehen die beiden da und lauschen den Wellen, die sich am Strand brechen. Das Rauschen des Ozeans ist das einzige Geräusch, als die kleine Gruppe schweigend Hanas Aufnahme in ihre Gemeinschaft anerkennt. Wenn die Sonne ganz über den Meereswellen aufsteigt, wird Hana mit den haenyeo ins tiefe Wasser tauchen und ihren Platz unter den Frauen des Meeres einnehmen. Aber zuerst müssen sie heimlich nach Hause zurückkehren, verborgen vor neugierigen Blicken.

Hana, komm heim. Die Stimme ihrer Schwester klingt ihr laut in den Ohren und ruft sie ruckartig in die Gegenwart zurück, in das Zimmer und zu dem Soldaten, der noch neben ihr auf dem Boden schläft. Die Zeremonie entgleitet in die Dunkelheit. Hana bemüht sich verzweifelt, sie nicht zu verlieren, ein wenig noch will sie verweilen und kneift die Augen zu.

Seit fast zwei Monaten wird sie jetzt gefangen gehalten, aber hier vergeht die Zeit quälend langsam. Sie versucht, nicht an das zurückzudenken, was sie erdulden musste, wozu sie gezwungen wird, was sie ihr zu sein befehlen. Zu Hause war sie jemand anderer, eine andere.

Eine Ewigkeit scheint seither vergangen zu sein, und Hana fühlt sich dem Tod näher als den Erinnerungen an die Heimat. Das Gesicht ihrer Mutter taucht aus dem Wasser auf, Salzwasser auf den Lippen. Bruchstücke von Erinnerungen an einen glücklicheren Ort.

Die Zeremonie mit der Schamanin stand für Kraft und Stärke, wie die Frauen des Meeres sie verkörpern, und mit ihnen Hana. Der Soldat, der neben ihr liegt, bewegt sich. Er wird sie nicht besiegen, das gelobt sie sich. Sie liegt die ganze Nacht wach und stellt sich vor, wie sie entkommt.

Hana

Insel Jeju, Sommer 1943

Hana ist sechzehn und kennt nichts anderes als ein Leben unter Besatzung. Japan annektierte Korea im Jahr 1910. Hana spricht fließend japanisch, in der Schule lernt sie japanische Geschichte und Kultur, und es ist ihr verboten, in ihrer koreanischen Muttersprache zu sprechen, zu lesen oder zu schreiben. In ihrem eigenen Land gilt sie als zweitklassige Bürgerin mit geringeren Rechten, aber das tut ihrem Stolz als Koreanerin keinen Abbruch. Hana und ihre Mutter sind *haenyeo*, Frauen des Meeres, und sie arbeiten selbstständig. Sie leben in einem kleinen Dorf an der Südküste der Insel Jeju und tauchen in einer Bucht, die von der Hauptstraße zur Stadt nicht einsehbar ist. Hanas Vater ist Fischer. Mit den anderen Männern aus dem Dorf befährt er das Südmeer und meidet dabei die kaiserlichen Fischerboote, die Koreas Küstengewässer plündern, um den Fang dann zurück nach Japan zu bringen. Hana und ihre Mutter haben nur mit japanischen Soldaten zu tun, wenn sie zum Markt gehen, um ihren Fang zu verkaufen. Das verschafft ihnen eine Freiheit, die nicht viele auf der anderen Seite der Insel, nicht einmal auf dem koreanischen Festland hundert

Meilen weiter im Norden, genießen dürfen. Die Besatzung ist ein Tabuthema, besonders auf dem Markt. Nur die Tapferen wagen, es anzuschneiden, und selbst dann nur flüsternd und hinter vorgehaltener Hand. Die Dorfbewohner sind die hohen Steuern leid, die erzwungenen »Spenden« für Kriegszwecke und die Entsendung von Männern an die Front, um dort zu kämpfen, und von Kindern, um in japanischen Fabriken zu arbeiten.

Auf Hanas Insel ist das Tauchen Frauenarbeit. Die Frauen kommen körperlich mit den Tiefen des Meeres leichter zurecht als die Männer. Sie können den Atem länger anhalten, tiefer tauchen und ihre Körpertemperatur besser bewahren, und deshalb genießen die Frauen der Insel Jeju seit Jahrhunderten eine seltene Unabhängigkeit. Hana folgte ihrer Mutter schon in frühem Alter ins Meer. Sobald sie das Köpfchen heben konnte, lernte sie schwimmen. Allerdings war sie schon fast elf, als ihre Mutter sie zum ersten Mal mit ins tiefere Wasser nahm und ihr zeigte, wie man Abalonen von Felsen am Meeresgrund abschnitt. In ihrer Aufregung ging Hana früher als erwartet die Luft aus, und sie musste rasch zurück an die Oberfläche. Ihre Lunge brannte. Als sie schließlich auftauchte, atmete sie mehr Wasser als Sauerstoff ein. Prustend, das Kinn kaum über dem Wasser, verlor sie die Orientierung und geriet in Panik. Plötzlich kam eine Welle und begrub sie unter sich, so dass sie noch mehr Wasser schluckte.

Mit einer Hand schob ihre Mutter Hanas Kopf aus dem Wasser. Heftig hustend, schnappte Hana nach Luft. Nase und Hals brannten. Ihre Mutter, die sie sicher im Nacken hielt, redete sanft auf sie ein, bis sie sich wieder erholt hatte.

»Beim Auftauchen musst du immer zum Ufer hinsehen,

sonst verlierst du die Orientierung«, sagte ihre Mutter und drehte Hana zum Land hin. Dort saß ihre jüngere Schwester im Sand und passte auf die Eimer mit dem frischen Fang auf. »Halte nach jedem Tauchgang nach deiner Schwester Ausschau. Vergiss das nie. Wenn du sie siehst, bist du in Sicherheit.«

Als Hana wieder normal atmete, ließ ihre Mutter sie los und tauchte mit einer eleganten Rolle vorwärts wieder in den Ozean ein. Hana sah noch ein bisschen länger zu ihrer Schwester hin, ließ den heiteren Anblick, wie das kleine Mädchen am Strand saß und auf die Rückkehr ihrer Familie aus dem Meer wartete, auf sich wirken. Als es ihr wieder richtig gutging, schwamm Hana zur Boje und gab ihre Abalonen zum Fang ihrer Mutter, der sicher in einem Netz verstaut war. Dann machte sie selbst eine Rolle vorwärts und tauchte hinunter in das brummende Innere des Ozeans, auf der Suche nach einem weiteren Meerestier, das sie ihrer Ernte hinzufügen konnte.

Ihre Schwester war noch zu jung, um mit ihnen so weit vom Ufer entfernt zu tauchen. Wenn Hana auftauchte und zum Ufer blickte, jagte ihre Schwester manchmal Möwen nach und fuchtelte wild mit irgendwelchen Stöcken herum.

Hana war schon sieben Jahre alt, als ihre Schwester zur Welt kam. Sie hatte befürchtet, sie würde ihr Leben lang ein Einzelkind bleiben. Von ganzem Herzen hatte sie sich einen jüngeren Bruder oder eine Schwester gewünscht – alle ihre Freundinnen hatten zwei, drei, manche sogar vier Geschwister, mit denen sie jeden Tag spielen und sich die Hausarbeit teilen konnten, während Hana alles alleine erledigen musste. Doch dann wurde ihre Mutter schwanger, und Hanas Vorfreude war so groß, dass sie jedes Mal strahlte, wenn sie einen Blick auf den immer dicker werdenden Bauch erhaschte.

»Heute bist du viel dicker, Mutter, ja?«, fragte sie am Morgen der Geburt ihrer Schwester.

»Ja, ich bin sehr, sehr dick, und unwohl fühle ich mich auch«, antwortete ihre Mutter und kitzelte Hanas Bauch.

Hana ließ sich auf den Rücken fallen und kicherte vor Vergnügen. Sobald sie wieder zu Atem gekommen war, setzte sich Hana neben ihre Mutter und legte ihr die Hand auf den gewölbten Bauch. »Meine Schwester oder mein Bruder müssen doch jetzt fast fertig sein, Mutter?«

»Fast fertig? Das hört sich an, als würde ich Reis in meinem Bauch kochen, du Dummerchen!«

»Nicht Reis, aber meine neue Schwester … oder meinen Bruder«, fügte Hana rasch hinzu und spürte einen zaghaften Tritt gegen ihre Hand. »Wann kommt sie oder er heraus?«

»Vor mir sitzt eine sehr ungeduldige Tochter.« Belustigt schüttelte ihre Mutter den Kopf. »Was hättest du denn lieber, eine Schwester oder einen Bruder?«

Hana wusste, die korrekte Antwort würde »einen Bruder« lauten, damit ihr Vater einen Sohn hätte, an den er sein Wissen über das Fischen weitergeben könnte, aber im Geiste antwortete sie anders. *Hoffentlich bekommst du eine Tochter, damit sie eines Tages mit mir im Meer schwimmen kann.*

An diesem Abend setzten bei ihrer Mutter die Wehen ein, und als sie Hana ihre kleine Schwester zeigten, konnte sie, sosehr sie sich auch bemühte, enttäuscht zu sein, ihr Glück nicht verbergen. Sie lächelte strahlend, und doch bemühte sie sich mit aller Macht, so zu klingen, als wäre sie enttäuscht.

»Es tut mir leid, dass es kein Sohn ist, Mutter, wirklich.« Hana schüttelte in gespielter Trauer den Kopf.

Dann wandte sie sich ihrem Vater zu und zog ihn am Ärmel. Er beugte sich herunter, und sie legte ihm die Hände um das Ohr.

»Ich muss dir etwas gestehen, Vater. Es tut mir sehr leid für dich, dass es kein Sohn ist, dem du das Fischen beibringen kannst, aber …« Sie holte tief Luft, bevor sie den Satz beendete. »Aber ich freue mich, dass ich eine Schwester habe, mit der ich schwimmen kann.«

»Wirklich?«, fragte er.

»Ja, aber sag es Mutter nicht.«

Mit ihren sieben Jahren beherrschte Hana die Kunst des Flüsterns noch nicht, daher gab es leises Gelächter unter den engsten Freunden ihrer Eltern. Hana wurde still. Ihre Ohren glühten. Sie versteckte sich hinter ihrem Vater und blickte unter seinem Arm hindurch, um zu sehen, ob ihre Mutter es auch gehört hatte. Ihre Mutter sah ihre älteste Tochter an, dann schaute sie hinab auf den hungrigen Säugling, der an ihrer Brust saugte, und flüsterte ihrer jüngsten Tochter etwas zu, gerade so laut, dass Hana es auch hören konnte.

»Du bist die meistgeliebte kleine Schwester auf der ganzen Insel Jeju. Weißt du das? Niemand wird dich jemals mehr lieben als deine große Schwester.« Sie blickte zu Hana hin und bedeutete ihr, an ihre Seite zu kommen. Die Erwachsenen in dem Raum verstummten, als sich Hana neben ihre Mutter kniete. »Du bist jetzt ihre Beschützerin, Hana«, sagte die Mutter ernst.

Hana betrachtete ihr winziges Schwesterchen. Sie streckte die Hand aus, um den schwarzen Haarflaum zu streicheln, der ihr auf dem Kopf wuchs.

»Sie ist ja ganz weich«, staunte Hana.

»Hast du gehört, was ich gesagt habe? Du bist jetzt eine große Schwester, und das bringt Verpflichtungen mit sich. Zuallererst bist du ihre Beschützerin. Ich werde nicht immer da sein können. Wir leben vom Tauchen im Meer, wir müssen regelmäßig zum Markt, deshalb wirst von jetzt an du auf deine kleine Schwester aufpassen müssen, wenn ich es nicht kann. Kann ich mich auf dich verlassen?«, fragte ihre Mutter ernst.

Hana zog die Hand sofort zurück. Sie neigte den Kopf und antwortete gehorsam: »Ja, Mutter, ich werde auf sie aufpassen. Das verspreche ich.«

»Ein Versprechen gilt für immer, Hana. Vergiss das nie.«

»Ich werde daran denken, Mutter, immer.« Hanas Blick ruhte auf dem friedlichen Gesicht ihrer schlafenden kleinen Schwester. Dem Baby tropfte etwas Milch aus dem Mundwinkel, und ihre Mutter wischte sie mit dem Daumen ab.

Während die Jahre vergingen und Hana anfing, mit ihrer Mutter im tieferen Wasser zu tauchen, gewöhnte sie sich daran, ihre Schwester in der Ferne zu sehen, das Mädchen, mit dem sie nachts unter einer Decke schlief und das alberne Geschichten in die Dunkelheit flüsterte, bis schließlich der Schlaf kam. Das Mädchen, das über wirklich alles lachte, sie hatte ein Lachen, das jeden ansteckte. Sie wurde Hanas Anker, der sie mit dem Ufer und mit dem Leben verband.

Hana weiß, ihre Schwester zu beschützen, bedeutet, sie von japanischen Soldaten fernzuhalten. Das hat ihr die Mutter eingebläut: *Sie dürfen euch niemals zu Gesicht bekommen! Und lass dich vor allem nicht alleine von einem erwischen!* Die warnenden Worte ihrer Mutter sind von einer ahnungsvollen Angst erfüllt, und Hana hat mit sechzehn Jahren das Gefühl, sie hatte Glück, dass es bisher nie dazu kam. Doch an einem heißen Sommertag ändert sich das.

Es ist später Nachmittag. Die anderen Taucherinnen sind längst zum Markt gegangen, als Hana Korporal Morimoto zum ersten Mal sieht. Ihre Mutter wollte noch ein zusätzliches Netz für eine erkrankte Freundin füllen, die an diesem Tag nicht tauchen konnte. Ihre Mutter ist immer die Erste, die Hilfe anbietet. Hana taucht auf, um Luft zu holen, und blickt zum Ufer. Ihre Schwester hockt auf dem Sand und hält sich schützend die Hand vor die Augen, um nach Hana und ihrer Mutter Ausschau zu halten. Mit neun Jahren ist sie jetzt alt genug, um alleine am Ufer zu bleiben, aber noch zu jung, um mit Hana und ihrer Mutter ins tiefere Wasser zu schwimmen. Sie ist klein für ihr Alter und noch keine kräftige Schwimmerin.

Hana hat eine große Meeresschnecke gefunden und will gerade freudig ihre Schwester rufen, da bemerkt sie einen Mann, der Richtung Strand geht. Sie bewegt die Beine, um etwas höher zu steigen und ihn deutlicher sehen zu können. Der Mann ist ein japanischer Soldat. Ihr Magen verkrampft sich sofort. Warum ist er hier? Normalerweise entfernen sie sich nie so weit vom Dorf. Sie sucht den Strand innerhalb der Bucht nach anderen Soldaten ab, doch er ist allein. Er geht direkt auf ihre Schwester zu.

Ein Felsvorsprung schützt ihre Schwester vor seinem Blick, aber nicht mehr lange. Wenn er weiter in diese Richtung geht, wird er unweigerlich auf sie stoßen und sie mitnehmen – sie in eine Fabrik nach Japan bringen, wie die anderen jungen Mädchen, die aus dem Dorf verschwinden. Ihre Schwester ist nicht kräftig genug, um die Arbeit in einer Fabrik oder die brutalen Bedingungen, unter denen sie dort leben müssen, zu überstehen. Sie ist zu jung und wird zu sehr geliebt, um von hier weggeholt zu werden.

Hana sucht den Horizont nach ihrer Mutter ab, aber sie ist noch unter Wasser, sieht den japanischen Soldaten nicht. Sie hat keine Zeit zu warten, bis ihre Mutter wieder auftaucht, und selbst wenn sie es jetzt täte, wäre ihre Mutter zu weit weg. Sie jagt am Rand des Riffs, wo es in ein gewaltiges Nichts abfällt und meilenweit kein Meeresboden sichtbar ist. Es ist Hanas Aufgabe, ihre kleine Schwester zu beschützen. Das hat sie ihrer Mutter versprochen.

Hana taucht unter die Wellen, schwimmt mit voller Kraft in Richtung Strand. Sie kann nur hoffen, vor dem Soldaten bei ihrer Schwester zu sein. Wenn sie ihn lange genug ablenken kann, gelingt es ihrer Schwester vielleicht, zu entkommen und sich in der nahe gelegenen Bucht zu verstecken, und dann kann Hana ins Meer fliehen. Er würde ihr doch sicherlich nicht ins Wasser folgen?

Die Strömung drückt gegen sie, als würde sie Hana unbedingt zurück aufs Meer hinausschieben wollen, in Sicherheit. Panisch durchbricht sie die Wasseroberfläche, holt tief Luft und wirft dabei einen kurzen Blick auf das Fortkommen des Soldaten. Er geht immer noch auf den Felsvorsprung zu.

Nun schwimmt sie oberhalb der Wellen. Zwar ist ihr bewusst, dass sie sich zeigt, aber sie will nicht zu lange unter Wasser bleiben, aus Angst, nicht mitzubekommen, wie sich der Soldat weiterbewegt. Hana hat die halbe Strecke zu ihrer Schwester zurückgelegt, da bleibt er stehen. Er sucht irgendetwas in der Tasche. Sie taucht wieder mit dem Kopf ins Wasser ein und schwimmt schneller. Als sie das nächste Mal Luft holt, zündet er sich gerade eine Zigarette an. Bei jedem weiteren Atemzug ist er ein klein wenig weiter vorangekommen. Er bläst eine Rauchwolke aus, zieht an der Zigarette, atmet aus, jedes Mal, wenn sie den Kopf hebt, bis zum letzten Atemzug, als er auf das Meer hinausblickt und Hana bemerkt, die schnell auf ihn zu schwimmt.

Sie ist nur noch zehn Meter vom Ufer entfernt und hofft, er kann von seinem Standpunkt aus nicht ihre kleine Schwester sehen. Sie ist noch hinter den Felsen verborgen, aber nicht mehr lange. Ihre kleinen Hände liegen auf dem groben Sand, und sie möchte sich gerade abstützen, um sich aufzurichten. Hana kann ihr nicht zurufen, unten zu bleiben. Sie schwimmt schneller.

Hana taucht unter die Oberfläche, schiebt mit jedem Schwimmzug das Wasser weg, bis ihre Hände den sandigen Untergrund berühren. Dann richtet sie sich abrupt auf und rennt die letzten Meter durch das seichte Wasser. Falls er ihr etwas zugerufen hat, während sie zu dem Felsvorsprung rennt, hat sie es nicht gehört. Das Herz hämmert ihr in den Ohren und übertönt alles. Es fühlt sich an, als wäre sie bei ihrem Sprint ans Ufer um die halbe Welt gerannt, aber sie darf noch nicht stehenbleiben. Ihre Füße fliegen über den Sand auf ihre Schwester zu, die sie nichtsahnend anlächelt und sich anschickt, Hana zu begrüßen. Bevor sie jedoch ein Wort sagen kann, stürzt Hana sich auf sie, packt sie an den Schultern und wirft sie auf den Boden.

Sie hält ihrer Schwester mit der Hand den Mund zu, damit sie nicht aufschreit. Als sie Hanas Gesicht über sich sieht, weiß sie, sie muss still sein. Hana drückt ihre Schwester in den Sand. Am liebsten würde Hana sie eingraben, um sie vor dem Soldaten zu verbergen, aber sie hat keine Zeit.

»Wo bist du hin?«, ruft der Soldat zu Hana hinunter. Er steht auf einem niedrigen Felsvorsprung mit Blick über den Strand. Von der Kante aus könnte er hinuntersehen und würde sie beide unterhalb von sich entdecken. »Hat sich die Meerjungfrau in ein Mädchen verwandelt?«

Seine Stiefel knirschen auf den Steinen über ihnen. Der zitternde Körper ihrer Schwester fühlt sich zerbrechlich an. Ihre Angst ist ansteckend, und auch Hana fängt an zu zittern. Ihr wird klar, dass es keine Fluchtmöglichkeit für ihre Schwester gibt. Von seinem Standpunkt aus kann er in alle Richtungen sehen. Sie werden beide ins Meer fliehen müssen, aber ihre Schwester kann nicht lange schwimmen. Hana kann stundenlang im tiefen Wasser bleiben, aber ihre kleine Schwester wird ertrinken, wenn der Soldat beschließt auszuharren. Sie hat keinen Plan. Sie kann nicht weg.

Langsam löst sie die Hand vom Mund ihrer Schwester und blickt ihr ein letztes Mal ins Gesicht, bevor sie aufsteht. Er hat stechende Augen, und sie spürt seinen Blick, der über ihren Körper wandert.

»Kein Mädchen, sondern eine erwachsene Frau.« Er lacht tief und grollend.

Er trägt eine beigefarbene Uniform, Kampfstiefel und eine Kappe. Seine Augen sind schwarz wie der Felsvorsprung unter seinen Füßen. Hana ist vom Schwimmen noch außer Atem, und jedes Mal, wenn sie nach Luft schnappt, wirft er einen Blick auf ihre Brust. Ihr weißes Tauchhemd aus Baumwolle ist dünn, und sie bedeckt sich rasch die

Brüste mit ihren Haaren. Aus der kurzen Baumwollhose rinnt Wasser an ihren zitternden Beinen hinunter.

»Was versteckst du denn da vor mir?«, fragt er und versucht, über die Kante des Felsens zu sehen.

»Nichts«, antwortet Hana rasch. Sie tritt von ihrer Schwester weg, so dass sein Blick ihr folgt. »Es ist nur ... ein besonderer Fang. Ich wollte nicht, dass Sie denken, er gehört niemandem. Das ist nämlich meiner.« Sie zieht einen der Eimer auf den Felsvorsprung und lockt den Soldaten von der Stelle weg, wo ihre Schwester liegt.

Er interessiert sich nicht für den Eimer sondern nur für Hana. Nachdem er sie lange gemustert hat, blickt er hinaus aufs Meer und über den Strand.

»Warum bist du noch da? Die anderen Taucherinnen sind doch schon auf dem Markt.«

»Meine Freundin ist krank, deshalb fange ich etwas für sie mit, damit sie nicht hungern muss.« Das ist eine Halbwahrheit und kommt ihr leicht über die Lippen.

Er sieht sich um, als würde er nach Zeugen suchen. Hana hält Ausschau nach der Boje ihrer Mutter, aber sie entdeckt sie nicht. Ihre Mutter hat den Soldaten immer noch nicht gesehen, ihr ist noch nicht einmal aufgefallen, dass Hana nicht mehr da ist. Hana macht sich langsam Sorgen, ob ihre Mutter etwa in der Tiefe Probleme bekommen hat. Zu vieles schießt ihr durch den Kopf. Der Soldat betrachtet nun noch einmal die Felskante, als würde er die Anwesenheit ihrer Schwester unter sich spüren. Hana überlegt fieberhaft.

»Ich kann sie Ihnen verkaufen, wenn Sie Hunger haben. Vielleicht können Sie Ihren Freunden welche mitbringen.«

Er wirkt nicht überzeugt, deshalb versucht sie, den Eimer näher zu ihm zu schieben. Meerwasser schwappt über den

Rand, und er tritt zur Seite, damit seine Stiefel nicht nass werden.

»Entschuldigung«, sagt sie rasch und hält den Eimer ruhig.

»Wo ist deine Familie?«, fragt er plötzlich.

Seine Frage trifft sie unvorbereitet. Sie blickt aufs Wasser hinaus und sieht den Kopf ihrer Mutter unter einer Welle durchtauchen. Das Boot ihres Vaters ist weit draußen auf dem Meer. Sie und ihre Schwester sind allein mit diesem Soldaten. Sie wendet sich gerade zu ihm um, als sie zwei weitere Soldaten sieht. Sie kommen auf sie zu.

Die Worte ihrer Mutter fallen ihr wieder ein: *Und lass dich vor allem nicht alleine von einem erwischen.* Was sie auch sagt, nichts kann Hana jetzt noch retten. Sie hat den kaiserlichen Soldaten nichts entgegenzusetzen. Sie dürfen mit ihr machen, was sie wollen, das weiß sie, aber sie ist nicht die Einzige, die in Gefahr ist. Sie löst den Blick von den rollenden Wellen, die sie einladen, wieder ins Meer zu tauchen, zu entfliehen.

»Sie sind tot.« Selbst für ihre eigenen Ohren klingen diese Worte wahr. Wenn sie eine Waise ist, dann gibt es niemanden, der wegen ihrer Verschleppung zum Schweigen gebracht werden muss. Ihre Familie wird in Sicherheit sein.

»Eine tragische Meerjungfrau«, sagt er und lächelt. »Im Meer gibt es ja wirklich Schätze zu heben.«

»Was haben Sie denn da, Korporal Morimoto?«, ruft einer der herbeikommenden Soldaten.

Morimoto dreht sich nicht zu ihnen um, sein Blick ruht weiterhin auf Hana. Die beiden Männer nehmen sie in die Mitte. Morimoto nickt ihnen zu, nur ein kleines Neigen des Kopfes, bevor er sich abwendet. Und so geht sie mit den Soldaten, sie sagt kein Wort des Widerstands, aber ihre Beine verteidigen sie, indem sie sich weigern zu funktionieren. Sie hängen von ihrem Körper wie nutzlose Klötze, aber das hält die Soldaten nicht ab. Sie packen Hana fester und heben sie hoch, so dass ihre Zehen dünne Spuren durch den Sand ziehen.

Emi

Insel Jeju, Dezember 2011

Eine schmale orangefarbene Linie zieht sich über den Horizont und erleuchtet den grauen Dezemberhimmel über dem dunklen Wasser des Südmeers. Emis Knie protestieren in der Kälte vor dem Sonnenaufgang. Ihr linkes Bein fühlt sich schwer an. Sie zieht es etwas nach, während sie zum Strand hinunterschlurft. Die anderen Frauen sind bereits dort, samt ihren Neoprenanzügen und Tauchmasken. Nur eine Handvoll der üblichen Taucherinnen steht zitternd am Wasser, manche schon ganz umgekleidet, manche sind noch dabei. Emi führt die geringe Zahl der Anwesenden auf den winterlichen Morgen zurück. Als sie jünger war, hätte auch sie es sich zweimal überlegt, ihr warmes Bett zu verlassen, um in dem eisigen Wasser tauchen zu gehen, aber mit dem Alter wurde sie zäher.

Auf halbem Weg über den steinigen Strand hört Emi, wie JinHee den Frauen eine Geschichte erzählt. Es ist eine von Emis Lieblingsgeschichten. Sie und JinHee sind gemeinsam aufgewachsen. Ihre Freundschaft besteht nun schon seit beinahe sieben Jahrzehnten, und Emi wartet auf die dramatische Pause, die immer vor dem Gelächter kommt. Ein

Windstoß hebt eine blaue Plane an. Darunter kommt ein altes Fischerboot zum Vorschein, die weiße Farbe blättert in Löckchen ab. Das gackernde Gelächter ihrer Freundinnen erfreut Emis Ohren. JinHee sieht Emi in ihrem Schildkrötentempo auf sie zu humpeln und hebt die Hand zum treuen Gruß. Die anderen Damen drehen sich um und winken.

»Wir warten auf dich«, ruft JinHee. »Bist du nicht aus dem Bett gekommen?«

Emi verschwendet keine Energie auf eine Antwort. Sie begutachtet sorgfältig die spitzen Steine am Strand, um nicht auszurutschen. Ihre Kniegelenke haben sich beim Gehen gelockert, und sie hinkt nicht mehr ganz so. Das linke Bein bewegt sich beinahe im Takt des rechten. Die anderen Taucherinnen warten, bis sie bei ihnen ist, bevor sie nacheinander ins Wasser gehen. Emi trägt bereits ihren Neoprenanzug. In einem Haus zu wohnen, das nur wenige Schritte vom Strand entfernt ist, hat schon seine Vorteile, auch wenn es nur eine kleine Hütte ist. Ihre beiden Kinder sind erwachsen und leben in Seoul, deshalb braucht sie nicht mehr als einen Ort zum Schlafen und zum Essenkochen, und ihre Hütte ist genau das. JinHee reicht Emi eine Tauchermaske.

»Wozu denn das?«, fragt Emi. »Ich habe doch selbst eine.« Sie holt ihre Maske aus der Styroporbox und zeigt sie JinHee.

»Dieses alte Ding? Es hat einen Sprung, und der Riemen ist schon hundertmal gerissen.« JinHee spuckt in den Sand. »Die hier ist neu. Mein Sohn hat mir zwei aus Daejeon mitgebracht.« Sie tippt gegen die Scheibe einer identischen Maske, die sie sich bereits übergezogen hat.

Emi betrachtet die neue Maske genau. Sie ist leuchtend

rot, und auf dem Glas steht *TEMPERED*. Sie sieht hübsch aus, und Emi fühlt sich müde, als sie ihre alte betrachtet. Das Gummiband ist an drei Stellen mit Doppelknoten repariert, und auf der linken Seite ist das Glas gesprungen, so dass sie unter Wasser nicht richtig sehen kann. Noch ist die Maske dicht, aber bestimmt nicht mehr lange.

»Na los, setz sie auf«, drängt JinHee sie.

Emi zögert. Sie betastet die glänzende Scheibe. Die anderen Damen haben im Wasser bereits ihre Bojen gesetzt, um ihre Stellen zu markieren. Ihre Köpfe tanzen neben den schwimmenden orangefarbenen Bojen, dann tauchen sie eine nach der anderen in die sanften Wellen des Morgens ein. Emi sieht ihnen einen Augenblick zu, bevor sie JinHee die Maske wiedergibt.

»Die habe ich aber für dich mitgebracht.« JinHee schiebt sie weg. »Ich will sie nicht. Ich brauche doch nur eine neue.« JinHee murmelt vor sich hin, während sie ins Wasser watschelt. Ihre Flossen klatschen bei jedem Schritt auf die Oberfläche. Emi weiß, JinHee wird sich nicht umstimmen lassen, ganz egal, was sie sagt. Sie ist stur wie keine zweite. Emi blickt auf die beiden Masken hinab, die sie nebeneinander vor sich hält. Ihre schwarze Maske sieht neben der roten uralt aus, aber es wäre schade drum, wenn sie JinHees Geschenk annehmen würde. Sie würde sie nicht lange genug verwenden können.

»Deine hat einen Sprung, und du weißt, dass du zu tief tauchst. Eines Tages platzt sie, und dann bist du blind!«, ruft ihr JinHee über die Schulter zu, bevor sie in die Wellen eintaucht, um zu ihrer Lieblingsstelle zu schwimmen.

Emi legt die rote Maske in JinHees Kühlbox und bückt sich, um ihre Flossen anzuziehen. Dann folgt sie ihrer alten

Freundin ins Meer. Die Kälte sendet ihr eine Schockwelle durch alle Knochen.

JinHee wartet, bis Emi neben ihr ist, das Wasser plätschert ihr gegen die Brust.

»Was war es denn heute?«, fragt JinHee.

Irgendwie weiß es JinHee immer, wenn Emi einen Alptraum hatte. Vielleicht sieht ihre alte Freundin ihr das am Gesichtsausdruck an, oder ihr ist über Nacht noch ein silbergraues Haar mehr gewachsen. JinHee wird auf jeden Fall wissen wollen, welcher Dämon das gesichtslose Mädchen verschlungen hat. An diesem Morgen will sich Emi nicht an das Geschöpf erinnern, das sie in eine solche Panik versetzt hat, aber sie weiß, ihre Freundin wird keine Ruhe geben. Emi betrachtet das ruhige Wasser und lässt die Erinnerung zu.

Da ist die Stimme, die sie nur in ihren Träumen hört. Es ist die Stimme eines Mädchens, gleichzeitig vertraut, aber auch fremd, und Emi erkennt nicht, wer spricht. Das Mädchen ruft Emis Namen. Ihre Stimme wird in Wellen zu Emi getragen, als würde sie mehr als tausend Meilen weit über das leere Meer kommen.

Sie würde dem Mädchen gerne etwas zurufen, aber wie es häufig in Träumen der Fall ist, kann sie nicht sprechen. Emi kann nur auf der Felswand stehen und den Rufen des Mädchens im tosenden Wind lauschen, kann sich nur mit bloßen Zehen an dem rasierklingenscharfen Fels festklammern und sich bemühen, die kleine Gestalt durch ihre wilden Hurrikanhaare, die ihr ins Gesicht peitschen, im Blick zu behalten.

Ein winziges Boot kommt über die unruhige See auf den Felsen zu, auf dem Emi steht. Ein junges Mädchen sitzt in dem Boot und ruft ihren Namen. Ihr Gesicht ist ein weißer Fleck in dem dunklen Meer. Emi stößt einen stillen Schrei aus, als das Mädchen über Bord geht und von einem großen Blauwal verschluckt wird, der manchmal auch ein grauer Kalmar ist und manchmal ein furchterregender Hai, aber gestern Nacht war es ein Wal, nachtblau und wie ein Ungeheuer. Danach wachte sie auf, hielt sich den Hals, ausgedörrt und schwitzend, und der Traum ließ sie mit dem Bild eines Mädchens zurück, das vor langer Zeit an einen Krieg verloren wurde.

»Der Kalmar, glaube ich«, sagt Emi zu JinHee. Warum sie lügt, weiß sie nicht genau. Vielleicht ist es einfacher, JinHee über einen falschen Traum palavern zu hören als über einen echten. »Ja, es war der Kalmar.« Sie nickt entschlossen, als wäre damit das Gespräch zu Ende, aber JinHee lässt sie nicht so einfach davonkommen.

»War er wieder grau? Oder war er diesmal weiß?« Sie stupst Emi an. »Na komm, ich will dir doch nur helfen.«

»Die Farbe ist ja wohl egal.« Emi schüttelt den Kopf und wischt sich eine Strähne aus den Augen. »Er hat sie so oder so verschluckt.«

»Grau ist ekelhaft, und weiß ist unnatürlich, gespenstisch. Ein gesunder Kalmar ist rötlich oder rotbraun, manchmal auch leuchtend orange. Vielleicht wirst du von einem Geisterkalmar heimgesucht, einem Phantom aus deiner Vergangenheit.«

JinHee hatte schon immer eine rege Phantasie. Emi zischt Luft durch die Zähne. Sie watet tiefer ins Wasser hinein und bewegt sich dabei so langsam wie am Ufer, aber sobald ihr die Wellen bis zu den Schultern reichen, taucht sie und ist wie verwandelt. Emi ist ein Fisch, eins mit dem Meer, schwerelos und schön. Die luftleere Stille unter den Wellen beruhigt sie, als sie den Meeresboden nach Beute absucht.

Tauchen ist ein Geschenk. Das hat ihre Mutter ihr gesagt, als Emi an der Reihe war, diesen Beruf zu erlernen. Mit siebenundsiebzig Jahren glaubt Emi nun endlich zu verstehen, was ihre Mutter meinte. Ihr Körper ist nicht gut gealtert. An diesen kalten Wintermorgen schmerzt er, in der Sommerhitze rebelliert er, und jeden Tag aufs Neue droht er, sie zu verlassen, aber sie weiß, sie muss den Schmerz einfach aushalten, bis sie ins Wasser kann. Dann kann sie sich von den Fesseln des Alters befreien. Schwerelosigkeit beruhigt ihren schmerzenden Körper. Immer wieder zwei Minuten lang den Atem anzuhalten, wenn sie auf der Suche nach den Gaben des Meeres taucht, ist wie eine Meditation.

Zwanzig, dreißig Meter unter den Wellen ist es dunkel. Es ist ein Gefühl, als würde sie in den Mutterschoß sinken, und das einzige Geräusch ist das Pochen ihres pumpenden Herzens in ihren Ohren. Vereinzelte Sonnenstrahlen durchbrechen die Düsternis, und ihre alten Augen gewöhnen sich bald an den trüben Schleier. Sie taucht mit dem Kopf voran und sucht nach dem vertrauten Riff ihres Jagdreviers. Sie entspannt ihren Geist und denkt nur daran, was sie wohl finden wird, wenn sie dort ist. Sekunden vergehen, langsam, und eine Stimme dringt in ihre Einsamkeit ein.

Schlaf, drängt die Stimme, ruhig und ernst, wie eine Hand, die sanft ihr Gesicht streichelt. *Lass dieses Leben los*. Emi stoppt die Abwärtsbewegung, bevor sie auf den Felsboden kracht. Ihre jahrelange Erfahrung hilft ihr. Sie vertreibt die Stimme aus Emis Gedanken und zwingt ihre Augen, sich zu konzentrieren.

Nachdem sie ein paar Büschel sich wiegenden Seegrases

durchkämmt hat, entdeckt sie den roten Kraken, der eine Blaukrabbe belauert. Die Krabbe spürt, dass sie in Gefahr ist, und ergreift seitwärts die Flucht, aber der Krake ist schlau und versteckt sich in einer Felsspalte. Die Krabbe bleibt stehen und fängt wieder an, nach Essbarem zu suchen. Der Oktopus zieht zwei Beine über den Sand und streckt sich, bis sein bauchiger Körper zum Vorschein kommt, umgeben von den sternförmig angeordneten Tentakeln. Unter Wasser verwandelt er sich in einen trüben Fleck, schnappt sich die Krabbe und verschwindet wieder in der Felsspalte. Emi hat dieses tragische Schauspiel im Lauf des letzten Jahres häufig mitangesehen. Sie fühlt sich dem Kraken und seiner von vielen Schlachten vernarbten Haut verbunden. Einer seiner Tentakel ist kürzer als die anderen, wahrscheinlich ist er einmal nur knapp entkommen. Doch im Gegensatz zu Emis Bein wird sich der Tentakel selbst reparieren, und alles wird wieder so sein, als wäre nie etwas gewesen.

In der Nähe der Felsspalte gibt es mehrere Seeigel, und Emi sammelt sie vom Meeresboden auf. Der Oktopus spürt ihre Anwesenheit und stößt eine schwarze Tintenwolke aus, so dass seine Felsspalte von dem Unterwasserrauch verborgen wird. Emi wedelt mit der Hand und spürt ganz kurz schwammiges, weiches Fleisch an den Fingern. Sie reißt die Hand an die Brust, schießt nach oben, schwimmt an die Oberfläche und sieht zu, wie der flüchtende Krake am trüben Horizont verschwindet.

Während Emi Atem holt, tadelt ChoSun sie: »Warum erstichst du ihn nicht einfach, wenn du ihn das nächste Mal siehst? Herr Lee würde für diesen Oktopus gutes Geld zahlen, aber du lässt ihn immer davonkommen. So eine Verschwendung!«

Die Frauen behalten einander im Auge, wenn sie tauchen. Sie haben sich darauf trainiert, auf die anderen, die in ihrer Nähe tauchen, achtzugeben, für den Fall, dass eine von ihnen in Schwierigkeiten kommt. *Mulsum*, Wasseratmen, das bedeutet den Tod für die *haenyeo*, und zwei haben in diesem Jahr schon das Leben verloren. Trotzdem wäre es Emi lieber, sie würden sie nicht so genau beobachten. Sie hat keinerlei Interesse daran, länger unten zu bleiben, als ihre Lunge erlaubt. Vielleicht wartet ChoSun darauf, Emis Platz in der Ordnung der Dinge einzunehmen, sich ihr Tauchrevier anzueignen und endlich die Gelegenheit zu bekommen, den alten Oktopus zu töten.

»Lass sie in Ruhe«, sagt JinHee streng.

ChoSun zuckt mit den Schultern und taucht mit einer eleganten Rolle vorwärts nach unten, fast ohne zu spritzen, wie ein Seelöwe.

»Sie ist nur eifersüchtig, weil du den Atem länger anhalten kannst als sie, das weißt du, ja?« JinHee bläst Wasser aus der Nase.

»Du stimmst ihr zu«, sagt Emi.

»Natürlich nicht«, erwidert JinHee und reckt die Nase nach oben. Die Muschelschalen klappern, als sie ihr grünes Netz richtet.

»Schon gut. Ich weiß ja, dass es keinen Sinn ergibt. Ich fände es nur einfach schade, diese alte Oktopusdame zu fangen. Sie ist wie eine gute Freundin.«

»Eine gute Freundin, ach was!« JinHee lacht und verschluckt sich am Meerwasser. Sie bespritzt Emi und schüttelt den Kopf. Gemeinsam tauchen sie wieder unter und jagen weiter.

Als ihr Netz zu einem Viertel gefüllt ist, taucht Emi auf,

um ihrer Lunge etwas Ruhe zu gönnen. Ihr Brustkorb fühlt sich heute eng an, und Emi schwimmt nicht so gut wie sonst. Sie ist irgendwie benebelt. JinHee taucht neben ihr auf.

»Alles in Ordnung?«

Emi sucht den Himmel ab und blickt in Richtung der aufgehenden Sonne. Noch hängt sie über dem Horizont. Bald wird sie hinauf in den Himmel steigen, das Meer wird erwachen, und die Fischer werden mit ihren Motorbooten und Netzen das Wasser in Besitz nehmen. Die Stimme in ihrem Kopf schweigt. Sie hört nur, wie die Wellen an ihre Boje klatschen, den hohen Chor von *sumbi* von ihren Freundinnen, die bei jedem Auftauchen die Lunge entleeren, und die Seevögel, die über ihr am Morgenhimmel krächzen. Emi wendet sich JinHee zu, die sie ansieht.

»Du willst schon los?«, fragt Jin Hee.

»Ja, es ist Zeit. Kannst du meinen Fang zum Markt mitnehmen?«

»Natürlich. Ich wünsche dir Glück.« Sie winkt zum Abschied.

Emi nickt und schwimmt zurück zum Strand. Leicht gleitet sie durch das Wasser, genießt das Geschenk, das ihre Mutter ihr weitergegeben hat. Es scheint tausend Jahre her zu sein, seit sie das Tauchen gelernt hat. Es schmerzt zu sehr, an die Vergangenheit zu denken, und Emi schiebt die Erinnerung weg. Sie erreicht das Ufer und tritt den beschwerlichen Rückweg zu ihrer Hütte an. An Land hängt ihr das Fleisch schwer an den alten Knochen. Sie stolpert über einen Stein und hält inne, um das Gleichgewicht wiederzufinden.

Eine dünne Wolkendecke verwandelt alles wieder in

Grau. Emi spürt plötzlich die Last ihres Alters, und noch zehn Jahre dazu. Nach jedem vorsichtigen Schritt folgt eine Pause, denn ihr linkes Bein braucht seine Zeit, um nachzukommen. Während sie langsam und vorsichtig über den Strand geht, vergleicht sie sich mit der Blaukrabbe, die über den Meeresboden huscht. Sie setzt einen Fuß nach dem anderen auf und findet Halt zwischen den Felsen, langsam und vorsichtig, denn sie weiß nur zu gut, dass es im Handumdrehen vorbei sein kann. Doch der alte Oktopus wird sie heute nicht fangen. Es gibt einen Ort, wo sie sein muss, und die Zeit ist ihr nicht gewogen.

Hana

Insel Jeju, Sommer 1943

Die japanischen Soldaten zwingen Hana mit vier weiteren Mädchen hinten in einen Lastwagen. Ein paar haben Striemen im Gesicht. Sie müssen Widerstand geleistet haben. Die Mädchen sitzen, von Schock und Angst gezeichnet, ganz still im Auto. Hana fragt sich, ob sie eine kennt, vielleicht vom Markt. Zwei Mädchen sind ein paar Jahre älter als sie, eine ist deutlich älter, und die vierte ist viel jünger als alle anderen. Sie erinnert Hana an ihre kleine Schwester, und sie hält an diesem Gedanken fest. Das Mädchen sitzt in diesem Lastwagen, weil es keine ältere Schwester hat, die es retten konnte. Hana versucht, der Kleinen tröstende Gedanken zu schicken, aber sie weint die ganze Zeit. Hana möchte alles, nur nicht weinen. Sie möchte den Soldaten ihre Angst nicht zeigen.

Der Wagen hält an der Polizeiwache, gerade als die Sonne untergeht. Einige der Mädchen bekommen leuchtende Augen, als sie die Wache sehen. Hana kneift die Augen zu Schlitzen zusammen, als sie das kleine Gebäude betrachtet. Dort drinnen ist nichts, was sie retten wird.

Vor vier Jahren wurde ihr Onkel auf die Polizeiwache

beordert. Nur wenige Koreaner hatten offizielle Posten inne, allesamt Sympathisanten, Anhänger der japanischen Regierung, Verräter ihrer eigenen Landsleute. Sie zwangen ihren Onkel, einzurücken und für ein Land zu kämpfen, das er verachtete.

»Wenn sie uns nicht aushungern können, töten sie uns auf dem Schlachtfeld. Sie schicken ihn in den Tod. Hörst du mich? Sie ermorden deinen kleinen Bruder«, schrie ihre Mutter Hanas Vater an, als sie erfuhr, dass er abberufen wurde, um für den japanischen Kaiser in China zu kämpfen.

»Keine Sorge, ich kann schon auf mich aufpassen«, sagte ihr Onkel und fuhr Hana durch die Haare. Er kniff ihre kleine Schwester in die Wange und lächelte.

Ihre Mutter schüttelte den Kopf, und von ihr stieg Zorn auf wie Dampf von einem Kessel mit kochendem Wasser.

»Du kannst nicht auf dich aufpassen. Du bist doch kaum ein Mann. Du bist nicht verheiratet. Du hast keine Kinder. Mit diesem Krieg rotten sie uns aus. In diesem Land wird es keine Koreaner mehr geben.«

»Das reicht«, sagte Hanas Vater, und zwar so leise, dass es Beachtung fand.

Er blickte vielsagend zu Hana und ihrer Schwester. Ihre Mutter baute sich vor ihm auf, als wolle sie ihm gleich noch mehr Worte entgegenschleudern, doch dann sank sie zu Boden, schlang die Arme um ihren Leib und schaukelte auf den Knien vor und zurück.

Hana hatte noch nie erlebt, dass ihre Mutter sich so verhielt. Sonst war sie immer stark und selbstsicher. Hana hätte ihre Mutter sogar als *hart* beschrieben, hart wie ein Stein, der dem stärksten Druck des Ozeans standhält, mit einer glatten Oberfläche, aber dennoch unzerbrechlich. Doch an diesem Tag war sie so verletzlich wie ein Kind. Das beunruhigte Hana, und sie nahm die Hand ihrer kleinen Schwester.

Ihr Vater ging zu ihrer Mutter und umarmte sie.

Ihr Onkel ging voller Zuversicht zur Polizeiwache. Ersatzkleidung und von ihrer Mutter liebevoll zubereitetes Essen trug er in einem Beutel über der Schulter. Mutig zog er in den Krieg und starb sechs Monate später an der Front.

Hana ruft sich sein jugendliches Gesicht in Erinnerung. Er war neunzehn, als er starb. Ihr, als Zwölfjähriger, kam er damals furchtbar alt vor. Für sie war er ein Erwachsener, weil er viel größer war als sie und eine tiefe Stimme hatte. Jetzt begreift sie, dass er Angst gehabt haben musste, genau wie sie jetzt. Die Angst ist wie ein körperlicher Schmerz. Die Angst vor der ungewissen Zukunft. Die Angst, ihre Eltern niemals mehr wiederzusehen. Die Angst, ihre Schwester wird alleine im Meer zurückgelassen. Die Angst, in einem fremden Land zu sterben. Die japanische Armee schickte das Schwert ihres Onkels nach Hause, ein japanisches Schwert, das ihr Vater ins Meer warf.

In dem Lastwagen vor derselben Polizeiwache sitzend, begreift Hana, warum ihre Mutter so verzweifelt war, nachdem ihr Onkel weggegangen war. Sie will nicht daran denken, wie ihre Mutter sich wieder hilflos auf dem Boden hin und her wiegt, weil Hana die Nächste war, die für den Krieg des Kaisers abtransportiert wurde.

»Raus«, befiehlt ein Soldat und lässt die Ladeklappe des Lasters herunter.

Er führt die Mädchen im Gänsemarsch in die Polizeiwache. Hana bemüht sich, weder als Erste noch als Letzte in der Reihe zu gehen. Wie bei einem Fischschwarm hofft sie, in der Mitte am sichersten zu sein. Auf der Wache ist es ruhig. Sie kann nicht aufhören zu zittern. Ihre Haare sind noch feucht vom Meerwasser, und ihre Taucherkleidung bedeckt nicht viel von ihrem Körper. Sie schlingt die Arme um sich und bemüht sich nach Kräften, nicht so mit den Zähnen zu klappern. Lautlosigkeit, das strebt sie an, damit sie unsichtbar werden kann.

Ein Polizist an der Empfangstheke begutachtet die Mädchen und nickt dem Soldaten, der sie abliefert, zu. Er ist ein Koreaner, ein Sympathisant, ein Verräter. Er wird ihnen nicht helfen. Die letzten Funken Hoffnung schwinden aus den Augen der Mädchen, und alle starren die Schlieren auf dem frisch gebohnerten Boden an. Der Polizist am Empfang befiehlt den Mädchen, ihre Vor- und Familiennamen in ein Buch zu schreiben, dazu ihr Alter und den Beruf ihrer Eltern. Hana hat bereits am Strand gelogen, als sie Morimoto erzählt hat, ihre Familie sei tot, und nun zögert sie, weil sie nicht weiß, wie sie die Lüge aufrechterhalten soll.

Der Polizist am Empfang kennt sie nicht, aber wahrscheinlich kennt er ihre Eltern, zumindest unter ihrem japanischen Namen Hamasaki. Der koreanische Nachname ihrer Mutter lautet Kim, der ihres Vaters Jang. Verheiratete Frauen behalten immer ihren Nachnamen. Die beiden Mädchen vor ihr möchten den Soldaten zu Gefallen sein und benehmen sich wie pflichtbewusste Untertanen, indem sie ihre kolonisierten japanischen Namen hineinschreiben, aber Hana hat den Verdacht, dass es zu spät für solche Manöver ist. Stattdessen setzt sie die Namen ihrer Eltern zu einem zusammen, *Kim, JangHa.* Sie hofft, aufgrund des falschen Namens wird niemand herausfinden, dass ihre Familie noch am Leben ist, und womöglich zurückkehren, um ihre Schwester zu holen, während sie gleichzeitig darauf hofft, dass ihre Eltern den Namen in dem Buch lesen und wissen, dass sie hier durchgekommen ist. Das ist ihre letzte Hoffnung.

Nachdem sie ihre Namen eingetragen haben, werden die Mädchen in ein kleines Büro geführt. Die schäbigen beigefarbenen Wände sind mit Propagandaplakaten zugepflastert, die die Vorzüge einer freiwilligen Meldung zum Kriegseinsatz für Japan anpreisen. Ähnliche Plakate hängen am Markt, wo die *haenyeo* und die Fischer ihren Fang gleichermaßen an Dorfbewohner und an japanische Soldaten verkaufen. Die Menschen auf den Plakaten haben lächelnde Gesichter und leuchtende japanische Augen. Hana mochte diese Bilder nie. Sie erinnern sie an die geheuchelten Mienen, die alle aufsetzen, wenn die Soldaten sich ihren Ständen nähern.

Ihr Vater ist der einzige Erwachsene, den Hana kennt, der diesen falschen Gesichtsausdruck nicht zustande bekommt. Seine Miene strahlt stattdessen die Wut über den Tod seines Bruders aus, klar und unnachgiebig. Wann immer sich ein Soldat dem Stand ihrer Familie näherte und mit der Mündung seines Gewehrs prüfend in den Meeresfrüchten herumstocherte, verlor er plötzlich seinen Gleichmut, sobald er ihren Vater erblickte. Dem Soldaten begannen die Hände zu zittern, und er ging einfach wieder weg, wortlos und verwirrt.

Hana hat das schon vielfach beobachtet, und jedes Mal fragte sie sich, ob es der Schmerz in den Augen ihres Vaters war, den die japanischen Soldaten sahen, oder etwas Unheilvolleres. Sahen die Soldaten ihren eigenen Tod voraus?

Hana sah immer gerne zu, wie die Soldaten davoneilten, wie durch Zauberei.

Als sie mit den anderen Mädchen dasteht, umgeben von den Plakaten treuer Untertanen mit verlogenen Mienen, bemüht sie sich, möglichst zornig dreinzublicken, so dass jeder Soldat, der ihr Gesicht sieht, vor den Flammen in ihren Augen die Flucht ergreift. Vielleicht besitzt auch sie die Zauberkraft ihres Vaters.

»Zieht das an und beeilt euch«, brüllt ein Soldat sie an. Jedes Mädchen bekommt ein beigefarbenes Kleid, Nylonstrumpfhosen, weiße Unterwäsche und einen Baumwoll-BH. Die Kleider unterscheiden sich leicht, aber sie sind aus demselben Stoff geschneidert.

»Wozu sind die?«, flüstert eines der Mädchen. Sie ist sorgsam darauf bedacht, in Anwesenheit der Soldaten nur japanisch zu sprechen.

»Das muss eine Uniform sein«, antwortet ein zweites Mädchen.

»Wo bringen sie uns hin?«, fragt das Mädchen, von dem Hana denkt, dass es kaum älter als ihre eigene Schwester ist, voller Angst.

»Das ist für das Patriotische Frauenkorps. Meine Lehrerin hat erwähnt, dass sie Freiwillige rekrutieren«, sagt das Mädchen neben Hana. Sie klingt zuversichtlich, dennoch zittert sie vor Angst.

»Freiwillige wofür?«, gelingt es Hana schließlich zu fragen. Ihre Kehle ist wie ausgedörrt, und ihre Stimme ist rau.

»Nicht reden«, brüllt ein Soldat und hämmert gegen die Tür. »Noch zwei Minuten.«

Rasch ziehen sie sich fertig an und stellen sich in einer Reihe an der gegenüberliegenden Wand auf. Als die Tür aufgeht, schrecken sie zurück. Morimoto kommt herein und betrachtet Hana von oben bis unten, bevor er die Begutachtung der anderen Mädchen aufnimmt. Er hat sie hierhergebracht. Er schickt sie weg. Sie prägt sich sein Gesicht ein, damit sie weiß, wem sie die Schuld für ihre Verschleppung geben kann, wenn sie wieder nach Hause zurückkehrt.

»Gut. Sehr gut. Und jetzt geht und sucht euch passende Schuhe. Dann ab in den Lastwagen.« Er scheucht sie hinaus, aber bevor Hana durch die Tür gehen kann, packt er sie am Arm. »In diesen Kleidern siehst du viel jünger aus. Wie alt bist du?«

»Sechzehn«, antwortet sie und versucht, ihren Arm loszureißen, aber er gräbt ihr die Finger tiefer ins Fleisch. Bei dem plötzlichen Schmerz bekommt sie weiche Knie, aber sie gibt keinen Ton von sich.

Er scheint über ihre Antwort nachzudenken, während er ihr zusieht, wie sie sich bemüht, nicht zu weinen. Sie senkt den Blick, aber er hebt ihr Kinn an und zwingt sie, ihn anzusehen. Er trinkt sie, als wäre sein Durst unstillbar.

»Sie sitzt neben mir.« Er lässt sie los.

Ein Soldat, der vor dem Büro steht, salutiert und nimmt Hana mit, damit sie sich ein Paar unförmiger Schuhe aussuchen kann. Ein alter Mann lehnt an der Wand. Als sie an ihm vorbeigeht, wendet er das Gesicht von ihr ab. In diesem Moment verachtet sie ihn für seine Feigheit, aber gleich darauf vergibt sie ihm. Angst haben sie alle. Ein Soldat kann einem Koreaner mit dem Stiefelabsatz den Schädel zerquetschen, und wenn seine Familie eine Strafe für das Verbrechen fordert, könnte es sein, dass eines Tages ihr Haus niederbrennt und sie einfach verschwindet und nie mehr gesehen wird.

Draußen kommt ein kalter Wind auf. Es scheint, als hätten die Götter die Jahreszeiten verwechselt und sich entschlossen, einen kühlen Luftzug in die Sommernacht zu schicken, um sie zu begleiten. Der im Leerlauf laufende Motor übertönt das Schluchzen der Mädchen, denen jetzt klar wird, dass sie wirklich von zu Hause weggebracht werden. Hana möchte die Sicherheit der Gruppe nicht verlassen. Als ein Soldat sie zur Vorderseite des Lastwagens schiebt, leistet sie Widerstand. Sie versucht, hinter dem letzten Mädchen zu bleiben und ebenfalls hinten einzusteigen.

»Hey, du nicht. Du kommst hier rein.« Er zeigt auf die Beifahrertür.

Die anderen Mädchen fixieren Hana, ihr Gesichtsausdruck zeigt eine Mischung aus Angst und Verzweiflung. Als sie auf die offene Tür zugeht, glaubt sie, in einigen Augen Erleichterung zu erkennen, Erleichterung, weil sie selbst es nicht sind.

Hana klettert neben den Fahrer. Im Inneren ist es auch nicht wärmer. Er wirft ihr einen kurzen Blick zu und widmet seine Aufmerksamkeit wieder der Windschutzscheibe, als Morimoto nach ihr einsteigt. Er riecht nach Tabak und Schnaps.

Schweigend fahren sie durch die Nacht. Hana hat zu große Angst, um die Soldaten zu beiden Seiten von ihr anzusehen, deshalb sitzt sie starr da und versucht, keine Aufmerksamkeit auf sich zu lenken. Die Soldaten reden weder miteinander noch mit ihr, lieber starren sie teilnahmslos durch die Windschutzscheibe. Die Küste weicht, und der Hallasan zeichnet sich dunkel am Himmel ab, bevor er wieder verschwindet, als sie die andere Seite der Insel erreichen. Der Fahrer kurbelt das Fenster herunter und zündet sich eine Zigarette an. Es riecht nach Meer, und Hana nimmt den beruhigenden Duft in sich auf, während der Lastwagen über schmale, kurvenreiche Straßen fährt, die zur Küste und dem Kanal zwischen Jeju und der südlichsten Spitze der koreanischen Halbinsel führen. Hana wird übel. Sie hält sich den Bauch, damit er sich beruhigt.

Weit unterhalb von ihnen, an einer felsigen Küste, entdeckt Hana die wartende Fähre, die im Hafen festgemacht ist. Der Laster fährt dröhnend über die leere Straße, aber Morimotos Schweigen durchdringt selbst diesen Lärm, und Hana spürt die Macht seines Rangs.

Der Fahrer setzt sie am Hafen ab und salutiert vor Morimoto, bevor er wieder davonfährt. Mit Klemmbrettern ausgerüstete Soldaten registrieren sie und bringen sie zu anderen Mädchen, die sich in einem improvisierten Gehege zusammendrängen. Über ihnen fliegen Seevögel, ohne Notiz von der Szene unter sich zu nehmen. Hana wünscht sich Flügel, um mit ihnen mitzufliegen. Ein Soldat brüllt der wachsenden Gruppe von jungen Frauen und Mädchen Befehle zu, und sie werden zur Fähre geführt. Keine sagt auch nur ein Wort.

Während Hana die Gangway hinaufsteigt, starrt sie ihre Füße an. Jeder Schritt bringt sie weiter von zu Hause weg. Sie hat die Insel noch nie verlassen. Die Erkenntnis, dass sie in ein anderes Land gebracht wird, macht ihr furchtbare Angst, und ihre Beine weigern sich, auch nur einen Schritt weiter zu gehen. Wenn sie dieses Schiff besteigt, sieht sie ihre Familie vielleicht nie mehr wieder.

»Weiter!«, brüllt ein Soldat.

Das Mädchen hinter ihr schubst sie leicht nach vorne. Sie hat keine Wahl. Hana geht weiter, während sie sich leise verabschiedet. Von ihrer Schwester, die sie am meisten vermissen wird, aber Hana ist froh, sie vor diesem Schicksal gerettet zu haben, wo auch immer es hinführt. Ihrer Mutter wünscht sie, dass ihr beim Tauchen nichts zustößt. Ihrem Vater wünscht sie Tapferkeit auf See, aber im Geheimen wünscht sie sich auch, dass er sie findet. Sie stellt sich vor, wie sein kleines Fischerboot hinter der Fähre herfährt, fest entschlossen, sie zurück nach Hause zu holen. Sogar in ihrer Phantasie ist das ein hoffnungsloses Bild, aber sie wünscht es sich trotzdem.

Die Fähre hat unter Deck kleine Kabinen. Hana und die Mädchen aus dem Lastwagen werden zu mindestens dreißig weiteren gesteckt. Die anderen tragen ähnliche Uniformen und blicken genauso verängstigt drein. Ein paar Mädchen teilen das wenige Essen, das sie dabeihaben. Einige Soldaten schoben ihnen aus Mitleid während der Fahrt symbolische Häppchen zu: Reisbällchen, ein Stückchen getrockneten Tintenfisch, ein Mädchen bekam sogar eine Birne. Die meisten sind so verstört, dass sie nichts hinunterbringen, und es erleichtert sie ein wenig, das Essen mit den anderen zu teilen. Hana nimmt ein Reisbällchen von einer jungen Frau an, die mindestens zwanzig zu sein scheint.

»Danke«, sagt sie und knabbert an dem hart gewordenen Reis.

»Wo kommst du her?«, fragt die Frau.

Hana gibt keine Antwort, sie weiß nicht, ob sie schon mit jemandem sprechen sollte. Sie hat keine Ahnung, wem sie trauen kann.

»Ich komme aus der Gegend südlich des Hallasan. Ich weiß nicht, warum ich hier bin«, sagt die Frau, als Hana nicht antwortet. »Ich habe ihnen gesagt, dass ich verheiratet bin. Mein Mann kämpft gegen die Chinesen. Ich muss nach

Hause, wegen seiner Briefe. Wer soll sie sonst in Empfang nehmen, wenn ich nicht da bin? Ich habe ihnen gesagt, dass ich verheiratet bin, aber …«

Eine andere mischt sich ein. »Warum haben sie dich mitgenommen, wenn du verheiratet bist? Hat dein Mann Schulden?« Um die verheiratete Frau bildet sich ein kleines Grüppchen.

»Nein, er hat keine Schulden.«

»Von denen du weißt«, sagt eine andere Frau.

»Sie sagt, er hat keine Schulden. Er ist im Krieg.«

Andere steuern ihre Meinung bei, und bald entwickelt sich eine rege Diskussion. Hana rückt von den Frauen ab und sucht Trost bei den stillen Mädchen. Ihre Augen sind vor Angst geweitet, während die älteren und die Frauen ihre Wut und ihr Unverständnis kundtun.

»Aber warum sind die dann hier, wenn das angeblich eine Schuldnerfähre ist? Das sind noch nur Kinder.«

»Ihre Eltern haben Schulden«, lautet eine Antwort.

»Ja, sie sind verkauft worden, genau wie wir.«

»Das ist nicht wahr«, sagt Hana. Ihre Stimme zittert. »Meine Mutter und ich sind *haenyeo*. Wir schulden keinem Menschen etwas. Nur das Meer könnte etwas von uns einfordern.«

Es wird still im Raum. Ein paar der Frauen sind überrascht, dass ein so junges Mädchen mit solcher Autorität spricht, und das sagen sie ihr auch. Die jüngeren Mädchen rücken näher an Hana heran, als hofften sie, etwas von ihrer Stärke abzubekommen. Sie setzt sich an die hintere Wand und schlingt die Arme um ihren Leib. Ein paar Mädchen tun es ihr gleich. Während sie schweigend dasitzen, fragt sich Hana, was ihnen wohl droht, wenn sie das Festland erreichen. Werden die Soldaten sie nach Japan bringen oder irgendwo ins tiefste China hinein, wo gekämpft wird?

Hana lässt sich noch einmal die Fahrt im Lastwagen durch den Kopf gehen, als sie zwischen den beiden Soldaten saß. Der Fahrer nahm kein einziges Mal Notiz von ihr, aber Morimoto schien jede ihrer Bewegungen wahrzunehmen. Wenn sie sich anders setzte, setzte auch er sich anders hin; wenn sie hustete, berührte er ihren Arm mit seinem. Sein Körper, selbst sein Atem, synchronisierte sich mit ihrem. Sie musste sich extrem beherrschen, ihn nicht anzusehen, und nur einmal war ihr das nicht gelungen.

Er zündete sich eine Zigarette an, und sie spürte die heiße Flamme an der Wange. Aus Angst, er würde sie verbrennen, wandte sie den Kopf, und ihre Blicke trafen sich. Er hatte darauf gelauert, dass sie ihn ansehen würde. Sie erwiderte seinen Blick, musterte sein Gesicht, bis er ihr einen Mundvoll Rauch in die Augen blies. Hustend wandte sie sich ab und schaute wieder durch die Windschutzscheibe.

Die Fähre gleitet langsam in den Kanal hinein, und die schwere See macht Hanas Magen zu schaffen. Sie würde so gerne in den Ozean eintauchen und nach Hause schwimmen. Im Geiste sieht sie den entsetzten Blick ihrer Schwester vor sich. Hana schließt die Augen. Sie hat ihre Schwester vor dieser Reise ins Ungewisse gerettet. Wenigstens ihre Schwester ist in Sicherheit.

»Glaubst du, sie bringen uns alle nach Japan?«, fragt ein Mädchen sie.

Hana öffnet die Augen wieder und spürt die erwartungsvollen Blicke der anderen auf sich ruhen. Hana versteht aber nicht, warum sie ausgerechnet von ihr eine Antwort erhoffen.

»Ich weiß es nicht«, antwortet sie entschuldigend.

Daraufhin scheinen sie in sich zusammenzusinken, wiegen sich mit den Bewegungen der Fähre. Sie hat keine Ahnung, wie sie die anderen trösten sollte. Ihr fällt wieder ein, was im Dorf gesagt wird. Wenn man sie einmal weggeholt hat, kommen die Mädchen niemals wieder nach Hause. Den trauernden Eltern von Mädchen werden keine Schwerter mit Dankesschreiben geschickt. Mädchen verschwinden. Nur Gerüchte kommen zu Hause an, Gerüchte, die man den verbliebenen Kindern niemals erzählen kann.

Nicht lange, nachdem Hana eine voll ausgebildete *haenyeo* wurde, hörte sie auf dem Markt zufällig ein Gespräch zweier Frauen mit an. Mit gedämpften Stimmen unterhielten sie sich über ein Mädchen aus dem Dorf, das auf der Nordseite der Insel gefunden worden war.

»Sie ist furchtbar krank, die *Vergewaltigung* hat sie in den Wahnsinn getrieben«, sagte eine der Frauen. Hanas Interesse war geweckt. Sie wusste nicht, was das Wort bedeutete. Sie beugte sich weiter vor, in der Hoffnung, die Frau würde es erklären.

»Der Vater musste sie im Haus verstecken. Sie ist wild … wie ein Tier.«

Die andere Frau schüttelte traurig den Kopf und senkte den Blick. »Keiner will sie mehr haben, selbst wenn sie es schafft, wieder gesund zu werden. Armes Ding.«

»Ja, armes Ding, und der arme Vater. Die Schande wird ihm in ein frühes Grab folgen.«

»Was für eine Bürde für ihn.«

Die Frauen sprachen dem Vater des Mädchens weiter Trost zu, als wäre er dabei und könnte sie hören. Hana überlegte, was wohl ein Mädchen so wild machen und den Vater in einen frühen Tod treiben könnte. Später an diesem Abend fragte sie ihre Mutter danach.

»Wo hast du das Wort denn gehört?« Ihre Mutter klang erregt, als hätte Hana einen schweren Verstoß begangen.

»Auf dem Markt haben zwei Frauen über ein Mädchen geredet, das von den Soldaten mitgenommen worden ist.«

Ihre Mutter wandte sich seufzend von Hana ab und widmete sich wieder ihrer Näharbeit. Schweigend saßen sie da. Hana sah ihr zu, wie sie einen Riss in ihrer Tauchhose flickte. Die Nadel bewegte sich flink durch den Stoff. Hana war fasziniert. Alles, was ihre Mutter anpackte, machte sie mit absoluter Präzision. Tauchen, Nähen, Kochen, Putzen, Reparieren, Gartenarbeit – ihre Mutter war in allem perfekt.

»Vielleicht weißt du ja selbst nicht, was es bedeutet?« Hana wusste, damit würde sie ihre Mutter provozieren und sie zwingen, ihr die Frage zu beantworten.

»Wenn ich es dir einmal sage, kann ich das niemals wieder rückgängig machen. Bist du sicher, dass du bereit bist, es zu wissen?« Ihre Mutter wandte den Blick nicht von ihrer Tätigkeit ab und ließ die Frage zwischen ihnen hängen wie eine Gewitterwolke.

Hana wollte es wissen. Sie verdiente es. Immerhin gehörte sie jetzt zu den Taucherinnen, und als solche wurde sie jeden Tag mit denselben Gefahren konfrontiert wie alle, wenn sie Stürmen, Haien und dem Ertrinken trotzte. Dass sie dabei ihr Leben riskierte, machte sie quasi zu einer Erwachsenen. Sie war sowohl geistig als auch körperlich gereift, so dass ein paar Jungen, die in der Nähe wohnten, jedes Mal laut vernehmbar das Thema Heirat ansprachen, wenn sie am Strand an ihnen vorbeiging.

Einen von ihnen fand sie interessanter als die anderen. Er

war der Größte der Gruppe und hatte die dunkelste Haut, aber die strahlendsten Augen und das sonnigste Lächeln. Für sie schien er auch der Intelligenteste zu sein, denn er rief ihr nicht einfach nach wie seine Freunde. Stattdessen tauchte er am Stand ihrer Mutter auf und unterhielt sich mit ihnen beiden, wenn er etwas kaufte. Sein Vater war eigentlich Lehrer, musste jedoch als Fischer arbeiten, weil an den Schulen nur noch japanische Lehrer unterrichteten. Er hatte zwei jüngere Schwestern und würde eine gute Frau brauchen, die gerne mit jüngeren Mädchen zusammen war. Sie kannte seinen Namen nicht, aber das würde erst viel später kommen. Vielleicht, wenn ihr Vater ihn danach fragte, und vielleicht würden sie irgendwann einander versprochen werden.

»Ja«, antwortete Hana ihrer Mutter. »Ich will es wissen.«

»Na gut, dann sage ich es dir.« Ihre Mutter klang kühl. »Vergewaltigung ist, wenn ein Mann eine Frau zum Beischlaf zwingt.«

Hana errötete.

»Aber Vergewaltigung durch die Soldaten ist mehr als nur eine einzige Tat«, sprach ihre Mutter weiter. »Das Mädchen, das die Soldaten mitgenommen haben, wurde von sehr vielen Soldaten zum Beischlaf gezwungen.«

»Warum machen sie das?«, brachte Hana heraus, obwohl sie dunkelrot angelaufen war.

»Die Japaner glauben, es hilft ihnen in der Schlacht. Es hilft ihnen, den Krieg zu gewinnen. Sie halten es für ihr Recht, ihre Energie freizusetzen und zu genießen, weil sie an der Front ihr Leben für den Kaiser aufs Spiel setzen. Sie sind so überzeugt davon, dass sie unsere Mädchen wegholen und sie zu diesem Zweck durch die ganze Welt transportieren. Dieses Mädchen, das nach Hause geschickt wurde, hatte Glück.«

Prüfend sah sie Hana an, und als diese nichts sagte, reichte sie ihr ihre Tauchhose. Hana betrachtete die perfekten Stiche. Sie wusste, was es bedeutete, mit einem Mann zu schlafen, zumindest hatte sie eine Vorstellung davon. Den Akt selbst hatte sie zwar nie gesehen, aber manchmal hörte sie es nachts, wenn ihre Eltern meinten, sie schliefe. Leises Flüstern, das unterdrückte Lachen ihrer Mutter, das gedämpfte Stöhnen ihres Vaters. Sie konnte nicht begreifen, was es bedeutete, dazu gezwungen zu werden, und was es hieß, wenn viele Soldaten gleichzeitig einer Frau Gewalt antaten. Ihre Mutter hatte gesagt, das Mädchen hatte Glück gehabt, wieder nach Hause zu kommen. Hana erwähnte nicht, dass die Frauen gesagt hatten, der Vater des Mädchens würde einen frühen Tod finden.

Auf der Fähre geht die Tür der Kabine auf, und zwei Soldaten treten ein. Sie suchen die Gruppe ab und ergreifen ein Mädchen. Ihr entfährt ein kleiner Schrei, und einer der Soldaten gibt ihr eine Ohrfeige. Sie verstummt. Die Soldaten fahren fort, die Mädchen zu begutachten.

»Komm raus, *haenyeo*-Mädchen«, sagt einer. »Korporal Morimoto will dich sehen.«

Hana erkennt den Lastwagenfahrer an seiner Stimme wieder, aber sie bleibt, wo sie ist.

»Na los, komm schon, du wurdest gerufen.«

Schwere liegt über dem Raum. Die anderen Mädchen werden sicherlich in ihre Richtung blicken und sie verraten.

Sie hat Angst, die kleinste Bewegung könnte ihre Identität offenbaren, und bemüht sich verzweifelt, sich ganz stillzuhalten – aber immer wieder fährt ein Zittern durch ihren Körper. Er wird sie ganz bestimmt erkennen, wenn sie unter seinem Blick derartig schlottert.

»Hier sind keine *haenyeo*. Sie sind bestimmt im falschen Raum«, tönt eine Stimme quer durch die Kabine.

Zustimmendes Gemurmel erhebt sich unter den Mädchen, doch dann blickt der Fahrer in Hanas Richtung.

»Nein, du, du da, Mädchen, komm her. Ich erkenne dich wieder. Du bist die *haenyeo*. Komm jetzt mit.« Er legt eine Hand auf die Pistole in dem Holster, das er an der Hüfte trägt. »Verschwende nicht noch mehr von meiner Zeit.«

Ihr bleibt nichts anderes übrig, als sich zu fügen. Sie erhebt sich und verlässt den geschützten Kreis der anderen Mädchen. Er nimmt sie am Handgelenk und führt sie weg wie eine Gefangene zum Erschießungskommando. Die schmalen Korridore in der Fähre schwanken mit jeder Welle unter dem Schiff. Hana streckt die freie Hand aus, um sich an der Wand abzustützen.

»Hier rein.« Er öffnet eine Metalltür.

Hana geht hindurch. Die Tür knallt hinter ihr zu. Das metallische Dröhnen hallt noch nach, als sie Korporal Morimoto gegenübersteht. Er sagt nichts, aber bei seinem Blick läuft ihr eine Gänsehaut über die Arme. Sie tritt einen Schritt zurück.

»Leg dich aufs Bett«, befiehlt er. Er zeigt auf eine Pritsche, die mit Scharnieren an der Wand befestigt ist.

Hana weicht in die Türöffnung zurück. Blind tastet sie nach dem Türknauf.

»Vor dieser Tür stehen zwei Wachen«, sagt Morimoto. Er

spricht ruhig, als wäre das keine neue Situation, sondern lediglich Bestandteil seiner täglichen Routine. Sein Gesichtsausdruck allerdings verrät seinen Hunger. Auf seiner Stirn glänzen Schweißperlen.

Hana dreht sich um und wirft einen Blick durch das Bullauge. Er lügt nicht. Zu beiden Seiten der Tür steht eine Wache, auch wenn sie in dem Ausschnitt die Schultern kaum erkennen kann. Sie wendet sich wieder zu Morimoto um.

»Leg dich aufs Bett«, wiederholt er und tritt einen Schritt zur Seite, um ihr Platz zu machen. Sie zögert. Er wischt sich mit einem Taschentuch den Schweiß von der Stirn und steckt es sich ungeduldig wieder in die Hose.

»Wenn ich es noch einmal sagen muss, lade ich die Soldaten da draußen ein dazuzukommen, und dann wird das deutlich unangenehmer für dich, als wenn ich dich für mich allein habe.«

Er strahlt eine ruhige Autorität aus, aber Hana spürt noch etwas hinter seinem Auftreten. Er ist wie ein Hai, kurz bevor er sich aus den Tiefen des dunklen Ozeans seine Beute holt, der darunter herumstreicht, bevor er zuschlägt.

Die Angst, es würden sich noch zwei Soldaten mehr in die kleine Kabine hineinzwängen, lässt sie handeln, und sie tut, wie ihr geheißen. Er lacht, als sie sich in Embryonalstellung auf die Pritsche legt, und löst seinen Gürtel. Hana schließt die Augen. Der Lederriemen gleitet aus der Schnalle. Sie bekommt eine Gänsehaut im Nacken, als er sich der Pritsche nähert. Sie kämpft gegen den Drang, die Augen zu öffnen. Sie zuckt zusammen, als er sie berührt. Mit den Fingern wischt er ihr die Haare aus dem Gesicht und streichelt ihr die Wange. Jetzt riecht sie seinen Atem.

Er kniet neben ihr. Seine Hand fährt ihr den Hals hinunter, die Schulter, über die Hüften und bleibt schließlich auf dem Knie liegen. Sie öffnet die Augen.

Er starrt ihr ins Gesicht. Sie wird nicht schlau aus seiner Miene. Er wirkt erhitzt. Sie erwidert seinen Blick, wartet darauf, dass etwas Schreckliches passiert. Er grinst sie an, aber seine Augen sind leer. Noch bevor er den Saum ihres Kleids anhebt, weicht sie zurück.

»Bitte nicht«, bringt Hana flüsternd heraus. Selbst in ihren Ohren klingen diese Worte schwach, aber er hört nicht auf.

»Keine Sorge. Ich habe dich auf der Fahrt an die Küste recht gut kennengelernt. Ich mag dich, sehr sogar.«

Sie dreht sich weg von seiner Berührung, aber er packt ihren Schenkel und drückt so fest zu, dass sie aufschreit.

»Du solltest mich nicht zwingen, dir das Kleid zu zerreißen, sonst musst du splitternackt in die Mandschurei fahren. Willst du das? Tagelang in einem Zug voller Soldaten sitzen, ohne ein einziges Kleidungsstück, das deinen schönen Körper bedeckt?«

Seine Augen fordern sie heraus zu sprechen. Sie entwindet sich ihm nicht mehr, aber sie kann nicht verhindern, dass sie zittert. Er bringt sie in die Mandschurei. Die Mandschurei liegt am Ende der Welt, viel weiter von zu Hause entfernt, als sie sich vorgestellt hätte.

»Gut.« Er lockert den Griff, schiebt ihr ganz langsam das Kleid über die Hüfte und zieht ihr die neue Nylonstrumpfhose und die Baumwollunterwäsche aus. Er faltet alles zusammen und nimmt sich die Zeit, alles ordentlich auf den Rand der Pritsche zu legen. Dann steht er auf, und sie sieht zu, wie er sich die Hose auf die Knöchel fallen lässt. Sie kann den Blick nicht von seinem erigierten Penis abwenden.

»Ich tue dir einen Gefallen. Die meisten Mädchen wie du werden nicht so rücksichtsvoll entjungfert. Normalerweise ist das eine unschöne Überraschung. So weißt du wenigstens, was auf dich zukommt.«

Er steigt auf sie, und sie schließt die Augen. Seinen Atem im Gesicht, sein Gewicht auf ihrer Brust, das spürt sie in der Dunkelheit hinter ihren Augenlidern. Dann zwingt er sich in sie hinein, reißt ihre Jugend mit jedem Stoß weiter in Fetzen. Es tut weh, als würde ihr ein Messer in die dünne Haut zwischen den Zehen gestoßen, nur geschieht das nicht dort, es geschieht an einer Stelle, die viel näher an ihrem Herzen und an ihrem Geist ist.

Er keucht bei der Anstrengung und grunzt wie ein Schwein. Genauso stellt sie sich ihn vor, als schwarzes Jeju-Schwein, das unterhalb der Latrine hinter dem Haus lebt und menschliche Exkremente frisst. Sie behält dieses Bild im Kopf, damit sie sich nicht vorstellen muss, was er da wirklich tut, noch während sie jeden Stoß als brennenden Schmerz genau in ihrer Mitte empfindet. Er keucht immer schneller, bis er an ihrem Körper erschauert und sich verkrampft wie im Schock. Dann erschlafft er, bleibt auf ihr liegen. Sein Gewicht lastet auf ihrer Brust und drückt ihren Körper tief in die harte Matratze, bis sie kaum noch Luft bekommt.

Als Morimoto schließlich aufsteht, wendet sich Hana von ihm ab und rollt sich um ihren Schmerz zu einer Kugel zusammen. Sie hört zu, wie er sich anzieht, hört seine Hose rascheln, hört, wie sein Gürtel durch die Schnalle gezogen wird, das Schlurfen seiner Stiefel auf dem Boden.

»Du blutest«, sagt er.

Hana wendet sich ihm zu. Er zeigt zwischen ihre Beine. Sie rollt auf die andere Seite und beäugt den kleinen Blutfleck auf dem Laken. Es läuft ihr kalt über den Rücken. Ihr kommt der Gedanke, sie könnte sterben. Sie presst die Knie fest zusammen. Er lächelt sie an.

»Das war genau so, wie ich es mir erhofft hatte. Jetzt bist du eine Frau.« Er sieht ehrlich beglückt aus. »Mach dich sauber. Dann kannst du wieder zu den anderen.«

Er wirft ihr ein Taschentuch zu und geht hinaus. Das Taschentuch schwebt kurz durch die Luft und landet wie ein weiches Blütenblatt auf ihrem Bauch.

Emi

Insel Jeju, Dezember 2011

Das Taxi hat Verspätung. Emi sitzt an der Straße auf ihrem Koffer, eine dampfende Tasse Ginsengtee wärmt ihr die Hände. Jedes Mal, wenn sich ein Auto nähert, hält sie nach dem beleuchteten Schild auf dem Dach Ausschau, aber es kommen nur Privatwagen vorbei, mit Leuten, die zur Arbeit fahren oder Kinder in die Schule bringen. Ein paar winken ihr im Vorbeifahren zu, einer hupt sogar, so dass sie erschrickt. Sie verschüttet etwas heißen Tee auf ihre rosa Hose. Mit der behandschuhten Hand reibt sie über den Fleck und ignoriert das Brennen auf dem Oberschenkel.

Emi schafft es nur einmal im Jahr, ihre Kinder zu besuchen. Als sie noch jünger war, fuhr sie zweimal im Jahr, aber niemals öfter. Zu ihren Kindern hat sie ein distanziertes Verhältnis. Es ist einfacher, an sie zu denken, als sie leibhaftig zu sehen. Sie sind nie auf der Insel, nur ein einziges Mal waren sie da, zur Beerdigung ihres Vaters. Als er starb, waren sie schon erwachsen, aber die Rückkehr in das Haus, in dem sie ihre Kindheit verbrachten, schien wieder Kinder aus ihnen zu machen. Verlegen standen sie neben ihr und weinten hemmungslos, ihre Tochter noch mehr als der

Sohn. Sie blieben nur drei Tage, dann flogen sie zurück nach Seoul. Am Flughafen hatten sie dann gar nicht mehr wie Kinder gewirkt. Beide trugen schwarze Businesskleidung, und beide sahen ihr beim Abschied nicht in die Augen. Vielleicht hatten sie auch beschlossen, sich ihre Mutter lieber vorzustellen, als sie leibhaftig zu sehen, so wie Emi es umgekehrt gemacht hatte.

Normalerweise nimmt Emi die Fähre. An der Straße ist ein Stück weiter eine Bushaltestelle, nahe genug, um sie zu Fuß zu erreichen. Der Bus fährt zu einem Hafen auf der anderen Seite der Insel, näher am Festland, wo einmal täglich eine Fähre nach Busan ablegt. Sie fährt über Nacht und kommt früh am nächsten Morgen an. Von dort aus gibt es einen kostenlosen Bus nach Seoul. Aber diese Reise ist mittlerweile zu anstrengend für Emi. Sie hat nicht mehr die Kraft, ihr Land auf Augenhöhe zu durchqueren und die Bäume und Berge vorbeiziehen zu sehen. Ihr tun die Knochen weh, und manchmal vergisst sie etwas. Deshalb muss sie diesmal fliegen und hofft, die Wolken verwehren ihr nicht den Blick auf das Land.

Wieder verspürt sie Beklemmungen in der Brust und schließt die Augen. *Erinnere dich nicht*, sagt sie. *Es ist nur ein Flughafen. Ein Mal. Hin und zurück. Und dann nie mehr wieder.* Erinnern kann sie sich auf dem Rückweg. Sie legt sich die Hand auf die Brust, will, dass der Schmerz nachlässt, und fragt sich die ganze Zeit, ob sie es diesmal wirklich wieder zurückschaffen wird. Ein Auto erklimmt die leichte Anhöhe der Straße, und Emi öffnet die Augen. Das beleuchtete Zeichen auf dem Dach kündigt die Ankunft des Taxis an, und sie steht auf, um es heranzuwinken.

»Es tut mir leid, dass ich zu spät bin, Großmutter«, sagt

der Fahrer, der ihr rasch mit dem Koffer hilft. »Die Straßen sind vereist, und dort hinten hat es einen Unfall gegeben. Wir müssen auf dem Weg zum Flughafen daran vorbei.«

Emi sieht auf die Uhr.

»Keine Sorge, wir haben genügend Zeit.« Er verstaut ihr Gepäck im Kofferraum.

Emi gibt keine Antwort. Sie steckt den leergetrunkenen Becher in ihre Handtasche. Der Fahrer hilft ihr auf den Rücksitz und schlägt die Tür zu, bevor er zur Vorderseite des Autos und auf den Fahrersitz hastet. In seiner Eile wendet er das Auto zu rasch. Beinahe wären sie seitlich in den Graben gerutscht. Emi hält sich an der Autotür fest und bereitet sich innerlich auf den Aufprall vor, aber die Reifen greifen wieder, und schlingernd fährt der Wagen auf die Straße zurück. Emi kommentiert seinen Fahrstil nicht. Es ist nicht vernünftig, mit einem schlechten Fahrer auch noch ein Gespräch anzufangen.

Als sie die Unfallstelle erreichen, sind die Räumungsarbeiten im Gange. Auf der Straße stauen sich die Autos, und die Fahrer recken den Hals, um einen Blick auf den Schaden zu erhaschen. Ein Mann steht schluchzend am Straßenrand. Er schlottert, und der Rand der taubenblauen Decke, in die er gehüllt ist, schlägt Wellen. Die ausgebrannte Karosserie eines Hyundai liegt auf der Seite. Ein Abschleppwagen fährt langsam im Rückwärtsgang. Emi bemerkt eine Micky-Maus-Puppe im Gras. Unter einer Decke sieht sie eine rote Hose und wendet den Blick ab.

»Ich habe Ihnen ja gesagt, da war ein schlimmer Unfall. Ich komme sonst nie zu spät«, beteuert der Taxifahrer.

Er lässt den Mann in der blauen Decke nicht aus den Augen. Noch lange, nachdem sie an ihm vorbeigefahren sind, beobachtet er ihn im Rückspiegel. Emi wäre es lieber, er würde seine Aufmerksamkeit auf die Straße vor ihnen richten.

Der Fahrer merkt, dass sie ihn im Spiegel beobachtet, und räuspert sich, bevor er wieder nach vorne schaut. Er überholt zwei langsamere Wagen, und bald sind sie vorne dran und fahren zügig weiter. Emi geht die Puppe im Gras nicht aus dem Kopf, die Schultern des weinenden Mannes, das Blutrot der Hose. Sie spürt es in den Knochen, dass etwas Wertvolles verloren ging.

Am Jeju International Airport hebt Emi ihren Koffer auf einen Gepäckwagen und folgt der Beschilderung zu Korean Air. Sie lässt ihre Gedanken nicht in die Vergangenheit schweifen. Sie hält sie im Zaum, indem sie die Schilder liest, die ihr den Weg zum Ticketschalter weisen, zur Sicherheitskontrolle, zum Abfluggate und schließlich zu der Gangway, die in das Flugzeug führt, das sie nach Seoul bringen wird.

Sobald das Flugzeug abhebt, kann Emi entspannen. Sie lässt die Vorstellung zu, ihre Kinder in Seoul zu treffen. Ihr Sohn will sie am Gimpo International Airport abholen, obwohl sie versichert hat, sie würde auch gerne mit der U-Bahn zu ihrer Tochter fahren. Er ist stur und wollte nichts davon wissen. Er würde ein Auto mieten und sie am Ankunftsbereich abholen.

»Du bist zu alt, um alleine U-Bahn zu fahren«, sagte er am Telefon, als sie protestierte.

»Ich bin zu alt, um dreißig Minuten in einem Zug zu sitzen?«

»Du könntest durcheinanderkommen und in den falschen einsteigen.« Damit war die Sache wohl entschieden.

Die Stewardess verkündete, der Flug nach Seoul würde noch etwas mehr als eine Stunde dauern, und ab sofort sei es möglich, an Bord Einkäufe zu tätigen.

Ein paar Tage vor ihrem Flug hatte Emi JinHee gebeten, sie in die Stadt zu fahren, aber JinHee hatte einen besseren Vorschlag gehabt.

»Im Flugzeugkatalog gibt es sehr gute Geschenke. Du solltest zum Einkaufen nicht in die Stadt fahren. Kauf doch die Sachen einfach an Bord. So musst du nur Handgepäck mitnehmen. Mit deinem Bein.« JinHee zeigte auf Emis schlechtes Bein.

»Ich will schöne Geschenke, keinen Mist«, protestierte Emi.

»Das ist kein Mist, was die da verkaufen. Du bekommst Chanel N° 5! Nennst du das Mist?« JinHee schüttelte den Kopf.

Emi drückt den Service-Knopf und wartet, bis die Stewardess kommt und ihre Bestellung entgegennimmt.

Ihr Sohn mag Whisky, deshalb kauft sie ihm eine Flasche Jack Daniel's. Ihre Schwiegertochter und ihr Enkel essen gerne Pralinen, und so sucht sie zwei Schachteln gemischte Trüffel aus. Für ihre Tochter wählt sie eine große Flasche Chanel N° 5 und denkt bei sich, dass sie das JinHee nicht erzählen wird. Emis Tochter ist nicht verheiratet und hat keine Kinder, aber einen Hund. Emi sucht eine Stoffkatze aus dem Kinderangebot im Katalog aus. Sie kommt einem Hundespielzeug am nächsten.

Der Kapitän landet die Maschine mit einem kathartischen Rumms. Die Passagiere kreischen erschrocken und ängstlich, dann erfüllt peinlich berührtes Gelächter die Kabine. Emi wartet, bis die meisten Fahrgäste ausgestiegen sind, bevor sie aufsteht, um ihre Einkäufe aus dem Gepäckfach über ihrem Platz zu holen. Eine junge Frau stürmt in letzter Minute an ihr vorbei, so dass Emi die Tüte aus der Hand gleitet und sie an der Stirn trifft.

»Verzeihung, Großmutter«, ruft die junge Dame hinter ihr, aber sie bleibt nicht stehen.

Emi reibt sich die Stirn. Die Whiskyflasche ist schwerer, als sie dachte. Sie fürchtet, das wird einen blauen Fleck geben. Ein Steward kommt ihr zu Hilfe.

»Haben Sie sich wehgetan? Soll ich Ihnen einen Eisbeutel holen?«, fragt er.

»Nein, danke.« Emi lacht. »Ich sollte mich vielleicht schneller bewegen.«

»Wirklich nicht? Es sah aus, als hätte es sie ganz schön fest getroffen.« Er mustert sie, als würde er Blut suchen. Emi weicht vor seinem Blick zurück, nimmt ihre Handtasche und die Tüte mit den Geschenken.

»Kein Sorge, wahrscheinlich ist es nur eine kleine Prellung. Ich habe schon schlimmere davongetragen.« Sie humpelt durch den Gang, weg von ihm.

Emi weiß viele Dinge, von denen am Kopf getroffen zu werden schlimmer ist als von einer Whiskyflasche. Ein Soldatenstiefel zum Beispiel. Das Bild steht ihr so plötzlich vor Augen, dass sie zusammenzuckt. Sie bleibt kurz stehen, um sich wieder zu fassen und Atem zu holen. Sie fürchtet, jemand könnte ihre Not bemerken, richtet sich auf und geht zum Ausgang.

»Danke, dass Sie mit Korean Air geflogen sind«, sagt der Flugzeugkapitän zu ihr und verbeugt sich, als sie am Ausgang an ihm vorbeigeht. Er steht neben der hübschen Stewardess, die ihre Geschenkbestellung entgegengenommen hat. Seine Jackenknöpfe glänzen, als wären sie ganz neu, und Emi fragt sich, ob das wohl die erste Solo-Landung des jungen Piloten war.

Im Ankunftsbereich sieht sie ihren Sohn sofort. Er ist einen Kopf größer als die Frauen, die sich um ihn drängen. Emi staunt, wie viele Frauen hier warten, und fragt sich, ob wohl gerade etwas Besonderes in Seoul los ist. Doch da fällt es ihr wieder ein, und sie schämt sich, weil sie ganz vergessen hat, weshalb auch sie selbst gekommen ist. Ihr Sohn ist ganz offensichtlich besorgt, als sie sich nähert.

»Was ist passiert? Hast du dir den Kopf gestoßen?«, fragt er und sieht ihr ins Gesicht. Er sieht älter aus als seine einundsechzig Jahre, wenn er die Stirn so in Falten legt. Als er noch klein war, strich Emi ihm über die gerunzelte Stirn und sagte ihm, er werde zu schnell altern, wenn er sich immer solche Sorgen mache. Sie kämpft gegen den Drang an, jetzt mit ihrer faltigen Handfläche sein Gesicht zu berühren.

»Es war ein Unfall. Ein Mädchen, das es eilig hatte. Nichts, worüber man sich Sorgen machen müsste. Du siehst müde aus«, sagt sie.

»Das bin ich auch. Ich musste heute früh um vier in die Arbeit, damit ich länger Mittagspause machen konnte, um dich abzuholen.« Er wendet sich zur Seite und schiebt sie vor sich her auf einen verlegen dreinblickenden Jungen zu, der ein wenig hinter der Menge steht. Emi lächelt und läuft mit ausgestreckten Armen auf ihren Enkelsohn zu.

»Du bist aber gewachsen, du bist schon größer als ich!«

Er errötet, als sie ihn lange umarmt und ihm dabei die Arme seitlich an den Körper drückt. Schließlich lässt sie ihn los und muss ein wenig aufblicken, um ihm ins Gesicht sehen zu können.

»Ich habe dir etwas mitgebracht.« Emi langt in ihre Einkaufstüte, um die Pralinenschachtel herauszuholen.

»Nicht jetzt, Mutter. Gehen wir erst zum Auto. Ich stehe in der Ein-Stunden-Zone.«

Ihr Sohn geht voran, und ihr Enkel folgt ohne Widerrede. Emi staunt über seine neue Selbstbeherrschung. Vor einem Jahr hätte er noch ein Riesentheater gemacht, wenn sein Vater hinausgezögert hätte, dass er ein Geschenk bekommt. Seine Geburt war ein Wunder, denn ihre Schwiegertochter war schon über vierzig, als sie schließlich schwanger wurde, und die beiden verwöhnen ihn sehr. Emi verbrachte viele schlaflose Nächte mit der Sorge, was wohl aus ihm werden würde, aber wenn sie ihn jetzt ansieht, ist sie zufrieden. Er ist schüchtern, gehorsam und freundlich. Er trägt ihr den Koffer, aber das tut er auch für seinen alternden Vater. Er ist erst zwölf. Welch einen Unterschied ein einziges Jahr doch gemacht hat. Emi folgt ihrem Sohn zum Parkplatz. Sie wirft einen Blick zurück auf ihren Enkel, staunt über seine Reife. Sie erinnert sich, wie ihr Sohn in diesem Alter war. Er war nicht so groß wie ihr Enkel. Vielleicht liegt das an dem westlichen Essen. Sie fragt sich, ob sie ihm vielleicht keine Süßigkeiten hätte kaufen sollen, aber sie findet, ein bisschen Schokolade hat einem heranwachsenden Jungen noch nie geschadet.

Emi denkt daran, wie sie selbst zum ersten Mal Schokolade gegessen hat. Es war nach der Geburt ihrer Tochter. Ihr Mann brachte eine Tafel nach Hause und brach kleine Stückchen für sie und ihren Sohn ab. Es war, als würde sie die Speise der Götter essen. Diesen ersten Bissen hat sie nie vergessen. Wie er ihr auf der Zunge schmolz. Wie sie nach einem zweiten Stückchen langte und dann nach einem dritten, bevor ihr Mann es sich anders überlegen und die Schokolade wieder wegnehmen konnte. Aber er tat es nicht. Er saß nur da und sah zu, wie sie die Schokolade aß. Damals dachte sie zum ersten Mal, dass ihm vielleicht doch etwas an ihr lag. Es schien ihm zu gefallen, dass sie die Schokolade so genoss. Sie verstand nicht, warum er nichts davon aß, denn er wusste ja offensichtlich, wie köstlich das schmeckte, aber sie sagte nichts dazu. Sie sprach nie mit ihm, wenn es sich vermeiden ließ. Deshalb hatte ihre Ehe so lange halten können. Die Ehe war lieblos, aber sie überdauerte, weil Emi den Mund hielt.

»So, da wären wir.« Ihr Sohn öffnet ihr die Tür des Wagens. Sie setzt sich auf den Beifahrersitz, und als sie wieder an die Pralinen denkt, langt sie in ihre Einkaufstüte, um ihrem Enkel die Schachtel zu geben. Er strahlt, reißt das Zellophan auf und öffnet die Schachtel so begierig, wie sie gehofft hatte. Er hat schon einen Schokoladentrüffel im Mund, bevor er rot wird und ihr schüchtern einen anbietet.

»Nein, nein, die sind alle für dich. Ich sehe dir gerne zu, wie du sie isst. Na los, genehmige dir noch einen.«

Hana

Korea, Sommer 1943

Zuerst bewegt Hana sich gar nicht. Ihr Unterleib brennt ganz furchtbar. Sie hat Angst, weil sie zwischen den Beinen nass ist. Wird sie verbluten? Langsam richtet sie sich auf, aber sie wagt nicht, den Blick nach unten zu richten und nachzusehen, was er ihr angetan hat. Sie atmet den Schmerz weg, bläst die Luft langsam durch die Nase aus.

Als ihr Atem wieder gleichmäßig geht, schaut sie nach. Zuerst sieht sie das Blut, aber dann stellt sie fest, dass es mit einer zähen Flüssigkeit vermischt ist, die aus ihr heraussickert. Das ist es, was sie spürt, nicht das Blut. Sie stirbt nicht.

Sie tupft sich mit dem Taschentuch die Beine ab. Jede Berührung lässt in ihrem Kopf Sirenen gellen. Das ist Vergewaltigung, genau wie ihre Mutter es beschrieben hat. Hana schließt die Augen und wünscht sich, nichts davon zu wissen, wünscht sich, das wäre ein Alptraum, aus dem sie bald aufwachen würde.

Der Metallknauf der Tür quietscht, als er gedreht wird, und sie zieht sich rasch die Baumwollunterhose und die Nylonstrumpfhose an. Sie presst die Knie zusammen, auch wenn es wehtut, und stellt sich misstrauisch hin, in Erwartung eines weiteren Soldaten, der auf sie losgeht.

»Beeil dich, wir brauchen das Zimmer.« Der Soldat führt sie zurück in die kleine Kabine mit den anderen Mädchen und Frauen.

Hana schleicht sich zwischen den neugierigen Blicken hindurch ganz nach hinten. Sie sinkt zu Boden, mit dem Gesicht zur Wand, damit sie die anderen nicht ansehen muss. Sie spürt, dass die Mädchen sie beobachten, aber das ist ihr egal. Die Soldaten nehmen noch zwei weitere Mädchen mit.

Bald erhebt sich besorgtes Gemurmel unter den Frauen, die wissen wollen, was die Soldaten machen. Einige richten ihre Fragen direkt an Hana, sie wollen erfahren, was ihr zugestoßen ist, aber die Frauen, die wissen, was passiert ist, jammern nur, denn sie fürchten, ihnen allen droht das gleiche Schicksal. Jemand hämmert mit der Faust gegen die Tür. Es wird still im Raum.

Hana bedeckt das Gesicht mit den Händen. Sie fürchtet, die Frauen könnten ihr ansehen, was ihr widerfahren ist. Ihr ist nach Weinen zumute. Sie hält den Atem an, solange es geht, konzentriert sich auf nichts anderes als den Drang zu atmen und ihren Willen, nicht nachzugeben. Als der Drang zu weinen nachlässt, holt sie tief Luft.

Die empfindliche Haut zwischen ihren Beinen brennt noch von dem gewaltsamen Übergriff. Sie bemüht sich, die Schmerzen nicht zu beachten, aber Bilder von Morimotos nackten Beinen und anderen seiner Körperteile, die sie sich nicht in Erinnerung rufen will, dringen in ihre Gedanken ein. Sie kneift die Augen fest zu, drückt sich auf die Augenlider, bis es hinter ihren Fingern weiß aufblitzt, so dass die

Bilder verschwinden. Als sie das Gefühl hat, die Augäpfel würden gleich unter dem Druck ihrer Fingerspitzen explodieren, flüstert ein Mädchen Hana etwas ins Ohr.

»Wo haben sie dich hingebracht?«

Hana blickt erschrocken auf. Erst sieht sie nur verschwommen, und es dauert einen Moment, bis sie das kleine Mädchen von der Insel Jeju wiedererkennt. Sie ist ganz zart, das Kleid fällt ihr locker um Schultern und Hüfte. Hana mag sich nicht vorstellen, dass Morimoto oder einer der anderen Soldaten diesem Kind antun könnte, was er ihr angetan hat.

»Halte dich im Hintergrund«, warnt Hana sie. »Vielleicht bemerken sie dich nicht und nehmen dich nicht mit.«

»Magst du es mir nicht sagen?«

»Es ist besser, wenn du es nie herausfindest.«

Die Tür geht auf, bevor das Mädchen weitersprechen kann. Die beiden Mädchen werden in die Kabine zurückgebracht, und die Tür schließt sich wieder, ohne dass noch jemand herausgeholt würde. Die Deckenlampe erlischt, und alles ist dunkel.

Wie eine Viehherde lassen sich die Mädchen für die Reise nieder. Dicht an dicht legen sie sich hin und schlafen ein. Schniefen und leises Schluchzen erfüllen den Raum. Hana und das kleine Mädchen legen sich nebeneinander, das Mädchen schiebt den Arm durch den von Hana.

»So wachst du auf, wenn sie mich holen kommen, und ich wache auf, wenn sie dich mitnehmen wollen.«

Die Einfachheit ihrer Worte rührt Hana. Das Mädchen nimmt die Situation auf die einzige Weise, die ihr zur Verfügung steht, in die Hand, nämlich indem sie dafür sorgt, dass sie zumindest weiß, wann sie Angst haben muss. Sie will nicht schlafen, wenn schreckliche Dinge geschehen. Sie möchte sie kommen sehen, obwohl ihr klar ist, dass sie dann machtlos sein wird. Hier sind sie alle machtlos.

»Ich heiße Noriko, aber meine Mutter nennt mich SangSoo«, flüstert die Kleine Hana ins Haar. Hana spürt ihren warmen Atem im Nacken. Sie gibt keine Antwort. Sie versucht es, aber sie kann nicht sprechen. Es ist, als wären ihre Lippen versiegelt, damit sie den Schmerz, den sie erlitten hat, für sich behält. SangSoos Mutter nennt sie zu Hause bei ihrem richtigen koreanischen Namen. Wie so viele Koreaner, die gezwungen wurden, sich anzupassen, spricht auch SangSoos Familie nur im privaten Umfeld koreanisch und in der Öffentlichkeit das vorgeschriebene Japanisch. Hana war immer froh, ihren Namen von einer klugen Mutter bekommen zu haben. Auf Koreanisch bedeutet *hana* »eins« oder wie in ihrem Fall »Erstgeborene«, aber im Japanischen heißt *hana* auch »Blume«. Deshalb muss Hana ihren Namen niemals ändern, weder in der Öffentlichkeit noch in der Familie. Ihre jüngere Schwester hatte nicht so viel Glück, und auch SangSoo nicht.

»Gute Nacht, Große Schwester.« In der Dunkelheit könnte SangSoos Stimme fast die von Hanas kleiner Schwester sein. Hana fühlt sich plötzlich von der Last ihrer Gefangenschaft erdrückt. Ihre Schwester ist furchtbar weit weg. Jeder Moment auf der Fähre bringt sie noch weiter weg. Eine kleine Hand schiebt sich in ihre, und Hana drückt sie fest.

Hana schreckt aus düsteren Träumen hoch. In der Kabine ist es noch dunkel, nur ein schwacher Lichtschein dringt unter der Tür hindurch und beleuchtet die Schatten auf dem Boden. Sie hat keine Ahnung, wie lange sie geschlafen hat. Vorsichtig zieht sie den Arm unter dem von SangSoo hervor und setzt sich auf. Sie muss Wasser lassen, aber sie hat keine Ahnung, wie sie das bewerkstelligen soll.

»Ich muss auf die Toilette«, flüstert sie in den Raum. Zuerst antwortet niemand. Ein paar Körper drehen sich um und verändern die Lage. Als immer noch niemand antwortet, wiederholt sie es etwas lauter.

»Sei still, dummes Mädchen«, kommt eine Antwort aus der Dunkelheit.

»Es tut mir leid, ich muss …«

»Ich weiß, ich habe dich beide Male gehört«, unterbricht die Frau sie. »Riechst du das denn nicht? Wir alle müssen mal.«

Hana ist verdutzt, weil die Frau so barsch geantwortet hat. Sie atmet langsam ein. Nichts. Sie riecht nichts. Stimmt etwas mit ihrer Nase nicht?

»Ich rieche nichts.«

»Das liegt am Rasierwasser. Der Mann hat so danach gestunken, dass sie nichts anderes riechen kann«, sagt eine andere Stimme in der Dunkelheit.

»Ja, ich rieche das auch. Anscheinend hat er sich eine ganze Flasche über den Kopf geschüttet.«

Diese Worte treffen sie, und ihr Gesicht fängt an zu glühen. Hana hebt sich den Saum ihres Kleids an die Nase und atmet ein. Sie riecht nach *ihm*. Er steckt in ihren Kleidern. Am liebsten würde Hana sie sich vom Körper reißen und zerfetzen, aber sie hat seine Worte noch im Ohr. *Willst du das? Tagelang in einem Zug voller Soldaten sitzen, ohne ein einziges Kleidungsstück, das deinen schönen Körper bedeckt?*

Statt seinen Geruch von sich zu entfernen, lässt Hana Wasser. Es ist ihr egal, ob sie wie eine Toilette riecht. SangSoo muss aufgewacht sein, denn sie schiebt den Arm wieder unter dem von Hana hindurch, ohne ein Wort über die Pfütze zu verlieren. Ihr Schweigen tröstet Hana, und sie legt den Arm fester um den von SangSoo. Sie liegen nebeneinander in Hanas säuerlich riechender Pfütze und schlafen bald wieder ein.

Ein lautes Hämmern gegen die Metalltür reißt alle in der Kabine aus dem Schlaf. Ein paar Mädchen schreien überrascht auf. Die Deckenlampe geht flackernd an und taucht sie in grünliches Licht. Vier Soldaten kommen herein, und drei von ihnen zerren jeweils ein Mädchen hoch. Manche Frauen protestieren laut, aber das ändert nichts an der Entschlossenheit der Soldaten. Der letzte Soldat sieht Hana an und kommt direkt auf sie zu. Er greift nach ihr, doch dann weicht er plötzlich zurück und hält sich die Nase zu.

»Die hat eingepisst!«, ruft er den anderen Soldaten zu und versetzt ihr angewidert einen Tritt. »Ihr Koreaner seid doch Tiere.« Sein Blick fällt auf SangSoo. »Dann musst eben du herhalten.« Er packt sie am Handgelenk und reißt sie über Hana hinweg zu sich.

»Sie ist doch noch ein Kind«, fleht Hana den Soldaten an.

SangSoo blickt mit traurigen Augen zu Hana hinunter.

»Keine Sorge, Große Schwester, ich stehe das durch, so wie du«, sagt sie tapfer, doch ihre Stimme zittert. Es bricht Hana das Herz.

»Ich gehe an ihrer Stelle. Ich melde mich freiwillig.« Hana steht auf und sieht dem Soldaten in die Augen.

Der ganze Raum verfolgt die Szene. Nicht einmal ein

Atemzug ist zu hören. Alle scheinen darauf zu warten, dass die Sonne vom Himmel fällt und Hana zu Asche verbrennt. Sie hat einem japanischen Soldaten die Stirn geboten. Die Sekunden ziehen sich. Hanas Knie sind wie aus Gummi, und sie fürchtet, sie werden nachgeben. Doch bevor sie es sich versieht, melden sich andere Mädchen, ältere Mädchen, die Frauen auch, um mit SangSoo zu tauschen.

Ihre Stimmen hallen in dem kleinen Raum wie ein Kreischkonzert von Seevögeln, und jede bietet ihren Körper für den des Kindes an. Ein paar von den stärkeren Mädchen versuchen SangSoos Arm loszureißen und den Soldaten zu überreden, stattdessen sie zu nehmen, aber er gibt nicht nach. Ohne Warnung schlägt er eine der Frauen in den Bauch. Sie krümmt sich und schnappt nach Luft.

»Die Nächste, die den Mund aufmacht, erwischt es noch schlimmer«, droht er, dreht SangSoo den Arm auf den Rücken und führt sie aus der Kabine.

Die Metalltür schlägt mit einer solchen Endgültigkeit zu, dass die Dunkelheit, die folgt, als sie das Licht ausschalten, wie eine Abrechnung wirkt. Klagen erklingen in der Finsternis, leise und von Herzen, in Trauer um das kleine Mädchen – das ausgewählt wurde, weil Hana Wasser gelassen hat.

Die Fähre legt am Festland an. Hana macht sich furchtbare Sorgen. Der Soldat hat SangSoo nicht in die Kabine zurückgebracht. Die anderen drei Mädchen kamen nacheinander wieder, aber das kleine Mädchen, das Mädchen, für das sich alle zum Tausch angeboten haben, fehlt noch. Als die

Soldaten kommen und allen befehlen, die Kabine zu verlassen, folgt Hana den anderen schleppenden Schrittes. Sie gehen von Bord der Fähre und werden zu einer Kolonne von Militärlastern geführt. Im Vorbeigehen mustert Hana die Gesichter der Anwesenden, in der Hoffnung, SangSoos ängstliche braune Augen zu entdecken. Die Laster bringen sie über eine kurze Strecke zu einer Bahnstation, wo Hana mit einem anderen Mädchen in ein Zugabteil gesetzt wird. Die Scheibe wurde mit Zeitungspapier zugeklebt und dann schwarz gestrichen, so dass sie nicht hinaussehen können. Hana beschreibt ihr SangSoo, so gut sie kann, doch die andere schüttelt den Kopf. Sie war mit vierzig anderen Mädchen zusammen, die nach Tokio gebracht werden sollten, um in einer Uniformfabrik zu arbeiten. Aus irgendeinem Grund wurde sie von ihrer Gruppe getrennt und mit Hana in diesen Zug gesteckt. Sie weiß nicht, warum.

Sie ist in Hanas Alter, vielleicht ein Jahr älter, und sehr hübsch, ein breites Gesicht mit weißem Teint und rosa Lippen. Ihre Zähne sind fast alle gerade und stehen nicht hervor, und ihre Augen sind größer als die der meisten Koreaner. Alle Jungen in Hanas Dorf hätten sich in sie verliebt.

»Haben sie dich aus der Kabine geholt?«, fragt Hana leise.

»Nein. Sie haben niemanden geholt. Warum? Wurdest du herausgeholt?« Das Mädchen sieht beunruhigt aus.

»Ja, und meine Freundin auch, die kleine SangSoo. Aber sie haben sie nicht mehr zurückgebracht.«

»Und warum haben sie dich herausgeholt?«, fragt sie zaghaft. Ihr Blick huscht ängstlich durch das Zugabteil.

Hana kann das Wort nicht laut aussprechen. Es ist nur ein Wort, und dieses Mädchen, das älter ist als sie, würde sicherlich wissen, was es bedeutet. Trotzdem bringt sie den

Mut nicht auf, es zu sagen. Hana wendet sich von ihr ab und lässt sich wieder in den Sitz sinken. Sie macht sich Sorgen um SangSoo. Sie wünscht sich, sie hätte nicht Wasser gelassen, ist aber gleichzeitig erleichtert, dass sie es getan hat – und hasst sich selbst für diesen Gedanken.

Der Zug fährt langsam aus dem Bahnhof aus, und die Abteiltür wird aufgeschoben. Zwei Soldaten treten ein, sie haben SangSoo in ihrer Mitte. SangSoo ist bleich, und ihre Unterlippe ist geschwollen. Eine dünne Linie getrockneten Blutes ist am Rand verkrustet. Am Hals hat sie Druckstellen, und sie zittert unablässig. Ihr Kleid ist zerrissen. Statt von Knöpfen wird es von Nadeln zusammengehalten. Hana drückt die Schulter sanft gegen die von SangSoo, und das Mädchen gibt ein jämmerliches Schluchzen von sich. Ohne ein Wort zu sagen, umklammert Hana SangSoos Hand. *Sie hat überlebt*, denkt Hana, aber sie ist in einem furchtbaren Zustand.

Einer der Soldaten setzt sich gegenüber von ihnen hin, neben das andere Mädchen. Der zweite Soldat steigt über Hanas Beine und drückt sich neben sie ans Fenster. Sie hat zu große Angst, um dem Mann ins Gesicht zu sehen, aber sobald der Zug an Fahrt aufnimmt und über die Gleise rast, weiß sie genau, wer das ist. Sie erkennt sein Rasierwasser. Morimoto betastet den Saum ihres Kleids, wie eine Katze, die mit einer gefangenen Maus spielt und ihr den Fluchtweg blockiert, ohne ihre Beute jemals direkt anzusehen.

Während der ganzen Reise raucht er unablässig Zigaretten. Ihr Abteil ist voller Zigarettenrauch. Mit den Fingerspitzen fährt er wieder und wieder über ihren Rocksaum und neckt sie, aber er sieht sie nicht an. Ihr Herz hämmert in der Brust, es schlägt unregelmäßig, und sie bekommt schlecht Luft. Sie bemüht sich, sich nicht zu bewegen, außer wenn er ihr mit den Fingern zu nahe kommt und droht, ihre Haut zu berühren, dann rückt sie vorsichtig mit dem Bein ein Stück weg.

Der Zug fährt die Nacht durch. Bald schlafen alle in dem kleinen Abteil ein, alle bis auf Hana. Wut und Angst durchströmen ihren Körper, strahlen in heißen Wellen in Richtung des Soldaten neben ihr aus. Er hat sie von ihrem Zuhause am Meer verschleppt, weg von allem, was sie kennt und liebt, und dann hat er sie vergewaltigt. Sie stellt sich vor, wie sie ihn im Schlaf ermordet. Je mehr Zeit vergeht, desto deutlicher setzt sich dieser Gedanke in ihrem Kopf fest. Langsam wendet sie sich in seine Richtung. Hat er auch SangSoo vergewaltigt? Hana sieht den anderen Soldaten an, der ihr gegenübersitzt. Haben sie beide ihr wehgetan?

Hana wendet sich wieder zu Morimoto. Bei jedem Atemzug hebt sich seine Brust, und Hana hat bildlich vor Augen, wie sein Herz unter den Uniformknöpfen schlägt. An seiner Hüfte entdeckt sie eine Pistole im Holster. Kann sie ihm die Waffe wegnehmen, ohne dass er es merkt? Sie stellt sich vor, wie sie sich in ihren Händen anfühlen würde, wenn sie damit auf seine Brust zielt. Ist sie schwer? Muss man einfach nur den Abzug drücken, oder gibt es da etwas, das man zuerst machen muss? Könnte sie ihn wirklich erschießen? Nein, denkt sie schließlich, aber sie könnte ihn erstechen. Diese Vorstellung fühlt sich richtig an, irgendwie tröstlich. Mit einem Messer könnte sie umgehen. Sie ist jeden Tag mit einem Messer getaucht, wenn sie Abalone vom Riff abschnitt, Seetang sammelte oder gelegentlich eine Auster öffnete, die die japanischen Austernschiffe zurückgelassen hatten. Sie würde ihm das Herz herausschneiden, als wäre es eine Perle, die tief im Inneren einer fleischigen Auster sitzt. Ein Schauer läuft ihr bei dieser Vorstellung über den Rücken, Rachegelüste tanzen über die einzelnen Wirbel. Fühlt sich Tapferkeit so an? Sie stellt sich vor, wie sie ihn in die Brust sticht, die Überraschung auf seinem Gesicht. Wut rinnt ihr durch die Adern. Und dann, denkt sie, dann können sie und SangSoo aus diesem Abteil flüchten, sich im Zug verstecken oder aus einem offenen Fenster springen und fliehen. Hana wünscht, sie hätte ein Messer, um das alles wahr werden zu lassen.

Morimoto bewegt sich im Schlaf. Hana zuckt zusammen und berührt versehentlich SangSoo, die neben ihr schläft. Erstaunt darüber, wie kalt ihre Haut ist, stellt Hana fest, dass SangSoo nicht mehr zittert. Hana legt dem Mädchen die flache Hand auf die Stirn. Sie ist kühl. Die Lippen sind fleischfarben. Hana unterdrückt die Panik, die in ihr aufsteigt, beugt den Kopf nach vorne und hält das Ohr vor SangSoos Mund, um nach ihrem Atem zu lauschen. Nichts.

Plötzlich kann Hana nicht mehr schlucken. Vor lauter Panik bekommt sie keine Luft mehr. Ihr Japsen weckt die anderen im Abteil.

»Was ist los?«, fragt Morimoto barsch. »Was ist mit dir?«

Er steht auf und zerrt Hana vor sich. Sie bekommt immer noch keine Luft und fasst sich an den Hals. Er schreit sie wieder an, unzusammenhängende Wörter, und Hana deutet nur auf SangSoos reglosen Körper. Mit dem Blick folgt er ihrem Finger. Er lässt Hana los, den Blick auf das kleine Mädchen gerichtet, das in all dem Aufruhr ganz still dasitzt. Er schweigt lange. Dann schreit das Mädchen gegenüber von ihnen auf.

»Sie ist tot! Sie, sie ist tot!«, kreischt sie immer wieder. Sie zieht vor Entsetzen eine Grimasse und ist nun gar nicht mehr hübsch.

Gepolter vor dem Abteil kündigt die Ankunft weiterer Soldaten an. Die Tür wird aufgeschoben, zwei fragende Gesichter erscheinen. Schließlich spricht Morimoto.

»Die da ist tot. Bringt sie nach hinten, bis wir an der nächsten Station sind. Dann begrabt sie.«

»Begraben?«, wiederholt der eine.

»Ja, begrabt sie. Legt sie zu den anderen.«

»Natürlich.«

Die beiden Männer heben SangSoos Körper hoch, als wäre er nichts als ein Sack Reis, und tragen sie aus dem Abteil hinaus. Die Tür wird wieder zugeschoben, und Morimoto setzt sich hin und schläft weiter, als wäre nichts geschehen. Hana starrt ihn fassungslos an und erinnert sich an seine Worte. Er sagte »*zu* den anderen«. Wie viele tote Mädchen gibt es noch in dem Zug?

Die Vorstellung, dass SangSoos kleiner Körper einfach achtlos abgelegt wird, ist zu viel für sie, und Hana fängt an zu weinen. Sie hat ihre Angst und ihren Kummer unterdrückt, hat ihre Schuldgefühle unterdrückt. Jetzt kann sie nicht mehr aufhören zu schluchzen, es ist, als würden ihr die Geräusche von einer unsichtbaren Faust aus dem Magen geholt. Niemand sagt ihr, sie soll still sein. Stattdessen fängt Morimoto an zu schnarchen.

Das Mädchen gegenüber tätschelt Hana manchmal das Knie und schnieft zwischen Hanas kläglichem Schluchzen, aber nichts in dem kleinen Abteil würdigt den Verlust SangSoos. Nicht die geschwärzte Zeitung an den Fenstern, nicht der schaukelnde Lampenschirm über ihren Köpfen. Nicht die Wände, die mit den Bewegungen des Zugs schwanken, nicht die tief schlafenden Soldaten.

Irgendwo jenseits dieses Zuges, der sich durch unbekannte Länder schlängelt, weit über dem Meer, zu Hause auf ihrer kleinen Insel, ahnen SangSoos Eltern nichts von ihrem Tod. Vielleicht schlafen sie zu Hause, träumen von ihrer baldigen Rückkehr, hoffen, dass sie ihre Tochter eines Tages wiedersehen, dass die Zeit sie ihnen wiederbringt. Hana stellt sich vor, wie sie auf eine Tochter warten, die nie nach Hause zurückkehren wird, die starb, nachdem sie nur wenige Tage fort war.

Sie werden sich noch ewig fragen, was mit ihr geschehen ist, und erfahren vielleicht nie, wie lange sie schon von ihnen gegangen ist.

Es dauert zwei Tage, bis der Zug die nächste Station erreicht hat. Die Soldaten beerdigen SangSoo neben den Schienen in einem anonymen Grab mit vier weiteren Leichen. Die Toten werden in Tücher gewickelt, aber Hana weiß, in welchem SangSoo liegt, weil es das kleinste, das unauffälligste ist. So sehen die Soldaten sie, so sehen sie alle Mädchen.

Morimoto sagt, sie starb an einer entzündeten Wunde am Bein, aber Hana kennt die Wahrheit. Als sie sich wieder beruhigt hatte, fiel ihr das Blut auf dem Sitz auf. Es war in das Leder eingedrungen, und Rinnsale waren wie Adern seitlich hinunter auf den Boden geflossen. SangSoo ist verblutet. Sie war zu klein, zu jung, um eine solche Tortur auszuhalten. Wie viele Männer haben dieses Kind vergewaltigt?

Hana vergleicht SangSoo unwillkürlich mit ihrer kleinen Schwester Emiko. Wäre Hana nicht mit Morimoto mitgegangen, hätte er ihre Schwester mitgenommen. Bei der Vorstellung, sie hätte das gleiche Schicksal wie SangSoo erleiden und weit von zu Hause entfernt einen schrecklichen Tod sterben können, dreht sich ihr der Magen um. Aber Emiko ist in Sicherheit.

Auf ihrer Insel hätte man eine Beerdigungszeremonie abgehalten und die Götter angerufen, um SangSoos Geist zu ihren Vorfahren zu geleiten. Hana weiß nicht, wer die Vorfahren des Mädchens sind. Sie weiß nichts über sie, außer dass sie von der Insel Jeju stammt und ihr japanischer Name Noriko lautet. SangSoo, Noriko, Kleine Schwester. Hana wird sie niemals vergessen.

Sie schließt die Augen und wünscht SangSoos Geist eine sichere Reise nach Hause, wünscht ihm, dass ihn ein so schmerzhafter Tod nicht ruhelos macht, und ganz erhofft sie sich, dass er sie nicht in ihren Träumen heimsucht, um sich an dem Mädchen zu rächen, das an ihrer statt hätte mitgenommen werden sollen.

Zwei neue Mädchen kommen zu ihnen ins Abteil, und der Zug setzt bald seine Reise fort. Hana bemüht sich, nicht mehr an SangSoo zu denken. Stattdessen denkt sie an ihre kleine Schwester und dass sie immer noch zu Hause in Sicherheit ist, dort, wo Hana so gern sein möchte. Wenigstens ein Mädchen hat sie vor den Soldaten gerettet.

Hana stellt sich Emis Gesicht vor, um nicht SangSoos bleiche Haut zu sehen. Sie denkt ans Tauchen im Meer, um nicht die Kälte an den Fingerspitzen zu spüren. Sie denkt an schwarzes Seegras, das sich mit den Strömungen wiegt, und an viele Meilen tiefblauen Wassers, um das Rot nicht zu sehen, die Farbe des Todes. Als sich Hana schließlich dem Schlaf hingibt, träumt sie von ihrer Familie, die tief unten in einem dunklen Ozean schwimmt, aber manchmal ist sie nicht sicher, ob sie schwimmen oder ob sie auch nur in der Strömung treiben, die Augen leblos, die Haut kalt, während das Wasser sie umfließt.

Emi

Seoul, Dezember 2011

Emis Tochter YoonHui wohnt in der Nähe der Ewha Womans University in Seoul. Emi half ihr vor fünfzehn Jahren bei der Anzahlung für eine kleine Zweizimmerwohnung. Es schien eine gute Investition zu sein, deshalb verkaufte Emi das Haus der Familie in der Nähe des Mandarinenwäldchens und zog in die Hütte neben der Straße. YoonHui unterrichtet koreanische Literatur an der Universität und verdient gut. Jedes Mal, wenn sie sich sehen, bietet sie an, die Anzahlung zurückzugeben, aber Emi will das Geld nicht. Mit dem, was sie im Meer findet, kann sie sich alle Bedürfnisse erfüllen, das genügt ihr. Heute ist YoonHuis Freundin da. Sie sitzt am Couchtisch und streichelt den Hund.

»Du erinnerst dich doch an Lane? Sie ist Dozentin für Anthropologie an der Universität.«

Jedes Mal, wenn Emi zu Besuch kam, hat YoonHui Lane so vorgestellt. Emi wundert sich, dass sie immer da ist und immer um den Hund scharwenzelt, und sie scheint sich sehr zu Hause zu fühlen. Emi hat den Verdacht, dass die beiden schon lange befreundet sind.

»Guten Tag, Mutter, du siehst gut aus.«

»Guten Tag, Lane«, antwortet Emi. Lane wohnt seit über zehn Jahren in Südkorea und hat die meisten Sitten und Gebräuche des Landes angenommen. In der koreanischen Kultur wird niemand bei seinem Namen genannt. Alle sind Mütter, Väter, Große und Kleine Schwestern und Brüder, Tanten und Onkel oder Großmütter und Großväter. Selbst Fremden gibt man solche Namen. Wäre YoonHui verheiratet und hätte Kinder wie die meisten Frauen ihres Alters, dann würde Lane zu Emi Großmutter statt Mutter sagen. Aber in YoonHuis Haushalt gibt es keine Kinder, deshalb ist sie einfach nur Mutter. Sogar ihr Sohn vergisst das manchmal und nennt sie Mutter statt Großmutter, wenn ihr Enkel dabei ist. Wenn sie öfter zu Besuch gekommen wäre, sich bemüht hätte, eine größere Rolle im Leben ihres Enkels zu spielen, hätte sie sich diesen Titel vielleicht verdient.

Lane beherrscht zudem die koreanische Sprache perfekt. Wegen ihres Großstadtakzents wirkt sie für eine Amerikanerin sehr kultiviert. Die meisten Amerikaner haben einen starken Akzent und hören sich für Emi ein wenig dümmlich an, wie die Touristen, die die *haenyeo* auf der Insel Jeju besuchen. Sie werden in Gruppen vom Flughafen herbeigekarrt und machen mit ihren Handys und teuren Digitalkameras Fotos von den *haenyeo*. Ein paar sind so selbstbewusst, ihre Grundkenntnisse im Koreanischen bei den Taucherinnen auszuprobieren, die bei ihren Versuchen, eine Unterhaltung zu führen, immer kichern und lächeln. JinHee freut sich sehr, wenn ein Tourist sich bemüht, aber Emi ist ratlos.

»Du solltest ihnen dankbarer sein«, sagte JinHee einmal, als sich Emi beschwerte. »Wenigstens versuchen sie, mit uns zu reden.«

»Sie starren uns an wie Tiere im Zoo«, antwortete Emi, ohne ihre Freundin anzusehen.

»Ach, Unsinn! Jedenfalls helfen sie uns, unsere Lebensweise aufrechtzuerhalten.«

Emi lachte. »Wie sollen die denn unsere Lebensweise aufrechterhalten, wenn wir die ganze Arbeit tun müssen?«

JinHee klopfte Emi auf die Schulter. »Sie nehmen ihre Faszination für unsere Arbeit mit zurück in ihre Heimatländer. Sie erzählen ihren Freunden, wie wir leben und was sie bei uns gesehen haben. Solange man über uns spricht, können wir nicht verschwinden.«

Emi starrte JinHee an und staunte über deren Fähigkeit, immer das größere Ganze zu sehen.

Emis Tochter unterbricht sie in ihren Gedanken. »Hast du Hunger? Ich kann dir etwa zum Mittagessen machen.«

»Nein, nein, ich habe im Flugzeug gegessen. Ich hatte ein bisschen getrockneten Tintenfisch und *kimbap* dabei«, antwortet Emi, im Geiste immer noch bei ihrer Freundin. Seltsam, dass sie ihr jetzt plötzlich fehlt, nachdem sie gerade bei ihrer Tochter angekommen ist.

»Wo ist Hyoung?«, fragt ihre Tochter.

»Er musste zurück in die Arbeit und meinte, wir sehen uns zum Abendessen. Er hat YoungSook noch zum Basketballtraining gefahren.« Emi vermisst ihren Enkelsohn jetzt schon. »Wie groß er geworden ist!«

»YoungSook möchte Profi-Basketballer in Amerika werden, stimmt's, Lane?«, sagt ihre Tochter. Sie setzt sich neben Emi auf das Sofa, und beide sehen zu, wie Lane dem Hund kleine Portionen Reis in die gierige Schnauze steckt.

»Wenn dieser Junge so weiterwächst, könnte er es schaffen«, sagt Lane. »Er wird ein koreanischer Yao Ming.«

Der Hund bellt, die beiden Freundinnen lachen, und Emi meint zu sehen, wie Lane ihrer Tochter zuzwinkert.

»Ach, Mutter, deine Haare … Du brauchst eine frische Dauerwelle. Ich bringe dich vor dem Essen noch zum Friseur. Wir gehen zu Jungsik, das ist ganz in der Nähe.«

»Nein, nein, ich brauche keinen Friseurtermin.« Emi lacht. »Ich bin zu alt für Eitelkeiten.«

»Man ist nie zu alt, um gut auszusehen, Mutter«, sagt Lane und steht auf. Der Hund bellt, macht einen Satz und springt Emi auf den Schoß. Es ist ein kleiner Pudel, weiß, mit einem Wattebausch als Schwanz. Emi streichelt seinen weichen Kopf. Dann langt sie in ihre Einkaufstasche und holt die Plüschkatze heraus, die sie im Flugzeug gekauft hat.

»Darf er das haben?«, fragt sie, bevor sie dem Hund das Spielzeug gibt.

»Natürlich«, sagt Lane. »Wie süß, schau nur, YoonHui.«

Emis Tochter nimmt das Plüschtier und reißt die Etiketten ab. »Hol, Schneeball! Hol ihn dir.«

Der Hund rast durch den Korridor, schnappt sich die Katze und bringt sie Emi. Sie wirft die Katze immer wieder durch den Raum, bis der Hund müde wird, sich zu ihren Füßen fallen lässt und zufrieden auf dem ausgestopften Kopf der Katze herumkaut.

❧

Jedes Mal, wenn Emi sich bewegt, riecht es nach den chemischen Dünsten der Dauerwelle, deshalb versucht sie bei dem Essen im Restaurant so still wie möglich zu sitzen. Es ist zu vornehm für sie, und sie versteht jetzt, warum ihre

Tochter wollte, dass sie sich fein macht. Sie regte sogar an, Emi sollte die rosa Hose ausziehen, weil sie den grünen Tee ausgeschüttet hatte. Emi hatte für ihren kurzen Aufenthalt in Seoul nur eine Ersatzhose mitgebracht, und so zog sie die schwarze Hose an, die sie eigentlich am nächsten Tag hatte tragen wollen. Sie hatte bereits einen schwarzen Pullover an, und ihre Tochter betrachtete sie missbilligend.

»Du gehst doch nicht auf eine Beerdigung, Mutter. Hast du keinen anderen Pullover?« Emi blickte auf ihre Kleidung hinab. Sie hatte nicht vorgehabt, die beiden Sachen zusammen anzuziehen, aber plötzlich hatte sie das Gefühl wirklich auf eine Beerdigung zu gehen. Ihr wurde das Herz ganz furchtbar schwer, und unwillkürlich begann sie zu weinen.

»Mutter, es tut mir leid. Das wollte ich nicht.«

»Nein, nein, es ist nicht deine Schuld. Es ist nur …«

Aber Emi fand nicht die richtigen Worte, um sich zu erklären. Sie nahm das Taschentuch, das YoonHui ihr hinhielt, und wischte sich die Tränen ab. Ihre Tochter setzte sich schweigend vor sie hin und guckte betreten.

»Das liegt nicht an dem, was du gesagt hast«, erklärte Emi ihrer Tochter, nachdem sie sich wieder gefasst hatte. »Komm, jetzt machen wir mich vorzeigbar.« Sie zog YoonHui zu ihrem Koffer. »Hilf mir mal: Was soll ich zum Essen anziehen?«

YoonHui lachte und suchte die spärlichen Habseligkeiten ihrer Mutter durch. Schließlich einigten sie sich auf einen cremefarbenen Pullover, der bei ihrer Tochter im Schrank hing. Die Ärmel waren ein klein wenig zu lang. YoonHui schlug den Bund um, und Emi fühlte sich an ihre eigene Mutter erinnert. Sie fand immer, YoonHui sehe ihrem Mann ähnlicher, aber als sie nun dasaß und sich von den geschickten Händen ihrer Tochter zurechtmachen ließ, blickte Emi das Gesicht ihrer Mutter entgegen. Das nahm ein wenig Last von ihr und hob ihre Laune immerhin so weit, dass sie lächeln konnte, als sie sich beim Friseur mit ihrer neuen Dauerwelle im Spiegel betrachtete.

Der Kellner bringt den Tee und stellt das Tablett vor Emi hin. Er gießt die heiße Flüssigkeit in die Tonbecher, die YoonHui herumreicht. Emi betrachtet ihre Familie. Die Gesichter sind älter als die, die sie im Kopf hat, wenn sie zu Hause ist. Ihr Sohn sollte schon Großvater sein, ihre Tochter Großmutter. Ihr Enkel sollte ein Urenkel sein. Alle unterhalten sich und lachen und bestellen Essen. Lane erzählt von ihrer neuesten Veröffentlichung über die zunehmende Verbreitung der weiblichen Genitalverstümmelung in westlichen Ländern und dass sich wegen des Internets jetzt mehr Frauen zu Wort melden. Ihre Schwiegertochter zupft am Hemdkragen ihres Sohnes herum. Ihr Sohn bestellt einen Whisky nach dem anderen, pur. Emi hört zu und hört nicht zu, bis plötzlich alle schweigen und sie ansehen.

»Hast du mich gehört?«, fragt ihr Sohn.

Sie schüttelt den Kopf.

»Ich habe gefragt, was du morgen vorhast.«

»Morgen?«, fragt Emi. Auf einmal hat sie vergessen, warum sie hergekommen ist. Im Restaurant scheint es ungewöhnlich still zu sein. Ihr Enkel errötet, als schäme er sich für sie.

»Ja, morgen«, sagt YoonHui und streichelt Emi die Hand. »Lane und ich wollen dich begleiten.«

Emi ist verwirrt. Die Ausdünstungen ihrer Haare machen sie leicht schwindelig. Zu viele Augen mustern sie. Sie braucht Luft. Sie schickt sich an aufzustehen, und ihre Tochter erhebt sich mit ihr. Auf YoonHui gestützt, schlurft Emi weg vom Tisch und hinaus in die kalte Abendluft. In den hellen Lichtern der Stadt, die auf allen Gebäuden blinken, flitzen Autos vorbei. Sie hat Heimweh nach der Ruhe ihrer einsamen Hütte, dem Tosen der Meereswellen und dem Lachen ihrer Tauchfreundinnen.

»Ich wollte nicht fliegen«, erzählt sie YoonHui. »Aber ich musste.« Sie berührt den blauen Fleck über dem Auge.

YoonHui antwortet nicht, doch sie legt Emi den Arm enger um die Schultern. Seite an Seite sehen sie zu, wie die Stadt in glänzenden Importautos auf der Straße und mit klackernden Designerstilettos auf dem Gehsteig an ihnen vorbeieilt. Emi denkt an den Boden weit unter sich, als sie im Flugzeug saß. Die schwarze Landebahn war umgeben von den dürren braunen Halmen des Wintergrases, und Emi musste sich unwillkürlich vorstellen, was unter dem Asphalt lag, seit vielen Jahren dort verscharrt. *Wer, nicht was.* Zu viele Gesichter blickten von der Erde zu ihr herauf. Emi möchte sich nicht an sie erinnern. Sie schiebt die leeren Blicke weg, lässt sich vom Getöse der Stadt ablenken. Nur zu gerne widmet sie sich wieder den blinkenden Lichtern und dem tröstenden Arm ihrer Tochter.

❧

Mitten in der Nacht wacht Emi auf. Sie hat irgendein Geräusch oder eine Stimme gehört, glaubt, jemand hätte ihren Namen gerufen. Sie setzt sich auf, zieht sich das Nachthemd um den Hals enger. Alles ist schwarz, bis auf die rot leuchtenden Zahlen des Weckers. Es ist drei Uhr morgens. Ihre Tochter liegt leise schnarchend neben ihr. Emi schlüpft vorsichtig unter der Zudecke hervor, um sie nicht zu wecken. Sie streckt die Hände vor sich aus und tastet sich durch den leeren Raum zur Schlafzimmertür.

In der kleinen Küche schaltet sie den Wasserkocher an. Schneeball kommt herbei, um zu sehen, was sie vorhat, und geht ihr nach, während sie herumschlurft. Als Emi sich an den Frühstückstisch setzt, springt ihr der kleine Hund auf den Schoß. Sie tätschelt seinen flauschigen Kopf und starrt die leere Küchenwand an, die himmelblau gestrichen ist. Während sie das weiche Fell des Hundes streichelt, ruft sie den Traum zurück, der sie mitten in der Nacht geweckt hat.

Ein Mädchen schwimmt im Meer und taucht nach Muscheln. Sie winkt Emi und zeigt ihr den Seestern, den sie gefunden hat. Emi steht am Ufer, trägt aber nicht ihren Neoprenanzug. Stattdessen hat sie ein weißes Baumwollkleid an, das ihr gerade bis über die Knie reicht. Das Kleid verbirgt kaum ihre alte Haut. An den Füßen trägt sie glänzende schwarze Schuhe, die sie noch nie gesehen hat. Das Mädchen im Wasser lacht und taucht wieder unter. Sie ähnelt einem Delfin, wie sie mit müheloser Eleganz hochsteigt und wieder eintaucht, immer wieder. *Bin das ich, vor langer Zeit?*, fragt sich Emi.

Aus der Ferne zieht eine dunkle Wolke heran. Wütend bauscht sie sich um die beiden auf, türmt sich immer höher und stärker. Emi ruft dem jungen Mädchen zu, sie soll an Land kommen. Bald brüllt sie, dass ein Unwetter aufzieht, aber das Mädchen hört sie nicht in dem Wind. Sie taucht wieder unter, und dann kracht es überall um sie herum, Regen, Blitz und Donner. Hagelkörner prasseln auf den Strand nieder, und Emi sucht Schutz unter einem Felsvorsprung, während sie nach dem Mädchen Ausschau hält. Aber sie taucht nicht aus dem Wasser auf.

Minuten vergehen, und Emi fürchtet, das Mädchen sei ertrunken. Der Sturm nimmt an Stärke zu. Mächtige Wellen krachen ans Ufer. Emi weiß, das Mädchen hat keine Chance. Also schlüpft sie aus ihren Schuhen, zieht sich das Kleid über den Kopf. Nackt läuft sie in das brodelnde Meer. Als sie mit dem Kopf in das kalte Wasser eintaucht, ruft jemand ihren Namen.

Der Wasserkessel pfeift, worauf Schneeball bellt. Emi beruhigt den Hund und nimmt den Wasserkessel rasch vom Herd. Sie gießt das heiße Wasser in eine Tasse und gibt einen Beutel grünen Tee hinein. Dann setzt sie sich hin, und der Hund springt ihr wieder auf den Schoß. Emi wärmt sich die Hände an der Tasse, während sie darauf wartet, dass das Wasser ein dunkles Gelbgrün annimmt. In ihrem ganzen Leben hat sie noch nie solche glänzenden schwarzen Schuhe getragen wie in ihrem Traum. Ein weißes Kleid vielleicht, aber nicht die Schuhe.

Emi trinkt einen Schluck und überlegt, was neue Schuhe in Träumen bedeuten. JinHee würde das wissen. Sie interpretiert ständig die Träume von allen Leuten, ob sie es wollen oder nicht. Und wer war das junge Mädchen im Meer? War sie das selbst, als sie jünger war? Dreht sich der Traum um den Tod ihrer Kindheit oder vielleicht um ihren bevorstehenden Tod?

Du weißt, wer das ist, sagt die Stimme in ihrem Kopf vorwurfsvoll. Emi versucht, sie auszublenden, aber sie denkt an das Gesicht des Mädchens, beschwört es wieder herauf.

»Hana«, flüstert sie in den leeren Raum. Diesen Namen hat sie seit über sechzig Jahren nicht mehr ausgesprochen.

Schneeball legt den Kopf schief. Emi trippelt mit ihrem Tee ins Wohnzimmer. Sie setzt sich auf das Sofa, damit sie den Schlaf ihrer Tochter nicht stört. Schneeball hüpft neben sie und kuschelt sich an ihr Bein. Emi möchte die Augen nicht schließen. Sie hat Angst, sie sieht das tote Mädchen im Meer treiben, schwarze leblose Augen, die sie anstarren. Sie streichelt den Kopf des Hundes und trinkt ihren Tee, bis die ersten Strahlen der Sonne auf dem Fensterbrett schimmern.

Hana

Korea, Sommer 1943

Sie fahren nur während der Nacht, wenn die Bomber, die über sie hinwegfliegen, nicht sehen können, dass sie Vorräte nach Norden bringen. Der Zug hält unterwegs oft an, aber die Mädchen werden gezwungen, im Zug zu bleiben. Sie bekommen kaum etwas zu essen und nur wenig Wasser. Hana hat großen Hunger. Es fühlt sich an, als würde ihr Magen sich selbst verzehren. Darauf zu warten, dass das Tageslicht schwindet, ist qualvoll. Die Mädchen müssen schweigend dasitzen, während die Soldaten rauchen, essen und Witze reißen.

Die beiden Mädchen, die zu ihnen stießen, als der Zug am Bahnhof hielt, sind freundlich, aber Hana ist nach dem Vorfall mit SangSoo nicht sehr gesprächig. Die mit dem breiten Gesicht, die SangSoos Tod mitangesehen hat, scheint froh zu sein, neue Freundinnen zu haben, mit denen sie reden kann. Jetzt sieht sie wieder hübsch aus, der Schock ist verflogen. Manchmal werden die vier im Abteil allein gelassen, und dann erzählen sie einander ihre Geschichten.

Die drei Mädchen scheinen einander unbedingt ihr ganzes Leben anvertrauen zu wollen. Hana sitzt schweigend da und hört zu, mit einem Auge immer bei dem schmalen Strich Sonnenlicht, das durch das geschwärzte Fenster fällt. Vor der dünnen Linie ziehen Schatten vorüber, und sie fragt sich, ob das wohl Soldaten sind oder Zivilisten, Zivilisten, die vielleicht helfen würden.

»Meine Mutter hat mich nach Seoul geschickt, damit ich meiner Tante den Haushalt führe, aber ich bin nie dort angekommen«, sagt ein Mädchen. Sie ist die Älteste der Gruppe, schätzungsweise neunzehn. In einer Wange hat sie ein Grübchen. Ihre lockigen, ungebärdigen Haare hat sie im Nacken zusammengebunden.

»Ich habe an einer Haltestelle auf der Strecke auf den Bus gewartet. Es wären noch drei Stationen bis Seoul gewesen, da hielt ein Armeeoffizier an. Er hat mich gefragt, wo ich hinwill, und ich habe es ihm gesagt. Er meinte, der Bus hätte Verspätung, und es könne noch Stunden dauern. Er hat angeboten, mich mitzunehmen.« Schuldbewusst sieht sie die anderen an, wartet darauf, dass sie über sie urteilen, aber keine sagt ein Wort, und so fährt sie fort. »Ich hätte ihm nicht glauben sollen, das weiß ich. Meine Mutter hat immer gesagt, einem Japaner soll ich nie glauben. Sie betrachten Koreaner als minderwertig, aber … er wirkte so freundlich. Ich dachte, er will mir wirklich helfen.« Ihre Stimme wird zu einem Flüstern. »Ich war noch nie von zu Hause weg«, fügt sie hinzu.

Hana sieht wieder den beleuchteten Spalt an und die Schatten, die darübertanzen. Auch sie war noch nie von zu Hause weg gewesen. Ihre Mutter traute den Japanern ebenfalls nicht. Sie ließ ihre Töchter nie aus den Augen, außer wenn es unbedingt sein musste, und dann war Hana verantwortlich und hatte die strenge Anweisung, sich von

Fremden fernzuhalten. Ihr Vater war häufig den ganzen Tag unterwegs und fischte die Reste, die die japanischen Boote zurückließen. Oft kehrte er spätabends nach Hause zurück, lange nachdem Hana und ihre Mutter und ihre Schwester vom Markt heimgekehrt waren, und präsentierte ihnen mit großem Trara seinen Fang.

»Seht her, was ich für unser Festessen heute mitgebracht habe!«, rief er, wenn er ihr kleines traditionelles Haus betrat.

Hana und ihre Schwester kreischten freudig und rannten zu ihm, noch bevor er über die Schwelle treten konnte. Jede klammerte sich an ein Bein. Dann stapfte er mit ihnen ins Haus wie ein Seeungeheuer aus den Tiefen des Ozeans. Obwohl Hana mit sechzehn viel zu alt dafür war, setzten sie die Tradition fort, weil ihre Schwester solchen Spaß daran hatte. Ihre Schwester kicherte vor Vergnügen, wenn ihr Vater sich abmühte, sein überladenes Bein zu bewegen. Hana musste ihm behilflich sein, nur ein bisschen, ohne dass ihre Schwester etwas merkte. Mit dieser kleinen Vorführung brachten sie Glück in ihr Heim. Auch wenn ihr Vater hundemüde war und vor lauter Erschöpfung und Druck vorzeitig alterte.

»Wo ist meine Königin?«, fragte er immer, bevor er sich setzte, um seinen Beutel zu öffnen.

»In der Küche, wo denn sonst?«, rief dann ihre Schwester, und ihre Mutter steckte den Kopf durch die Tür.

»Ah, da ist ja meine schöne Braut. Welch köstlicher Geruch weht heute Abend durch unseren Palast! Hier, meine Glücksritter, unsere herrliche Ausbeute ist euer, ihr könnt sie meiner schönen Ehefrau zur Zubereitung überreichen.«

Das war das Stichwort für Hana und ihre Schwester. Jetzt

durften sie den Beutel durchwühlen, und immer wenn sie einen Fisch, Seetang oder eine Tüte Reis herausholten, gaben sie ihrer Freude lautstark Ausdruck. Manchmal überraschte ihr Vater sie mit Birnen, die er gegen Fisch hatte eintauschen können, aber das war etwas ganz Besonderes und kam nur ein- oder zweimal im Jahr vor. Am Abend vor ihrer Verschleppung hatte ihr Vater zwei große Birnen mit nach Hause gebracht. Sie kann das saftige Fruchtfleisch beinahe schmecken, die Erinnerung ist noch ganz lebendig.

»Er brachte mich zu einem Armeestützpunkt, und ich musste ein Formular unterschreiben, aber ich kann kein Japanisch lesen. Ich bin nie zur Schule gegangen«, fährt das Mädchen verschämt fort. »Ich hatte keine Ahnung, was los war. Er hat mich mit einem koreanischen Mann dort zurückgelassen, der mir gesagt hat, meine Tante benötigt meine Dienste nicht mehr. Der Kaiser braucht mich jetzt, und ich soll für den Ruhm Japans arbeiten.«

Hana sieht dem Mädchen ins Gesicht. Sie findet Unschuld in ihren Augen. Die Soldaten haben sie nicht vergewaltigt. Hana fragt sich, ob die Soldaten wohl nur die eine Kabine geplündert haben, in der sie selbst auf der Fähre untergebracht war. Sie kann diesen Mädchen unmöglich erzählen, was ihr widerfahren ist. Sie warten schweigend darauf, dass sie etwas sagt, denn nun ist sie an der Reihe, ihre Geschichte zu erzählen. Hana blickt nacheinander in ihre erwartungsvollen Gesichter, entschuldigt sich und wendet sich ab. Sie konzentriert sich auf das schwächer werdende Licht der Sonne.

Am Ende der einwöchigen Reise sitzt Hana allein im Abteil. Die anderen drei Mädchen mussten schon bei früheren Haltepunkten aussteigen. Morimoto hat die ganze Strecke über nicht mit ihr gesprochen, er hat sie kaum einmal angesehen. Es scheint fast, als hätte er vergessen, dass sie da ist, bis sie an ihrem Ziel in der Mandschurei ankommen. Plötzlich ist alles ganz geschäftsmäßig: Er befiehlt ihr auszusteigen, reicht ihre Unterlagen dem zuständigen Offizier und marschiert davon, als hätte er sie nicht durch die halbe Welt hierhergeschleift. Der neue Soldat geht los, um ein Transportfahrzeug zu beschaffen, und sie ist allein. Suchend sieht sie sich um und ist kurz davor, über die Straße zu laufen, als Morimoto schon wieder zurückkommt. Er hat eine Schachtel Zigaretten in der Hand. Als er neben ihr steht, zündet er sich eine an. Er zieht ein paar Mal, dann hält er ihr die Zigarette hin.

»Weißt du, wie das geht?«

Hana starrt erst die Zigarette und dann ihn an und fragt sich, ob das irgendein Trick ist. Er lacht sie an, ein heller Klang, als wäre er ein Freund, der einem dummen Mädchen wie nebenbei nichts Schlimmeres als eine Zigarette anbietet.

»Es ist ganz einfach, sieht mir zu.« Er zieht lange daran und sieht blinzelnd zu, wie der Rauch in Spiralen zum Nachthimmel hinaufsteigt. Dann nimmt er sich die Zigarette aus dem Mund und schiebt sie ihr zwischen die Lippen. Sie rührt sich nicht, hat Angst, er könne sie verbrennen oder ihr Schlimmeres antun. »Atme ein«, sagt er.

Hana schüttelte den Kopf, und die Zigarette fällt auf den Boden. Er gibt ihr eine Ohrfeige. Tränen steigen ihr in die Augen. Er hebt die Zigarette auf und zündet sie erneut an. Er schiebt sie ihr in den Mund.

»Du wirst lernen zu tun, was man dir befiehlt. Atme ein.«

Sich zu weigern wäre Wahnsinn, deshalb gehorcht sie ihm und inhaliert. Sie muss sofort husten, als ihr der brennende Rauch die Kehle versengt.

Er lacht und schlägt sie auf den Rücken, wie es ein großer Bruder tun würde. Die Zigarette fällt ihr aus dem Mund, wieder auf den Boden. Er zerdrückt sie mit der Stiefelspitze. Als der andere Soldat zurückkommt, unterhält sich Morimoto mit ihm, als wäre Hana gar nicht da. Morimoto klopft ihm auf die Schulter, sie lachen, der Soldat salutiert, und Morimoto erwidert den Gruß. Der andere Soldat führt Hana zu einem Geländewagen, der neben dem Bahnhof parkt. Morimoto zündet sich noch eine Zigarette an und stößt eine Rauchwolke aus, als sie auf der unbefestigten Straße an ihm vorbeifahren. Hana schmeckt den Tabak auf der Zunge.

Es ist dunkel, deshalb sieht sie nicht viel von der mandschurischen Landschaft, bis auf vereinzelte Sträucher und grasbewachsene Weiden. So dunkel hat sie den Nachthimmel lange nicht gesehen, und kein Mond weist ihnen den Weg. Auch die Autoscheinwerfer sind auf der holprigen, unasphaltierten Straße kaum eine Hilfe. Hana schläft ein und wacht überrascht auf, als sie von einer Hand grob wachgerüttelt wird.

»Wir sind da, steig aus«, befiehlt ihr der Soldat.

Beleuchtet von den Autoscheinwerfern, ragt vor ihnen eine große, aus Holz gebaute Herberge auf. Sie ist zwei Stockwerke hoch, und die Fenster im ersten Stock sind vergittert. Die Tür geht auf. Ein weiterer Soldat kommt heraus und winkt sie hinein.

»Bringst du das Ersatzmädchen?«, fragt er, als sie in die Diele treten.

»Ja, von Korporal Morimoto.«

»Na klar«, sagt er grinsend.

Sie salutieren voreinander, und ohne noch einen Blick auf Hana zu werfen, steigt der Soldat wieder in den Jeep. Hana sieht zu, wie er Gas gibt und wegfährt. Der Soldat in der Herberge schließt die Tür hinter ihr und verriegelt sie. Er ruft jemanden. Eine alte Frau erscheint, sie trägt Kleider im chinesischen Stil. Sie legt einen Arm um Hana und führt sie weiter hinein. Hana ist froh, in Gesellschaft einer Frau zu sein. Vielleicht ist sie in einem Arbeitshaus. Dieser Gedanke macht ihr ein klein wenig Mut.

»Können Sie mir sagen, wo ich bin?«, fragt Hana. Sie spricht japanisch, so wie es vorgeschrieben ist.

Die Frau gibt keine Antwort. Hana versucht es noch einmal, aber die Frau führt Hana nur in eine große Eingangshalle und zu einer alten Holztreppe.

»Was ist da oben?«, fragt Hana.

Die Frau zündet eine Kerze an und geht die Treppe hinauf. Am Fuß der Treppe bleibt Hana stehen. Gerahmte Porträts von Mädchen hängen in zwei Reihen an der Wand über der ersten Stufe. Jedes Mädchen hat den gleichen Pagenschnitt und die gleiche ernste Miene. Unter jedem Bild steht eine Nummer. Ihre dunklen Augen scheinen sie zu beobachten, als sie der Frau über die Treppe nach oben folgt, und sie bemüht sich nach Kräften, keine Angst zu haben.

Die Kerze flackert auf den Wänden des düsteren Gangs, aber sie spendet nicht genug Licht, als dass Hana ihre Umgebung erkennen könnte. Sie gehen an ein paar Türen vorbei, dann bleibt die Frau vor einer stehen und schließt sie mit einem Schlüssel auf. Hana tritt ein, und die Frau wendet sich zum Gehen.

»Halt«, ruft Hana ihr zu. »Bitte sagen Sie mir, wo ich bin«, bittet sie, aber die Schuhe der Frau tappen bereits über die Holztreppe, als sie zurück nach unten geht.

Hana ist allein. Sie untersucht den kleinen Raum in fast völliger Finsternis. Er ist kaum groß genug für die Tatamimatte, die in einer Ecke an der Wand liegt, und die Schüssel daneben. Hana eilt zu der Schüssel und stellt fest, dass sie kühles Wasser enthält. Sie hebt sie an die Lippen, und das Wasser rinnt ihr durch die Kehle. Sie trinkt und trinkt, ohne zu überlegen, ob das Wasser auch sauber oder wofür es gedacht ist. Sie trinkt es bis auf den letzten Tropfen aus. Dann legt sie sich auf die Tatamimatte und wartet darauf, dass die alte Frau zurückkehrt.

Hana wacht aus einem unruhigen Schlaf auf, als die alte Frau das Zimmer betritt. Sie bringt eine Schale Reissuppe mit eingelegtem japanischem Gemüse als Beilage. Hana setzt sich auf, und eine Menge Fragen sprudeln aus ihr hervor.

»Wo bin ich? Warum bin ich hier? Wann kann ich nach Hause zu meiner Mutter?« Sie möchte unbedingt Antworten. Sie wiederholt die Fragen sogar auf Koreanisch.

Die Frau schüttelt den Kopf. Sie spricht in einer anderen Sprache, die Hana für Mandarin hält. Sie bedeutet Hana, den Reis zu essen, und wendet sich zum Gehen. Als sie die Tür öffnet, dringt ein tiefes, schauerliches Stöhnen in den Raum.

»Was ist das?«, fragt Hana unwillkürlich, aber die Frau schüttelt wieder den Kopf. Sie verlässt den Raum ohne ein weiteres Wort.

Hana geht zur Tür und blickt hinaus. Die Frau schlurft

davon, ihre schmalen Schultern hängen herab. Hana ist sich sicher, dass dies kein so schlimmer Ort sein kann, wenn sich die alte Frau nicht die Mühe macht, die Zimmertür abzuschließen. Es scheint fast, als dürfe Hana sich frei in der Herberge bewegen, als wäre sie keine Gefangene, oder falls doch, dann wäre es der Frau vielleicht egal, ob Hana versuchte zu fliehen. Doch dann kommt ihr der Gedanke, dass es vielleicht auch gar keinen Ort gibt, an den man fliehen kann.

Das Geräusch kommt wieder, ein Klagelaut, unmenschlich tief, wie der Tod. Hana möchte die Tür zumachen und sich in die äußerste Ecke des Zimmers kauern, aber sie muss wissen, was für ein Geschöpf einen so entsetzlichen Laut von sich geben kann. Wenn sie die Quelle des Klagens ausmachen kann, weiß sie vielleicht, wo sie ist und warum sie hergebracht wurde.

Die Tür zu ihrem Zimmer ist eine von vielen, die sich auf eine Galerie öffnen, mit Blick nach unten auf einen kleinen Eingangsbereich, von dem noch mehr Türen abgehen. Dort wurden weitere Kerzen angezündet, und Hana kann jetzt Details erkennen. Es ist leer unten, als würden die Möbel der Herberge erst noch ankommen.

Wieder ertönt das Stöhnen. Hana glaubt, es kam aus der Tür, die dem Fuß der Treppe am nächsten ist. Sie steht einen Spalt offen, und im Inneren des Raums bewegen sich Schatten. Hana geht leise die Treppe hinab und wirft einen raschen Blick auf die Mädchen an der Wand, als sie die unterste Stufe erreicht. Ihre Blicke sind wachsam und vorwurfsvoll. Hana wendet sich von ihnen ab und schleicht auf Zehenspitzen zu der Tür. Sie hält den Atem an und guckt in das Zimmer.

Auf einer Matte an der gegenüberliegenden Wand liegt eine Frau. Sie hat die Beine gespreizt, ihre Schenkel sind voller Blut. Ein Mann mit einer Stoffmaske über Nase und Mund hockt zwischen ihren Beinen. Hana läuft es kalt über den Rücken, als sie begreift, dass das Todestöhnen von der blutigen Frau kommt.

»Sie muss pressen«, sagt der Japaner zu jemandem neben sich. Hana sieht die Person nicht, hört aber ihre Stimme.

»Der Arzt sagt, du musst pressen«, sagt sie auf Koreanisch.

Unwillkürlich schnappt Hana nach Luft. Die Frau ist Koreanerin. Sie schreit auf, ein tiefer, hohler Klang, eher tierisch als menschlich. Hana wendet sich um, will rasch die Treppe wieder hinauflaufen. Einerseits hat sie Angst vor der Frau, die ein Kind bekommt, andererseits ist sie froh, an einem Ort gelandet zu sein, wo noch weitere Koreanerinnen sind.

»Sie schafft es nicht«, sagt der Arzt auf Japanisch, und Hana erstarrt.

»Und das Baby?«, fragt die Frau neben ihm.

»Das ist bereits tot.«

»Können Sie sie durch eine Operation retten?«

»Entweder sie drückt es heraus, oder sie stirbt mit ihm. Sagen Sie ihr, wenn sie überleben will, muss sie fester pressen.«

Hana will nicht noch mehr hören. Leise eilt sie die Treppe hinauf, verschwindet in ihrem Zimmer und setzt sich zitternd, mit an die Brust gezogenen Knien hin. Noch während sie den Schmerzensschreien der Frau lauscht, sieht Hana immer wieder zu der Schale mit Reissuppe und dem eingelegten Gemüse auf dem Tablett hin. Ihr knurrt der Magen. Sie findet es abscheulich, Hunger zu haben, während eine andere Frau mit dem Tode ringt. Doch das reicht nicht aus, um sie daran zu hindern, ihren Hunger zu stillen. Sie langt nach der Schale und schlürft den Reis. Als die Schale leer ist, isst sie das eingelegte Gemüse, alles auf einmal, dann wischt sie sich das Gesicht mit dem Ärmel ab. Wieder dringt ein Stöhnen unter der geschlossenen Tür durch, und Hana wird schlecht. Übelkeit überkommt sie, und sie kriecht zu der Schüssel an der Wand und übergibt sich.

Reis, Wasser und Gemüse platschen in die runde Metallschale. Hana wischt sich den Mund mit dem Handrücken ab und steht auf, um die Schüssel unten auszuleeren. Auf halbem Weg hört sie die Frau wieder und bringt es nicht mehr über sich weiterzugehen. Sie verschwindet rasch wieder in ihrem Zimmer.

Als sie sich der Tür nähert, fällt ihr eine Holztafel daneben auf. In japanischer Schrift ist der Name einer Blume hineingeschnitzt, dazu eine Zahl: Sakura (Kirschblüte) – 2. Auch neben den anderen Türen auf dem Treppenabsatz ist ein Schild mit einem Blumennamen. Sie geht nacheinander daran vorbei: Tsubaki (Kamelie) – 3, Hinata (Sonneblume) – 4, Kiku (Chrysantheme) – 5, Ayame (Iris) – 6 und Riko (Jasmin) – 7. Als sie bei der letzten Tür angelangt ist, hört sie etwas am anderen Ende des Gangs, in der Nähe ihres Zimmers.

Rasch geht Hana wieder zurück und entdeckt hinter ihrer Tür noch eine weitere. Auf dem Schild daneben steht kein Blumen-, sondern ein Mädchenname: Keiko (Segen) – 1. Hana hört etwas dahinter, eine Art Schlurfen. Sie will unbedingt jemanden finden, der ihr sagt, wo sie ist und warum sie an diesen Ort gebracht wurde, daher stellt sie die Schüssel rasch auf den Boden und langt nach dem Türgriff. Vor lauter Angst macht ihr Herz ein paar unregelmäßige Schläge, zu schnell, zu fest, es nimmt ihr die Luft, aber der Griff lässt sich leicht drehen.

Der Raum ist identisch mit ihrem. Auf dem Boden brennt eine Kerze, neben einer Frau, die auf der Matte kniet. Sie hält die Hände vor das Gesicht und weint lautlos. Bei jedem unterdrückten Schluchzen beben ihre Schultern. Hana möchte die Tür wieder zumachen, aber die Frau hat sie bemerkt und nimmt die Hände herunter. Sie starren einander an.

»Du bist bestimmt die neue Sakura«, sagt die Frau auf Japanisch.

Hana ist froh, dass sie sich verständigen können. »Bist du Keiko?«, fragt sie, wegen der Tafel vor der Tür. Die Frau nickt. Auf den Schildern stehen also Namen. Hana heißt jetzt Sakura.

»Du bist so jung«, sagt Keiko kopfschüttelnd. »Wie alt bist du?«

»Sechzehn«, antwortet Hana. Sie schämt sich, weil ihre Stimme so zittert. Im Licht der Kerze schätzt Hana Keikos Alter auf dreißig bis vierzig.

»Ich war auch einmal so jung wie du. Es kommt mir vor wie eine Ewigkeit.« Die Frau unten stöhnt, und Keiko hält sich den Mund zu, um ein Schluchzen zu unterdrücken.

»Kennst du sie?«, fragt Hana.

»Sie ist meine Freundin«, sagt Keiko nach einem langen Moment mit bebender Stimme.

»Das Baby ist tot«, platzt Hana heraus. Ihr Magen revoltiert.

»Gut.« Auf ihrem Porzellangesicht liegt ein finsterer Ausdruck.

Hana ist verblüfft über Keikos Zorn. »Sie stirbt vielleicht auch.« Sie fragt sich, ob sich Keiko darüber genauso freuen wird.

Keikos Züge werden weich, und sie blickt auf ihre Hände hinab, die schlaff in ihrem Schoß liegen. »Das wäre auch gut.«

»Ich verstehe nicht«, sagt Hana leise.

»Das wirst du schon bald«, antwortet Keiko, ohne aufzublicken. »Geh wieder in dein Zimmer. Wenn sie dich hier finden, müssen wir beide dafür büßen.«

Hana möchte fragen, was sie damit meint, aber von unten ist eine Männerstimme zu hören.

»Geh!«, flüstert Keiko schroff.

Hana geht rasch aus Keikos Zimmer, nimmt die Schüssel und verschwindet in dem ihr zugeteilten Raum. Bald riecht es nach Galle, und sie überlegt, ob sie das Erbrochene einfach aus dem Fenster schütten soll, aber sie denkt an Keikos Angst und überlegt es sich anders. Hana legt sich auf die Tatamimatte und denkt über die unheilvollen Worte nach, die Keiko zu ihr gesagt hat. In dieser Nacht kommt niemand mehr in ihr Zimmer. Hana hält sich den leeren Bauch und schläft ein.

Am nächsten Tag erfährt Hana, dass Keikos Freundin unter den Wehen gestorben ist, und sie weiß nun, warum sie hierhergebracht wurde.

Emi

Seoul, Dezember 2011

Emis Tochter weckt sie mit einer sanften Berührung am Arm. »Das Frühstück ist fertig.«

Emi riecht frisch aufgebrühten Kaffee, gekochten Reis und gebratenen Weißfisch. Ihr knurrt der Magen. Als sie vom Sofa aufsteht, knacken ihre Knie. Schneeball wedelt mit dem Schwanz und folgt ihr ins Bad. Es scheint ihm nichts auszumachen, ihrer morgendlichen Routine zuzusehen. Sie sind beinahe wie alte Kameraden, die über Jahre ein vertrautes Verhältnis zueinander entwickelt haben. Sie spritzt sich Wasser ins Gesicht, legt sich die Hände auf die brennenden Augen und badet sie in kaltem Wasser. Erfrischt nimmt sie den kleinen Hund hoch und schlurft in die Küche.

Ihre Tochter hat sich große Mühe gegeben. Auf dem Frühstückstisch stehen mehrere Gerichte auf kleinen Porzellantellern, daneben zwei dampfende Schalen mit Reis.

»Du hast mein Lieblings*banchan* gemacht«, ruft Emi und zeigt auf die gewürzten Sojasprossen.

»Ich habe den gestrigen Vormittag mit Kochen zugebracht«, gibt YoonHui zu und setzt sich gegenüber von ihrer Mutter an den Tisch.

Emi nimmt ihre Essstäbchen und probiert die Sojasprossen. Sie schmecken hervorragend, und das sagt sie ihrer Tochter. Eine Weile essen sie schweigend, auch wenn Schneeball sich gelegentlich bemerkbar macht. YoonHui verwöhnt den Hund mit ein paar Stückchen Fisch.

Nach dem Frühstück trinken sie im Wohnzimmer Kaffee, und ihre Tochter legt eine CD auf. Klassische Klaviermusik erklingt.

»Schön, die Musik«, sagt Emi.

»Das ist Chopin. Das letzte Mal hat dir das auch gefallen.«

»Ja, es ist sehr gut.«

YoonHui lächelt und blickt aus dem Fenster. Emi denkt, dass Lane wahrscheinlich bald kommt.

»Mutter, ist es wirklich in Ordnung, wenn Lane uns heute begleitet? Du hast nichts dagegen?«

»Ich habe dir doch gesagt, es ist mir recht. Mach dir wegen mir keine Gedanken. Kommt dein Bruder auch mit?«

»Nein, er muss arbeiten.«

»Und mein Enkel?«

»Der ist in der Schule. Wir treffen sie heute noch einmal zum Abendessen.«

Ihre Tochter atmet hörbar aus. Emi hat den Eindruck, dass sie aufgebracht ist. Deshalb bleibt sie sitzen und wartet ab, ob ihre Tochter etwas mit ihr zu besprechen hat.

»Mutter? Darf ich dich etwas fragen?« YoonHui scheint sich vor ihr zu fürchten. Selbst nach so vielen Jahren hat ihre Tochter, eine achtundfünfzigjährige Frau, noch Angst davor, offen mit ihrer eigenen Mutter zu sprechen. Emi fragt sich, was sie getan hat, um ihre Tochter so ängstlich zu machen.

»Natürlich, du kannst mich alles fragen.«

YoonHui schluckt und starrt ihre Kaffeetasse an. Sie leckt sich die Lippen und blickt nicht auf, als sie schließlich spricht.

»Warst du eine ›Trostfrau‹?«

Emi antwortet nicht sofort. Stattdessen blickt sie auf ihre Hände.

»Hast du deshalb angefangen, auf die Mittwochsdemonstrationen zu gehen, wenn du uns besuchst?«, fährt ihre Tochter fort und runzelt sorgenvoll die Stirn.

Emi berührt den Tisch. Er fühlt sich fest und glatt an. Ihr Herz zieht sich zusammen. Seit sich die erste sogenannte Trostfrau vor zwanzig Jahren zu Wort gemeldet hat, werden jede Woche die Mittwochsdemonstrationen abgehalten. In den letzten drei Jahren hat Emi aber nur einmal jährlich teilgenommen. Die Demonstranten wollen Gerechtigkeit. Die japanische Regierung soll die Kriegsverbrechen eingestehen, die sie während des Zweiten Weltkriegs an Tausenden Frauen begangen hat.

Viele Jahre sind seit Kriegsende und seit dem Beginn der Proteste vergangen, aber dennoch wurden diese Verbrechen nicht geahndet. Was ist nötig, um eine Entschuldigung verdient zu haben? Oder sich zu entschuldigen? Emi fasst sich an die Brust. Ihr Herz entkrampft sich wieder. Die Demonstration heute ist etwas Besonderes, es ist die eintausendste Protestveranstaltung.

»Warum kannst du nicht mit mir sprechen?« Emi hört, wie gekränkt ihre Tochter ist. YoonHui ist Akademikerin, eine Frau der Fakten. Emi aber hat ihr sämtliche Fakten vorenthalten. YoonHui konnte Emi nicht ins Meer folgen, um als *haenyeo* ihren Lebensunterhalt zu verdienen. Stattdessen ging sie an die Universität, auf der Suche nach Klarheit und

Berechenbarkeit. Emi verstand nie die Welt, die ihre Tochter bewohnt. Und sie kennt nicht genügend Worte, um ihrer Tochter ein lebenslanges Schweigen zu erklären. Aber sie kann nicht noch mehr Lügen erzählen.

»Ich war nie eine ›Trostfrau‹. Du solltest nicht an mir zweifeln.« Emi sieht beim Sprechen ihre Tochter an und hofft, das reicht aus.

»Ich ... ich zweifle nicht an dir, ich wollte nur ... ich wollte nur, dass du mir von deinem Leben erzählst. Von einem Teil von dir, den ich nicht kenne.« YoonHui wirkt beschämt und ein bisschen zornig.

»YoonHui.« Emi sagt sanft ihren Namen.

YoonHui blickt auf. Sie verbirgt ihre Verärgerung nicht. Sie scheint ihre Mutter geradezu herauszufordern, sie noch ein einziges Mal anzulügen. Der wilde Tiger wohnt noch in ihr, und Emi ist plötzlich sehr stolz.

»Ich suche nach jemandem, das ist alles. Ich hoffe, ich erfahre dort etwas über sie.«

»Wer ist das? Eine Freundin?«

Das Mädchen aus ihrem Traum kommt Emi in den Sinn. Sie sieht das junge Gesicht. Wen sucht sie? Ein Mädchen, das vor vielen Jahren verlorenging? Eine Frau, die in einem anderen Land alt geworden ist? Doch Emi weiß, wenn sie ihrer Tochter wahrheitsgemäß antwortet, wird sie eine Gruft öffnen, die über sechzig Jahre lang verschlossen war, und, einmal geöffnet, unmöglich wieder verschlossen werden kann. Hinter dieser versiegelten Tür liegen Täuschung, Schmerz, Angst, Sorge, Scham, alles aus ihrem vergangenen Leben, das sie vor ihren Kindern verborgen hat, und als sie älter wurde, auch vor sich selbst. Plötzlich fühlt sie sich, als hätte ihr der Tritt eines schweren Armeestiefels die Luft genommen. Sie lässt die Schultern sinken und kann ihre Tochter nicht ansehen. Sie starrt an ihr vorbei auf den Linoleumboden, dessen Linien wie zarte Blumen zusammenlaufen.

Eine Blume war es auch, die Emi überhaupt zum ersten Mal zu den Mittwochsdemonstrationen fahren ließ. JinHee überredete sie vor drei Jahren, an der Eröffnungsfeier des Jeju Peace Parks teilzunehmen. Der Park wurde eingerichtet, um des Jeju-Aufstands von 1948 zu gedenken, der zu dem Massaker an über zwanzigtausend Inselbewohnern geführt hatte. Viele der damals Getöteten waren zu Unrecht beschuldigt worden. Sie erinnert sich noch an die Angst, die im Dorf umging. Alle fürchteten, als Roter, als Kommunist, zu gelten. Jeder, der verdächtigt wurde, mit dem von den Sowjets unterstützten Nordkorea zu sympathisieren, wurde ins Gefängnis gesteckt, geschlagen, gefoltert und schließlich getötet, als die südkoreanische Interimsregierung, mit Unterstützung des amerikanischen Militärs, beim Ausbruch des Koreakriegs als vorbeugende Maßnahme die Massenhinrichtung von vermeintlichen Linken anordnete.

Emi war gerade vierzehn, als das Haus ihrer Familie niedergebrannt wurde. Viele Dörfer standen unter dem Verdacht, linksgerichtete Rebellen zu beherbergen, die für den kommunistischen Norden kämpften, und ihr Dorf war eines davon. JinHee sprach nie darüber, aber auch sie hatte Ähnliches durchmachen müssen und verstand, was auf Emis Herzen lastete. Die Eröffnungszeremonie im Peace Park war der erste Schritt zur Heilung der Wunden nach der blutigen Geschichte der Insel, und JinHee gab keine Ruhe, bis Emi versprach, ebenfalls teilzunehmen.

»Deine Alpträume werden nicht von alleine weggehen«, sagte JinHee einmal, nachdem sie am Vormittag lange getaucht waren. Sie saßen am Markt und verkauften ihren Fang. Emi hatte einen zusätzlichen Eimer voll Abalonen, sie hatte Glück gehabt an diesem Tag. »Du musst dich deiner Vergangenheit stellen. Vielleicht hilft das.«

»Vergangenheit ist Vergangenheit«, antwortete Emi und sah den Einkaufenden zu, die vorbeispazierten. Ein kleines Mädchen, das den Zeigefinger seiner Mutter hielt, erregte ihre Aufmerksamkeit. Sie waren Touristen vom Festland. Das Mädchen fixierte sie mit strahlenden Augen. Emi wandte den Blick ab, als das Mädchen sie anlächelte. Sie hatte schon eine ganze Weile Alpträume. Sie wusste nicht mehr genau, wann das angefangen hatte, sie wusste nur, dass es irgendwann nach dem Tod ihres Mannes gewesen war.

»Gegen Alpträume ist kein Kraut gewachsen«, antwortete Emi.

»Du bist unglaublich stur. Du hältst dich an deinem *han* fest, als würdest du ihm gehören.« JinHee schüttelte den Kopf, dann winkte sie dem kleinen Mädchen, das sich die Hand vor den Mund hielt und kicherte.

»Unsinn.« Emi setzte sich ein wenig aufrechter hin und massierte sich mit einer Hand das lahme Bein.

»Wir fahren alle hin. Wir mieten uns einen Kleinbus.«

Emi antwortete nicht. Sie sah noch einmal zu dem kleinen Mädchen hin, das sorglos wirkte, als es neben seiner Mutter durch den gut besuchten Markt hüpfte. Die stechende Eifersucht, die Emi jedes Mal unterdrückte, wenn sie ein glückliches Kind sah, meldete sich. Alle hatten während der japanischen Besatzung Koreas gelitten. Viele hatten den Zweiten Weltkrieg überlebt, nur um dann im Koreakrieg zu sterben. Aber wenn es jemand, so wie Emi, geschafft hatte, beide Kriege zu überleben, dann trug er für immer die Hilflosigkeit und den überwältigenden Kummer als Bürde mit sich. Familienmitglieder, die ermordet oder entführt worden waren, Hunger gelitten hatten, Nachbarn, die sich gegeneinanderstellten – all das war ihr *han*, ein Wort, das jeder Koreaner kannte. Alle, selbst JinHee und die anderen Taucherinnen, trugen dieses *han*, aber es ging niemanden etwas an, wie Emi mit ihrem zurechtkam.

JinHee berührte Emis gutes Bein. »Lass dich nicht von deiner Sturheit daran hindern, Frieden zu finden.«

Emi wollte ihr gerade widersprechen, da hielt JinHee die Hände hoch »Ich sag nichts mehr, das verspreche ich dir …«

»Gut«, sagte Emi verfrüht.

»Aber nur, wenn du mit uns mitkommst«, rief JinHee und klatschte in die Hände. »Sonst hast du nie deinen Frieden, weder mit dir selbst noch mit mir!« Dann ließ sie ihr berühmtes Lachen erklingen, das zwischen den Ständen hallte. Andere sahen sie an, und Emi hatte keine andere Wahl, als zu lächeln.

Auf der Fahrt zu der Gedenkstätte wurden unter den Taucherinnen Geschichten erzählt und Tränen geweint, als sich alle an den Aufstand und das darauffolgende Gemetzel erinnerten. Viele von ihnen waren damals junge Mädchen gewesen und hatten Eltern, Tanten, Onkel, Geschwister und Großeltern verloren. Emi saß auf dem Vordersitz des Kleinbusses und sah aus dem Fenster, hörte aber zu. Sie machte nicht mit, denn bei ihr stellten sich keine Erinnerungen an diese Zeit ein. Es war, als hätten die fünfzig Jahre der Unterdrückung, die darauf folgten, ganze Arbeit geleistet. Nicht einmal die Freiheiten unter der jetzigen Regierung hatten etwas an ihrer Unfähigkeit, darüber zu sprechen, geändert.

Emi hatte die Erinnerungen an ihre schmerzliche Vergangenheit blockiert, so dass sie ihre Kinder großziehen und überleben konnte. Aber die Träume hielt das nicht auf.

»Geht es dir gut?«, fragte JinHee, als sie am Park ankamen.

Emi zuckte mit den Schultern, und als JinHee ihr nicht von der Seite wich, als würde sie auf ein Kind aufpassen, scheuchte Emi sie weg.

Mehr als fünftausend Menschen nahmen an der Zeremonie teil. Emi musterte die Menge und fragte sich, wie viele wohl einst auf Jeju gelebt und die Insel wegen der Gräueltaten ihrer eigenen Landsleute verlassen hatten. Eine Frau ging an ihr vorbei, sie trug einen Strauß weißer Chrysanthemen. Plötzlich kam es ihr so vor, als hätten alle die gleichen weißen Blumen dabei. Emi wusste nicht, warum die unschuldigen Blüten sie so durcheinanderbrachten, aber als die Menschen mit den Blumen in den Armen an ihr vorbeigingen, nahm ihr das regelrecht die Luft. Sie drückte die Hände an die Brust und stellte fest, dass alle in dieselbe Richtung gingen. Sie folgte ihnen.

Ihr Herz schlug wieder schneller, als sie sich einer Menschenmenge näherte, die sich um ein Podest drängte. Er war mit weißen Chrysanthemen bedeckt, einem Symbol der Trauer. Vor ihr lag ein Meer von Begräbnisblumen, die Hunderte von Besuchern den längst Verstorbenen widmeten. Das Durcheinander von Weiß und Dunkelgrün setzte eine Erinnerung in Emi frei. Es war ebenfalls eine Zeremonie, vor langer Zeit. Sie sah vor sich, wie ihre Mutter ihr eine dieser weißen, gespenstischen Blumen reichte.

Danach wurden die Träume jede Nacht intensiver, und JinHee tat es leid, dass sie Emi gezwungen hatte, zu der

Gedächtniszeremonie zu gehen. Die Erinnerungen, die Emi so lange verdrängt hatte, jagten sie jetzt noch jenseits der Träume. Sie stellten sich tagsüber ein, während sie sich Frühstück machte, selbst wenn sie tauchte, war sie nicht sicher vor ihnen. Zuerst waren es nur kleine Blitze, das Bild eines Mädchens, das auf einen steinigen Strand zuschwamm, ein Soldat am Ufer – bis sie die Bilder eines Tages nicht mehr zurückhalten konnte. Sie beeinträchtigten ihre Tauchgänge, drohten, ihr den Boden unter den Füßen wegzuziehen. Ihre gesamte Vergangenheit drängte sich so schmerzhaft in ihr Bewusstsein, dass sie ihren ersten Herzinfarkt hatte. Der Arzt ermahnte sie, jegliche Aufregung zu vermeiden und Belastungen zu reduzieren. Doch die Erinnerungen quälten sie zunehmend. Sie hatte keine Wahl. Als sie das nächste Mal ihre Tochter besuchte, schlich sie sich davon und ging auf ihre erste Mittwochsdemonstration, um ein Mädchen zu suchen, das vor langer Zeit verlorengegangen war.

Der Hund bellt und ruft Emi wieder in die Gegenwart zurück. Ihre Tochter wartet auf eine Erklärung. Emi langt nach unten, hebt den Hund hoch und drückt ihn sich an den Bauch. Das seidige Fell und der kleine, warme Körper beruhigen sie, zumindest ein wenig.

»Mutter?«

»Es war vor langer Zeit, während des Krieges. Die Japaner haben ein Mädchen aus unserem Dorf mitgenommen. Sie kam nie zurück.«

»Wer war sie?«

»Jemand, den ich liebte.«

Der Ärger ihrer Tochter ist verflogen. Emi sagt nichts

mehr. Sie setzt den kleinen Pudel wieder auf dem Boden ab und steht auf. Als sie zum Schlafzimmer schlurft, um sich anzuziehen, ruft ihre Tochter ihr nach.

»Du weißt, dass ich Lane liebe, ja?«

Emi hält einen Augenblick inne und dreht sich um. Sie kann immer noch das kleine Mädchen sehen, dem sie einst im kalten Wasser des Südmeers das Schwimmen beigebracht hat. Ihr Gesicht lächelte zu Emi auf, als sie sich mit Wasser bespritzten und um die *haenyeo* herumschwammen, die von einem langen Tauchtag zurückkehrten. Emi träumte davon, ihre Tochter würde eines Tages an ihrer Seite tauchen wie die anderen Mädchen mit ihren Müttern, so wie sie selbst früher mit ihrer Mutter. Doch dann wuchs YoonHui schnell heran und war voller Ideen, so dass Emi mit den neuen, sich ständig ändernden Gedanken ihres reifenden Geists nicht mehr mithalten konnte. Der Tag, an dem YoonHui Emi sagte, sie wolle nicht tauchen, war der schlimmste Tag, den Emi als Mutter je erlebte. Sie hätte damit rechnen sollen. YoonHui war nicht wie die anderen Mädchen. Sie blickte in den Himmel hinauf statt hinunter ins Wasser.

»Warum kann ich nicht weiter in die Schule gehen?«, fragte YoonHui eines Nachmittags. Sie war zehn Jahre alt und steckte im ersten Jahr ihrer Ausbildung zur *haenyeo*. Es war gleichzeitig ihr letztes Schuljahr. Emi hatte an dem Tag gerade das Tauchen beendet und sortierte ihren Fang am Ufer. Die anderen Frauen leerten ebenfalls ihre Netze, und Emi wusste, sie hörten alle zu.

»Weil ich dir alles beibringen kann, was du über das Tauchen hier im Meer wissen musst. Eine Schule kann das nicht.«

YoonHui dachte einen Augenblick nach, bevor sie antwortete. Sie schien ihre Worte sorgsam abzuwägen. Emi fuhr fort, ihren Fang zu sortieren. Sie machte eine Bemerkung darüber, dass sie am Tag zuvor viel mehr Abalonen gefangen hatte. JinHee und ein paar andere stimmten ihr zu.

»Mutter«, unterbrach YoonHui sie.

»Was ist, Tochter?«

»Ich habe mich entschieden … nach sehr sorgfältiger Überlegung habe ich mich entscheiden, dass ich zur Schule gehen will, wie Großer Bruder.«

Emi war gerade dabei, einen Tintenfisch auszunehmen, und unterbrach ihre Tätigkeit. Sie sah ihre Tochter lange an, ohne etwas zu sagen.

»Sei nicht böse. Ich habe das gut durchdacht. Eines Tages will ich an die Universität. Ich will Lehrerin werden.«

»Ist das so?« Emi widmete sich wieder dem Ausnehmen und Sortieren, ihre Hände arbeiteten sich methodisch durch den Fang.

»Ja, Mutter. Das ist so. Sehr sogar.«

YoonHui stemmte die Hände in die schmalen Hüften und drückte die dünnen Schultern durch. Sie hielt den Kopf hoch und sah Emi direkt in die Augen. Emi musste sich sehr zusammenreißen, um nicht voller Stolz über ihre dumme, sture Tochter zu strahlen, auch wenn sie sich gleichzeitig bemühte, nicht zu zeigen, wie sehr YoonHuis Entscheidung sie gleichzeitig verletzte.

»Alle Frauen aus unserer Familie werden *haenyeo.* Wir sind Frauen des Meeres. Das liegt uns im Blut. Wir werden keine Lehrerinnen. Es ist unsere Gabe und unser Schicksal.« Emi musterte ihre Tochter ernst.

YoonHui zuckte nicht mit der Wimper. »Das war vor dem Krieg. Jetzt haben wir mehr Möglichkeiten. Ich bin ein kluges Mädchen, und mein Lehrer sagt, ich bin sogar noch klüger als Großer Bruder in meinem Alter. Er sagt, ich bin zu klug, um meine Begabung zu verschwenden, indem ich wie ein Erntehelfer im Meer arbeite und im gefährlichen Ozean mein Leben riskiere. Nein, Mutter, ich gehöre in die Schule.«

»Erntehelfer?«, wiederholten ein paar andere *haenyeo* überrascht.

»Wer nennt uns Erntehelfer?«

»Wie heißt der Mann?«

»Dein Lehrer ist ein Mann«, sagte Emi beherrscht, aber doch eindringlich. Die anderen schwiegen, um ihr zuzuhören. »Er kommt nicht von unserer Insel. Er stammt vom Festland, und so jemand kann unmöglich verstehen, was es bedeutet, eine *haenyeo* zu sein.«

»Ja, das stimmt!«, antworteten die Frauen im Chor.

»Wir tauchen im Meer, wie es unsere Mütter und Großmütter und Urgroßmütter seit Hunderten von Jahren tun. Diese Gabe ist unser Stolz, denn wir hören auf niemanden, nicht auf unsere Väter, unsere Männer, unsere älteren Brüder, nicht einmal auf die japanischen Soldaten während des Krieges. Wir fangen selbst unsere Nahrung, verdienen selbst unser Geld, und wir überleben mit dem, was uns das Meer schenkt. Wir leben in Harmonie mit dieser Welt. Wie viele Lehrer können das von sich behaupten? Sein Gehalt wird von unserem Geld bezahlt. Ohne uns ›Erntehelfer‹ würde er hungern.«

Alle nickten einvernehmlich, während Emi sprach. Die anderen pflichteten ihr bei und lachten. YoonHui lief tiefrot an, die Hände zu Fäusten geballt, und Tränen stiegen ihr in die Augen.

»Es ist egal, was er gesagt hat. Es kommt darauf an, was ich will«, sagte YoonHui. »Ich habe schon mit Vater gesprochen, und er ist einverstanden. Das wollte ich dir nur sagen, bevor ich gehe. Heute ist der letzte Tag, an dem ich mit dir tauche. Vater hat mein Schulgeld bezahlt. Eines Tages werde ich an der Universität studieren.«

Ihr Vater. Nun war Emi an der Reihe zu erröten. Er hatte hinter ihrem Rücken unterstützt, dass ihre Tochter die Familientradition durchbrach. Es war ein strategischer Zug von ihm, und YoonHui konnte nicht ahnen, dass er damit seine Autorität über Emi behaupten wollte. Das Messer in ihrer Hand begann zu zittern. Die anderen Frauen wandten sich ab.

»Es wird mir fehlen, dass du nicht mehr neben mir schwimmst.« Das waren wahre Worte. JinHee streckte die Hand aus und hielt Emis Messer ruhig.

Nun kullerten ihrer Tochter doch die Tränen über das Gesicht, aber vor Glück. Sie lief zu ihrer Mutter hin und umarmte sie. »Oh, danke Mutter. Du sollst es nicht bereuen. Ich werde dich stolz machen.«

In jener Nacht ertrug Emi es nicht, neben ihrem Mann zu schlafen. Er wusste, das Gespräch hatte stattgefunden, denn später an diesem Tag hatte er seine Tochter in die Stadt gefahren, um ihr Schulsachen und eine Schuluniform zu kaufen. Emi sah, wie ihre Tochter vor dem Zubettgehen zu ihm auflächelte, dankbar für die Chance, das Meer hinter sich zu lassen, ohne zu wissen, wobei sie ihm geholfen hatte.

Emi setzte sich auf die Türschwelle, lauschte dem Schlaf ihrer Familie und weinte. Sie trauerte mit einer Mischung aus Bedauern und Stolz. Bedauern wegen der Entscheidung ihrer Tochter, aber Stolz auf ihre Stärke, eine so schwere Entscheidung zu treffen. Ihre Tochter war eine hervorragende Schwimmerin. Von allen ihren Freundinnen konnte sie am längsten den Atem anhalten, am weitesten schwimmen und am schnellsten ihr Netz füllen. Sie hätte Emis Tauchkünste noch übertroffen, hätte sie dem Leben als *haenyeo* eine Chance gegeben. Jetzt würde sie das nie wissen. Emi schaute hinauf in den Himmel und bemühte sich zu sehen, was ihre Tochter sah, wenn sie hinaus in die Welt blickte. Eine schwarze Leere begrüßte sie, aber in der Weite lag auch ein Trost verborgen. YoonHui hatte um die Zustimmung ihrer Mutter gebeten. Sie brauchte sie nicht, aber sie hatte sie gewollt.

Wenn Emi YoonHui jetzt betrachtet, sieht sie wieder das kleine Mädchen, den Blick voller Entschlossenheit, aber dennoch das Einverständnis ihrer Mutter erbittend. Sie hat ihre Liebe gefunden – nur wenige bekommen ein solches Geschenk –, und sie ist glücklich. Emi selbst war selten glücklich. Nachdem jetzt die Demokratie und eine Art Frieden über das Land gekommen sind, scheint es nur gerecht, dass ihre Kinder etwas Glück finden. Es wäre eine Unterbrechung des ewigen Leidens, das ihrem Land wohl zugedacht ist. Emi nickt ihrer Tochter zu und geht langsam weiter ins Schlafzimmer, um sich für den Tag, der vor ihr liegt, anzukleiden. Das eine Bein zieht sie ein wenig nach.

Ihre Tochter hat ihre rosa Hose gewaschen, und Emi zieht sie an. Sie schlüpft in den schwarzen Pullover und betrachtet sich im Spiegel. Eine alte Frau blickt ihr entgegen. Emi sieht auf ihren Brustkorb und fragt sich, wann das Herz, das darin schlägt, wohl aufgeben wird. Sie berührt den Spiegel und legt der alten Frau darin die Hand auf das Herz.

Lane wartet unten vor dem Wohnhaus auf sie. Der kalte Wind zerrt an dem Schal um ihren Hals. Sie hält YoonHui eine Papiertüte mit Kuchen hin.

»Wir haben schon gegessen«, sagt YoonHui entschuldigend, aber Emi unterbricht sie.

»Ich esse Kuchen mit dir, Lane.«

»Das habe ich gewusst, Mutter. Das ist der beste Kuchen hier in der Gegend. Wir bestellen ihn in der Bäckerei bei der Universität und nur für besondere Gelegenheiten. Aber pass auf. Der macht süchtig.«

Emi schmiegt sich an Lane und nimmt ein Stück Kuchen aus der Tüte. Sie ist noch satt von dem enormen Frühstück, das ihre Tochter zubereitet hat, und sie isst selten Kuchen. Seit ihr letztes Jahr vier Backenzähne gezogen wurden, hat sie überhaupt nicht viel Süßes gegessen. Sie beißt hinein und lächelt. Es schmeckt eher wie ein Zimtbrötchen. Als sie aufgegessen hat, leckt sie sich die Finger ab.

»Möchtest du mehr?«, fragt Lane. Ihre Nase ist rot von der Kälte, und sie schnieft.

»Nein, ein Stück reicht. Er war köstlich.«

»Kommt schon, gehen wir, bevor wir hier anfrieren.« Ihre Tochter hängt sich mit einem Arm bei Emi und mit dem anderen bei Lane ein.

Lane wirft einen raschen Blick zu Emi hin, und Emi lächelt sie an. Wärme breitet sich in ihrer Brust aus, als sie zu dritt untergehakt zur U-Bahn gehen. Ihre Tochter ist wieder wie ein kleines Mädchen und geht mit federnden Schritten neben Emi her. Es ist, als wäre eine Last von ihr genommen, und ein unbeschwerterer, glücklicherer Mensch wäre zum Vorschein gekommen. Emi will dieses Bild im Gedächtnis behalten.

Hana

Mandschurei, Sommer 1943

Hana isst gerade ihr Frühstück aus Reissuppe und getrockneten Tintenfischstückchen auf, als ihr auffällt, dass manche der anderen Mädchen sie wortlos beäugen. Es sind die Gesichter von der Wand, die sie gestern Abend am Fuß der Treppe begrüßten. Bevor sie etwas sagen kann, tritt Keiko hinter sie.

»Wir müssen dir die Haare schneiden«, sagt sie. »Damit du zu uns anderen passt.«

Keiko zieht eine Gartenschere hervor, und Hana trauert bereits um ihre schönen langen Haare. Keiko hebt die Schere, und Hana seufzt in Erwartung des ersten Schnitts, als ein Soldat, ein Wachmann, sie unterbricht.

»Dafür ist jetzt keine Zeit. Binde sie einfach zurück«, weist er Keiko an.

Sie tut, was er sagt, und dann müssen alle in ihr Zimmer, um sich vorzubereiten. Niemand sieht Hana an, als sie ihre Teller abwaschen und nacheinander zur Treppe gehen. Sie lässt sich ein wenig zurückfallen und fragt sich, worauf sie sich wohl vorbereiten soll.

»Warte kurz«, sagt der Soldat zu Hana. Dann nimmt er

eine Kamera aus einer Tasche auf der Küchentheke. »Setz dich hin und beweg dich nicht.« Er macht sich am Objektiv zu schaffen. »Nicht lächeln«, befiehlt er ihr, bevor er schnell zweimal hintereinander auf den Auslöser drückt.

Hana hat kaum Zeit zu begreifen, dass das Foto bereits gemacht wurde, da schickt er sie auch schon zurück auf ihr Zimmer und stößt sie grob zur Treppe. Sie steigt nach oben, betrachtet aber erst noch die Gesichter, die ihr aus den Bilderrahmen entgegenstarren. Ein Rahmen fehlt. Hana bemerkt das im letzten Moment und erinnert sich an die Nummer unter dem leeren Fleck – 2.

Keiko wartet in der Tür. Sie scheint Hana etwas sagen zu wollen, doch dann senkt sie den Kopf und verschwindet rasch in ihrem Zimmer. Hana berührt die Zahl neben ihrer Tür. Ihr Foto wird bei den anderen hängen. Sie ist das Mädchen von Zimmer 2.

Hana sitzt auf ihrer Tatamimatte und lauscht den Geräuschen hinter ihrer dünnen Holztür. Von der Diele unten kommt leises Gemurmel, doch es wird lauter, als sie die Treppe heraufsteigen, und bald hört es sich an, als würde sich eine Menschenmenge auf dem Treppenabsatz versammeln. Sie kämpft gegen den Drang an, zur Tür zu gehen und nachzusehen. Wahrscheinlich ist es sicherer, sich still zu verhalten. Vielleicht bemerkt man nicht, dass sie da ist. Aber es ist alles vergebens.

Die Tür geht auf. Jetzt sieht sie die Soldaten, die für die neue Sakura anstehen. Hana erfährt später, dass die Nachricht von der Ankunft eines neuen Mädchens sich wie ein Lauffeuer im Lager verbreitet, und alle Soldaten kommen möglichst früh, um der Erste zu sein, der sie ausprobiert.

Der erste Soldat betritt den Raum. Er ist groß und zieht

sich gleich die Hose herunter. Hana flüchtet sich nicht in ihre Phantasie wie auf der Fähre, als Morimoto sie vergewaltigt hat. Sie macht den Mund auf und schreit. Kurz erstarrt er, dann lächelt er. »Schon gut, schon gut, ich bin schnell, versprochen. Ich bin immer schnell.«

Die Hose fällt ihm über die Knöchel, und er kniet sich auf die Tatamimatte. Hana drückt den Rücken gegen die am weitesten entfernte Wand in dem kleinen Raum, aber es ist nicht weit genug. Er sieht sie nur an, und sein Penis wird steif.

»Du bist aber eine Hübsche«, sagt er und packt sie an der Fessel.

Hana tritt nach seiner Hand, aber das bringt ihn nicht ab. Er erwischt ihren Fuß und zerrt sie über den Boden zu der Matte. Bevor sie noch einmal schreien kann, liegt er auf ihr. Das Gewicht seines Körpers lastet drückend auf ihr, trotzdem windet sie sich unter ihm, schlägt ihm mit den Fäusten auf den Rücken, krallt sich in seiner Haut fest und beißt ihn in die Schulter.

Er stemmt sich hoch, ein kurzer Augenblick der Erleichterung, doch dann versetzt er ihr einen Hieb in den Bauch. Es nimmt ihr den Atem. Er wartet nicht. Noch während sie keuchend nach Luft schnappt, schiebt er die Hand zwischen ihre Beine und zwängt sich in sie hinein.

Sie bekommt keine Luft. Dennoch macht er weiter, stößt immer wieder zu. Hana bemüht sich, wieder die Kontrolle über ihren Körper zu bekommen, ihre Lunge, ihre Gliedmaßen, aber sie spürt nichts. Es ist, als würde sie sterben.

Plötzlich hört er auf, die Muskeln noch angespannt, und schiebt sich von ihr hinunter. Hana rollt sich auf die Seite und ringt um Atem.

»Ich hab dir ja gesagt, ich bin schnell.« Er zieht sich die Hose hoch.

Als er geht, betritt ein weiterer Soldat das Zimmer. Er wirft einen Blick auf Hana und ruft zur Tür hinaus.

»He, du hast kein Kondom benutzt.«

»Sie hat mich nicht darum gebeten«, kommt die Antwort.

Der neue Soldat schüttelt den Kopf und packt Hana an den Beinen. Die Hose hat er schon heruntergelassen.

»Bitte, hören Sie auf.« Sie kann endlich wieder atmen. »Helfen Sie mir, helfen Sie mir, von hier zu fliehen. Sie haben mich verschleppt. Ich bin erst sechzehn, helfen Sie mir, meine Eltern zu finden …«

Ihre Worte finden kein Gehör. Er dringt bereits in sie ein, stößt schnell zu, als würden ihre Hilferufe ihn nur antreiben, sie schneller, fester und länger zu bearbeiten. Der zweite Soldat kostet die ihm zustehenden dreißig Minuten zur Gänze aus. Als der dritte Soldat hereinkommt, blutet Hana. Sie berührt die rote Flüssigkeit, die ihr über die Innenseite des Oberschenkels rinnt.

»Sehen Sie nur, was sie gemacht haben«, sagt sie zu dem dritten Soldaten und hält ihren blutigen Finger hoch.

Er zieht sich die Hose herunter, ohne ihr ins Gesicht zu sehen. Dann schiebt er ihre Hand weg, dreht sie auf den Bauch und nimmt sie. Sie schreit, aber er lässt nicht von ihr ab. Keiner von ihnen tut es. Hana wird still. Sie liegt ruhig da, während sie sich einer nach dem anderen ihres Körpers bemächtigen.

Als die Prozession von Soldaten schließlich zu einem Ende kommt, ist es längst dunkel. Halb bewusstlos liegt Hana auf ihrer blutbefleckten Matte, verloren in einer tiefen Schwärze. Morimotos Worte verfolgen sie in ihren Träumen. *Ich tue dir einen Gefallen … Die meisten Mädchen wie du werden nicht so rücksichtsvoll entjungfert … So weißt du wenigstens, was auf dich zukommt.*

Bei Sonnenaufgang steht Keiko hinter Hana und schneidet ihr die langen Haare ab. Kleine gelbe Vögel hocken über ihnen auf durchhängenden Wäscheleinen, die quer über den Hof gespannt sind. Ein trockener Wind zerzaust ihre winzigen gelben Federn, während sie melodisch zwitschern. Der Wind weht Hana die Haare über das Gesicht, als sie auf dem Boden kniet und den Vögeln lauscht. Sie fragt sich, wie es so fröhliche Laute an einem Ort voller Entsetzen und Schmerz geben kann.

»Jetzt ist es vorbei, kleine Sakura«, sagt Keiko und wischt Hana mit einem trockenen Tuch Strähnen von den nackten Schultern. »Jetzt bist du wie wir anderen auch.«

Sie hält einen Spiegel hoch, nicht größer als ihre Handfläche, und Hana betrachtet ihr Spiegelbild. Ihre Haare fallen jetzt sanft um die weiche Linie ihres Kiefers, aber nicht das ist es, was sie genauer hinsehen lässt. Ein lilablauer Fleck hat sich um ihr rechtes Auge ausgebreitet, und auf ihrer linken Wange prangt ein rotes herzförmiges Mal. Ihre Unterlippe ist aufgeplatzt und geschwollen, ihr Hals ist wund von den Händen und den Unterarmen, die sie durch Würgen gefügig machten. So sieht ihr Leid also für andere aus. Sie wendet sich von ihrem Spiegelbild ab. Das ist nicht mehr sie; jetzt ist es das Bild eines Mädchens namens Sakura.

Hana fährt mit den Fingern durch die schwarze Erde unter ihren Knien. Ihre Fingernägel sind blutig und aufgerissen. Wenn sie sich ruhig hält, während sie hier im Hof kniet, tun ihre Wunden weniger weh, aber sie kann nicht aufhören, die Finger in die Erde zu krallen. Alle ihre Muskeln schmerzen, ihre intimsten Körperteile pochen wegen der Verletzungen, die ihr immer wieder und viel zu oft zugefügt wurden. Sie schaffte es kaum, die Treppe hinunterzugehen, als Keiko sie weckte. Jetzt kniet sie auf dem Boden und fragt sich, ob sich das wiederholen wird.

»Wehre dich nicht gegen sie«, sagt Keiko. »Es wird weniger schlimm, wenn du dich nicht wehrst. Sie gehen erst, wenn sie befriedigt sind. Wenn du dich wehrst, leidest du bloß noch mehr. Hast du mich verstanden, Sakura?« Keiko legt Hana die Hand auf die Schulter.

Hana schüttelt Keikos Hand ab. Sie hört auf, in der Erde zu kratzen. Sie erinnert sich daran, wie sie das Tauchen lernte. Einmal wartete sie zu lang, bevor sie wieder an die Oberfläche schwamm, und bekam Wasser in die Lunge. Wäre ihre Mutter nicht in der Nähe gewesen, sie wäre ertrunken. Der quälende Schmerz in ihrer Lunge und die Angst zu ertrinken sorgten dafür, dass sie ihre Lektion lernte. Es passierte ihr nie mehr wieder. Selbst wenn ihr tief unter der Wasseroberfläche die Luft ausging, achtete sie darauf, nur langsam nach oben zu treiben und ruhig zu bleiben, obwohl ihre Lunge nach Luft schrie. Sie lernte durchzuhalten, denn der Schmerz kurz vor dem Ertrinken war schlimmer. Der Schmerz ist ein Lehrer. Die Frage ist, ob Hana akzeptieren kann, was er ihr beigebracht hat, nämlich nicht mehr zu kämpfen. Es scheint unvorstellbar.

»Wie lange erduldest du all das schon?«, fragt Hana.

»Zu lange«, antwortet Keiko.

Ihr bitterer Tonfall erregt Hanas Aufmerksamkeit, und sie

blickt zu der Japanerin auf, die schön wäre, wäre sie nicht so dünn. Keiko hat pechschwarze Haare, nur an beiden Schläfen ist ein silberner Streifen, der ihr Gesicht einrahmt. Sie ist größer als die anderen Mädchen, und im Gegensatz zu deren schlichten beigefarbenen Baumwollkleidern trägt sie einen farbenfrohen Seidenkimono. Hana berührt den Saum von Keikos Kimono. Er ist glatt und wohltuend.

»Ich war früher Geisha«, sagt Keiko. »In Japan habe ich gut verdient, indem ich reiche Geschäftsleute unterhalten habe. Dieser Kimono war ein Geschenk von meinem Lieblingspatron.«

Sie streicht seitlich über den Kimono. Hana fühlt sich an einen weißen Kranich erinnert, der am Rand des Wassers steht, den Kopf majestätisch erhoben. Er ignoriert alles, die Bäume, die Vögel am Himmel, die Luft.

»Und wo haben sie dich gefunden, kleine Sakura?«, fragt Keiko.

Der neue japanische Name quält Hana. Auch alle anderen Mädchen wurden nach den Blumen benannt, alle außer Keiko.

»Ist Keiko dein richtiger Name?«

»Natürlich, aber du hast meine Frage nicht beantwortet.«

»Warum darfst du deinen Namen behalten und wir nicht?«

»Du willst mir nicht verraten, wo du herkommst, kleine Sakura?« Keiko hebt eine ihrer gemalten Augenbrauen, aber Hana sagt nichts. Die ältere Frau greift nach einem Besen und fegt die Haare auf dem Boden zusammen. Nach einer langen Pause antwortet sie schließlich. »Du brauchst einen japanischen Namen, deshalb bekommst du einen. Ich brauchte keinen.«

Hana sieht zu, wie sie die letzten Haarsträhnen vom Boden fegt. Sie hat den Verdacht, dass Keiko lügt. Die Holztafeln neben den Türen wurden alle vor langer Zeit geschnitzt und mit Nägeln an der Wand befestigt, die längst verrostet sind. Den Mädchen werden Zimmer zugewiesen und damit auch Namen. Wenn Keiko so lange hier ist wie die Tafeln, sollte auch sie verrostet sein. Keiko kann nicht ihr richtiger Name sein. Vielleicht lassen sie immer ein japanisches Mädchen in diesem Zimmer wohnen und suchen ein neues, wenn das alte auszieht oder stirbt.

»Wie bist du denn hier gelandet?«, fragt Hana. »Haben sie dich entführt?«

Keiko erstarrt.

»Ich wurde alt«, sagt sie einfach. »Für eine Geisha ist es schlimmer zu altern als für eine normale Frau. Das ist die Tragödie dieses Berufs. Dann bin ich hierhergekommen, weil ich dachte, ich hätte hier mehr Chancen. Ich könnte meine Pflicht gegenüber dem Vaterland erfüllen und den Soldaten dienen, und gleichzeitig könnte ich die Schulden zurückzahlen, die ich angehäuft habe, als meine Patrone mich nicht mehr besucht haben.«

Sie sieht über den Hof hinaus. Ihr Blick bleibt an einem traurigen Persimonenbaum hängen, dessen Äste fast kahl sind und der sich bemüht, in dem mageren Boden zu gedeihen. Sie schaudert. Plötzlich sieht sie Hana durchdringend an.

»Traue nie einem Mann, dem du Geld schuldest.«

Hana denkt bei sich, dass sie womöglich überhaupt nie mehr einem Mann trauen wird. Sie blickt zu Boden und sieht zu, wie ihre Finger Furchen in die Erde kratzen. In diesem Moment sind ihr Keiko oder die Schilder neben den

Türen egal. Sie kann nur daran denken, was der Tag bringen wird. Vielleicht wäre es besser, jetzt zu sterben, als ständig wieder und wieder vergewaltigt zu werden, Tag um Tag, bis sie stirbt wie die Frau bei der Geburt.

»Komm, Sakura. Gehen wir frühstücken.« Keiko reißt sie aus ihren finsteren Gedanken. Sie winkt Hana, nach drinnen zu kommen.

Durch die Hintertür sieht Hana die anderen Mädchen, die um einen Tisch in der Küche sitzen und schweigend essen. Ein paar schielen kurz zu ihr her, an dem bewaffneten Wachmann vorbei, der am Türrahmen lehnt. Voller Mitleid betrachten sie Hanas blaue Flecken. Sie wendet sich ab, kann ihre Blicke nicht ertragen.

So eine Art von Mitleid wurde weder Hana noch einem anderen Mitglied ihrer Familie jemals entgegengebracht. In ihrem Inseldorf leben lauter starke, stolze Menschen, selbst die Kinder gehen erhobenen Hauptes herum. Die japanische Besatzung drohte sie auszuhungern, indem sie ihren Fang aus dem Meer im Übermaß besteuerte, mit jedem neuen Steuererlass mussten sie Stunden länger im Wasser bleiben und auch bei schlechtem Wetter ihr Leben riskieren, aber mit der erhöhten Gefahr ging auch der Stolz auf ihre harte Arbeit und den verdienten Erfolg einher. Sie waren nur zum Schein kolonialisiert.

Ihre Insel ist bevölkert von kräftigen Fischern und Taucherinnen, den *haenyeo*, und sie ist eine von ihnen – zumindest dachte sie das. Sie kam nie auf den Gedanken, man könnte sie von dort wegbringen, sie zwingen … das hier zu werden.

Drinnen sprechen die anderen Mädchen über sie, als könnte Hana sie nicht hören. Es sind koreanische Mädchen, aber sie sprechen das vorgeschriebene Japanisch. Sie sind alle älter als sie. Manche sehen aus wie über zwanzig, nur zwei scheinen näher an Hanas Alter zu sein. Keiko ist die Älteste. Hana sieht sie jetzt im Sonnenlicht und schätzt, sie ist in den Vierzigern. Hana bleibt draußen in dem ungepflasterten Hof sitzen, deshalb bringt Keiko ihr Essen in einer kleinen Metallschüssel heraus: Reisbrei mit kleinen Stückchen Dörrfleisch. Hana hat großen Hunger, aber sie rührt das Essen nicht an.

»Sie ist zu stark. Das ist ihr Problem«, sagt eines der Mädchen zu den anderen am Tisch, so laut, dass Hana es hören kann. Auf ihrem Namensschild steht Riko. »Ich habe gehört, wie sie sich gewehrt hat Sie hat gekämpft wie ein kleiner Löwe.«

»Das ist nicht gut«, stimmen die anderen zu.

»Es ist besser, ein schwaches Mädchen zu sein und sich einfach zu ergeben«, sagt das Mädchen namens Hinata.

»Das ist einfacher, als zu kämpfen. Sie haben zu viel Spaß daran, uns zu schlagen«, sagt Riko.

»Ja, das sind Ungeheuer, keine Menschen«, sagt Hinata, und alle stimmen zu, während sie den Reis essen.

»Sie hat bestimmt auf dem Land gearbeitet … mit so breiten Schultern«, sagt Tsubaki. Die anderen pflichten ihr murmelnd bei.

»Und ihre Beine sind sehr kräftig. Weißt du, wo sie herkommt?«, fragt Hinata Keiko.

Hanas und Keikos Blicke treffen sich. Sie ist eine beeindruckende Frau, und sie betrachtet Hana besorgt. Ihr Blick ist sanft, aber ihre Stimme ist kräftig.

»Lasst sie. Sie wird sich früher oder später daran gewöhnen.«

Alle nicken. Hana spürt, dass keine Feindseligkeit von den Mädchen ausgeht, kein böser Wille. Sie wirken ehrlich neugierig, aber Hana hat dennoch das Gefühl, sie hätten sie verraten. Sie wussten, was ihr am vorigen Morgen nach dem Frühstück zustoßen würde, trotzdem hat keine sie gewarnt. Und keine hat versucht, es zu verhindern.

Im Hof kniend, versucht Hana, sich an die anderen Mädchen zu erinnern, die mit ihr im Zug saßen. Ob sie wohl das gleiche Schicksal erleiden? Hana kam als Letzte an ihrem Ziel an, und so war sie auch die Letzte, die es erfuhr. Jetzt könnte sie über ihre Unwissenheit während der letzten Stunden auf der Fahrt nach Norden lachen, aber sie bringt keinen Ton heraus. Lachen ist mittlerweile eine Fremdsprache. Dann denkt sie wieder an SangSoo. Sie begruben ihren kleinen Körper am Ende der Welt, weit weg von zu Hause. Es ist zu viel. Hana fängt an zu schreien.

Die Geräusche, die aus ihrem Mund dringen, sind unmenschlich elend, aber sie kann nicht aufhören. Ihre Schreie scheuchen die kleinen gelben Vögel auf. Sie fliegen mit einem Windstoß davon und verschwinden in der Sonne. Der Soldat, der im Türrahmen lehnt, befiehlt den Mädchen, sie zum Schweigen zu bringen. Keiko und Hinata laufen hinaus und legen die Arme um Hana.

»Still«, beruhigt Keiko sie und nimmt Hanas Gesicht in die Hände. »Hör auf zu schreien, Mädchen.«

Sie drängen sich um sie, umarmen sie, streichen ihr über die Haare, aber sie wehrt sich. Ihre Kehle ist bald ganz rau, aber Hana schreit weiter. Schließlich versetzt ihr Keiko eine Ohrfeige.

Auf den Klaps folgt eine drückende Stille, dann ist aus der Küche das unterdrückte Schluchzen einiger Mädchen zu hören. Der Soldat befiehlt ihnen allen, auf ihre Zimmer zu gehen. Keiko führt Hana in das Bordell hinein und die Treppe hinauf. Sie lässt Hana in dem Zimmer zurück, in dem das Mädchen, das sie einst war, starb.

Emi

Seoul, Dezember 2011

Wo Emi auch hinsieht, überall in der Menschenmenge vor der japanischen Botschaft begrüßen sie Banner, auf denen die Aufschrift *Eintausend Mittwochsdemonstrationen* prangt. Die wöchentlichen Demonstrationen begannen 1992, und heute, am eintausendsten Mittwoch, gibt es immer noch keine Entschädigungen für die überlebenden Frauen.

Obwohl es noch früh ist, haben sich schon viele Demonstrantinnen und Unterstützer versammelt. Aber die Stimmung ist gedrückt, wie bei einem Staatsbegräbnis erfüllt eine Art zeremonielle Trauer die Menge. Emi blickt zu dem klotzigen Botschaftsgebäude auf. Alle Fenster sind geschlossen, die Jalousien sind zu. Auch andere Frauen blicken auf die Fenster der Botschaft. Emi weiß, alle stellen sich dieselbe Frage: Sind sie dort drinnen und sehen zu? Empfinden sie Bedauern, oder hat man den Angestellten einen freien Tag gegeben? Vielleicht machen sich ja alle auf Emis Insel einen schönen Tag. Bitterkeit brennt sich in ihren Magen ein.

»Ist dir kalt? Sollen wir uns dort drüben hinsetzen? In einem der Zelte wären wir vor dem Wind geschützt«, schlägt Lane vor.

»Nein, es geht schon.« Emi hat gar nicht gemerkt, dass sie zittert, aber jetzt, nachdem Lane sie darauf hingewiesen hat, kann sie nur noch an die Kälte denken. Sie schiebt sich die Hände in die Jackentaschen.

»Ich hole uns eine heiße Schokolade«, bietet Lane an und verschwindet in der Menge.

Ein Mann klopft auf ein Mikrofon. »Test, Test, hallo, hallo …« Die Stimme des Mannes, die aus den Lautsprechern dringt, das Gemurmel der Menschenmenge, die Leute hinter den geschlossenen Fenstern, alles verschwimmt zu einer Art Hintergrundrauschen. Nur die Kälte kann Emi nicht ausblenden. Sie dringt durch die Stofflagen um ihren Körper in ihre dünne, faltige Haut. In der Nacht, in der sie ihren Vater verlor, war es auch so kalt. Die Erinnerung trifft sie unvorbereitet.

Den Tod eines Menschen mitzuerleben ist etwas Seltsames, Schreckliches. Im einen Moment ist er noch anwesend – atmet, denkt, bewegt sich –, aber im nächsten Moment ist da nichts mehr. Kein Atem, kein Gedanke, kein Herzschlag. Das Gesicht schlaff, ausdruckslos. So sah Emi ihren Vater. Das Entsetzen in seinem Ausdruck wie weggewischt. Von einem Augenblick zum nächsten war er tot. Emi hatte nur kurz geblinzelt, einen Lidschlag hatte es gedauert, und er war tot.

Die Geschichte hat sie niemals jemandem erzählt. Es war einfacher, nie daran zu denken, es zu verdrängen, damit sie nicht alles noch einmal durchleben musste. Aber jetzt ist sie zu alt, um sich den Erinnerungen zu versperren. Ihr Körper ist ausgelaugt, so wie ihr Geist. Die Erinnerungen dringen jetzt zu jeder Tageszeit in ihre Einsamkeit ein und bringen Schmerz und Kummer mit sich. Manchmal müssen alte

Wunden wieder aufgerissen werden, damit sie richtig verheilen können, behauptet JinHee, und es stimmt ja: Emi hat immer noch nicht verarbeitet, ihren Vater sterben zu sehen.

Inmitten der Menschenmenge denkt sie an sein Gesicht. Seine freundlichen, friedlichen Augen erwidern ihren Blick, und sie sieht ihn vor sich, wie er war, voller Leben und Würde, eine Seltenheit in den stürmischen Zeiten damals. Es war 1948, Emi war vierzehn Jahre alt. Der Koreakrieg hatte noch nicht begonnen, aber die Spannung auf ihrer Insel zwischen der Polizei, die die südkoreanische Regierung geschickt hatte, um die Ordnung aufrechtzuerhalten, und den linksgerichteten Rebellen hatte sich zu einem erbitterten Guerillakrieg ausgeweitet. Der Jeju-Aufstand hatte begonnen, und es gab auf beiden Seiten viele Tote zu beklagen.

In der Dunkelheit kam die Polizei in ihr Dorf. Sie schlichen sich im Schutz der heulenden Dezemberstürme an. Es gab einen Schlag, und die Haustür flog auf. Polizisten drängten herein und zogen Emi und ihre Eltern unter den Decken hervor. Sie zerrten sie hinaus in die eiskalte Nacht. Emi weinte, aber die Polizisten versetzten ihr eine Ohrfeige und schlugen ihre protestierenden Eltern, befahlen ihnen brüllend, den Mund zu halten. Die Männer waren jung und zornig, aber Emi hatte keine Ahnung, warum sie es auf ihre Familie abgesehen hatten. Sie hatte keinen Bruder oder Onkel, der sich den linksgerichteten Rebellen angeschlossen hätte, niemanden, der den Zorn der Polizei auf ihre Familie hätte ziehen können. Sie waren lediglich Bürger, die in einem Land wohnten, das von zwei Mächten entzweigerissen wurde.

Einer der Polizisten packte ihren Vater, zwang ihn auf die Knie und hielt ihm ein gekrümmtes Messer an die Kehle.

»Das ist dafür, dass ihr die Rebellen versteckt habt«, sagte er, und dann blieb die Zeit stehen.

Emi sah ungläubig zu, wie ihrem Vater von rechts nach links der Hals aufgeschlitzt wurde. Blut strömte heraus und färbte sein Nachthemd in der Düsternis schwarz. Er wandte den entsetzten Blick nicht von ihrer Mutter ab, und Emi meinte, er sah aus, als hätte er mehr Angst um sie als um sich selbst. Dann wurden die Augen trüb und leblos. Ihre Mutter heulte in die Schwärze der Nacht, aber ein anderer Polizist trat ihr gegen den Kopf. Sie wurde still. Emi schrie und kroch zu ihrem Vater hin.

»Sei nicht tot«, rief sie immer wieder. »Vater, sei nicht tot.«

Ein Polizist zog sie von dem schlaffen Körper herunter. Emi versuchte, sich seinem Griff zu entwinden, aber er hielt sie nur noch fester und quetschte ihre Arme.

»Hör auf, dich zu wehren, sonst schneide ich dir auch den Hals durch«, drohte er.

»Lass sie. Sie ist voller Blut«, befahl ein anderer.

Emi blickte zu ihm auf. Er wirkte älter als die übrigen, und er schien das Sagen zu haben.

»Das Töten macht mir immer Lust«, sagte der Polizist und drehte ihre Arme, bis sie vor ihm kniete.

»Für uns ist noch nicht Schluss. Wir haben noch einige Häuser vor uns. Dann kannst du machen, was du willst.« Er warf Emi einen kurzen Blick zu und ging davon.

Der Polizist, der sie festhielt, schien einen Augenblick darüber nachzudenken. Dann spuckte er auf den Boden und nickte. Er trat Emi ins Kreuz. Sie fiel auf alle viere, dann trat er noch einmal zu. Sie knallte in den kalten, nassen Boden und bedeckte das Gesicht mit den Armen.

»Mach dich mal sauber, vielleicht komme ich ja wieder«,

lachte er. Er richtete sich die Hose und zog sich die Jacke glatt.

Sie verschwanden so leise, wie sie gekommen waren, wie Tiger in der Nacht. Emi und ihre Mutter hielten den Körper ihres Vaters zwischen sich, während sie schweigend dasaßen und zusahen, wie ihr Zuhause niederbrannte. Alles war so schnell passiert, dass Emi nicht gesehen hatte, wer das Feuer entzündet hatte. Als sie sich umblickte, stellte sie entsetzt fest, dass überall in den Hügeln helle Flammen loderten, wo andere Häuser angezündet worden waren. Wenn sie aufmerksam lauschte, hörte sie ferne Schreie in dem heulenden Wind, vielleicht war es auch die Stimme ihrer Mutter, die in Emis Kopf wehklagte.

Beinahe ihr gesamtes Dorf war niedergebrannt. Sie legten den Vater in ein flaches Grab und bedeckten ihn mit Sand, den Emi Eimer um Eimer vom Strand herbeitrug, weil die Erde zu hart war, um tiefer als zwei Handbreit zu graben. Ihre Mutter kniete neben dem Grab und weinte. Andere kamen, um zu helfen, ein paar alte Frauen und noch ältere Männer. Die Polizisten hatten die meisten jungen Männer und Frauen mitgenommen, zusammen mit den Jungen und Mädchen. Niemand wollte darüber nachdenken, wo sie hingebracht wurden. Sie wollten einfach ihre Toten begraben und Schutz finden. Emi wusste nicht, warum ihr der eine Polizist geholfen hatte. Er hatte sie vor einem schrecklichen Schicksal bewahrt.

»Warum tun sie das ihren eigenen Landsleuten an?«, fragte eine alte Frau niemanden im Besonderen, als Emi den Sand über den Körper ihres Vaters streute.

»Wir sind alle Koreaner«, wiederholte die alte Frau. »Die Japaner sind weg.« Zeit und Elend hatten ihr Gesicht zerfurcht. Sie hatte die Kolonialisierung überlebt, nur um eine neue Art der Besatzung zu durchleiden.

Emi widmete sich wieder dem Begräbnis ihres Vaters. Wie die übrigen Leute in ihrem kleinen Dorf hatte ihre Familie sich redlich bemüht, weder den Guerillarebellen noch der Polizei ins Gehege zu kommen. Sie konnte nur daran denken, dass ihr Vater die japanische Besatzung und den Krieg überlebt hatte, dann aber durch die Hände seiner eigenen Landsleute gestorben war.

Emi und ihre Mutter folgten einer kleinen Gruppe Überlebender aus dem Dorf hinaus und ein Stück weiter Richtung Küste. Ein alter Mann sagte, er lebe seit fast achtzig Jahren auf der Insel und kenne eine Höhle, verborgen in einer Bucht am Strand. Emis Mutter war kaum in der Lage, die Tagesreise zu bewältigen. Es schien, als sei sie durch ein unsichtbares Band mit ihrem Mann verbunden, das sie für jeden Schritt weg von ihm, den sie zustande brachte, zwei Schritte zurückzog. Emi tauchte seit fünf Jahren, und ihr Körper war schlank und muskulös. Diese Kraft nutzte sie, um ihre Mutter, mal tragend, mal zerrend, in die Höhle und in Sicherheit zu bringen.

In der Höhle kamen neunzehn Menschen unter. Ein paar kannte Emi, aber die meisten stammten von der anderen Seite der Bucht. Sie fragte sich, ob ihre beste Freundin Jin-Hee das Massaker wohl überlebt hatte, aber niemand wagte es, den Schutz der Höhle zu verlassen, um nach anderen zu suchen, bis auf eine Frau, die sich auf die Suche nach ihrer Tochter machte, die mitgenommen worden war, als sie ihr

Haus niederbrannten. Aschfahl kehrte sie zurück. Sosehr man auch bettelte, niemand konnte sie dazu bringen, den anderen zu erzählen, was sie vorgefunden hatte, aber Emi stellte sich das Schlimmste vor.

Nachts wachte die Frau auf und rief laut den Namen ihrer Tochter. Emi weinte sich in den Schlaf und hielt sich die Ohren zu, um die Qualen der Frau nicht mit anhören zu müssen.

Aus Angst, die Polizei könnte ihr Versteck entdecken, wenn sie ein Feuer anzündeten, froren sie mit klappernden Zähnen die Nacht hindurch, tief im Inneren der Höhle. Emi und ihre Mutter drängten sich mit zwei älteren Frauen zusammen, um sich gegenseitig zu wärmen. Auch die Männer legten sich zusammen, aber der Dezember war klirrend kalt. Bald starben die Ältesten unter ihnen, sie schieden leise im Schlaf dahin.

Emi und ihre Mutter halfen den alten Männern, die gefrorenen Leichen nach hinten in die Höhle zu transportieren, wo die Kälte sie konservierte. Emi dachte kurz vor dem Einschlafen immer an JinHees Geschichten, als würden diese Erinnerungen sicherstellen, dass ihre Freundin überlebt hatte. Die Vorstellung, ihre Freundin sei in einer anderen Höhle auf der Insel am Leben, hielt Emi bei Kräften, trotz der Trauer um ihren Vater und der Sorge um ihre Mutter.

Sie aßen alles, was in der Höhle zu finden war, das Moos, das an den Wänden wuchs, Insekten, die in der Erde herumkrabbelten, und ein paar Geschöpfe, von denen Emi vermutete, dass es Ratten waren. Nachdem sie vier Wochen Hunger gelitten hatten, beschloss Emis Mutter, es sei an der Zeit zurückzukehren. Sie stützten sich gegenseitig und blinzelten in die Januarsonne, als sie ihr Versteck verließen und geschwächt und halb erfroren den langen Weg nach Hause antraten.

Sie kamen an niedergebrannten Gebäuden vorbei, ohne einer einzigen Menschenseele zu begegnen. Als sie die schwarz verkohlten Balken ihres Hauses aus den weißen Schneeverwehungen herausragen sah, war Emi zu erschüttert, um zu weinen. Alles war weg. Alles. Das Haus hatte Erinnerungen von ihnen allen in seinen Wänden beherbergt – den ernsten Gesichtsausdruck ihrer Schwester, wenn sie Emi das Lesen beibrachte, die Stimme ihres Vaters, als er sang, wenn er die Zither spielte, die köstlichen Gerichte ihrer Mutter, die Liebe, mit der sie gekocht wurden – alles war zu Asche verbrannt.

Emis Mutter kniete sich zwischen die Ruinen und bedeckte das Gesicht mit den Händen. Nach einer langen Pause führte Emi ihre Mutter zu der Stelle, wo der Vater begraben lag. Der Hügel war mit einer Schicht frisch gefallenem Schnee bedeckt. Die Fußspuren der Vögel führten im Zickzack über den kleinen Buckel. Emi blickte in den weißen Himmel hinauf, wo Möwen sich vom kalten Januarwind tragen ließen. Besuchten sie ihren Vater? Erwiesen sie seinem scheidenden Geist ihre Ehrerbietung?

Ihre Mutter kniete sich neben den Hügel und berührte den Schnee mit der Stirn. Sie weinte leise schluchzend vor sich hin, und Emi kniete sich neben sie und umarmte ihren zitternden Körper. Sie fühlte sich furchtbar dünn an, wie eine alte Frau. Ihre Mutter war noch keine vierzig, aber der Krieg hatte ihr zu viel genommen, ihre älteste Tochter, dann ihren Mann, und mit ihrem Zuhause war auch alles Übrige in der gefrorenen Erde verschwunden. Emi weinte mit ihr und trauerte um sie alle, die Lebenden und die Toten.

Dann wehten Stimmen zu ihnen herüber. Emi setzte sich auf und lauschte. Der Wind schien nachzulassen, so dass es ganz still war, nur die Möwen über ihren Köpfen kreischten warnend. Da waren sie wieder, Männerstimmen.

»Mutter, da kommt jemand«, flüsterte Emi. Gewehrläufe marschierten auf sie zu.

»Wir müssen weg«, flüsterte Emi und versuchte, ihre Mutter auf die Füße zu ziehen, aber sie gab nicht nach.

Emis Herz raste. Es war ein Fehler gewesen, die Höhle zu verlassen. Wenn sie das hier überlebten, würden sie wieder in ihren Schutz zurückkehren. Ein kleines Mandarinenwäldchen, geschwärzt von den Feuern, stand noch unterhalb einer Anhöhe. Würde nur ihre Mutter aufstehen, dann könnten sie sich hinter den Bäumen verstecken und warten, bis die Polizisten vorbeigezogen waren, dachte Emi. »Bitte, Mutter«, flehte sie und zog mit aller Kraft. »Wir müssen uns beeilen.«

Sie eilten über die kleine Anhöhe und hinunter in das Mandarinenwäldchen, um sich hinter einem Baum zu verstecken, der größer und mächtiger war als die anderen, auch wenn die Hälfte der Äste zu Asche verbrannt auf dem Boden lag. Wegen der Kälte waren die Wurzeln nicht verbrannt, doch erholen würde sich der Baum nie mehr.

Die Polizisten hatten jetzt die Ruinen des Hauses erreicht. Emi lauschte, während sie die Asche durchsuchten. Schützend kauerte sie sich über ihre Mutter.

»Schaut mal, hier«, rief ein Polizist den anderen zu.

»Was ist?«, fragte ein anderer.

»Frische Fußspuren.«

Dann Schweigen. Emi stellte sich vor, wie sie ihre Fußspuren untersuchten, ihnen über den Hügel folgten und zu ihrem Versteck geführt wurden. Sie wusste, dass ihre Mutter noch nicht ganz zurechnungsfähig war nach den schrecklichen Ereignissen. Vom Tod umgeben, war Emi froh gewesen, die Höhle verlassen zu können, die wie ein Grabmal geworden war. Sie hatte unbedingt sehen wollen, was von ihrem Haus noch übrig war. Das war ein Fehler gewesen.

Der junge Mann, der zuerst um den Baum herumkam, trug eine dicke wattierte Jacke und um den Hals einen gelben Schal. Seine Stimme war sanft.

»Bist du verletzt?«, fragte er. Er warf einen Blick auf ihre Mutter. »Ist alles in Ordnung mit ihr? Ist das deine Mutter, die du da beschützt?«

Emi konnte nicht antworten. Sie hielt einfach nur die Arme um ihre Mutter. Die anderen Polizisten kamen neugierig herbei. Emi wartete auf die barschen Worte, die grausamen Fäuste, den Schmerz. Sie senkte den Kopf.

»Ist die taub?«, fragte einer der Polizisten.

»Ich glaube, sie steht unter Schock«, antwortete der Jüngere. »Es ist alles gut. Wir sind nicht hier, um euch wehzutun. Wir suchen nach Überlebenden. Kommt mit uns. Wir bringen euch an einen sicheren Ort.«

Er streckte die Hand aus, doch Emi wich zurück. Ihre Mutter hob den Kopf und spuckte auf seine Jacke. Er trat einen Schritt zurück. Die anderen beiden Polizisten schrien ihre Mutter an und hoben die Gewehre.

»Nein, bleibt zurück. Es ist schon in Ordnung. Sie haben nur Angst. Sie sind voller Asche«, sagte er zu den Männern. »Denkt an das Haus, an dem wir vorbeigekommen sind, und an den Grabhügel …« Er verstummte, als er Emis Gesicht musterte.

»Sie haben ihn ermordet«, sagte Emi.

Die drei Polizisten erstarrten und blickten sie an.

»Wer?«, fragte der junge Mann mit der sanften Stimme. Er ging ein wenig in die Knie, damit sie auf Augenhöhe waren. »Hast du gesehen, wer das war?«

»Sag ihm nichts!«, flüsterte ihre Mutter.

Emi blickte ihrer Mutter in die dunklen Augen, sah den warnenden Blick. Dann wendete sie sich wieder dem jungen Mann zu. »Sie sind mitten in der Nacht gekommen. Wir haben nichts gesehen. Es war zu dunkel.«

»Wirklich?« Er klang immer noch freundlich, als wolle er ihr helfen. Als wäre es ihm wirklich wichtig.

Sie nickte. Er stand auf und schien kurz über ihre Worte nachzudenken. Er betrachtete die vom Feuer verunstalteten Mandarinenbäume. Emi folgte seinem Blick und musste unwillkürlich daran denken, wie sie in heißen Sommern mit ihrer Schwester lachend durch das schattige Wäldchen gerannt war. Die plötzliche Erinnerung überkam sie überraschend, und sie wurde das Gefühl nicht los, dass sie es nie wieder so sehen würde. Alles war verschwunden. Der Polizist holte tief Luft.

»Nehmt sie mit«, sagte er.

Emi war verblüfft über seinen veränderten Tonfall. Sein sanftes Gebaren wurde unvermittelt durch militärische Effektivität ersetzt. Die beiden anderen Polizisten hoben Emi und ihre Mutter auf die Beine und führten sie von ihrem Zuhause weg. Als sie am Grab ihres Vaters vorbeikamen, ließ sie den Blick auf dem kleinen Hügel ruhen. Er war ein großer, kräftiger Mann gewesen, der mit starken, schützenden Armen über ihr aufragte, aber der Tod hatte dieses Bild weggenommen und eine kleine Erhebung hinterlassen, die mit der Zeit kaum noch wahrzunehmen sein würde. Sie starrte zu Boden, als sie an vertrauten Steinen und Muscheln auf dem Weg vorbeigeführt wurden, ihren Schätzen aus dem Meer. Sie wehrte sich, als sie den Lastwagen sah, aber es war zu spät.

Die Polizisten brachten sie auf das örtliche Polizeirevier, in dem sich viele Menschen drängten, manche uniformiert, andere in blutigen Lumpen, die Stimmen ein Wirrwarr aus Wut, Schmerz und Angst.

Eine alte Frau lehnte an der Wand und hielt den blutüberströmten Kopf ihres Sohnes im Schoß. Sie war ganz still, während um sie herum das Chaos wütete. Emi umklammerte die Hand ihrer Mutter, so fest sie konnte, während ein Polizist sie in einen improvisierten Wartebereich voller Menschen zerrte. Er ließ sie dort stehen und sprach mit dem Beamten am Empfang. Ein paar Mal warf er einen Blick über die Schulter, während er ein Formular ausfüllte.

Emi sah in die Gesichter um sie herum, erkannte aber niemanden. Wo waren die Leute aus ihrem Dorf? Emi fürchtete plötzlich, alle wären tot, dann vertrieb sie den Gedanken aus ihrem Kopf. Sie sah kurz zu ihrer Mutter hin, konnte aber den leeren Ausdruck ihres vorzeitig gealterten Gesichts nicht ertragen.

Der Polizist kehrte zurück. Emi straffte die Schultern, um ihre Geringschätzung auszudrücken, aber das schien ihm nicht aufzufallen.

»Wir warten hier, bis sie uns rufen.«

»Warum, was haben wir verbrochen?«, fragte Emi.

»Nichts.« Er räusperte sich und wirkte unsicher.

»Warum sind wir dann hierhergebracht worden?« Je verlegener er wurde, umso mutiger wurde Emi. Jetzt war er wieder der junge Mann mit der sanften Stimme, der sie in dem Mandarinenwäldchen als Erster angesprochen hatte, nicht der Polizist, der ihr befohlen hatte, in den Lastwagen zu steigen.

»Das muss euch nicht kümmern. Es ist eine Angelegenheit der Regierung.«

»Mit der Regierung haben wir nichts zu tun ...«

»Sei still«, unterbrach er sie und packte sie am Arm. Er blickte sich blitzschnell im Zimmer um, um zu sehen, wer ihrer Unterhaltung lauschte. »Ihr seid auf meine Anordnung hier. Mehr müsst ihr nicht wissen.«

Sie blickte ihn böse an, bis er schließlich ihren Arm losließ.

Der Beamte am Empfang rief sie auf, und die drei wurden in ein kleines Büro auf der Rückseite der Wache geführt. Als der Polizist die Tür schloss, verstummte plötzlich das Elend außerhalb des Raums und hinterließ eine diffuse Stille in Emis Kopf. Ein großer Schreibtisch beherrschte das Zimmer, und dahinter saß ein uniformierter Mann. Zahlreiche Medaillen und Bänder schmückten seine Brust, und Emi fragte sich, wie viele Landsmänner er wohl getötet hatte, um diese Ehrenzeichen verdient zu haben. Sie musterte sein Gesicht und wartete, bis er etwas sagte.

»Ich habe gehört, du bist eine *haenyeo*. Ist das richtig?«, sagte er, ohne von dem Papierstapel vor sich aufzublicken. Selbst während er auf ihre Antwort wartete, schien er zu lesen.

»Ja«, sagte Emi und fragte sich, wie sie das so schnell rausgekriegt hatten.

»Und sie ist deine Mutter?« Er blickte kurz auf und sah zu Emis Mutter hin.

»Ja.«

»Ist sie auch eine *haenyeo*?«

»Ja.«

»Aha, du bist ein sehr angenehmes Mädchen, das muss ich sagen. HyunMo, du hast Glück! Ich glaube, sie wird eine passende Ehefrau abgeben. Zumindest, solange du ihr die richtigen Fragen stellst. Ha!« Er schlug sich lachend auf das Knie. »Sag mir, wie ist dein Familienname?«

Emi hielt inne. Er hatte Ehefrau gesagt. Sie verstand nicht.

»Ihr Vater hieß Jang«, antwortete dieser HyunMo, bevor sie etwas entgegnen konnte. Er sah sie nicht an, sondern hielt den Blick auf den Schreibtisch gerichtet.

»Jang? Ein guter, starker Familienname.« Der Funktionär trug ihn in das Formular ein. Er unterschrieb unten auf dem Papier und schob es Emi über den Schreibtisch hin. »Gut, jetzt unterzeichne hier.« Er hielt ihr seinen Stift hin.

Der Polizist wusste den Namen ihres Vaters. Emi starrte ihn an. Ihre Ohren kribbelten vor Hitze, und ihr Mund war trocken.

»Nimm den Stift, Mädchen, und unterschreibe mit deinem Namen hier auf dieser Zeile, gleich über meinem. Siehst du? Genau hier«, wies der Funktionär sie an und legte Emi den Stift in die Hand.

»Was ist das?«, fragte Emi schließlich. Sie blickte ihre Mutter an, aber sie war ihr keine Hilfe. Sie starrte nur auf den Boden und weinte still.

»Das ist deine Heiratsurkunde. Unterschreibe hier.«

»Aber wen heirate ich denn?«, fragte Emi.

»Na, ihn natürlich.« Er zeigte auf den Polizisten, den Jungen, der sie von ihrem niedergebrannten Haus weggeholt hatte und der den Namen ihres Vaters und ihren Beruf kannte. »Nun komm schon, ich habe nicht den ganzen

Tag Zeit. Unterschreib. HyunMo, Sie unterschreiben neben ihrem Namen.«

Emi wandte sich um und starrte HyunMo an. Er war viel älter als sie, aber trotzdem noch ein Jugendlicher. Man erwartete von ihr, dass sie ihn heiratete? Sie stand einfach nur da und hielt den Stift, als der Funktionär sie plötzlich so fest ins Gesicht schlug, dass sie zu Boden fiel. Es war eine blitzschnelle Bewegung gewesen. »Heben Sie sie auf.«

HyunMo half ihr hoch und legte stützend den Arm um sie, als er ihr zurück an den Schreibtisch half. Er wirkte genauso erstaunt wie Emi über den plötzlichen Gewaltausbruch. Ihre Wange pochte, und sie sah nur unscharf.

»Du unterschreibst das jetzt. HyunMo wird dein Ehemann. Und dann verlasst ihr drei mein Büro, damit ich mich um die nächsten Bürger auf meiner Liste kümmern kann. Tu es sofort, sonst lasse ich dich von ihm verhaften, und nach eurem Zustand zu urteilen«, er zeigte auf ihre ausgemergelten Körper, »haltet ihr im Gefängnis nicht lange durch.«

Emis Mutter schien sich auf den Funktionär zu konzentrieren. Sie beugte sich über den Schreibtisch, hielt sich mit den Händen an der Kante fest. Ihre Gesichtszüge wurden lebendig, ihre Miene war voller Zorn. Emi hatte Angst davor, was sie sagen könnte, aber der Funktionär kam ihr zuvor.

»Versuch es erst gar nicht, Mutter. Ich habe die Macht über Leben und Tod deiner Tochter. Ein unangenehmes Wort von einer von euch beiden, und ich schicke euch ohne zu zögern vor ein Exekutionskommando. Sagen Sie ihr, sie soll unterschreiben«, befahl er HyunMo.

»Tu, was er sagt«, drängte HyunMo und blickte sie entschuldigend an.

Emi nahm den Stift mit zitternder Hand. HyunMo führte

sie zur richtigen Zeile, und sie schrieb ihren Namen. Er nahm ihr den Stift ab und unterschrieb neben ihrem, *Lee, HyunMo*.

»Gut. Und jetzt raus mit euch. Ich habe viel zu tun.«

HyunMo führte Emi und ihre Mutter aus dem Büro, zurück durch das Elend in der überfüllen Wache und hinaus in die kalte Januarluft. Der tosende Wind kühlte ihr die Wange, die von dem Schlag noch brannte. Sie rieb sie, immer noch zitternd, weil sie gerade mit einer Unterschrift ihr Leben verkauft hatte.

»Warum?«, fragte sie, nachdem sich das Schweigen zwischen ihnen länger zog, als sie ertragen konnte. Sie gingen zurück zu dem Wagen, der hinter der Wache stand. »Warum hast du eine Ehe zwischen uns erzwungen?«

»Unsere Söhne werden diese Insel erben«, sagte er ohne stehenzubleiben. Er öffnete die Wagentür und half ihrer Mutter hinein.

»Unsere Söhne?« Sie war schockiert, dass er davon ausging, sie würden eine echte Ehe eingehen, so wie ihre Eltern sie hatten. Die Vorstellung war bizarr.

»Ja, und euer Land, das des ganzen Dorfes, wird von uns durch die Kinder wieder zurückvererbt.«

»Uns?«

»Den anderen Polizisten. Wie viele andere musste auch ich meine Heimat im Norden verlassen und südlich der Linie fliehen, damit die Kommunisten mich nicht ermordeten, so wie meine Familie. Sie haben mir alles genommen. Uns allen. Deshalb heiraten wir euch, um wiederzugewinnen, was wir verloren haben. Aber noch wichtiger ist, wir müssen verhindern, dass sich die Kommunisten vermehren, müssen sie vom Süden fernhalten. Es ist zu eurem eigenen Besten … und zum Besten Koreas.«

»Ich bin keine Kommunistin«, sagte sie in der Hoffnung, jemand, der so viel gelitten hatte, könnte verstehen, was sie in diesem Moment durchmachte.

Er sah sie unverwandt an, sein Gesichtsausdruck war leer. »Die Insel ist voller Kommunisten. Du gehörst dazu, ob du es weißt oder nicht. Durch die Heirat mit mir stellst du keine Bedrohung mehr dar. Steig ein.«

Er hielt die Tür auf und wartete, dass sie einstieg, aber sie konnte sich nicht bewegen. Die Polizisten hatten ihren Vater umgebracht. Emi dachte an die Dunkelheit in jener Nacht zurück. War HyonMo auch dabei gewesen? Wusste er daher, dass er sie in der Asche ihres Heims suchen musste? Ihr Magen krampfte sich zusammen, und ihre Knie wurden weich. HyunMo fing sie auf und half ihr in den Wagen.

Emi setzte sich neben ihre Mutter und versuchte, sich zu erinnern. In jener Nacht war es sehr dunkel gewesen, der Schneeregen brannte ihr in den Augen, und vor lauter Angst hatte sie die Gesichter der Männer nur verschwommen gesehen. Den Mörder ihres Vaters würde sie sicherlich erkennen, wenn sie ihn wiedersehen würde. Als HyunMo auf den Fahrersitz kletterte, musterte sie ihn prüfend.

Er achtete nicht weiter auf sie, ließ den Motor an und fuhr ohne ein weiteres Wort von der Polizeiwache weg. Emi konnte seine Gesichtszüge keinem der Männer von jener Nacht zuordnen. Langsam löste sie den Blick von ihm und starrte einfach nur ausdruckslos durch die Windschutzscheibe. Emi wusste nicht, wohin HyunMo sie brachte. Je länger sie fuhren, umso verlorener fühlte sie sich.

Als sie frierend auf dem Platz steht und sich an lang zurückliegende Ereignisse erinnert, spürt Emi ihr Alter schwer auf ihr lasten. Ihr Bein tut fürchterlich weh, ein stechender Schmerz läuft ihr hinten am Oberschenkel hinauf und schießt ihr in glühenden Spiralen in die Hüfte. Die Kälte verstärkt die Schmerzen des Alters und auch die Erinnerungen aus der Vergangenheit, die auf sie einströmen.

Lane kommt mit drei Bechern heißer Schokolade wieder. Emi nimmt ihren gerne entgegen und genießt die Wärme, die durch ihre Handschuhe dringt. Sie wirft immer wieder einen kurzen Blick in die Gesichter, die sie umgeben. Sie sucht gleichzeitig etwas und nichts, hofft, ihr fällt etwas Vertrautes auf, ein Lächeln, eine Geste, irgendetwas, das sie an ihre Kindheit erinnert. Es ist beinahe, als würde sie das Glück selbst suchen.

Emi trinkt aus ihrem Becher. Sie verbrennt sich die Zunge an der süßen, heißen Flüssigkeit, und ihr Blick schweift über die Menschen, die sich um sie herum drängen. Nie verweilt sie lange auf einem Gesicht oder einer Hand, aus Angst, ihr könnte etwas – jemand – entgehen. Auch Lane und ihre Tochter trinken, aber sie unterbrechen Emis stille Suche nicht.

Emi sieht sich die Leute in der Menge an, in der Hoffnung, jemand erwidert ihren Blick. Ihre Schwester.

Hana

Mandschurei, Sommer 1943

Das Foto von Hana hängt jetzt bei den anderen am Fuß der Treppe. Ihr Gesicht blickt auf die Soldaten herab, die dann wissen, dass sie sich vor Zimmer Nummer 2 anstellen müssen, wenn sie Hana für die ihnen zustehende Zeit auswählen. Soldaten bekommen bis zu dreißig Minuten mit ihr allein, Offiziere eine Stunde. Sie ist wie ein Gericht auf der Speisekarte, begutachtet, ausgewählt und konsumiert.

Der Tagesablauf im Bordell ist einfach. Aufstehen, sich waschen, essen, dann im Zimmer auf die Soldaten warten. Wenn es spät wird, normalerweise geht es bis nach neun, werden die letzten Männer nach Hause geschickt. Dann wäscht sie sich und die gebrauchten Kondome, desinfiziert und versorgt die Wunden, sollten ihr an diesem Tag welche zugefügt worden sein. Die Mädchen nehmen eine kärgliche Mahlzeit ein und gehen dann zu Bett. Zehn Stunden am Tag, sechs Tage die Woche ist sie Soldaten »zu Diensten«. Sie wird von zwanzig Männern am Tag vergewaltigt. Der siebte Tag ist der Hausarbeit gewidmet. Sie putzt ihr Zimmer und wäscht ihr zerlumptes Kleid. Gemeinsam mit den anderen Mädchen macht sie das Bordell sauber und kümmert sich um das klägliche Gemüsebeet im Hof. Jeden zweiten Hausarbeitstag kommt der Arzt.

Hana brauchte zwei Wochen, um schließlich zu akzeptieren, dass es kein Entrinnen aus diesem Ablauf gab. Die erste Woche war die schwerste. Drei ganze Tage am Stück aß Hana nichts, drei Nächte lang weinte sie hemmungslos. Später erfuhr sie, dass sie Glück gehabt hatte, nicht ganz alleine in den Keller gesteckt worden zu sein. Dort kamen Mädchen hin, die sich weigerten, sich anzupassen, oder die mit einer Strafe belegt wurden, die über einen Peitschenhieb hinausging. In ihrer dritten Tränennacht unterbrach ein Klopfen an der Tür sie in ihren düsteren Gedanken.

»Hör auf zu weinen, kleine Sakura. Es reicht jetzt.« Keiko kam herein. Die Stimme der Frau schreckte Hana auf, und sie wandte sich zu ihr um. Keiko riskierte eine Bestrafung, indem sie in Hanas Zimmer kam, und der Gedanke, dass Keiko dieses Risiko einging, ließ Hanas Tränen versiegen.

»Du musst dich zusammenreißen«, schimpfte Keiko sie, auch wenn der barsche Tonfall nicht zu ihrem mitleidigen Gesichtsausdruck passte. Sie beugte sich zu Hana herunter und strich ihr eine Strähne aus dem Gesicht. »Ich weiß, was du jetzt gerade denkst. Dass du sterben willst. Nach unseren ersten Nächten wollten wir alle sterben.« Als Hana keine Antwort gab, fuhr Keiko fort. »Möchtest du denn deine Mutter nicht wiedersehen?«

Ihre Mutter. Das Wort war ein Stich ins Herz.

»Ich werde sie nie mehr wiedersehen. Das weiß ich«, flüsterte Hana und wandte sich von Keiko ab. Im Geiste hörte Hana die Frauen auf dem Markt. Selbst wenn Hana das überleben und eines Tages nach Hause zurückkehren sollte, würde das nicht einen frühen Tod für ihre Eltern bedeuten?

»Du siehst sie nicht mehr wieder, wenn du stirbst, so viel steht fest. Und du musst an deine Mutter denken. Sie wird nie erfahren, was dir zugestoßen ist. Sie wird den ganzen Rest ihres Lebens im Ungewissen bleiben.«

Hana dachte an die Verzweiflung ihrer Mutter, als ihnen das Schwert ihres Onkels gebracht worden war. Sie hätte ihre Schwester vor diesem schrecklichen Schicksal gerettet, nur um sie mit einer gebrochenen Mutter zurückzulassen. Hana würde lieber die schlimmste denkbare Folter erleiden, als ihre Familie zu zerstören.

Aber dann wurde ihr bewusst, was die Alternative war. Sie würde jeden Tag aufs Neue unter den Soldaten leiden, bis … sie war sich nicht sicher, bis der Krieg zu Ende ging? Bis sie schwanger wurde? Oder bis sie starb? Ihre Mutter würde möglicherweise nie erfahren, was ihr zugestoßen war.

»Ich verspreche dir, du siehst sie wieder. Du wirst nicht für immer und ewig hier sein. Keine von uns. Wir müssen einfach ausharren, irgendwann können wir nach Hause.«

Keiko sprach weiter, aber Hana hörte sie nicht mehr. *Nach Hause.* Das klang so weit weg, wie ein Ort in einem Traum, den sie einmal geträumt hatte. War es wirklich möglich, dass sie jemals zurückfinden würde? Sagte Keiko die Wahrheit? Würde man sie nach Hause schicken?

»Jetzt machen wir dich erst einmal sauber.«

Keiko zeigte ihr, wie sie sich waschen musste, und als Hana nicht reagierte, machte Keiko es für sie.

Hana hatte nicht die Kraft, sie daran zu hindern. Die antiseptische Lösung brannte schlimmer als Salzwasser in einer

Wunde, aber Hana jammerte nicht. Keiko redete ohne Unterlass, als würde das alles wiedergutmachen.

»Dieser Krieg wird nicht ewig dauern, und du wirst auch nicht ewig hierbleiben. Hier drinnen musst du dich gut um dich kümmern, du musst überleben, und dann wirst du eines Tages freigelassen und deine Mutter wiedersehen.«

Hana blickte Keiko in die Augen. Sie erwähnte jetzt zum zweiten Mal eine mögliche Freilassung. Hana konnte immer noch nicht beurteilen, ob ihr zu trauen war, aber die Geisha wandte den Blick nicht von ihr ab. Sie schien Hana herauszufordern, ihr zu widersprechen. Hana blieb still. Nach einem langen Moment sprach Keiko weiter.

»Wenn du dich eines Tages auf den Weg nach Hause machen willst, dann musst du, so gut es geht, für dich sorgen, während du hier bist. Und das bedeutet, du musst dich nach jedem Besuch eines Soldaten saubermachen, du musst alles essen, was du bekommen kannst, und du musst deine Kleider und dein Zimmer sauber halten, damit das Ungeziefer keine Krankheiten übertragen kann. So überleben wir alle.«

Als Keiko gegangen war, legte sich Hana zurück auf die dünne Matte und starrte in ihr dunkles Zimmer. Sie lauschte den neuen Geräuschen, die sie umgaben: die anderen Frauen in ihren Zimmern, das Knarzen des Dachs über ihrem Kopf, der Wind, der durch das Gebälk fuhr.

»Bitte, Mutter. Komm und spür mich auf. Hol mich weg von diesem Ort«, flüsterte Hana in den leeren Raum. Sie wiederholte die Worte immer wieder, bis sie zu einem monotonen Gesang wurden, der sich tief in sie einprägte.

Mittlerweile, zwei Wochen später, hat Hana gelernt, sich nach Keikos Anleitungen zu richten, und es gelingt ihr, nicht zu viel an den Tod zu denken. Stattdessen klammert sie sich an Keikos Versprechen, dass sie eines Tages alle freigelassen werden und sie ihre Familie wiedersieht. Die Soldaten stehen weiterhin vor ihrer Tür Schlange. Wenn sie still auf der Matte liegen bleibt, schlagen sie sie nicht. Es scheint ihnen egal zu sein, ob sie tot oder lebendig ist, sie muss nur körperlich anwesend sein, damit sie verrichten können, weshalb sie gekommen sind.

Eines der anderen Mädchen, Hinata, bietet Hana einen speziellen Tee an, um die Schmerzen zwischen ihren Beinen und am ganzen Körper zu lindern. Sie trinkt ein paar Schlucke, aber sie mag nicht, wie schwindelig und benommen sie sich danach fühlt. Es fällt ihr schwer, wach zu bleiben. Später erfährt sie, dass es Opiumtee ist, und passt gut auf, kein zweites Mal davon zu trinken. In Hanas Schule wurden die Kinder vor Opium gewarnt. Es hieß, der Genuss von Opium sei ein Zeichen von Minderwertigkeit, und deshalb wären ihre Feinde, die minderwertigen Chinesen, alle abhängig davon.

Hana lehnt den Tee zum Teil auch deshalb ab, weil sie fürchtet, sie könne süchtig werden, aber hauptsächlich, weil sie die Kontrolle über ihr Denken behalten muss. Hinata trinkt den Tee ständig, Tag und Nacht. So überlebt sie. Aber Hana weiß, bei ihr selbst funktioniert das nicht. Sie würde in Richtung des Todes driften mit all ihrem Denken und Sehnen. Den Tee abzulehnen ist ihr erster Schritt zum Überleben. Wenn die Männer sie Tag um Tag besuchen, taucht sie tief in den Ozean ein. So entkommt sie ihrer Umgebung. Sie lernt, den Atem anzuhalten, wenn ein Soldat in ihren

Körper eindringt, und sie hat das Gefühl, sie würde wirklich um Atem ringen, bevor sie an die Oberfläche steigt, um ihre Lunge zu füllen. Sie blickt den Männern nie ins Gesicht. Es ist besser, sie sich gar nicht als Menschen vorzustellen. Für Hana sind das vielmehr Maschinen, die ihr den Tag über geschickt werden. Sie konzentriert sich auf das Versprechen, dass alles ein Ende haben wird, und dann schläft sie. Sie kann ihr Denken kontrollieren und auswählen, was sie einlässt.

Wenn Hana aufsteht, gilt ihr erster Gedanke jeden Tag dem Meer. Sie hört den Klang der Wellen, die an die felsige Küste schlagen. Und dann fragt sie sich, ob ihre Mutter ebenfalls mit der Morgensonne aufsteht. Macht sie ihrer Schwester und ihrem Vater Frühstück? Meistens bereitet ihre Mutter morgens Reisbrei mit Flocken aus Seetang und Fisch vom gestrigen Abendessen zu. Manchmal brät sie ein Ei und schneidet es in dünne Streifen, die sie unter den Brei mischt. Hana schmeckt die salzige Brühe auf der Zunge, und bei der Erinnerung daran läuft ihr das Wasser im Mund zusammen. In dem Bordell gibt es selten mehr als ein paar Reisbällchen oder eine Schüssel Reissuppe, von der alten Chinesin zubereitet. Wenn sie Glück haben, entdecken sie darin ein paar Stückchen eingelegtes japanisches Gemüse. Ihr armseliges Gemüsebeet wird oft von den Soldaten geplündert, die auch Hunger leiden.

Das Wasser kommt aus einem Brunnen am anderen Ende des ungepflasterten Hofs. Die Mädchen holen während des Tages abwechselnd frisches Wasser im Eimer. Wenn sie an der Reihe ist, lässt sich Hana für diese Aufgabe so lange wie möglich Zeit. Selbst fünf Minuten Aufschub sind es schon wert.

Wenn sie nicht beim Wasserholen Zeit schindet, findet sie einen Grund, sich besonders sorgfältig zu waschen, bevor der nächste Soldat ihr Zimmer betritt. Versuchen sie, Hana zu drängen, folgt sie Rikos Rat und weist auf den Schutz vor Geschlechtskrankheiten hin. Sollten sie weiter nachfragen, dann lügt sie und behauptet, ihre wären am letzten Soldaten rote Beulen oder eitrige Wunden aufgefallen. Meistens kommt sie mit den Lügen durch, aber manchen Soldaten ist das auch egal. Das sind die schlimmsten Männer. Sie lernt rasch, nichts zu sagen und zu tun, was sie von ihr verlangen. Je schneller sie befriedigt sind, desto eher gehen sie.

Spätabends, wenn alle Soldaten weg sind, vermisst Hana ihr Zuhause am meisten. Dann liegt sie auf ihrer stockigen Tatamimatte, die fadenscheinige Decke ans Kinn gezogen, und sehnt sich nach dem warmen Körper ihrer kleinen Schwester neben ihr, nach den langsamen Atemzügen ihres schnarchenden Vaters in der Nähe und dem steten Rascheln des ruhelosen Körpers ihrer Mutter, die in ihren Träumen Abalonen sucht. Hana denkt auch an ihre Freundinnen, die anderen *haenyeo*-Taucherinnen, mit denen sie jeden Tag zusammengearbeitet hat. Sie fehlen ihr alle.

Diese Erinnerungen plagen sie, und doch helfen sie ihr durchzuhalten. Sie durchdringen die Stille in ihrem winzigen Gefängnis, und jede tröstende Erinnerung ist zugleich wie ein Messerstich. Wäre sie nicht in diesem Bordell gefangen, dann wäre es ihre Schwester. Sie wird das Bordell ertragen, denn eines Tages wird sie den Weg zurück nach Hause finden. Sie wird ihre Familie wiedersehen.

Der Tag der Hausarbeit kommt, und Hana steht früh auf, um ihre Kleider im Hof zu waschen. Der Wachmann hält sie an der Küchentür auf.

»Geh wieder nach oben. Heute kommt der Doktor.« Er stellt sich ihr in den Weg.

Hana weiß, dass sie dem Wachmann nichts entgegensetzen darf. Sie geht nach oben und wartet in ihrem Zimmer. Es ist der erste Besuch des Arztes bei ihr. Die Chinesin kommt zuerst herein. Sie bringt einen Krug Wasser und gießt es in die Schüssel, dann bedeutet sie ihr, sich zu waschen.

Als die Frau hinausgeht, fragt sich Hana, warum sie und ihr Mann das Bordell führen. Werden sie dazu gezwungen? Sind sie ebenfalls Gefangene? Ein leises Klopfen an der Tür unterbricht sie in ihren Gedanken.

Ein Soldat betritt den Raum, und Hana springt auf. Der Soldat scheint ihr anzusehen, wie entsetzt sie ist, denn er hebt kapitulierend die Hand. »Ich bin der Arzt«, sagt er rasch. »Ich bin hier, um zu überprüfen, ob du gesund bist.« Er hebt die andere Hand, in der er einen schwarzen Tornister hält. Er winkt ihr, sich wieder zu setzen. Zaghaft gehorcht sie. Er stellt den Tornister ab und setzt sich vor sie.

»Mach den Mund auf.« Er untersucht ihren Hals, die Zähne, das Zahnfleisch und die Zunge. »Gut, alles gut. Und jetzt leg dich hin.«

Hana verkrampft sich. Sie war noch nie bei einem Arzt, und seine Militäruniform verunsichert sie, dennoch gehorcht sie zögernd und legt sich auf die Matte. Als er ihr Kleid anhebt, setzt sich Hana wieder auf.

»Was tun Sie da?«, fragt sie.

»Ich muss dich untersuchen.« Sollte er verärgert sein, so zeigt er es nicht. »Leg dich wieder hin, beuge die Knie und hebe dein Kleid. Ich muss deine Scheide untersuchen, und jetzt verschwende meine Zeit nicht länger.«

»Nein, das will ich nicht.« Hana rutscht von ihm weg.

»Du hast keine Wahl. Ich muss jede von euch alle zwei Wochen untersuchen. Ich muss euch auf Geschlechtskrankheiten überprüfen, Infektionen, Schwangerschaften, Verletzungen. Es ist zu eurem Besten. Für eure Gesundheit und für die Gesundheit der Soldaten.«

Hana starrt ihn an. Die Gesundheit der Soldaten. Deshalb ist er eigentlich hier.

»So, jetzt leg dich wieder hin, beuge die Knie und hebe dein Kleid.

Gedemütigt legt sie sich hin. Die Untersuchung danach geht schnell vonstatten. Er schiebt ihr ein kaltes Metallinstrument in die Scheide, tastet sie innerlich mit den Fingern ab und spült sie dann mit einer orangefarbenen Flüssigkeit aus. Dann spritzt er ihr ein Serum in den linken Arm, das zukünftig Geschlechtskrankheiten abwehrt, wie er behauptet.

Nach Ende ihrer vierten Woche in dem Bordell kommen eines späten Abends Offiziere in einem Geländewagen. Sie haben getrunken, und zwei können sich kaum noch auf den Beinen halten. Die anderen helfen, sie zu tragen, halb gehen sie, halb torkeln sie herein, wo sie direkt nach oben schwanken und die Soldaten, die Schlange stehen, wegschieben, um ganz nach vorne zu kommen.

»Alle zurück in die Kasernen«, ruft der Hauptmann über das Murren der Soldaten hinweg. »Wir übernehmen in diesem Außenposten für den Rest des Abends das Kommando.«

Die Soldaten vorne in der Schlange protestieren und beharren darauf, sie hätten sich seit Stunden angestellt. Der

Soldat in Hanas Zimmer öffnet die Tür und guckt hinaus. Als der Oberleutnant des Hauptmanns den Säbel zieht, werden die Soldaten still, aber keiner schickt sich an zu gehen. Der Soldat verschwindet wieder in Hanas Zimmer und kleidet sich schweigend an. Hana rutscht ein Stück, damit sie durch die Tür sehen kann.

»Na los, weg da«, brüllt der Hauptmann und richtet das Schwert auf einen Gefreiten, der vorne in der Schlange steht.

Der Gefreite hat keine Medaillen. Seine Uniform ist ordentlich, aber abgetragen. Er tritt einen Schritt zurück, geht aber nicht sofort weg.

»Haben Sie ein Problem, Gefreiter?«, fragt der Hauptmann und stellt sich neben den Oberleutnant. Die beiden nebeneinander bieten einen eindrucksvollen Anblick. Sie sind größer als die meisten der Unteroffiziere, und ihre dekorierten Brustkörbe funkeln. Der Gefreite scheint unter ihrem Blick zu schrumpfen.

»Wir ziehen morgen früh in den Kampf«, sagt der Gefreite leise.

»Ach ja?«, meint der Hauptmann.

»Ja«, murmeln ein paar Männer gleichzeitig.

»Nun, das ist gut zu wissen. Oberleutnant, finden Sie nicht auch, dass das gut zu wissen ist?«

»Ja, ja, eine sehr wichtige Information, Gefreiter. Gute Arbeit«, spottet er.

Der Hauptmann geht einen Schritt auf den Gefreiten zu und ragt drohend über ihm auf. Die Männer hinter dem Gefreiten weichen zurück. »Und was glauben Sie, wer Sie auf das Schlachtfeld führen wird, Soldat? Schon mal überlegt, wer Ihre vorgesetzten Offiziere sein könnten? Sie wissen schon, diejenigen, die die Führung übernehmen und als Erste sterben, falls die Schlacht nicht siegreich verläuft?«

Die Soldaten in Hörweite ziehen sich langsam zurück, bevor der Hauptmann mit seiner Tirade fertig ist, aber der arme Gefreite und die wenigen Soldaten, die in der Schusslinie gefangen sind, sind gezwungen, weiter strammzustehen.

»Ja, Verzeihung, Herr Hauptmann«, sagt der Soldat und salutiert.

»Verzeihung? Hören Sie das, Oberleutnant? Er entschuldigt sich.« Er lacht dem Gefreiten ins Gesicht und beugt sich gefährlich nahe zu dem zitternden Mann. »Wenn ich wollte, könnte ich Ihren Kopf auf ein Bajonett aufspießen. Zum Beispiel um zukünftige Gefreite vor Ihrer Unwissenheit zu warnen und sie daran zu erinnern, einen Offizier nie in Frage zu stellen, niemals. Und jetzt verneigen Sie sich«, knurrt der Hauptmann dem Gefreiten ins Gesicht.

Der Soldat verbeugt sich tief und legt dadurch seinen verwundbaren Nacken bloß. Der Oberleutnant legt ihm das Schwert auf die Haut und erhöht den Druck. Eine ganz dünne Linie Blut quillt unter der Klinge hervor.

»Wie lautet Ihr Befehl?«, fragt der Oberleutnant den Hauptmann.

Der Soldat zittert unter der Klinge des Oberleutnants, Blut rinnt auf der einen Seite an seinem Hals herunter und befleckt seinen Kragen.

»Ich habe heute gute Laune. Ich will den Abend nicht verderben. Schicken Sie sie weg.«

»Sie haben den Hauptmann gehört. Hinaus«, ruft der Oberleutnant und stößt den Gefreiten weg. »Und zwar alle.«

Stiefel klappern hastig die Treppe hinunter. Der Soldat bei Hana sieht zu, dass er aus dem Zimmer kommt, als der Oberleutnant eintritt. Der Hauptmann geht in Keikos Zimmer nebenan.

Hana sieht nicht zu dem Mann hoch. Schweigend wartet sie, bis er bei ihr ist. Sie versucht, den Säbel zu übersehen, den er fest in der rechten Hand hält, und auch, wie schwankend er auf sie zukommt. Alle Frauen hier haben Narben am Körper, die ihnen betrunkene und zornige Soldaten zugefügt haben. Hana hat ein paar dieser Übergriffe durch die dünnen Wände gehört, wenn sie einem Soldaten in ihrem Zimmer zu Diensten war. Der Oberleutnant kniet sich vor sie hin und befiehlt ihr aufzustehen. Sie tut, wie ihr geheißen, und steht schlotternd vor ihm. Er starrt das Dreieck aus Haaren zwischen ihren Beinen an. Dann beugt er sich vor, als wolle er sie untersuchen, und fährt mit der Spitze seines Schwertes durch ihre Schamhaare.

»Das muss weg«, sagt er. »Halte still, sonst schneide ich dich.«

Er rasiert sie mit dem Schwert, ritzt immer wieder ihre zarte Haut, so dass es blutet. Hana zittert, als ihr die kalte Klinge über die Haut kratzt. Sie beißt sich auf die Zunge, wenn sie geschnitten wird.

»Ihr seid doch alle verseucht«, murmelt er, während er sich an ihr zu schaffen macht. »Auf Hygiene achtet ihr nicht. Ihr seid voller Parasiten. Ich lasse mich nicht verseuchen.«

Hana schließt die Augen. Sie soll verseucht sein? Die Soldaten sind es, die Krankheiten ins Bordell bringen. Jedes einzelne Mädchen kam hier unschuldig und rein an. Die Soldaten sind der Grund, weshalb die Mädchen erniedrigenden medizinischen Untersuchungen unterzogen und ihnen Chemikalien gespritzt werden, die so aggressiv sind, dass ihnen manchmal die Arme anschwellen und taub werden. Dieser Soldat ist es, der verseucht ist. Hana drückt die Augen noch fester zusammen, um ihre Wut im Zaum zu halten.

Als er die Rasur beendet hat, wirft er das Schwert auf den Boden und befiehlt ihr, sich zu waschen. Sie geht zu der Wasserschüssel in der Zimmerecke. Mittlerweile weiß Hana, dass sie dafür gedacht ist, gebrauchte Kondome einzuweichen. Sie hockt sich darüber und nimmt ein kleines Handtuch. Er sieht ihr zu, wie sie sich wäscht, fordert sie auf, fester zu schrubben und sich gründlicher zu säubern, um sicherzugehen, dass sie desinfiziert ist. Als er zufrieden ist, muss sie ihm helfen, sich auszuziehen. Sobald er nackt ist, legt er sich auf die Matratze und befiehlt ihr, sich rittlings auf ihn zu setzen.

»Reite mich, bis ich Yasukuni sehe. Wenn ich morgen sterbe, will ich den Schrein sehen, zu dem meine Seele geht!« Er ist zu betrunken, um zum Höhepunkt zu kommen. Nachdem sie sich eine Stunde lang vergeblich um ihn bemüht hat, schiebt er sie von sich herunter und fällt in einen tiefen Schlaf.

Soldaten rufen oft den heiligen japanischen Schrein in Tokio an – das ist nichts Neues für Hana –, aber die Art und Weise, wie der Offizier sie erniedrigt hat, schon. Die Offiziere bleiben über Nacht. Als Hana auf ihrer Tatamimatte liegt und dem dröhnenden Schnarchen des Mannes lauscht, ist sie zu wütend, um einzuschlafen. Stattdessen bleibt sie die ganze Nacht wach und hört ihn atmen. Jedes Einatmen widert sie an, und bei den Alkoholdünsten beim Ausatmen dreht sich ihr der Magen um. Bei jedem ihrer eigenen Atemzüge schreien ihre Wunden nach Aufmerksamkeit.

Als die Sonne aufgeht, weckt der Hahn den Soldaten. Er befiehlt ihr, ihm beim Anziehen zu helfen. Als Hana ihm die Schnürsenkel fertig zugebunden hat, versetzt er ihr einen Tritt. Sie verharrt auf Händen und Knien, in der Hoffnung, er ist zu verkatert, um ihr noch mehr anzutun. Er steht auf, fährt sich durch die schmierigen Haare, dann ruft er laut nach seinem Freund und geht aus dem Zimmer. Kurz darauf steigen sie zusammen die Treppe hinunter und lachen über ihre jeweilige Nacht. Als die Haustür zufällt und der Jeep mit Vollgas von dem Bordell wegfährt, verlässt Hana ihr Zimmer und geht leise nach unten.

Keiko folgt Hana in die Küche.

»Ich habe gehört, was er dir angetan hat«, flüstert sie Hana ins Ohr.

Hana lässt die Schultern fallen.

»Lass mich mal sehen«, sagt Keiko.

»Es geht schon.« Hana weicht zurück.

»Nicht. Wenn er dich schlimm verletzt hat, entzündet sich das. Komm.« Sie nimmt Hanas Hand, führt sie in den Vorratsraum und schließt die Tür. »Heb das Kleid hoch.«

Hana gehorcht. Keiko saugt scharf Luft durch die Zähne ein und schüttelt den Kopf.

»So ein Schlächter«, flüstert sie entrüstet. Keiko holt rasch ein Desinfektionsmittel und taucht ein kleines Handtuch in die Lösung. Geschickt wäscht sie Hanas Wunden aus. Die anderen Mädchen kommen in die Küche, um ihre Morgenmahlzeit zuzubereiten, gerade als Keiko fertig wird.

»Sag es nicht den anderen.« Hana senkt den Blick.

»Warum nicht? Man sollte sie vor ihm warnen.«

»Bitte, ich möchte nicht, dass sie mich noch mehr bemitleiden, als sie es sowieso schon tun.«

Keiko nimmt Hanas Gesicht in beide Hände und sieht ihr in die Augen. Ihre Hände sind weich und stark, ihr Blick ist hart. Aus der Küche dringt das Geplauder der anderen. Hana fürchtet, jeden Moment könnte eines der Mädchen die Tür zum Vorratsraum öffnen, aber sie möchte Keiko nicht verärgern, indem sie vor ihr zurückweicht.

»Mitleid ist eine freundliche Geste«, sagt Keiko mit Entschiedenheit. »Jede von uns verdient Mitleid, aber in diesem verlorenen Land hat niemand so viel Erbarmen, um uns diese Freundlichkeit zu erweisen. Deshalb müssen wir es erdulden, hier erniedrigt und Tag um Tag gequält zu werden. Uns bleibt nichts anders übrig, als uns gegenseitig ein bisschen Freundlichkeit zu schenken.«

Hana denkt über Keikos Worte nach. Keines der anderen Mädchen hat sie angefeindet, aber seit ihrer Ankunft war auch keines so nett zu ihr wie Keiko. Die anderen Mädchen sind alle koreanisch, so wie Hana, und das hätte sofort eine Bindung zwischen ihnen herstellen sollen, aber so kam es nicht. Hana hat sich zurückgezogen, war in ihrem eigenen Elend gefangen, und so war ihr nicht bewusst, dass die anderen Mädchen genau das gleiche Elend durchleiden. Es gibt keinen Unterschied zwischen ihnen allen. Sie sind gemeinsam in diesem Gefängnis eingeschlossen. Wenn Hana die anderen ihre Erniedrigung und ihren Schmerz sehen lässt, dann erkennen sie das vielleicht. Als würden sie in einen Spiegel blicken, würden die anderen sich selbst sehen, blutig und beschämt, und sie in ihrem Kreis willkommen heißen.

Als Keiko aus dem Vorratslager hinausgeht, kommt Hinata zur Tür, um zu sehen, was passiert ist, und Hana verbirgt sich nicht. Riko tritt hinter Hinata und blickt ihr über die Schulter. Sie hält sich erschrocken die Hand vor den Mund. Als Hana ihre Wunden fertig versorgt hat, geht sie aus dem Vorratslager hinaus. Die Mädchen sitzen alle um den Tisch und warten darauf, dass sie sich zu ihnen gesellt. Nachdem Hana sich gesetzt hat, setzt Tsubaki eine Kanne Reistee auf. Während das Wasser kocht, erzählt sie davon, wie ein Offizier einmal beschloss, ihr mit dem Bajonett seinen Namen in den Rücken zu ritzen, bevor er an die Front zog.

»Er ist nicht gestorben, wie er befürchtet hat.« Tsubaki kneift die Augen zusammen. »Als er zurückkehrte, war das außerhalb der Öffnungszeiten, und ich habe mich geweigert, ihm zu Diensten zu sein. Aber dann hat er gedroht, mich umzubringen!« Sie schüttelt den Kopf, als sie sich an ihre Wut erinnert. »Deshalb habe ich ihm das Bajonett aus der Hand gerissen, bevor er es sich versah, und habe es ihm in den Hals gestochen.« Tsubaki strahlt freudig bei dieser Erinnerung. »Wir haben ihn mitten in der Nacht im Garten begraben. Das Grab haben wir dann als Gemüsebeet getarnt.«

Die Mädchen kichern hinter vorgehaltener Hand.

»Als die Nachtwache uns später befragt hat und wissen wollte, wohin der Offizier mitten in der Nacht verschwunden ist, haben wir alle so getan, als ob wir von nichts wüssten«, sagt Keiko, und alle lachen.

»In dem Jahr hatten wir eine wunderbare Gemüseernte, deshalb sind wir jetzt immer, wenn der Garten nicht gut gedeiht, versucht, es wieder zu tun«, sagt Tsubaki und stupst Keiko an der Schulter. »Wenn dieser Oberleutnant also nicht in der Schlacht fällt und zurückkehrt, dann sagt mir Bescheid, und ich helfe euch, ihm ein Ende zu bereiten. Dann werden wir gut zu essen haben!«

Auf Tsubakis Worte folgt herzliches Gelächter, und Hana muss unwillkürlich lächeln – zum ersten Mal, seit sie in dem Bordell angekommen ist.

Emi

Seoul, Dezember 2011

Vor der japanischen Botschaft skandieren die Demonstranten Sprechchöre. Sie sind in ihre wärmsten Winterjacken und Mützen gehüllt, die Hände stecken in Handschuhen. Sie schwenken Banner und rufen: *Japan muss seine Verbrechen eingestehen. Reparationen für die Großmütter.* Ein Mann ruft durch ein Megafon: *Gesteht eure Kriegsverbrechen, kein Frieden mit Japan ohne Schuldeingeständnis!* In der Nähe des Tors ruft jemand: *Alle Kriege sind Verbrechen an den Frauen und Mädchen der Welt!*

Das Backsteingebäude scheint sich verschämt hinter dem schmiedeeisernen Tor zu ducken. Es sind mehr Polizisten als gewöhnlich davor stationiert. Schulter an Schulter stehen sie in einer geordneten Reihe nebeneinander. Ihre gefühllosen Mienen tarnen ihre Menschlichkeit.

»Wir hätten uns Schilder machen sollen«, sagt Lane. »Alle hier haben eines.«

Emi lässt den Blick über die Menge schweifen. Selbst die Kinder haben etwas in der Hand, das sie schwenken können.

»Vielleicht kann man sich hier irgendwo welche machen lassen«, meint YoonHui. »Schau mal, in dem Zelt dort.«

Emis Tochter zeigt auf ein weißes Zelt, das neben einer provisorischen Bühne aufgebaut wurde. Vor der Bühne sind Stühle aufgestellt. Darüber sind Banner gebreitet, die *Entschädigung, Eingeständnis von Verbrechen gegen die Menschlichkeit, Schuldeingeständnis, Strafe für Verstöße gegen die Genfer Konventionen* fordern. Aus großen Lautsprechern dringt Rauschen in die mit Unmut aufgeladene Luft.

»Sollen wir mal nachschauen?«, fragt YoonHui und bleibt stehen, berührt Emi am Arm. »Mutter?«

»Was?«, fragt Emi.

»Vielleicht können wir uns auch Schilder machen lassen?«

Emi folgt ihrer Tochter zu dem Zelt. Zwei Frauen stehen hinter einem großen Tisch voller Pappkartons und Stifte. Lane nimmt einen roten Filzstift und schreibt japanische Schriftzeichen auf den weißen Karton. Emi betrachtet die fließenden Linien aus Lanes rotem Stift und bewundert ihre perfekte Handschrift.

»Kannst du Japanisch?«, fragt Emi.

»O ja, und Mandarin auch«, antwortet ihre Tochter für Lane.

Emi nickt anerkennend, fragt sich allerdings, aus welchem Grund eine Amerikanerin diese Sprachen lernen wollen sollte. Was treibt sie dazu, so weit weg von zu Hause zu gehen und sich mit lauter Fremdem zu umgeben? Lane blickt zu Emi auf und bietet ihr den Filzstift an.

»Möchtest du auch eines machen?«, fragt sie.

Emi schüttelt den Kopf. Ihre Tochter konzentriert sich auf ihr eigenes Schild, das sie auf Englisch schreibt, als wolle sie sich nicht von Lane übertrumpfen lassen. Emi kann es nicht lesen.

»Für die Kameras«, erklärt YoonHui und zeigt auf die Ü-Wagen an der Straße.

Emi möchte die Gruppe alter Frauen, die sich seitlich von der Bühne versammelt haben, genauer betrachten, und verlässt das Zelt, ohne dass es jemand bemerkt. Wegen der Schmerzen geht sie langsam, aber sie bleibt nicht stehen. Drei der Großmütter erkennt sie wieder, von vergangenen Demonstrationen. Die Überlebenden. Zwei andere kommen ihr nicht bekannt vor, und sie geht näher heran, um die Gesichter deutlicher erkennen zu können.

Sie sind in Emis Alter oder sogar älter. Emi ist sich nicht sicher, ob sie eine gealterte Version ihrer Schwester erkennen würde, und so achtet sie genau auf besondere Eigenheiten. Die Kleinere gestikuliert immer mit der Hand, die in einem roten Handschuh steckt. Die andere, sie trägt eine rosa Mütze, nickt ständig mit dem Kopf, während sie mit der Spitze ihres Stiefels über den Boden kratzt. Emi sieht ihr zu, wartet auf ein Déjà-vu. Dann lacht eine von ihnen. Hat sie dieses Lachen schon einmal gehört, vielleicht etwas höher, aus einer jüngeren Kehle?

Sie reckt den Hals, um die Großmutter besser sehen zu können, und wartet darauf, dass das Lachen noch einmal erklingt. Die alte Frau erzählt eine Geschichte und gestikuliert mit ihren roten Handschuhen. Sie klatscht in die Hände und lacht wieder. Es klingt ungewöhnlich, rau und grell. Es ist Emi nicht vertraut. Sie wendet ihre Aufmerksamkeit der Dritten zu. Diese ist ein bisschen größer als die Erste, aber sie hat Emi den Rücken zugewandt. Emi ist gerade ein paar Schritte zur Seite gegangen, um das Gesicht der Frau besser sehen zu können, da wendet sie sich um. Alle starren Emi an.

»Kennen wir Sie?«, ruft eine Frau.

»Nein, ich glaube nicht«, sagt Emi entschuldigend und will sich abwenden.

»Wirklich nicht? Kommen Sie doch her«, sagt die Frau mit den roten Handschuhen freundlich.

Emi zögert noch und dreht sich zu dem weißen Zelt um. Lane spricht mit den Frauen hinter dem Tisch, und ihre Tochter arbeitet noch an ihrem Schild. Sie geht auf die drei Frauen zu. Sie zieht das Bein noch stärker nach als sonst. Wie sehr sie sich auch bemüht, es gehorcht ihr einfach nicht. Sie würde jetzt gerne schwimmen gehen, das würde die Gelenke lockern und ihr etwas Erleichterung verschaffen.

»Sie waren doch schon einmal da, nicht? Ich erkenne Ihr Gesicht wieder«, sagt eine.

»Letztes Jahr, ich habe Sie letztes Jahr hier getroffen«, gibt Emi zu.

»Ja, ich erinnere mich.« Sie wirft einen kurzen Blick auf Emis lahmes Bein. »Sie hatten jemanden gesucht? Eine Freundin?«

Emi errötet. Erinnert sie sich wirklich, oder ist sie nur höflich?

»Ja, meine Freundin. Hana. Sie heißt Hana.«

»Hana, erinnert sich eine von euch an ein Mädchen namens Hana?«

Die Frauen tuscheln, und Emi wartet darauf, dass sie in der Zeit zurückreisen, an diesen schrecklichen Ort der gemeinsamen Erinnerungen.

»Ich kannte eine Hinata«, sagt eine der später dazugekommenen Damen, diejenige, deren Gesicht Emi noch nicht gesehen hat. Sie wendet sich Emi zu, und sie mustern einander.

»Hinata?«, sagt Emi geistesabwesend. Sie betrachtet das gealterte Gesicht der Frau, versucht es mit jüngerer Haut, weniger Flecken, strahlenderen Augen zu sehen …

»Ja. Sonnenblume.« Sie übersetzt das japanische Wort ins Koreanische.

»Wir hatten damals alle Blumennamen, nicht unsere richtigen«, sagt eine Frau, ohne ihre Verbitterung zu verhehlen.

»Ich hasse Blumen bis zum heutigen Tag«, antwortet eine andere.

»Ich auch. Ich kann keine Freude daran haben.«

»Zu viele Erinnerungen«, sagt eine andere.

»Keine von uns kannte den richtigen Namen der anderen«, erklärt die Frau mit den Handschuhen Emi. »Niemand kannte den Namen einer Freundin, außer sie hatte einen besonderen Anlass, ihn ihr zu sagen.«

»Aber vielleicht hat sie von zu Hause erzählt … oder von mir? Ich heiße Emi, Emiko.«

Die Frauen wiederholen ihren Namen, und eine nach der anderen schüttelt den Kopf.

»Sie kam von der Insel Jeju. Sie war eine *haenyeo*«, konstatiert Emi, als würde das etwas Entscheidendes ausmachen.

»Eine *haenyeo*? Von so weit weg haben sie sie geholt?«, ruft eine Frau.

»Von überall her«, antwortet eine andere. »Sogar aus China, den Philippinen und aus Malaysia.«

»Und auch die holländischen Mädchen. Erinnert ihr euch an diejenige, die sich zu Wort gemeldet hat?«

»Ja, die Holländerin. Das war sehr mutig von ihr.«

Emi erinnert sich an Zeitungsmeldungen über die Holländerin. Wie viele andere »Trostfrauen« hatte sie ihre Geschichte der Vergewaltigung und Erniedrigung über fünfzig Jahre lang vor ihrer Familie geheim gehalten. Als sich Kim Hak-sun, die erste koreanische »Trostfrau«, 1991 an die Öffentlichkeit wandte und Zeugnis von dem Grauen ablegte, folgten ihr andere nach. Sie stießen auf Unglauben, und man brandmarkte sie als geldgierige Prostituierte. Da tat die Holländerin Jan Ruff O'Herne einen mutigen Schritt und gesellte sich zu den anderen. Beim International Public Hearing on Japanese War Crimes 1992 in Tokio erzählte sie ihre Geschichte, und die westliche Welt wurde darauf aufmerksam.

Zu dieser Zeit war Emi noch nicht bereit, vor sich selbst zuzugeben, dass das Loch in ihrem Herzen ihre fehlende Schwester war. Genauso wenig war sie bereit zu akzeptieren, dass ihre Schwester eine dieser Frauen hätte gewesen sein können.

»Mutter?« Emis Tochter kommt mit ihrem Schild zu ihr.

»Ihre Tochter?«, fragt die Frau mit den roten Handschuhen.

»Ja, das ist YoonHui«, erwidert Emi und lächelt ihre Tochter stolz an.

Die Frauen stellen sich vor und beginnen ein Gespräch, aber Emi verliert bald das Interesse an ihnen. Sie können ihr nicht helfen. Sie wendet sich ab und mustert wieder die Gesichter in der Menge, auf der Suche nach etwas Vertrautem, einem Kopf, der so gehalten wird, wie Hana ihn einst hielt, einem Lachen, einer bestimmte Art und Weise zu gehen, zu sitzen, irgendetwas, das sie an die verlorene Schwester erinnert.

Die Frau mit den roten Handschuhen löst sich von der Gruppe und stellt sich neben Emi. »Wissen Sie, wohin sie gebracht wurde?«

»Man hat mir gesagt, vielleicht nach China oder in die Mandschurei, aber sicher wusste ich das nie.«

»Sie muss eine sehr enge Freundin von ihnen gewesen sein, wenn sie nach all dieser Zeit noch nach ihr suchen. Es tut mir sehr leid.«

Emi nickt geistesabwesend. Sie erinnert sich an den Tag, an dem ihre Mutter ihr erzählte, was sie von Hanas Aufenthaltsort wusste. Es war ein kalter Nachmittag im Januar, und Hana wurde seit Monaten vermisst. Emis Eltern hatten zu große Angst, Emi allein am Strand zurückzulassen, nicht einmal zu Hause durfte sie allein bleiben. Nicht lange nach Hanas Entführung waren Soldaten ins Dorf zurückgekommen und hatten noch zwei weitere Mädchen aus einer Familie auf der anderen Seite des Mandarinenwäldchens verschleppt. Das war der Tag, an dem Emi lernte, im tiefen Wasser zu tauchen. Sie war erst neun, aber ihre Mutter wollte sie niemals aus den Augen lassen.

»Hier draußen müssen sie wenigstens das Risiko eingehen zu ertrinken, bevor sie es wagen, dich mir wegzunehmen«, sagte sie zu Emi, als sie jenseits des flachen Riffs hinausschwammen.

Es war ein ungewöhnlich trockenes Jahr, und die Bauernhöfe hatten unter der Dürre gelitten. Doch die Taucherinnen schafften es, keinen Hunger leiden zu müssen, indem sie sogar im Winter länger arbeiteten. Sie tauchten zwei und manchmal drei Stunden in dem eiskalten Meer. Danach wärmten sie sich am Lagerfeuer am Strand. Emi hatte gelernt, sich auf die Boje zu hocken, während sie das Netz bewachte, wenn ihre Mutter im tiefen Wasser tauchte. Waren sie näher am Ufer, durfte sie gemeinsam mit ihrer Mutter tauchen. Dort gab es am Riff Austern und Seeigel für sie.

Emi fand schneller Gefallen am Wasser, als ihre Mutter gedacht hätte. Sie war schmaler gebaut als ihre große Schwester, und sie war zuvor keine gute Schwimmerin gewesen. Es war, als hätte Emi keine andere Wahl, als in ihren neuen Umständen zu gedeihen. Ihre Mutter schien erfreut darüber. Und viel Freude hatte sie nicht mehr, seit man Emis Schwester entführt hatte.

Nach einem langen Tauchvormittag waren sie zurückgeschwommen, um ihren Fang an Land zu bringen und sich an dem lodernden Feuer auszuruhen. Emi hatte am Riff eine Auster gefunden und öffnete sie mit einem kleinen Messer. Im Inneren entdeckte sie eine im Fleisch verborgene Perle.

»Eine Perle«, rief sie und streckte sie ihrer Mutter hin.

Die anderen Taucherinnen beugten sich vor, um einen Blick auf Emis Fund zu erhaschen. »Ha!«, riefen sie. »Die ist ja ganz klein, das ist nun wirklich keine Sensation.«

Auch ihre Mutter betrachtete die winzige Perle kurz. »Schade, dass du sie nicht erst in ein paar Jahren gefunden hast. Dann wäre es eine prächtige Perle. Wie schade.« Kopfschüttelnd machte sie sich wieder daran, ihren Fang durchzuzählen und zu sortieren.

Nach Hanas Entführung war ihre Mutter kühl und still geworden. Doch trotz ihrer Unnahbarkeit achtete sie darauf, dass Emi ihr nicht von der Seite wich. Deshalb war es für sie nicht mehr ganz so einfach, mit ihren Freundinnen zu spielen.

»In ein paar Jahren wäre sie überhaupt nicht mehr da«, sagte eine Frau ärgerlich. »Diese japanischen Austernjäger lassen uns nichts übrig. Hab Freude an deiner kleinen Perle, Emi. Vielleicht ist es die einzige, die noch hier in diesem Wasser ist.«

Emi hielt sie in die strahlende Wintersonne. Sie hatte noch nie eine Perle aus der Nähe gesehen, und soweit sie wusste, hatten nur zwei Taucherinnen jemals eine gefunden. Die Japaner hatten die Austernbänke wegen der Perlen geplündert, seit sie vor dreißig Jahren zum ersten Mal hierhergekommen waren, und den *haenyeo* keine mehr übrig gelassen. Jetzt suchten die *haenyeo* nach Algen und Abalonen und Wesen, die in so großer Tiefe lebten, dass die Japaner nicht dort fischen wollten.

Was, wenn sie die Auster an diesem Morgen nicht aus dem Riff geholt hätte, sondern Jahre später, so wie ihre Mutter gesagt hatte? Sie rollte die kleine Kugel im Sonnenlicht zwischen Daumen und Zeigefinger hin und her.

»Wenn doch nur Hana da wäre«, sagte sie. »Sie hätte sich für mich gefreut.« Sie küsste die Perle und ließ sie in den Sand fallen.

Als Emi Hanas Namen aussprach, ließ ihre Mutter den Seeigel fallen, den sie gerade säuberte, und sog Luft durch die Schneidezähne ein. Sie blickte Emi zornig an. Die anderen Taucherinnen wandten den Blick ab. Unbeeindruckt vom Missfallen ihrer Mutter fuhr Emi fort. »Du sprichst nie darüber, was mit ihr passiert ist. Warum nicht?«

Ihre Mutter langte hinunter, um den Seeigel wieder aufzuheben. Rasch holte sie mit dem Messer das essbare Fleisch heraus und warf den Rest in einen Eimer. Ohne ein Wort fuhr sie fort, zu sortieren, auszunehmen und zu zählen.

Emi zitterte in der Kälte. Normalerweise half sie ihrer Mutter bei der Arbeit, damit sie den Fang rasch zum Markt tragen konnten, um dann nach Hause zu gehen, heiß zu baden und sich etwas Warmes anzuziehen. Aber sie ärgerte sich zu sehr, um das Thema fallen zu lassen.

»Du weißt doch, was mit ihr passiert ist, oder? Deshalb willst du ihren Namen nicht mehr aussprechen. Sag mir, wohin man sie gebracht hat.«

Ihre Mutter blickte nicht auf. Sie sortierte nur weiter ihren Fang, nahm aus, warf weg. Als sie wieder einen Seeigel in den Sand fallen ließ, atmete sie hörbar verärgert aus. Emi bereitete sich auf eine Zurechtweisung vor, aber ihre Mutter sprach nicht sofort. Stattdessen blickte sie auf das Meer hinaus. Emi folgte ihrem Blick und schützte mit der Hand die Augen vor dem Sonnenlicht, das auf den Wellen des Ozeans glitzerte. Sie schienen unter dem Blick ihrer Mutter einzufrieren, die weißen Kronen bewegten sich in der Ferne nicht. Die Zeit schien stehengeblieben zu sein. Selbst der Wind erstarb. Emi und die anderen Taucherinnen hielten den Atem an, weil sie mit einem Zornesausbruch rechneten. Schließlich sah ihre Mutter Emi an.

»Sie haben sie nach China an die Front gebracht, vielleicht auch in die Mandschurei, das werden wir nie erfahren. Aber ich weiß, dass sie nie mehr zurückkommt.«

Eine Antwort auf ihre Frage war das Letzte, was Emi erwartet hatte, und sie traf sie unvorbereitet.

»Du weißt, wo sie ist? Du hast es die ganze Zeit gewusst?«, rief sie laut. Die anderen Taucherinnen wichen instinktiv zurück. »Warum hat Vater sie dann nicht zurückgeholt?«

»Sei still, Kind. Du verstehst das nicht. Er hätte sie nicht zurückholen können. Nicht von … dort.«

»Dann mache ich es! Ich habe keine Angst. Sag mir einfach, wo ich sie finde.« Emi stand auf, bereit, sich sofort auf die Suche nach Hana zu machen.

Ihre Mutter packte sie am Ellbogen. »Es ist zu spät. Sie

haben sie an die Kriegsfront gebracht. Das bedeutet, sie ist schon tot.«

Ihre nüchterne Sachlichkeit machte Emi sprachlos. Sie bekam weiche Knie und ließ sich auf den Felsen sinken. Die Wellen wogten wieder, der Wind wehte. Die Seevögel schrien wie Kinder über ihren Köpfen, und die Frauen begannen wieder zu schwatzen, um die seltsame Atmosphäre zu durchbrechen.

Emi starrte ihre Mutter an und versuchte herauszufinden, ob ihre Aussagen Tatsachen waren oder eine bloße Annahme. Sie konzentrierte sich so sehr, dass sie nicht merkte, dass sie sich das Messer in die Handfläche drückte.

»Was tust du denn da?« Ihre Mutter eilte zu Emi und nahm ihr das Messer ab. Aus dem Schnitt in der Handfläche rann Blut. Wortlos verband ihre Mutter die Wunde mit Stoffstreifen, die sie von ihrem eigenen Taucherhemd abgerissen hatte.

»Warum haben sie Hana an die Front gebracht?«, fragte Emi. »Sie ist kein Soldat. Sie ist ein Mädchen. Nur Jungen müssen in den Kampf ziehen.«

Bevor sie antwortete, knotete ihre Mutter den improvisierten Verband fest. Sie hielt die verletzte Hand ihrer Tochter im Schoß. Sie schien ihre Worte genau abzuwägen, während sie sanft Emis Kopf streichelte. Der Wind hatte aufgefrischt, und Emi fröstelte.

»Es gibt Dinge auf dieser Welt, die du niemals wissen solltest, und solange ich kann, will ich dich vor diesen Dingen beschützen. Das ist meine Pflicht als Mutter. Stelle mir diese Frage nie mehr wieder. Hana ist tot. Du kannst sie vermissen, du kannst um sie trauern, aber sprich nie mehr über sie.« Ihre Mutter stand plötzlich auf, nahm den Eimer und ging davon. Als ihre Mutter einen Blick über die Schulter warf, wusste Emi, dass sie ihr folgen musste. Auch wenn das Gespräch beendet war, sie würde Emi niemals allein lassen.

Als ihr Vater am Markt ankam, wurde Emi mit ihm nach Hause geschickt. Sie konnte ihm nicht erklären, warum ihre Mutter böse war. Stattdessen nahmen sie eine leichte Mahlzeit zu sich, Fischsuppe mit Seetang und Austernpilzen. Ihr Vater war still geworden, als Hana entführt worden war. Er sang nicht mehr, trug keine Gedichte mehr vor und spielte auch seine geliebte Zither nicht mehr. Wenn sich ihre Blicke begegneten, tauschten er und Emi hin und wieder ein trauriges Lächeln aus, und keiner der beiden wusste, wie er den anderen aufheitern sollte.

Es wurde Abend, bevor ihre Mutter vom Markt zurückkam. Emi war aufgeblieben und saß mit ihrem Vater zusammen.

»Komm, Tochter«, sagte ihre Mutter, sobald sie durch die Tür kam, als hätte sie gewusst, dass Emi noch wach war.

»Wo gehen wir hin?«, fragte Emi, die Angst hatte, ihre Mutter sei immer noch böse auf sie, weil sie nach ihrer Schwester gefragt hatte.

»Ehemann, komm auch.«

Zu dritt gingen sie hinunter zum Meer, nur von den Sternen geleitet. Die wilde Brandung weit unter den Felsen mahnte sie, Abstand zu halten. Als sie sich dem Abhang näherten, wurde Emi bewusst, wo sie standen. Es war ein hoher Felsvorsprung mit Blick über den Strand und die schwarzen Steine unter ihnen, hier hatte sie vor mehreren langen Monaten ihren Fang bewacht.

Ihre Mutter zündete eine Öllampe an und stellte sie auf

den Boden. Dann öffnete sie ihre Tasche und nahm eine Blume heraus. Es war eine Chrysantheme, für Koreaner ein Symbol der Trauer. Das kaiserliche Siegel Japans war die gelbe Chrysantheme, ein Wappen, das die Macht der kaiserlichen Familie symbolisierte. Emi hatte sich gefragt, was zuerst da war, das Symbol der Macht oder das der Trauer. Ihr Vater hob die Lampe und hielt sie hoch, um die weiße Blüte vor dem diesigen Sternenhimmel zu beleuchten.

»Wir bringen diese Blume dem Meeresdrachengott dar, im Namen von Hana, unserem Kind, einer Tochter des Meeres. Hilf ihrem Geist, großer Gott, damit sie ihren Weg im Jenseits findet. Geleite sie zu unseren Vorfahren.« Sie warf die Blume über den Abhang, wo sie im Nichts zu verschwinden schien, verloren für alle Ewigkeit. Genau wie Hana.

Ihre Mutter wandte sich an Emi und bat sie, *sebae* für den Meeresdrachengott zu vollziehen. Die drei stellten sich mit dem Gesicht zum Meer und vollführten drei tiefe zeremonielle Verbeugungen. Als sie sich zum letzten Mal aufrichteten, strömten ihnen Tränen über die Wangen.

Der Weg zurück in die Wärme des Hauses war langsam und traumähnlich. Emi fühlte sich an das *gut*-Ritual bei der Aufnahme ihrer Schwester in den Kreis der *haenyeo* vor vielen Jahren erinnert. Emi war erst vier Jahre alt gewesen, aber sie erinnerte sich noch an die kreisenden Bänder der Schamanin und an ihre tiefe Sehnsucht, ihrer Schwester zu folgen und eine *haenyeo* zu werden. *Kleine Schwester, du stehst auch bald an dieser Stelle, und dann bin ich an deiner Seite, um dich willkommen zu heißen …* Die Worte ihrer Schwester von jener Nacht kamen ihr in den Sinn.

»Du hast gelogen«, flüsterte Emi ins Leere, und da hatte

Emi zum ersten Mal das Gefühl, Hana wäre tot. Atemlos krümmte sie sich, ihr Herz setzte aus, und sie fiel auf die Knie, um sich ein allerletztes Mal von ihrer Schwester zu verabschieden und dann nie wieder an sie zu denken.

❧

Emi erinnert sich an diesen Schmerz, als sie vor der Großmutter mit den roten Handschuhen steht. Selbst jetzt spürt sie noch eine Andeutung davon. Der Augenblick, in dem die Blume über dem Abhang verschwand, der Schock und dann die darauffolgende Gewissheit, dass ihre Schwester tot war. Wie die Großmütter konnte auch sie seit jenem Tag keine Freude an Blumen mehr empfinden, besonders nicht an Chrysanthemen, ob weiß oder gelb. Sie blickt zu der Großmutter auf und verdrängt diese Erinnerungen aus ihrem Bewusstsein. Die stille Geduld der alten Frau wärmt Emi das Herz.

Hana

Mandschurei, Sommer 1943

Während die Wochen vergehen, ist Hana in der betäubenden Routine gefangen, trotz des wachsenden Gemeinschaftsgefühls mit den anderen Mädchen. Die einzige Abwechslung stellt der übellaunige Hahn des Bordells dar. Das alte chinesische Paar hält auch Hennen in Käfigen. Die Hennen legen in ihrer Gefangenschaft Eier, die Mädchen bekommen aber niemals welche. Hana hasst das verwahrloste Geschöpf mittlerweile, das über das Anwesen stolziert wie ein Wachposten. Der Hahn jagt ihr nach, sobald sie ins Freie tritt. Wäscht sie ihr Kleid im Hof, schleicht sich der boshafte Vogel von hinten an und pickt sie in die Waden, so dass sie blutet, bevor sie sich umdrehen und ihm einen Tritt versetzen kann. Holt sie Wasser aus dem Brunnen, springt er ihr manchmal auf den Rücken, wenn sie sich vorbeugt, um den Eimer hochzuholen. Dann erschrickt sie so, dass sie den Eimer fallen lässt und das Wasser von Neuem heraufziehen muss. Dem Vogel scheint ein böser Geist innezuwohnen, fest entschlossen, ihr Leben im Bordell noch trostloser zu machen, als es sowieso schon ist.

Jeden Morgen, wenn der Hahn kräht, wacht sie mit dem

Gedanken auf, dass SangSoos Geist ihr wirklich bis hierher gefolgt ist und sie heimsucht. Sie versucht, Frieden mit dem Hahn zu schließen. Sie spart sogar manchmal ein paar Reiskörner in der Tasche auf, um sie dem grausamen Vogel zu geben. Er pickt die Körner einfach auf, dann hackt er in ihre Handfläche.

Fast zwei Monate sind vergangen, als Hana eines Nachts vom Krähen dieses dämonischen Wesens aus einem unruhigen Schlaf gerissen wird. Sie liegt im Dunkeln und wartet darauf, dass der unerträgliche Vogel wieder kräht, denn für gewöhnlich tut er das dreimal kurz hintereinander, gefolgt von einem längeren Ruf zum Abschluss, aber es kommt nichts. Hana wird unsicher, ob es überhaupt der Hahn war, der sie geweckt hat. Vielleicht wurde sie von etwas anderem im Schlaf gestört.

Zwei Sterne, deren Namen sie nicht kennt, flackern ersterbend hinter den eisernen Gitterstäben des schmalen Fensters hoch oben an der Wand. Der Nachthimmel verrät ihr, dass es weit nach Mitternacht ist, die Morgendämmerung aber noch auf sich warten lässt. Hana lauscht in die Stille, konzentriert sich auf die vertrauten Geräusche des Bordells. Bei jedem Windstoß knarzt das Dach über ihr, Grillen zirpen unter den Fußbodendielen, und das ständige Getrappel der kleinen Mäusepfoten innerhalb der Wände und Böden deutet darauf hin, dass alles so ist, wie es sein sollte. Dann schließt sich irgendwo unten eine Tür, und Schritte gehen durch den Raum im Erdgeschoss.

Es ist zu früh für die Ablösung der Nachtwache, der Wachwechsel erfolgt erst bei Anbruch des Tages. Die Schritte sind gedämpft. Keiner der Wächter achtet normalerweise darauf, sich im Haus leise zu bewegen. Im Gegenteil, sie marschieren durch die mit Holzdielen ausgelegten unteren Räume, ohne einen Gedanken an die schlafenden Mädchen über ihnen zu verschwenden.

Die sachten Schritte erreichen die Treppe. Hana legt sich rasch wieder hin. Die Schritte kommen immer näher, bis sie plötzlich vor ihrer Tür Halt machen. Sie zieht sich die Decke bis zum Hals. Das kann kein Offizier sein. Normalerweise essen und trinken sie ausgiebig, bevor sie mit großem Tamtam ein Mädchen auswählen. Der dünne Spalt unter der Holztür leuchtet in dem schwachen Schein einer Taschenlampe. Allmählich wünscht sie, sie hätte nicht alle Soldaten abgewiesen, die um ihre Gunst wetteiferten, und hätte sich einen Beschützer ausgesucht. Wenn man einen Beschützer hat, finden keine unangekündigten Besuche statt, aus Angst vor der Vergeltung des Mannes, der das Mädchen für sich beansprucht. Vielleicht ist das ein Soldat, den sie zurückgewiesen hat und der sich nun an ihr rächen will? Der Türknauf dreht sich quietschend, und Hana stellt sich schlafend. Die Tür geht auf, und ein Lichtstrahl trifft auf ihre geschlossenen Augenlider. Sie entspannt ihre Gesichtsmuskeln und ahmt die tiefen Atemzüge einer Schlafenden nach, zwingt sich, den Brustkorb in einem langsamen, gleichmäßigen Rhythmus zu heben und zu senken. Die Taschenlampe wird ausgeschaltet. Alles ist wieder dunkel in dem Raum. Schritte kommen herein. Die Tür schließt sich. Hana hört auf zu atmen.

Ein unheimlicher Wind heult im Gebälk über ihnen. Das Bordell scheint nach Luft zu schnappen, und der Wind strömt durch das Fenster. Hana schlägt die Augen auf und starrt in die Dunkelheit. Eine schwarze Gestalt steht neben der Tür. Sehr lange rührt sie sich nicht. Die Grillen haben aufgehört zu zirpen, und die Mäuse scheinen mitten im Tippeln erstarrt zu sein. Die flachen Atemzüge des Eindringlings sind deutlich zu hören in der plötzlichen Stille.

Er geht einen Schritt auf sie zu. Hana umklammert die Decke fester. Er kommt noch einen Schritt näher, und sie setzt sich unwillkürlich auf, rutscht weg von ihm und kauert sich in der Ecke zusammen.

»Keine Angst«, flüstert er. »Ich bin es.«

Hana erkennt die Stimme sofort. Sie schüttelt heftig den Kopf. Er bleibt vor dem Fenster stehen. Schwaches Sternenlicht fällt auf sein Gesicht. Morimoto ist zurückgekehrt.

»Ich bin es«, wiederholt er und kniet sich vor sie hin. »Ich bin endlich zurück, um dich zu holen.«

Er berührt ihr zitterndes Knie, die Wärme seiner Fingerspitzen sendet einen elektrischen Schlag durch ihre Haut. Sie weicht zurück, schüttelt immer noch vor Entsetzen den Kopf. Er ist das Ungeheuer, das in ihre Träume eindringt, wenn sie ihre Entführung und die Gefangenschaft noch einmal erlebt. Jeden Morgen gelobt sie, falls sie Morimoto jemals wieder erblicken sollte, wird sie ihm ein Messer ins Herz stoßen – oder bei dem Versuch sterben.

Jetzt ist der Moment gekommen, doch der Mut hat sie verlassen. Sie kann nicht aufhören zu zittern. Sie wünscht sich, er würde sich einfach in Luft auflösen. Als er die andere Hand nach ihr ausstreckt, muss sie sich auf die Zunge beißen, um nicht zu schreien.

»Ich bin zurückgekommen, um dich zu holen.« Er ergreift ihr Handgelenk und zieht sie zu sich.

Sein Tonfall verwirrt sie. Es hört sich fast an, als meine er, sie werde sich freuen, ihn zu sehen. Sie strampelt und sträubt sich, aber bald liegt er auf ihr und drückt sie auf den nackten Boden.

»Warum wehrst du dich?«, fragt er, ohne sich noch zu bemühen zu flüstern. Wenn Keiko wach ist, muss sie ihn gehört haben. »Verstehst du nicht? Ich bin zu dir zurückgekommen.«

In der Finsternis kann sie ihn kaum erkennen, und sie füllt die schwarze Leere mit dem Mann aus ihrer Erinnerung aus. Mit dem Mann, der sie zuallererst vergewaltigt und das als Gefälligkeit bezeichnet hat, bevor er sie zu diesem unvorstellbaren Leben verurteilt hat. Nicht Leben, sondern Fegefeuer in der Unterwelt. Morimoto ist Gangnim, der Todesgott, der Schnitter, der die Seelen raubt, und er ist gekommen, um ihre zu holen.

Er löst seinen Gürtel. Hana windet sich unter ihm, und er macht sich an den Knöpfen seiner Hose zu schaffen. Sie stemmt die Hände gegen seinen Brustkorb und schiebt ihn nach oben, so dass er beinahe von ihr herunterfällt. Doch er findet das Gleichgewicht sofort wieder und versetzt ihr einen Schlag in den Bauch, so dass es ihr die Luft nimmt. Sie krümmt sich, um Atem ringend.

»Zwing mich nicht, das zu tun.« Er zieht sich die Hose bis zu den Knien herunter.

»Ich schreie«, bringt Hana zwischen den schmerzenden Atemzügen hervor. »Und wenn die Nachtwache Sie hier oben findet, werden Sie bestraft.«

Morimoto zwingt sie auf den Boden und klettert wieder auf sie. Sein Gesicht ist über ihrem, ihre Nasen berühren sich beinahe.

»Ich bin die Nachtwache«, sagt er.

Danach legt sich Morimoto neben sie. Hana wendet ihm den Rücken zu, damit er sie nicht weinen sieht. Zahllose Männer haben sie seit ihrer Ankunft im Bordell benutzt – allein am ersten Tag waren es mehr als fünfzehn. Sie hasst sie alle. Ihre Lust ekelt sie an. Sie wünscht jedem Einzelnen einen langen, schmerzhaften Tod und Leiden im Jenseits. Aber der Hass, den sie gegenüber Morimoto empfindet, übertrifft alles, was sie bislang empfunden hat. Dieser Hass verzehrt ihr gesamtes Wesen, lähmt sie, und ihr bleibt nichts anderes übrig, als sich durch stille, jämmerliche Tränen Erleichterung zu verschaffen.

Sein Atem geht langsamer, so dass sie glaubt, er ist eingeschlafen. Sie wischt sich das Gesicht mit einem Zipfel der fadenscheinigen Decke ab. Die Grillen zirpen wieder, und die Mäuse huschen durch die Nischen des zugigen Hauses. Sie lässt die Schultern hängen. Sie hat keine Gewalt über Morimoto. Wenn ihm danach ist, sie mitten in der Nacht zu besuchen, dann kann er das tun. Wenn ihm danach ist, sie jedes Mal, wenn er kommt, bewusstlos zu schlagen, dann kann er auch das tun. Sie hat keine Herrschaft über ihren eigenen Körper.

Sie denkt an den Brunnen hinter dem Gemüsegarten. Wenn sie sich mit dem Kopf voran hineinstürzt, könnte sie vielleicht sterben. Sie stellt sich vor, wie sie die Treppe des Bordells hinunterläuft, durch das Küchenfenster entflieht, über den Hof rennt, bevor Korporal Morimoto nach unten kommen und sie aufhalten kann, und dann sieht sie das schwarze Wasser, das ihren zerschlagenen, empfindungslosen Leib aufnimmt. Das liegt in ihrer Macht. So kann sie die Kontrolle wiedererlangen.

Hana steht auf. Sie fröstelt, weil Morimotos Körper sie

jetzt nicht mehr wärmt. Er dreht sich um, und sie wartet, bis er wieder im langsamen Rhythmus des Schlafs atmet. Sie muss wieder an den Brunnen denken. Wenn sie Glück hat, ist das ein schneller, schmerzloser Tod, und sie muss seine Berührung nie mehr über sich ergehen lassen. Als sie sicher ist, dass er schläft, steigt sie über seinen nackten Körper und geht auf die Tür zu. Die Dielen knarzen unter ihren Füßen, jeder Schritt ist zu laut für die Stille der Nacht. Sie ist schon fast an der Tür, als sie jemanden sprechen hört.

Wach auf, Tochter. Es kribbelt sie am ganzen Körper. Das ist die Stimme ihrer Mutter. Sie scheint ganz nah zu sein. Hana schließt die Augen und lauscht, ob ihre Mutter noch einmal etwas sagt. *Es ist Zeit*, sagt ihre Mutter, und plötzlich kann Hana sie sehen. Sie ist zu Hause, ihre Mutter steht neben ihr und weckt sie aus einem tiefen Schlaf, rüttelt sie sanft am Arm, bis sie schließlich die Augen öffnet. Die Erinnerung fühlt sich ganz echt an, als Hana in dem kleinen Raum steht und sich zwischen dem Leben im Bordell und der Freiheit, die am Boden eines Brunnens auf sie wartet, entscheidet. *Komm*, sagt ihre Mutter, und Hana verliert sich in der Erinnerung, ist wieder ein Kind, elf Jahre alt.

Der Wind fährt durch die Ritzen im Dachgebälk des Bordells. Hana denkt an die Schamanin, die am Ufer herumwirbelte, die weißen Bänder, die im Meereswind tanzten, die Hand ihrer Schwester in ihrer Hand. Hana versprach ihr, dass sie eines Tages gemeinsam tauchen würden. In ihrem Herzen war es eine Gewissheit, dass sie eines Tages am Strand stehen und die Zeremonie ihrer Schwester mitansehen würde. Das Bild ihrer Schwester, die aufrecht in dem frühen Morgenlicht steht, erfüllt Hana mit Wärme. Plötzlich möchte sie unbedingt dieser Zeremonie beiwohnen, möchte sie mit eigenen Augen sehen. In diesem Moment gibt es nichts, was sie sich mehr wünscht, als zu sehen, wie ihre kleine Schwester Emiko in den Kreis der *haenyeo* aufgenommen wird. Hana dreht sich um und geht zu Morimoto zurück. Als sie sich hinlegt, beschließt sie, wenn sie schon sterben muss, dann will sie bei dem Versuch sterben, nach Hause zurückzukehren, und nicht, indem sie sich in einen Brunnen stürzt. Sie liegt die ganze Nacht wach und malt sich ihre Flucht aus.

In den nächsten Wochen kommt Morimoto jede Nacht, in der er Dienst hat, zu Hana ins Zimmer. Zu Anfang versucht sie noch, ihm Widerstand zu leisten, aber er überwältigt sie jedes Mal mühelos und hinterlässt immer eine bleibende Erinnerung auf ihrem Körper, wenn er geht. Beim letzten Mal, als sie sich wehrte, erwürgte er sie beinahe. Danach hörte Hana auf, sich zu sträuben. Morimoto kann kommen und gehen, wie es ihm beliebt. Sie kann nichts daran ändern.

Mit jedem Besuch wird er kühner und spricht mit ihr, als wäre sie seine Geliebte und nicht seine Gefangene. Es scheint, als hätte es ihn milde gestimmt, dass sie ihre ausweglose Situation akzeptiert, so dass er sich ihr gegenüber weniger launisch zeigt. Und bald fängt er an, ihr von seinen Zweifeln an dem Krieg zu erzählen.

»Der Kaiser hat seine Soldaten zum Tode verurteilt. Die Amerikaner besiegen uns im Südpazifik. Niemand weiß, ob ihm die Verluste auf unserer Seite überhaupt bewusst sind.«

Morimoto spricht oft harte Worte, wenn er strammsteht und darauf wartet, dass Hana ihn fertig auszieht. Er spricht zwar leise, aber er flüstert nie, und Hana fragt sich oft, ob ihn die anderen Mädchen durch die Wände hören oder ob sie ihn ausblenden, damit sie schlafen können. Sie erwähnen seine nächtlichen Besuche nie. Es ist, als könne man über nichts, was in ihren Zimmern passiert, sprechen außer es wird Blut vergossen.

»Ich muss weg aus der Mandschurei. Ich weigere mich, für eine verlorene Sache zu sterben. Weder für den Kaiser noch für sonst jemanden.«

Solche Worte sind ungewöhnlich für einen japanischen Soldaten. Die meisten Soldaten, denen sie begegnet, verehren den Kaiser wie einen Gott. Sie legen ihm gerne ihr Leben zu Füßen, so dass er ihr Blut vergießen kann, ganz wie es der Gottheit beliebt. Nur wenige erheben die Stimme gegen den Kaiser, und diese Männer sind meistens psychisch labil. Sie haben mit eigenen Augen Gemetzel angesehen und Gräueltaten an der Front begangen, so dass etwas in ihnen zerbrach. Hana glaubt langsam, dass Morimoto zu den psychisch angeschlagenen Soldaten gehört.

»Ich nehme dich mit«, sagt er eines Nachts. Wenn er davon spricht, die Mandschurei zu verlassen, ruft sich Hana ins Bewusstsein, dass dies eine Falle sein könnte, um sie auf seine Seite zu ziehen, um ihr Vertrauen zu gewinnen, oder irgendetwas anderes, was sich sein krankes Gehirn ausgedacht hat. Ihr Ekel vor ihm ist stets präsent, aber ihr Wunsch, nach Hause zurückzukehren, ist stärker als ihr Hass, deshalb hört sie zu.

»Wir können zusammen weg von hier. In die Mongolei. Ich kenne dort Leute. Ich habe Beziehungen.« Er legt die Hand auf ihren Schenkel, eine unangenehme Berührung. »Was hältst du davon? Möchtest du mitkommen?«

Hana schweigt. Er hat sie zum ersten Mal gefragt, was sie will. Das könnte ein Trick sein. Wenn sie sagt, sie möchte das Bordell verlassen, könnte er sie in die Einzelzelle stecken, weil sie vorhatte zu fliehen, aber wenn sie nein sagt, könnte es sein, dass er sie schlägt, weil sie seinen Vorschlag abgelehnt hat. Es gibt keine richtige Antwort.

»Hast du mich gehört?«, fragt er, die Stimme zu laut in der Dunkelheit. Er packt sie am Arm.

»Wenn Sie das gerne hätten«, flüstert sie.

Er lockert den Griff, die Hand gleitet ihren Arm hinunter, er streichelt sie. »Ich bin gerne mit dir zusammen«, sagt er und küsst sie, tief und bohrend.

Hana hält den Atem an, wenn er sie küsst oder berührt. Oft hält sie den Atem so lange an, dass sie fast ohnmächtig wird. Manchmal zählt sie, gespannt, wie weit sie zählen kann, ehe sie Luft holen muss. Die höchste Zahl bisher war einhundertzweiundfünfzig. Heute Nacht hat sie bis vierundachtzig gezählt, als er schließlich zum Höhepunkt kommt und von ihr herunterrollt. Während er sich anzieht, blickt sie an ihm vorbei und stellt sich die unzähligen Fluchtmöglichkeiten vor, die sie ersonnen hat, falls er sie wirklich aus diesem Bordell befreit.

»Geh nicht«, sagt Keiko, als sie im Hof knien und ihre gebrauchten Kondome waschen.

Sie haben die Dienste an den Soldaten beendet und kümmern sich jetzt um die einzige Barriere, die sie zwischen den Männern und sich haben. Hana hasst es, die Kondome zu berühren. Obwohl über Nacht keine Soldaten da sind, ist es doch, als wären sie noch da, als hätten sie einen Teil von sich zurückgelassen, damit sie nicht vergisst, dass sie am nächsten Morgen zurück sein werden. Sie kommen immer zurück – als könnte sie das vergessen.

Hana konzentriert sich auf das seifige Wasser und spült die gebrauchten Kondome, so schnell es geht, aus.

»Ich weiß nicht, was du meinst«, antwortet Hana.

»Lüg mich nicht an.« Keiko legt Hana die Hand auf den Unterarm. »Und lass mich nicht allein. Du kannst ihm nicht trauen. Er ist wie der Rest. Sie sagen alles, nur um von dir zu bekommen, was sie wollen. Sie genießen die Liebesaffären und machen dir vor, sie würden dir zur Flucht verhelfen, damit du ihnen dein Herz schenkst. Wofür? Eine falsche Versprechung. Du wirst ein Bein verlieren… oder noch mehr.«

Hana entzieht ihren Unterarm Keikos mittlerweile festerem Griff und widmet sich wieder den Kondomen. »Ich höre nie zu, wenn sie reden.«

Keiko kneift die Augen zusammen. »Nicht einmal Korporal Morimoto?«

Hana ist verblüfft, seinen Namen aus Keikos Mund zu hören. Die beiden haben nie über seine nächtlichen Besuche gesprochen. Sie sieht Keiko an und versucht zu erkennen, was sie empfindet. Ist es Furcht, Ärger oder etwas Unheilvolleres… Kann es sein, dass sie eifersüchtig ist, dass ein Soldat wie Morimoto lieber Hana besucht statt sie selbst? Hana schweigt.

»Lerne aus meinem Fehler: Vertraue nie einem Mann. Besonders hier nicht.« Keiko nimmt die Kondome aus ihrer Schüssel und kippt das schmutzige Wasser auf dem Boden aus. Ohne ein Wort marschiert sie wieder ins Haus.

Ist es dumm von Hana, auch nur einen Augenblick davon auszugehen, dass Morimoto nicht lügt? Dass er sie nicht in eine Falle lockt, nur um sich an ihrer Bestrafung zu ergötzen? Oder dass er nicht nur ein Irrer ist, der sie beide in den Tod führt?

Hana richtet den Blick auf den klaren Nachthimmel. Heute Abend ist es so weit. Sie steht auf Zehenspitzen und zieht sich an den Gitterstangen ihrer Zelle hoch, so dass sie über das hohe Fenstersims blicken kann. Die Stäbe sind rostig und kratzen sie an den Handflächen, als sie sich daran festklammert und sich höherzieht. Der mandschurische Sommer vergeht rasch, und ihr weht eine kühle Brise ins Gesicht. Auf ihrer Insel ist noch Regenzeit, die Nachtluft wäre feucht. Die Hitze des frühen Septembers würde von dem Vulkangestein ihrer felsigen Heimat aufsteigen, und sie würde vor Anstrengung schwitzen. Der frische Duft der mandschurischen Grassteppe dringt ihr in die Nase und vertreibt den Gedanken.

Sie hält sich noch einen Augenblick länger fest, um einen Blick auf den unbefestigten Weg hinter der Mauer zu erhaschen. Es ist zu dunkel, um ihn zu sehen, aber sie weiß, dass er da ist. Bei Tageslicht kann sie einen schmalen Pfad erkennen, von Hunderten Soldatenstiefeln in den Boden getrampelt. Hana lässt die Stäbe los und sinkt zu Boden. Sie drückt sich die Knie an die Brust und starrt auf die säuberliche Linie aus winzigen Halbmonden in der Diele, die der Wand am nächsten ist. Sie sind kaum sichtbar. Mit der Fingerspitze zählt sie die Markierungen, die gewissenhaft in das verwitterte Holz gekerbt wurden… vierundzwanzig… achtundvierzig… dreiundachtzig. Sie drückt den Daumennagel in die Diele, um einen weiteren Tag zu markieren, der sich zur Nacht gewandelt hat. Vierundachtzig Tage. Sie fährt mit den Fingern über den Beleg ihrer Gefangenschaft, während sie im Geiste zur Tür und dem, was dahinter liegt, wandert. Hana lauscht nach den Geräuschen des Bordells, aber es ist nichts zu hören. Vielleicht ist es auch die bevorstehende Entscheidung, die den vertrauten Lärm ausblendet, als würde Hana in einen gewaltigen Ozean eintauchen.

Schritte unterbrechen ihre Gedanken. Morimoto ist unten und bereitet seinen Aufbruch vor. Hanas Herz schlägt schneller. Er hat vor, seine Schicht fünf Minuten vor der Zeit zu beenden und über den Pfad hinauszugehen, ohne den Schlüssel im Schloss zu drehen, fünf ganze Minuten, bevor die nächste Nachtwache seinen Platz einnimmt, damit Hana in die Freiheit entwischen kann.

Er ist wie ein siegreicher König und hat Hana Bedingungen gestellt: Sie kann ihm durch die unverschlossene Tür folgen, aber nur in seine Arme. Seine Bedingungen sind eine zweite Art von Tod.

Während sie unter dem Fenster sitzt und die Zimmertür anstarrt, hört Hana ihn wieder durch die Gemeinschaftszimmer unten gehen. Auf Zehenspitzen schleicht sie zur Tür und öffnet sie behutsam. Im Korridor empfängt Stille sie. Die anderen Mädchen schlafen tief und fest, aber sie muss trotzdem achtgeben, sie nicht zu wecken. Vorsichtig die knarzenden Dielen meidend, erreicht Hana den Treppenabsatz und hört auf seine Stiefel, die zum Nebeneingang hinausgehen. Quietschend schließt sich die Tür, der Knauf wird losgelassen. Hana beugt sich über das Treppengeländer und lauscht dem vertrauten Drehen des Schlüssels im Schloss, dem kreischenden Einrasten des Riegels und der nachfolgenden Stille. Aber da ist nichts, nur ein Pfeifen. Die Melodie verklingt.

Sie hat weniger als fünf Minuten, bis der nächste Soldat kommt, um Morimotos Platz einzunehmen. Unentschlossenheit quält Hana. Wird sie außerhalb ihres Zimmers entdeckt, wird sie mit zehn Peitschenhieben bestraft und kommt dann in die Einzelzelle. Aber wenn sie merken, dass sie versucht zu fliehen, dann sägen sie ihr ein Bein ab. Es gibt keinen Richter und keine Geschworenen, nur eine Gruppe von Männern, die sie festhalten. Ihre Angst davor, erwischt zu werden, wiegt ihre quälenden Erinnerungen nicht auf, die Erinnerungen an zu Hause. Vermissen ihre Eltern sie? Suchen sie nach ihr?

Vom Stehen auf dem Treppenabsatz hat sie kalte Füße. Wie viel Zeit ist vergangen? Eine Minute? Zwei? Hana verschwindet leise wieder in ihrem Zimmer. In einer Aushöhlung unter der schweißgetränkten Matte befindet sich alles Wertvolle, das sie in ihrer Gefangenschaft angesammelt und sorgsam in ein Tuch gehüllt hat: Münzen, die ihr dankbare junge Männer zugeworfen haben, eine goldene Kette, die ein Kommandant zurückgelassen hat, ein Ring von einem Gefreiten, der an Heimweh litt, ein silberner Kamm, den ein anderer gesichts- und namenloser Soldat dagelassen hat. Das sind ihre einzigen Wertsachen, aber damit allein kommt sie trotzdem nicht sehr weit.

»Willst du nicht, dass ich dich von hier wegbringe?«, fragte er, bevor er sie für die Nacht allein ließ. Er strahlte Selbstsicherheit aus wie die Sonne die Hitze. Sie musste nur nicken, um sein Ego zufriedenzustellen. Eine kleine Bewegung, um ihn froh weiterzuschicken.

Sosehr sie sich auch bemühte, sie konnte sich nicht dazu überwinden. Ihr Innerstes schrie sie an, einfach zu nicken, damit er gehen würde, aber sie stand wie erstarrt da und blickte ihn an. Sie fürchtete, er könne ihr ihren Widerwillen ansehen. Er wirkte zunehmend verwirrt. Seine Selbstsicherheit schwand, und er zog die Augenbrauen zusammen.

»Was ist los, meine kleine Sakura? Vertraust du mir nicht?« Er drückte ihren Arm fester. Als es schließlich wehtat, zwinkerte sie und löste damit die Spannung zwischen ihnen. Dann senkte sie den Kopf und nickte unterwürfig.

»Wer bin ich, Ihnen nicht zu vertrauen.« Ihre Stimme war so leise, dass sie nicht sicher war, ob sie überhaupt etwas gesagt hatte. Mit wiedergewonnenem Selbstvertrauen ließ er ihren Arm los und ging.

Sie hält ihre wenigen Habseligkeiten in den Händen und erinnert sich an seine zuversichtlichen Schritte, als er aus ihrem Zimmer marschierte. Hana weiß, er ist schon dort draußen, verborgen im Schatten der Nacht unter der Brücke und wartet darauf, dass sie zu ihm kommt. Er zweifelt nicht daran, dass sie mit ihm gehen wird. Ein letztes Mal wirft sie einen kurzen Blick auf die Dunkelheit hinter dem Fenster und bittet die Götter, ihr zu helfen. Die Stimme ihrer Mutter erklingt, so deutlich, als stünde sie neben ihr: *Du musst zum Ufer schauen. Wenn du sie siehst, bist du in Sicherheit.* Sie sieht ihre Schwester am Ufer stehen … Emiko. Bei der Erinnerung beißt Hana die Zähne zusammen. Warum denkt sie jetzt in diesem Moment daran? Sie hat das Bild ihrer Mutter im Kopf, dann das ihrer Schwester und ihres Vaters. Sie sind jetzt alle bei ihr. Ihre gespenstischen Silhouetten stehen in der kleinen Zelle nebeneinander, als würden sie darauf warten, dass Hana die Entscheidung trifft: in diesem Bordell bleiben und den endlosen Reihen von Soldaten zu Diensten sein oder Leib und Leben riskieren, um mit dem Mann, der sie hierhergebracht hat, zu entfliehen. Ihre hohlen Augen funkeln in der Dunkelheit. *Entscheide dich*, scheinen sie zu sagen. Hana tritt einen Schritt weg von ihnen.

»Ihr seid gar nicht wirklich da«, flüstert sie. Sie blicken sie nur an, regungslose Phantome. Sie kneift die Augen zusammen. Im Geiste sieht Hana sie, wie sie waren, bevor Morimoto sie entführte – bevor sie zu Sakura wurde. Sie sieht sie auf ihrer Insel, wo sie am Meer wohnten, als sie noch Hana war, einen Namen trug, den sie niemandem verraten hat.

Bevor sie sich Gründe überlegen kann, die gegen die Flucht sprechen, stopft sich Hana das Stoffbündel in die Unterwäsche. Dann rennt sie die Treppe hinunter, nimmt zwei Stufen gleichzeitig. Die Augen der in den Rahmen gefangenen Mädchen an der Wand starren sie an, als sie sich der untersten Stufe nähert. Sie bleibt stehen, um ihr eigenes Gesicht zu betrachten. Bei der Vorstellung, dass ihr Foto auch nur eine weitere Nacht dort hängen soll, bekommt sie Beklemmungen.

Auf Zehenspitzen stellt sie sich auf die unterste Stufe und greift nach dem Rahmen. Er rutscht ein Stück nach oben und gleitet dann die Wand hinunter. Hana fängt ihn auf und schiebt rasch das Foto aus dem Holzrahmen. Sie steckt es sich zu dem Bündel in die Unterwäsche und rennt durch den Aufenthaltsraum zur Küche.

Hana ist schon fast bei der Hintertür, als sie sich plötzlich ganz, ganz sicher ist, dass gleich eine Stimme hinter ihr ertönt, dass gleich ein Gewehr auf ihren Rücken zielt. Sie spannt alle Muskeln an, stolpert und fällt auf die Knie. Hana macht sich auf das Unvermeidliche gefasst.

Ihr Herz flattert wie ein Kolibri, aber sie hört nur leises Schnarchen. Plötzlich möchte sie lieber umkehren. Ihr fallen lauter Gründe ein, besser doch hierzubleiben. Sie wird ein Bein verlieren, wenn man sie erwischt, vielleicht erwartet sie auch der Tod. Und wenn sie flieht, müssen die anderen Mädchen dafür leiden. Sie werden bestraft, kommen in die Einzelzelle, und vielleicht müssen sie wegen Hanas egoistischer Tat sogar sterben. Keikos flehentliche Stimme durchdringt die Bilder. *Lass mich nicht allein.*

Auf der anderen Seite des Bordells geht die Haustür auf. Schwere Stiefel sind auf der Holzveranda zu hören. Sie muss durch den Aufenthaltsraum, um zur Treppe zu gelangen, wenn sie sich entscheidet, doch zu bleiben, und dann wird die Nachtwache sie sehen. Ihr brennen die Beine bei dem Gedanken an das gezackte Sägeblatt auf ihrer Haut.

Es ist zu spät. Sie kann nicht mehr bleiben, nicht einmal, um ihre schlafenden Freundinnen zu verschonen. Sie steht auf und eilt zur Tür. Zitternd atmet sie aus, als sie versucht, den metallenen Türknauf zu drehen. Er quietscht. Sie zuckt zusammen und hält den Atem an, bis er sich nicht mehr weiterbewegt. Sie atmet aus, dann zieht sie an. Die Tür gibt nicht nach. Ihre Wangen werden heiß. Sie zieht noch einmal daran, so fest es geht. Die Tür bewegt sich nicht. Sie ist verriegelt. Hana ist ein Dummkopf. Morimoto macht sich über sie lustig.

Das ist ihre Strafe dafür, dass sie einem japanischen Soldaten geglaubt hat – dafür, dass sie so naiv war. Sie sieht Keikos Enttäuschung über sie so deutlich, als würde sie jetzt vor ihr stehen. Hana hat sie im Stich gelassen. Sie hat sich entschieden, einem Mann zu vertrauen.

Schicksalsergeben lehnt Hana die Stirn an die Tür. Sie hat es verdient, bestraft zu werden. Sie hat es verdient zu sterben. Sie spürt die kalte Klinge des Messers an ihrem Schenkel, und sie wird ganz benommen. Bevor Hana begreift, was passiert, geht die Tür langsam auf. *Drücken, nicht ziehen.* Die Tür ist offen. Morimoto hat nicht gelogen. Jemand marschiert in Richtung Küche. Hana dreht sich nicht um. Sie schlüpft durch die Tür, schließt sie hinter sich und verschwindet in der Nacht. Jetzt gibt es keine düsteren Gedanken mehr, nur noch die Euphorie über die Flucht.

Hana kennt den Weg zu der Brücke, wo Morimoto auf sie wartet. Sie liegt am Ende des Pfads, den sie von ihrem Zimmer aus sehen kann. Der Pfad führt eine Meile Richtung Norden. Morimoto will sie an der Stelle treffen, wo er sich gabelt, kurz vor den maroden Kasernen. Sie kann sich genau vorstellen, wie er in der Dunkelheit auf sie wartet, wie er lächelt, während sie näher kommt. Sie kann ihn sehen, wie er vortritt, um sie zu packen und sie auf die Wange zu küssen, auf den Hals, die Stirn – seine Umarmung ein Würgegriff –, bevor er mit ihr am Fluss entlang auf das Leben zuhetzt, das er für sie beide in der Mongolei geplant hat. Sie kann ihn sehen, und seine Frage hallt in ihrem Kopf wider.

Möchtest du, dass ich dich von hier wegbringe? Sie sieht sein Gesicht vor sich, als er sie anstarrte, und jetzt, hier draußen unter dem Nachthimmel, kann sie seine Frage endlich frei beantworten.

»Nein«, sagt sie entschlossen, »ich will nicht, dass du mich von hier wegbringst.« Und dann läuft sie los.

Die Sterne beleuchten ihren Weg. Hana läuft, so schnell

ihre Beine sie tragen, nicht nach Norden über den schmalen Pfad, wo Morimoto wartet, sondern nach Süden, zurück nach Korea und zu ihrer Insel im Meer. Ihre Beine scheinen zu wissen, dass er nicht lange brauchen wird zu begreifen, dass sie nicht kommt. Sie stürmen voran und werden erst Halt machen, wenn sie die Küste sieht, wo ihre Schwester einst stand.

Sie behält das Bild von Emiko im Kopf, während sie durch die Dunkelheit läuft, aber manchmal verwandelt sich das Gesicht, und Emiko wird zu Hanas anderen Schwestern, die sie zurückgelassen hat. Im Geiste sieht sie ihre entsetzten Mienen, als ihnen dämmert, dass sie weg ist. Aber Hana läuft und läuft, bis ihre Lunge brennt und ihr der Brustkorb wehtut. Trotz der Schmerzen zwingt sie sich weiterzulaufen, als wäre es der tiefste Tauchgang ihres Lebens und als würde sie aus dem dunklen Ozean zum Licht hinaufschwimmen.

Emi

Seoul, Dezember 2011

Ein paar Schritte von der Stelle entfernt, an der Emi steht, schluchzt eine alte Frau. Auf der Bühne spricht eine Frau in ein Mikrofon. Die Rückkopplung ist so schrill, dass die Menschenmenge aufstöhnt und die Kinder sich die Ohren zuhalten.

»Wir freuen uns, Ihnen anlässlich der eintausendsten Mittwochsdemonstration etwas ganz Besonderes präsentieren zu dürfen. Ein Künstlerpaar hat die *Friedensstatue* geschaffen, um an die Schicksale der sogenannten Trostfrauen zu erinnern. Das Denkmal ist allen Frauen und Mädchen gewidmet, die vom Militär in die sexuelle Sklaverei gezwungen wurden. Sie haben ihre Kindheit, ihre Familien, ihre Gesundheit und Würde verloren, und viele von ihnen, deren Geschichten wir nie erfahren werden, auch ihr Leben.«

Sie winkt einer Gruppe von Frauen, die zur Seite treten und so den Blick auf eine von einer Decke verhüllte Statue freigeben. Zwei Frauen in schönen traditionellen *hanbok*-Gewändern in Weiß und Rosa heben feierlich die Decke an.

Das Publikum applaudiert. Emi stellt sich auf die Zehenspitzen und bemüht sich, etwas zu sehen, aber sie ist zu klein. Langsam schlurft sie auf die Statue zu und rempelt dabei unbeholfen andere Personen an.

»Wo willst du hin?«, ruft YoonHui ihr nach.

Emi antwortet ihrer Tochter nicht. Sie geht einfach weiter. Sie muss die Statue sehen. Sie weiß nicht, warum ihr das so wichtig ist, aber plötzlich ist sie fest entschlossen, sie sich anzusehen. Sie arbeitet sich zwischen den Menschen hindurch voran, den Blick starr auf die Bronzefigur gerichtet. Als sie sich nähert, scheint sich das Gedränge aufzulösen, als würden auch die anderen Emis innere Entschlossenheit spüren. Problemlos gelangt sie an ihnen vorbei, bis sie schließlich vor der Statue steht.

Emi ist atemlos, nachdem sie sich an so vielen Leuten vorbeigedrängt hat. Sie steht vor der lebensgroßen Skulptur eines jungen Mädchens, nicht älter als sechzehn. Das Mädchen sitzt allein neben einem leeren Stuhl, die leicht zu Fäusten geballten Hände im Schoß, die Augen nach vorne, auf Emi, gerichtet. Emi schnappt nach Luft, greift sich ans Herz und sinkt auf die Knie. *Hana …*

Schneeflocken taumeln träge aus dem grauen Nachmittagshimmel herab und legen sich in geräuschlosem Staunen auf die Szenerie. Ihre Tochter ruft nach Emi, ein durchdringender Schrei, zitternd vor Angst. Hände greifen nach ihr, als sie nach vorne fällt und mit dem Gesicht beinahe auf das Pflaster schlägt.

»Mutter!«, ruft YoonHui und eilt zu ihr.

Sie drehen sie auf den Rücken, und YoonHui nimmt ihren Kopf auf den Schoß. Lane kommt ebenfalls, und die Köpfe der beiden schweben über Emi. Eine Gloriole aus Wintersonnenlicht verschattet ihre Gesichter. Emi sieht ihre Eltern, die auf sie herunterblicken und sie aus dem Jenseits herbeiwinken. Der Drang, ihnen zu folgen, zieht an ihr wie eine Unterströmung. Kämpft sie dagegen an, wird sie ertrinken, lässt sie sich aber mit hinaus aufs Meer tragen, wird sie sanft einschlafen und verschwinden. Das ernste Gesicht der Statue ist über ihnen allen, und Emi wendet sich um, will durch einen Spalt in der Menschenmenge um sie herum noch einen letzten Blick auf sie erhaschen. Sie sieht das Gesicht des jungen Mädchens, faszinierend und gleichzeitig vertraut. Sie erkennt es wieder. *Noch nicht, Mutter. Vater, noch nicht. Hana hat mich endlich gefunden. Ich kann sie doch nicht allein lassen, wenn sie einen so langen Weg hinter sich hat!*

Hana

Mandschurei, Sommer 1943

Die frühen Sonnenstrahlen kriechen über den Horizont. Hana bewegt sich weiter weg von der Straße. Ihre Füße sind blutig von den Steinen und Stöcken auf dem rauen Weg. Die Nacht war ruhig, nur ein einziger Laster rumpelte die Straße entlang. Sie versteckte sich im Graben hinter einem Busch, als er vorbeifuhr, aber sie weiß, wenn der Morgen kommt, wird kein Busch sie verbergen. Sie fror in dem bitterkalten Wind, der über Nacht plötzlich aufkam, und die helle Sonne ist ein wohltuender Anblick.

Das dürre Gras bohrt sich in die wunden Stellen an den Füßen. Wenn Morimoto sie sucht, wird er nur der Blutspur folgen müssen, die sie hinterlässt. Hana bleibt alle zehn Minuten stehen, schöpft Atem und lauscht in die leere Landschaft hinein. Sie achtet auf Schritte hinter sich, schwere Schritte in Stiefeln. Er ist irgendwo da draußen, wütend, weil sie es gewagt hat, ihn zu hintergehen. Der Gedanke an seinen Zorn jagt ihr Schauer über den Rücken. Sie läuft schneller, als die Sonne an ihrem ersten Tag in Freiheit aufgeht. Sie achtet darauf, dass sie die Straße zu ihrer Linken behält, und läuft weiter Richtung Süden. Das Land ist schön. Sanfte Hügel erheben sich in der Ferne. Das Steppengras neben ihr reicht ihr bis zur Hüfte. Wenn sie sich hinsetzt, ist sie vor neugierigen Blicken verborgen. Nach ein paar Meilen verweigern ihre Füße den Dienst. Sie sinkt auf die Knie und genießt ihr neues Versteck. Ihre blutigen Füße betrachtet sie lieber nicht. Um sie herum brummen und zirpen Insekten. Kleine gelbe Blüten sitzen auf hohen Stielen. Der Boden ist so behaglich, lädt sie ein, sich hinzulegen. So im Liegen, in Sicherheit vor der Welt, erinnern nur ihre schmerzenden, pochenden Füße sie daran, dass sie wirklich noch am Leben ist.

Hana weiß, dass sie weitergehen muss, denn Morimoto macht sicherlich Jagd auf sie, doch ihre Füße flehen sie an zu verweilen, nur noch ein bisschen. Sie blickt in den Himmel und sieht zu, wie sich die Wolken in die unterschiedlichsten Figuren verwandeln. Eine Schlange dringt aus dem Maul eines Wals, der sich in eine Masse von Grabhügeln verwandelt, bevor sich alles in dünne Fetzen auflöst, die sie an Morimotos Zigarettenrauch in ihrem Zimmer erinnern. Hass erfüllt sie, und ihr Herz schlägt schneller. Sie setzt sich auf und lauscht. Würde sie ihn kommen hören?

Sie blickt auf ihre geschwollenen Füße hinab. Sie sind mit schwarzer Erde und Blut verkrustet. Hana kann sie nicht mehr einfach missachten. Mit einer Handvoll Gras reibt sie sie fast sauber. Sie erträgt den Schmerz, ohne einen Laut von sich zu geben. Ein Vogel zwitschert ganz in der Nähe sein Lied. Der Wind küsst ihr Gesicht. In einer Wunde im Fußballen entdeckt sie einen langen Dorn. Er steckt ziemlich tief, und zuerst erwischt sie ihn nicht, weil ihre Finger im Blut abrutschen. Sie wischt sie im Gras ab. Dann bohrt sie die trockenen Finger wieder hinein. Diesmal lässt sich der Dorn lockern. Hana verharrt einen Moment und berührt die Gräser. Sie neigen sich in dem sanften Wind, und sie zupft daran wie an den Saiten eines empfindlichen Musikinstruments.

Ihr Vater war musikalisch. Bevor er Fischer wurde, studierte er Lyrik und trug häufig seine Gedichte zu Musik vor. Seine Texte waren sehr poetisch und handelten von Geschichtlichem, wodurch sie auch politisch wurden. Als die Japaner ihren Weltkrieg begannen, indem sie in China einmarschierten, gingen sie härter mit der koreanischen Kolonie um, verschärften das Verbot aller koreanischen Literatur, untersagten das Studium der koreanischen Kultur. Ihr Vater wurde zu einem Geächteten. Er floh vom Festland auf die Insel Jeju, wo er sich als Fischer durchschlug. Dort lernte er ihre Mutter kennen.

Nach einem erfolglosen Tag auf See saß er dann immer mit einem leeren Netz zu Füßen am Strand und sang ein altes verbotenes Volkslied. Die meisten anderen Leute dort hielten sich von ihm fern, denn womöglich kam ein japanischer Polizist vorbei und sah, wie sie dem koreanischen Text eines koreanischen Lieds lauschten. Aber Hanas Mutter war anders. Sie stand auf und beschirmte die Augen mit der Hand, um im gleißenden Sonnenlicht den Trottel besser sehen zu können, der ein so lächerliches Lied sang. Und als sie den jungen Fischer mit dem leeren Netz zu Füßen sah, legte sie den Kopf zurück und lachte. Er blickte auf, sang aber weiter, und in dem Moment, als sie näher kam und sich neben ihn auf den warmen Felsen setzte, beschloss er, dass sie nie mehr wieder von seiner Seite weichen sollte. Sie heirateten, und innerhalb eines Jahres wurde Hana geboren. Es dauerte etwas länger, bis ihre Schwester nachkam, aber als sie da war, war die Familie vollständig.

Abends, wenn das Geschirr abgespült war und sie zu viert am Ofen saßen und sich wärmten, spielte er Zither. Wenn er gutgelaunt war, sang er manchmal das alte Volkslied, das seine Mutter zum Lachen gebracht hatte.

Fort? Du möchtest fort?
Und lässt mich zurück?
Wie soll ich ohne dich leben?
Du lässt mich zurück?
Ich will doch an dir festhalten.
Aber wenn ich das tue, dann kommst du nicht zurück.
Ich muss dich loslassen, meine Liebe!
Bitte geh und komm rasch wieder.

Das verbotene Lied ist ein Flüstern auf Hanas Lippen. Sie ist aufsässig, singt in ihrer Muttersprache und erinnert sich, wie ihre Mutter immer dafür gesorgt hat, dass die Fensterläden fest geschlossen waren, wenn ihr Vater die Zither zur Hand nahm. Sie singt ganz leise, so dass nur sie selbst ihr Lied hören kann. Sie hebt den Kopf ein paar Mal über die Gräser und sucht das Feld nach neugierigen Augen ab. Als sie niemanden sieht, singt sie weiter, bis ihre Kehle ganz trocken ist.

Sie muss Wasser suchen, aber ihre Füße schmerzen zu sehr, um irgendwo hinzugehen. Sie zwingt sich, sich zu bewegen, spielt mit dem langen Gras, lässt es durch ihre Finger gleiten. Die Stängel sind robust, wie Bambusstreifen. Da hat sie eine Idee. Sie pflückt eine Handvoll und flicht das Gras zu einem dünnen Zopf. Als er lang genug ist, wickelt sie ihn sich einmal um den Fußballen und bindet ihn oben zusammen.

Sie steht auf und geht ein paar Schritte, um den improvisierten Schuh zu testen. Mit jedem Schritt wächst ihre Begeisterung, und gerade, als sie in die Hocke geht, um einen zweiten zu basteln, reißt das Band, und der Schuh löst sich auf. Sie lässt sich nicht entmutigen, sondern setzt sich hin und flicht noch einen. Als auch der auseinandergeht, bastelt sie einen dritten und einen vierten, bis ihre Anstrengungen mit dem nachlassenden Licht der Sonne versiegen. Sie legt den Kopf auf den Haufen dürrer, kaputter Grasschuhe und ruht ihre müden Augen aus.

Im Schlaf wird sie von Träumen gequält. Alpträume und glückliche Erinnerungen verschwimmen, so dass sie mit einem Schrei im Mund erwacht. Ein Schwarm oranger Vögel steigt in den frühen Abendhimmel auf. Die Insekten bleiben still. Sie weiß nicht, ob sie geschrien hat oder ob die Vögel durch etwas anderes aufgeschreckt wurden. Sie liegt reglos da, lauscht, wartet darauf, dass etwas oder jemand ein Geräusch macht.

Zuerst ist es fern. Nur ein leichtes Rauschen von Gras, das zur Seite gefegt wird, wie vom Wind. Aber je länger sie lauscht, umso lauter und näher kommt dieses Rauschen, bis sie hört, wie die festen Halme von Stiefeln zerdrückt werden. Ihr Herz macht einen Sprung. Am liebsten würde sie in den Himmel hochsteigen und den orangefarbenen Vögeln in die Sicherheit folgen. Sie zwingt sich, liegen zu bleiben, still wie eine Tote. Jede Bewegung wäre in dem hohen Gras um sie herum zu sehen und würde sie verraten. Männerstimmen flüstern Befehle und Antworten. Sie lauscht, ob sie *seine* Stimme hört. Ist Morimoto bei ihnen? Suchen sie Hana oder jemand anderen?

Sie fürchtet, einer von ihnen wird auf ihren Arm oder ihr

Gesicht steigen und ihr sein Bajonett ins Herz stechen. Sie schließt die Augen und wartet auf das Unvermeidliche. Sie werden sie finden, und dann werden sie sie foltern. Wie lange werden sie Hana am Leben lassen, bevor sie ihren Geist von ihrem missbrauchten Fleisch befreien?

Ein Soldat stellt sich ins Gras neben sie. Zwischen den Grashalmen sieht sie sogar seine braune Uniform. Er hat ihr den Rücken zugewandt und hat sie noch nicht gesehen. Ein anderer Soldat flüstert ihm etwas zu und hält sein Gewehr fest.

Er geht einen Schritt rückwärts und tritt mit dem Stiefelabsatz auf den Saum ihres Kleids. Sie kann die Augen nicht schließen. Sie muss sein Gesicht sehen. Ist er es? Sie will seine Miene sehen, wenn sich ihre Blicke treffen. Wird sie Überraschung ausdrücken? Oder Triumph, Lust oder Hass? Sie wartet darauf, dass er sich umdreht und über sie stolpert.

Dann ruft plötzlich ein weiterer Mann von der anderen Seite des Felds, und der Soldat in ihrer Nähe rennt los und gibt ihr Kleid frei. Die Männer laufen von ihr weg, rufen, gestikulieren, dann fällt ein Schuss. Sie hält sich still wie ein neugeborenes Reh, das sich in dem hohen Gras versteckt, lauscht und wartet, bis die Geräusche verklingen, bis die Dunkelheit hereinbricht und die Nacht sie wieder verbirgt.

Das war nicht er. Sie ist sich sicher. Wäre es Morimoto gewesen, hätte er sich umgedreht und sie gefunden. Niemals hätte er so nahe bei ihr stehen können, ohne zu spüren, dass sie da ist. Er ist wie ein Tier. Er hätte sie gerochen.

An den sich verändernden Farben des Himmels sieht sie, wie die Stunden vorbeischleichen. Helles Taubenblau wird zu dunklem Saphirblau und weicht dem Lila der Nacht. Sie hat zu viel Angst, sich zu bewegen, falls die Soldaten sich noch in der Nähe aufhalten, und so lässt sie Wasser, wo sie liegt. Der Gestank zieht die Fliegen an. Sie krabbeln über ihr Kleid und brummen, während sie sich an dem durchnässten Baumwollstoff gütlich tun. Die übelriechende Flüssigkeit ist dunkelgelb, und es stinkt wie in dem Toilettenhäuschen am Bordell. Ganz egal, wie sehr sie es schrubben, der Gestank verschwindet einfach nicht aus den hölzernen Bodendielen.

Eine Eule ruft, und Hana stellt sich vor, wie sie über das Feld fliegt, um sich Maulwürfe und Mäuse zu schnappen. Sie lauscht dem Rascheln von Federn im Wind. Die Eule ruft noch einmal, und Hana nimmt ihren Mut zusammen. Sie setzt sich auf und erhebt sich. Unter dem Nachthimmel ist nichts als Dunkelheit. Als wäre sie blind, streckt sie die Arme aus und geht einen Schritt, dann noch einen. Bald schon läuft sie. Ihre blutigen Füße flehen sie an stehenzubleiben, aber sie achtet nicht darauf.

Hana ist sich nicht mehr sicher, ob sie noch in Richtung der Straße läuft. Sie weiß nicht einmal genau, ob sie noch nach Süden unterwegs ist. Die Karte des Himmels konnte sie sich nie einprägen. Ihr Vater versuchte stets, ihr beizubringen, wie man sich an dem gewaltigen Himmel orientiert, aber sie widmete ihre Aufmerksamkeit lieber dem Meer, das sie mit seiner beruhigenden Dunkelheit und den Geschöpfen darin faszinierte. Sie wollte den Geschichten der anderen Fischer lauschen, über Blauwale und Schwertfische und Haie. Die Sterne ihres Vaters machten keinen Eindruck auf sie. Hana blickt zum Himmel hinauf, und die Sterne funkeln schweigend zu ihr zurück.

Nachdem sie eine Weile zögernden Schrittes durch das Feld gelaufen ist, ertönt ein Schrei in der Dunkelheit, erst ganz tief, dann wird er zu einem hohen Kreischen. Räder tuckern rhythmisch über Gleise. Der Zug! Sie hat den Weg gefunden. Sie rennt dem Geräusch nach, macht eine scharfe Kurve, folgt ihren Ohren. Das Schlagen von Metall auf Metall wird lauter, als sie sich den Eisenbahnschienen nähert, bis der Zug zischend und stampfend an ihr vorbeifährt.

Sie will in die Richtung, aus der er gekommen ist. Alle Nachtzüge fahren nach Norden. Sie befördern Vorräte für die Soldaten und sind nur nachts vor den Bombern sicher. Im Bordell lauschte sie jede Nacht dem Pfeifen des Zugs, als er die Eisenbahnbrücke zum Militärstützpunkt überquerte. Einmal die Woche kündigte er so seine Ankunft an, und Hana drehte sich jedes Mal der Magen um. Sie kam in einem dieser Züge dort an, als »notwendiges Zubehör«. Wenn sie von der Flucht träumte, wusste sie, dass die Eisenbahnschienen ihr den Weg nach Hause weisen würden.

Sie geht langsamer und streckt vorsichtig wieder die Hände vor sich aus. Wenn sie nicht achtgibt, wird sie in die Eisenbahnschwellen geraten. Auf dem kümmerlichen Gras unter ihren Füßen liegen Steine, die sich in ihre empfindlichen Wunden bohren, aber sie ignoriert sie und konzentriert sich auf den dunklen Weg vor sich. Da stößt sie mit dem Zeh gegen etwas Hartes. Sie kniet sich schnell hin und ertastet festes, glattes Metall. Sie legt das Ohr auf die Schienen und lauscht dem Zug. In welche Richtung fährt er, und aus welcher Richtung ist sie gekommen?

Es brummt leise. Sie legt die Hände auf die Schiene und spürt eine leichte Vibration. Das leise Brummen verklingt. Die Schienen werden lautlos und tot in ihren Händen. Stille umgibt sie. Langsam baut sich Panik in ihrer Brust auf. In welche Richtung muss sie gehen? Das einzige Geräusch macht der Wind, das einzige Licht in der Dunkelheit spenden die Sterne. Dann ein schwaches Pfeifen, ein Geisterruf in der Ferne. Kam er von rechts? Sie wendet den Kopf in diese Richtung und lauscht dem unheimlichen Ruf, aber er kommt nicht noch einmal. Hana steht auf und dreht sich um. Sie vertraut ihren Ohren, ihrem Herzen und der gewaltigen, drückenden Stille, während sie nach links geht und den Schienen folgt, in der Hoffnung, sie führen sie nach Süden.

Sie läuft die Nacht durch. Vor Angst, sich zu verirren, erträgt sie die Schmerzen beim Gehen auf den hölzernen Schwellen und den Steinen dazwischen. Sie hat seit zwei Nächten nichts getrunken und ist benommen, ihre Zunge ist geschwollen. Sie kann an nichts anderes als an Wasser denken. Am Morgen, sagt sie sich. Sie muss warten, bis es hell wird, dann kann sie Wasser suchen. Jetzt muss sie im Schutz der Dunkelheit weitergehen. Bis zum Morgen warten.

Wenn die Sonne hoch am Himmel steht, wird sie Wasser finden, und vielleicht auch einen Platz, an dem sie sich ausruhen kann. Es muss einen See oder einen Fluss geben, sonst wäre das Land nicht fruchtbar, und es wären keine Vögel am Himmel. Am Morgen wird sie Wasser finden. *Bleib nicht stehen, noch nicht.* Das Meer ist weiter weg, als sie sich vorstellen kann. Sie kann es nur erreichen, indem sie weiterläuft. Sie zwingt ihre Füße Schritt für Schritt voran.

Als der Morgen dämmert, verwandelt sich die Nacht in ein diesiges Grau. Zuerst erkennt Hana kaum die Umrisse ihrer bleichen Hände, die sie vor sich ausstreckt. Die Sonne steigt höher. Da sieht sie die Eisenbahnschienen unter ihren Füßen und bald auch die Landschaft um sich herum. Das hohe Gras ist Feldern mit gelben Blumen gewichen.

Zu ihrer Bestürzung ist da eine Schotterstraße, die parallel zu den Eisenbahnschienen verläuft. Jederzeit hätte ein Konvoi von Soldaten vorbeifahren können, und sie hätte keine Möglichkeit gehabt, sich zu verstecken. Rasch verlässt sie die Schienen, läuft von der Straße weg und in die Blumenfelder hinein. Sie reichen ihr bloß bis zu den Knien, und so entfernt sie sich immer weiter von den Schienen, bis sie nur noch fern am Horizont zu erkennen sind. Sie muss sich aber an den Schienen orientieren, damit sie sich nicht verirrt, sonst läuft sie womöglich im Kreis.

In der Ferne fallen ihr braune Umrisse im Gras auf. Das tiefe Brüllen eines Rinds zerreißt die Stille. Sie geht in die Hocke und sucht mit den Blicken die Felder ab nach Bauern oder Nomaden, die ihre Herde hüten. Die Sonne scheint über das Land, aber sie nimmt die Schönheit nicht wahr. Sie sucht das Feld nach Menschen ab, aber die Rinder sind unbeaufsichtigt. Eines stöhnt ganz tief, so dass Hana vermutet, es könnte eine kalbende Kuh sein. *Milch*, kommt ihr plötzlich in den Sinn, und sie rennt auf das geplagte Wesen zu, sieht sich dabei aber unablässig um, ob da Menschen sind, die ihr helfen oder schaden könnten.

Als sie bei dem Rind angelangt ist, schwindet ihre Hoffnung, denn es kalbt nicht. Das Tier ist mit dem Bein in eine alte Falle geraten, und die rostigen Metallbacken sind zugeschnappt. Der hintere Unterschenkelknochen ragt durch ein Stück Haut heraus. Er ist abgerissen und hängt leblos neben dem anderen Bein. Das Rind brüllt wieder, und Hana hält sich die Ohren zu. Es ist ein Todesstöhnen.

Sie weicht vor dem erbarmungswürdigen Geschöpf zurück, mit den Händen schützt sie die Ohren vor dem schrecklichen, tiefen Ächzen, aber es gelingt ihr nicht. Es scheint aus ihrer Erinnerung zu kommen – die erste Nacht im Bordell, als sie mitbekam, wie die Koreanerin das tote Baby gebar. Sie hört die unmenschlichen Schreie der Frau, als würde sie noch einmal in den von Kerzen erleuchteten Raum blicken. Da war so viel Blut zwischen den gespreizten Beinen der Frau. Hana erinnert sich, wie sie nach oben eilte und Keiko zum ersten Mal begegnete. Die Geisha kniete auf ihrer Tatamimatte, hielt sich die Hände vor das Gesicht und weinte.

Das Rind brüllt noch einmal, und Hana erschrickt. Sie ist nicht mehr in dem Bordell. Sie ist frei, und sie muss tun, was sie tun muss, um weiterhin frei zu sein. Hana nimmt all ihren Mut zusammen und geht um das Tier herum zum Kopf. Es verdreht wild die Augen in den Höhlen und schlägt mit den Beinen aus, als sie sich nähert. Aus der Wunde rinnt frisches Blut, an der Stelle, wo die Haut durch die verzweifelten Versuche des Rinds zu entkommen, noch weiter aufgerissen ist.

»Still, du armes Ding«, flüstert sie beruhigend.

Sie kniet sich neben den Kopf des Tiers und streichelt ihm die Stirn. Das Rind wird still. Es atmet flach. Fliegen sammeln sich in der Wunde, Maden winden sich im Fleisch. Mit langsamen Bewegungen streicht sie ihm über den Hals. Es muss schon seit Tagen hier liegen. Hana kann sich vorstellen, was es für Schmerzen hat. Sie spürt das, so wie sie den Wind im Gesicht spürt. Sie weiß, wie es ist, hilflos dazuliegen, wenn der Körper Schmerzen leidet. Hana beugt sich ganz nah zu dem Tier hin und flüstert ihm ins Ohr.

»Schlaf, liebes Rind. Bitte schlaf ein. Lege deinen schweren Kopf auf diese Erde. Gib deinen müden Geist auf und fliehe von diesem elenden Ort. Geh bald, liebes Rind, geh bald. Und vergib mir, bitte … vergib mir.«

Hana drückt dem Tier die Lippen auf das Ohr, bevor sie zu dem gebrochenen Bein kriecht. Behutsam legt sie ihm eine Hand auf das Fell. Sie macht immer noch beruhigende Geräusche, als sie sich dem Bein nähert. Das Rind schnaubt, schlägt aber nicht aus. Womöglich hat es nicht mehr genug Kraft, um sich zu wehren, aber sie kann nicht sicher sein. Langsam greift sie nach dem gebrochenen Bein.

Bevor sie es sich anders überlegen kann, packt sie es, dreht das Bein und zerrt mit einer einzigen schnellen Bewegung gleichzeitig daran, so fest sie kann. Die Haut reißt nicht so einfach ab, wie sie gehofft hatte. Hana lehnt sich zurück, stemmt die Fersen in den Boden, damit sie nicht über das Gras in das strampelnde Tier rutscht. Die metallene Falle scheppert, aber die Kette hält sie fest am Boden. Das Rind brüllt, und das Geräusch ist noch schlimmer als das tiefe Stöhnen. Hana reißt und zerrt und dreht an dem Bein, während das Tier verzweifelt versucht, sich von ihr zu befreien. Sie steckt in einer Art Tauziehen fest.

Das Rind brüllt in Todesqualen. Die Falle. Hana hat bald keine Kraft mehr in den Armen – sie ist furchtbar müde. Aus Angst, nicht mehr viel länger festhalten zu können, überlegt sie loszulassen, doch dann gibt es einen plötzlichen Ruck, und die Tierhaut reißt.

Hana fällt rückwärts zu Boden, das abgetrennte Bein in den Händen. Das Rind tritt weiter in den Boden, versucht verzweifelt, von ihr wegzukommen. Sie bringt es nicht über sich, das verängstigte Wesen anzusehen. Stattdessen betrachtet sie die zerdrückten gelben Blumen, die es hinterlässt, während es sich zentimeterweise von ihr wegbewegt. Als hätte es sich damit abgefunden, dass sein Schicksal in ihren Händen ruht, bleibt es schließlich liegen, nur die Brust hebt und senkt sich, und es bläht die Nüstern.

Voller Abscheu vor sich selbst befreit sie das abgetrennte Bein aus der Falle. Das Bein liegt schwer in ihren Händen. Sie versucht, nicht darüber nachzudenken, was sie getan hat, steht rasch auf und läuft von dem armen Tier weg, das Bein mit dem Huf immer noch in der Hand. Sie blickt darauf hinab, und zu ihrem Entsetzen knurrt ihr der Magen. Ein Wehklagen dringt aus ihrem Mund. Nur ein einziger Laut. Und dann ist da bloß noch das Stampfen ihrer Füße, als sie von dem furchtbaren Ort flieht.

Als sie nicht mehr kann, sinkt Hana auf die Knie und starrt das blutige Bein an. Sie weiß nicht, was sie damit machen oder wie sie es essen soll. Zu ihrem Glück sind die meisten Maden abgefallen. Ihr Magen knurrt, und sie ekelt sich. Sie kneift die Augen zu. Das ist kein Bein, redet sie sich ein. Es ist … ein Fisch, ein dünnes, längliches Meerestier, das den Weg in ihr Netz gefunden hat. Ihr Vater hat ihr beigebracht, zahllose Fische zu häuten und zu entgräten, und das ist nichts anderes. Ein toter Fisch. Im Geiste sieht sie die dunklen, sonnengebräunten Hände ihres Vaters vor sich. Er hält eine Makrele und ein scharfes Messer und filetiert das Tier mit sicheren, ruhigen Handgriffen.

Als wären seine Hände ihre eigenen, macht sie sich daran, das Bein zu häuten. Mit den Fingern zieht sie das Fell von dem abgebrochenen Ende ab, zunächst nur zögerlich, dann mit ganzer Kraft zum Huf hin. Die Haut geht nicht so einfach ab, sie muss sie mit festen, ruckartigen Bewegungen vom Fleisch lösen. Als sie etwa die Hälfte freigelegt hat, kann sich Hana nicht länger zurückhalten. Sie hebt das Bein zum Mund und beißt hinein.

Das Fleisch löst sich auch nicht leicht, sie muss es mit den Zähnen vom Knochen abreißen. Blut rinnt ihr die Kehle hinunter. Sie versucht, es nicht auf der Zunge zu schmecken und nicht daran zu denken, woher das Fleisch kam. In ihrer Vorstellung ist es nur ein Fisch.

Es war ein mageres Rind, und sie hat bald alles Fleisch vom Knochen gelöst. Dann saugt sie noch das blutige Mark aus dem Knochen und stellt überrascht fest, dass der dunkle, schwere Geschmack sie gar nicht stört. Seit ihrer Gefangenschaft hat sie kein frisches, blutiges Fleisch mehr gegessen, es gab bloß getrocknete Fischstreifen, und auch nur, wenn sie Glück hatten.

Manchmal brachte ein Soldat eine kleine Tüte frisches Obst oder Gemüse für sein Lieblingsmädchen mit ins Bordell. Keiko bekam häufig solche Geschenke und teilte sie jedes Mal mit Hana. Was macht Keiko jetzt wohl gerade? Hana stellt sich vor, wie die elegante Geisha in der Einzelzelle im Keller des Bordells kauert. Die Gefängniszellen waren so niedrig, dass man dort die ganze Zeit sitzen musste. Wie viele Tage und Nächte muss Keiko büßen, weil Hana geflohen ist? Und die anderen Mädchen auch?

Sie schließt die Augen und wischt das Bild mit ihrer blutverschmierten Hand weg. Sie darf nicht an Keiko oder ihre anderen Schwestern denken. Um weitergehen zu können, darf sie nur an zu Hause denken.

Hana vergräbt den Knochen in der Erde, als wolle sie ihr Vergehen verbergen, aber die Hautstreifen, die sie vom Fleisch abgerissen hat, behält sie. Sie reibt das Fell über den

Boden, um das Rinderblut abzuscheuern. Zuerst vermischt sich die Erde mit dem Blut und macht das Fell schmutzig, aber je mehr sie schrubbt, umso mehr trocknet das Blut und lässt sich schließlich abreiben. Mit den Zähnen reißt sie die Haut in kürzere Streifen, und dann bindet sie sie sich in mehreren Schichten um die Fußballen. Probeweise geht sie ein paar Schritte, um zu sehen, ob sie halten, dann läuft sie den Weg zurück zu der Stelle, wo sie das Rind zuerst hörte, und setzt ihren Weg parallel zu den Bahnschienen fort.

Hana hält Ausschau nach Menschen, Lastwagen und Zügen, aber auch nach Wasservögeln. Sie hat fürchterlichen Durst, den das Blut kaum stillen konnte.

Der Nachmittag wird heiß. Die Wolken am Himmel türmen sich zu gewaltigen grauen Bergen auf. Hana schlurft jetzt ganz langsam durch das Gras. Die Hügel sind weg, das Land ist flach. Schon vor Meilen hat sie die Bahnschienen verloren. Sie verschwanden hinter einem Hügel. Matt machte sie sich auf die Suche nach ihnen, und nun hat sie sich verirrt. Keine Straßen, keine Schienen, keine Anzeichen von Menschen – Hana ist allein in der mandschurischen Wildnis, auf allen Seiten umgeben von Steppe.

Ein hoher Ton in ihren Ohren klingt wie das unablässige Pfeifen eines einsamen Zugs, den sie jedoch nicht entdeckt. Auch von Tieren gibt es keine Spur. Noch nicht einmal von Vieh, das ihr Hoffnung geben und einen Weg weisen könnte. Einmal hat sie eine Herde wilder Kamele gesehen, aber sie verschwanden so schnell, dass sie gar nicht sicher sein konnte, ob es nicht ein Trugbild war, ob ihr der eigene

Kopf einen Streich spielte. Manchmal aß sie ein paar Handvoll Gras, wenn es sich von den anderen Gräsern unterschied, an denen sie vorbeikam. Manchmal auch Blumen, aber nachdem sie einmal würgen musste, nachdem sie ein besonders würziges Kraut gegessen hatte, hörte sie auf, Kostproben von den Pflanzen in ihrer Umgebung zu nehmen. Jetzt läuft sie nur noch. Nichts anderes.

Sie hat quälenden Durst. Im Bordell ging sie jeden Morgen nach dem Aufwachen nach unten, um Wasser zu trinken. Damals schien ihr der Weg weit zu sein, als sie ihren geschundenen Körper zwang, ihr Zimmer zu verlassen und in die Küche zu gehen. Keiko war auch immer dort, und sie standen schweigend zusammen da und tranken. Dann kamen die anderen Mädchen, und sie bereiteten ihr kärgliches Frühstück zu.

Es gab nie genug zu essen. Die anderen Mädchen meinten, sie müssten deshalb hungern, weil es so schwierig war, Vorräte bis weit in den Norden zu transportieren. Selbst die japanischen Soldaten litten angeblich Hunger, aber an Kraft schien es ihnen nie zu mangeln, und sie waren auch nicht mager. Hana hatte den Verdacht, im Bordell bekamen die Frauen so wenig zu essen, damit sie gerade ihre Pflichten erfüllen konnten, aber nichts darüber hinaus. Für eine Flucht sollte keine Energie mehr übrig sein.

An den Hausarbeitstagen spielte immer ein kleines Radio. Die Sender brachten hauptsächlich Nachrichtenmeldungen mit nichts als japanischer Propaganda. Den Mädchen war das egal, denn zwischen den Meldungen liefen immer ein, zwei Lieder. Sie hörten zu, während sie die Hausarbeit verrichteten oder aßen.

In den Nachrichtenmeldungen wurde vor fremdländischen Armeen gewarnt, die gegen die Japaner mobilmachten, und dass der Kaiser möglichst viele Freiwillige brauche, um sie in Schach zu halten. Die Chinesen, die Mongolen, ganz Europa und Amerika, alle waren Feinde des Kaisers. Selbst die Sowjets waren verdächtig, ihr vorläufiger Pakt mit Japan wurde mit jedem Tag schwächer. Den Mädchen wurde auf diese Weise Angst eingejagt, Angst vor der Wildnis jenseits des Bordells und Angst vor dem Feind, der darin lauerte.

Hana kann nirgendwo anders hinlaufen als Richtung Süden, nach Korea. Aber die Heimat ist weit entfernt. Vielleicht, wenn sie Wasser findet… Gedanken an zu Hause trüben ihre Wahrnehmung. Wasser, das eimerweise aus ihrem Brunnen sprudelt. Kalt und köstlich, frisch wie geschmolzener Schnee. Sie schließt die Augen, kann die Erinnerung daran beinahe schmecken.

»Du hast mich nass gemacht!«, kreischte ihre kleine Schwester, ließ ihren Becher fallen und rannte davon.

Hana lacht laut auf, als ihr das wieder einfällt. Es war ein heißer Sommertag, sie hatten Durst, und Hana hatte kaltes Wasser aus dem Brunnen auf ihre Schwester gegossen. Sie konzentriert sich auf die Erinnerung, als könne sie die Szene vor sich sehen, als würde das genau jetzt geschehen, obwohl ihr ausgedörrter Mund nach ein bisschen Spucke dürstet.

»Komm zurück, ich verspreche dir, ich mache es nicht nochmal«, rief sie.

Ein kleines Gesicht guckte hinter der Ecke des Hauses hervor. »Wirklich nicht?«

Hanas Herz macht einen Sprung, als sie sich an diese unschuldigen braunen Augen erinnert, die der Welt gegenüber so offen sind. Sie betrachtete es als ihre Pflicht zu verhindern, dass diese Augen die Schrecken des Krieges sehen. Der Tod ihres Onkels hätte sicherlich einen Schatten auf sie geworfen, deshalb hatten ihre Eltern Hana gebeten, sein Schicksal vor Emiko geheim zu halten. Hana half ihrer Schwester, dem Onkel zu schreiben, und tat so, als würde sie die Briefe wirklich aufgeben. Einmal verfasste sie sogar eine Antwort in der Handschrift ihres Onkels. Als ihre Mutter das herausfand, war sie alles andere als erfreut, nahm Hana aber nur das Versprechen ab, keine weiteren Briefe zu schreiben.

»Bitte komm zurück!«, rief Hana noch einmal.

Zögerlich kehrte ihre kleine Schwester zum Brunnen zurück, ihren kleinen Becher in der Hand. Hana zog den Eimer hoch und setzte ihn vorsichtig auf dem Boden ab.

»Da, tauch deinen Becher ein, so geht es am einfachsten«, erklärte Hana ihr.

Ihre Schwester ging in die Hocke und tauchte die ganze Hand in den Eimer, dann schauderte sie.

»Das ist kalt!«

Hana kniete sich neben sie hin und steckte beide Hände ins Wasser. Es kühlte die erhitzten Blutgefäße in Händen und Handgelenken. Sie beugte den Kopf, bis sie mit den Lippen ihre hohlen Hände berührte. Das Wasser roch wie Eis. Bevor sie einen Schluck nehmen konnte, drückte eine kleine Hand Hanas Kopf in den Eimer. Wasser drang ihr in die Nase. Sie stand auf. Das Wasser lief ihr aus dem Mund, sie hustete und nieste, bis sie nichts mehr von dem kalten Nass in der Nase hatte. Das Gelächter wurde immer leiser, während ihre Schwester sich vor ihr in ein Versteck rettete.

Hana erinnert sich an dieses Lachen von damals. Südwind kommt auf. Er kühlt ihr die Haut. Sie bleibt stehen, schwankt ein wenig in dem starken Luftstrom. Es fühlt sich an wie ein Wind vom Meer. Hana schmeckt die salzige Luft auf den rissigen Lippen. Vielleicht ist es auch das Salz ihres Blutes, aber sie schließt die Augen und stellt sich vor, sie hätte es nach Hause geschafft. Sie steht auf den schwarzen Felsen, die am Ufer aufragen, und blickt auf das schwarze, unermessliche Meer hinaus. Die Wellen sind wirbelnde Tänzerinnen, die ihre Ankunft zu Hause feiern und gegen die Felsen unter ihr krachen wie ein gewaltiger Applaus. Stimmen treiben im Wind, ihre Mutter ruft sie. Sie wendet sich um. Ihre Mutter läuft mit ausgestreckten Armen auf sie zu. Auch ihr Vater ist da. Er ruft ihren Namen über den tosenden Wind und die spritzende Gischt hinweg.

»Ich bin hier«, antwortet Hana ihnen. »Ich bin hier«, wiederholt sie laut und geht ihnen einen Schritt entgegen. Aber es fühlt sich an, als wären ihre Füße im Sand festgewachsen. Sie haben sie weit getragen, aber jetzt sind sie so erschöpft und schwer, dass Hana sie nicht mehr heben kann.

»Sakura«, ruft ihr Vater. »Sakura!«

Eine dritte Stimme kommt mit dem Wind herbei. Sie ist leise, wie die Stimme eines Kindes, und sie klingt, als wäre sie von einer weit entfernten Insel hinter Hana gekommen. Hana wendet sich wieder dem Meer zu und schützt die Augen vor der grellen Sonne. Ein junges Mädchen sitzt in einem weißen Fischerboot auf der unruhigen See und ruft ihren Namen. Hana kneift die Augen zu, um das Gesicht des Mädchens zu erkennen, und ihr Herz macht einen Satz.

»Emiko!«, ruft sie. »Kleine Schwester, ich bin zu Hause!« Sie winkt und versucht vor Freude zu hüpfen, aber ihre Füße lösen sich nicht von dem Sand. Das Mädchen klettert auf den Bug des Schiffs, und Hana macht sich gleich Sorgen.

»Kleine Schwester, pass auf!«, ruft sie. Sie fürchtet, ihre Schwester kann in so wildem Wasser nicht schwimmen.

Das Mädchen blickt hoch und ruft Hanas Namen, bevor es in das dunkle Meer taucht. Einen Augenblick ist Hana verblüfft über den anmutigen Sprung des Mädchens, aber im nächsten Moment wird sie stutzig. Das Mädchen hat Hana gerufen. Den Namen, den ihre Mutter für sie auswählte und unter dem ihre Familie sie kennt – nicht Sakura. Das ist der Name, der in eine Holztafel neben einer Tür eingeritzt ist: Kirschblüte.

Hana dreht sich zu ihrem Vater um, aber am Horizont sieht sie nun nicht ihre Eltern, die auf sie zulaufen, sondern ein schwarzes Pferd, das in vollem Tempo herangaloppiert. Der Umriss des Mannes, der auf das Tier einpeitscht, ist unverkennbar. Morimoto hat sie gefunden. Es ist zu spät, um wegzulaufen, aber trotzdem wendet sie sich vor dem nahenden Angriff ab und versucht zu fliehen. Ihre Muskeln wollen ihrem verzweifelten Geist nicht gehorchen, doch sie gibt nicht auf. Sie hebt einen Fuß, dann den anderen, sprintet los. Außer Adrenalin hat sie nichts, was sie antreibt, und ihre brennenden Muskeln drohen ihren ganzen Körper zu blockieren. Dunkel und stampfend nähern sich die Pferdehufe. Mit einem so prachtvollen Tier kann sie nicht mithalten, und doch laufen ihre Beine unermüdlich, rennen in der Luft weiter, als Morimoto sie am Kragen ihres Kleids packt und sie auf das Pferd zieht wie einen Sack Getreide. Sie wehrt sich vergeblich, strampelt wild mit Armen und Beinen, aber gegen ihn hat sie keine Chance. Morimoto hält das Pferd an und reißt Hana herum, damit sie ihn ansieht, eine Faust in ihrem Haar.

»Sakura«, sagt er atemlos. »Du kannst mich niemals verlassen.« Seine Stimme ist so rau wie seine Hände. Er zerrt sie vom Pferd und ringt sie zu Boden. Sie wehrt sich unter ihm, aber er schlägt sie immer wieder ins Gesicht, bis sie stillhält.

»Hast du immer noch nicht verstanden? … Du gehörst mir.«

Donner grollt am Himmel. Blitze fahren durch die Luft. Über ihnen sammeln sich Gewitterwolken. Er liegt auf ihr, drückt ihr mit seinem ganzen Körper die Luft aus ihrer bebenden Lunge. Er flüstert den Namen, der ihr aufgezwungen wurde, küsst sie auf den Hals, ganz sanft jetzt, und schiebt ihr das Kleid hoch.

Wenn sie sich immer noch wehren sollte, spürt sie es nicht. Sie wendet das Gesicht von seinem kratzigen Kinn weg und blickt in die Ferne, auf der Suche nach dem Meer.

Die ersten Regentropfen treffen auf ihre Lippen, und sie sind kalt wie das Wasser aus dem Brunnen ihres Vaters. Sie leckt die Tropfen ab, gierig nach mehr, aber das Wohlgefühl ist nicht von Dauer. Ein scharfer, brennender Schmerz fährt mit jedem energischen Stoß durch sie hindurch und ruft schmerzhafte Erinnerungen an Soldaten und Fleisch und Münder wach – all die Bilder, denen sie hatte entfliehen wollen. Die Wolken ergießen sich über ihren ermatteten Körper, während sie reglos im Gras liegt.

Hana ruht auf dem Meeresboden und blickt zum Licht der Sonne hinauf, das an der Oberfläche schimmert. Der Herzschlag des großen Ozeans pulsiert gegen ihre Trommelfelle. Die Strömung streichelt ihre Haut. Etwas Schweres liegt auf ihrer Brust, ein alter Schiffsanker, den sie gefunden hat. Sie umarmt ihn fest, damit er sie am Meeresgrund hält. Ihr Körper ist so leicht, dass sie normalerweise nach oben getrieben würde, aber nicht heute; heute möchte sie ganz unten bleiben, bis die Sonne in den Tiefen des Ozeans verschwindet. Das ist ihr Lieblingsspiel, und sie gewinnt dabei immer. Sie kann den Atem anhalten, bis die anderen Mädchen aufgeben und wieder an die Oberfläche schwimmen. Ihre letzte Freundin hat durchgehalten, solange sie konnte, aber jetzt schwimmt sie nach oben und zieht Bläschen hinter sich her. Hana sieht ihr nach. Sie hat gewonnen. Niemand kann sie schlagen.

Außer ihm. Morimoto ist der Anker, der sie beschwert. Sie liegt unter ihm und wartet darauf, dass er sie noch härter bestraft oder sie wegen ihres Verrats umbringt. Sein sich hebender und senkender Körper sinkt immer tiefer in sie hinein und drückt ihren Brustkorb in die schlammige Erde, während er zu Atem kommt.

Sie kann fliehen, denkt sie, sie kann ihm das Gesicht zerkratzen und sich ihm in einem letzten Versuch, zu überleben, entreißen. Aber die Wunden an ihren Füßen flehen sie an, die Reise an diesem friedlichen Ort unter diesem bebenden Fleischberg zu beenden. *Keine Schmerzen mehr*, stimmt sie zu, starrt die offenen Schleusen des Himmels an und wartet.

Er schiebt sich hoch, um sie zu betrachten. Sie sehen einander in die Augen, sie kann den Blick nicht abwenden.

»Wie konntest du mich an der Brücke warten lassen wie einen Idioten?« Er schäumt vor Wut. »Ich habe mein Leben riskiert, um dir zu helfen, aus dem Bordell zu fliehen, und so zahlst du es mir zurück? Indem du wegläufst?« Er hält inne, als erwarte er eine Entschuldigung oder eine Erklärung. Als sie keine Antwort gibt, lacht er. Es klingt bitter und finster. »Als könnte ich dich nicht ausfindig machen. Ich kenne diese Gegend in- und auswendig. Du könntest dich niemals vor mir verstecken.«

Er schüttelt sie, will eine Antwort, aber sie könnte nichts sagen, das mehr aussagt als ihr Fluchtversuch. Wortlos, leblos, liegt sie unter ihm, die Beute eines Jägers. Er beugt sich über sie, sie spürt seinen Atem im Gesicht. Jetzt wird er sie umbringen. Sie schließt die Augen.

Er legt ihr eine Hand um den Hals und drückt ihr mit dem Daumen auf die Kehle. Ihr Würgereflex setzt ein, und gegen ihren Willen wehrt sie sich. Die andere Hand legt er ihr nun ebenfalls um den Hals und drückt zu. Hana schlägt die Augen auf, sucht die Sonne am Himmel, aber sie versteckt sich hinter den Gewitterwolken.

»Ich bringe dich um«, flüstert er ihr ins Ohr. »Ich bringe dich um, wenn du mich jemals wieder so zum Idioten machst.« Er lässt sie nicht los. Stattdessen drückt er noch fester zu, bis keine Luft mehr in ihrer Lunge ist.

❧

Hana wacht vor Schmerzen auf. Ihre Wange brennt, als würden ihr tausend heiße Nadeln in die Haut gestochen. Ihre Unterlippe steht in Flammen. Sie schmeckt Blut.

»Wach auf.« Er schlägt sie mit der flachen Hand auf die andere Wange. Er reißt sie hoch, aber sie kann nicht auf den Füßen stehen und sinkt wieder auf die durchtränkte Erde. »Du bist völlig nutzlos«, murmelt er und hebt sie vom Boden auf, als wäre sie nichts.

In der Ferne schnaubt ein Pferd. Es stampft mit den Hufen. Hana hat noch nie ein Pferd aus so großer Nähe gesehen. Es ist schwarz, mit weißen Flecken um die Fesseln wie Staub.

Als Morimoto pfeift, kommt das Pferd näher. Er lehnt Hana gegen das Tier und greift in einen Beutel hinter dem Sattel, um eine Feldflasche herauszuziehen. Er dreht den Verschluss auf, gießt Wasser in den kleinen Becher und hält ihn ihr an die Lippen. Hana schluckt das Wasser hastig, aber es ist nicht genug, um ihren Durst zu stillen. Sie möchte um mehr bitten, aber sie widersteht. Morimoto lächelt wissend, dann schraubt er ganz langsam den Becher wieder auf die Flasche. Er lässt sie nie aus dem Blick. Hana sagt nichts, aber sie leckt sich unablässig die Lippen. Er packt sie um die Taille und hebt sie hoch, so dass sie auf das Pferd klettern kann. Hana ist noch benommen vor Durst und Erschöpfung und versteht nicht, warum ihre Arme ihr nicht gehorchen.

»Hoch mit dir«, befiehlt er und versetzt ihr einen Stoß.

Es gelingt ihr, den Sattel zu greifen, aber da merkt sie, was nicht stimmt. Er hat ihr die Hände mit einem Seil zusammengebunden. Er stößt sie in den Sattel. Dann schiebt er ihr Bein über den Hals des Pferdes, so dass sie rittlings darauf sitzt. Danach bindet er ihr noch ein weiteres Seil um den Bauch und hält es zusammen mit den Zügeln in der Hand fest.

»Versuch bloß nicht, das Pferd durchgehen zu lassen.« Er zeigt ihr das Seil, das zu ihrer Taille führt. »Ich reiße dich sofort herunter … und dann müssen wir beide laufen«, warnt er sie und berührt die Wunden an ihrer Fußsohle, um es zu unterstreichen.

Bei der Berührung zuckt sie zusammen. Er starrt sie an, und sein Blick ist so durchdringend, dass sie nicht wegsehen kann. Dann zieht er ein Stoffbündel aus der Tasche. Es ist das Bündel, das sie in ihrer Unterwäsche versteckt hatte. Sie will danach greifen, rutscht dabei aber beinahe vom Pferd. Sie hält sich am Sattel fest.

»Das habe ich unter dir entdeckt.« Er packt es aus. »Das sind aber hübsche Schmuckstücke.«

Hana möchte es sich zurückholen, aber sie will ihm nicht die Befriedigung verschaffen, sie leiden zu sehen. Sie richtet den Blick geradeaus nach vorn und konzentriert sich auf den Horizont.

»Ich sollte eifersüchtig sein, weil du das alles aufgehoben hast.« Nur zu deutlich hört sie die Drohung in seinen Worten. Er sieht sich alle Sachen einzeln an, untersucht sie, als würde er nach einem Zeichen suchen. »Stammt das alles von einem bestimmten Soldaten? Hat er einen Namen?«

Sie schüttelt den Kopf. Er starrt sie an, mit seinen Blicken bohrt er Löcher in ihre Stirn, als wolle er die dahinter verborgene Wahrheit erkennen. Dann widmet er sich wieder den Gegenständen und scheint eine Weile darüber nachzudenken, bevor er grinsend zu ihr aufblickt.

»Solche Sachen brauchst du jetzt nicht mehr, jetzt bist du ja bei mir.« Er legt den Kopf schief und lässt die Sachen nacheinander zu Boden fallen. Dann drückt er sie mit dem Stiefelabsatz in die Erde. Hana wendet den Kopf und sieht den goldenen Ring, die Kette, die Münzen und den Kamm im Schmutz verschwinden. Sie hat nichts mehr. Morimoto scheint zufrieden mit sich. Sie ist die Kriegsbeute, die er für sich beansprucht. »Aber das hier«, sagt er, »das hier bewahre ich auf.« Er hält das Foto von ihr hoch, und sie ist überrascht, wie wütend sie plötzlich ist. Sie würde es ihm am liebsten aus den Händen reißen. Es ist ihr unerträglich, dass er das Bild berührt. Es wurde aufgenommen, bevor die ganzen Soldaten kamen. Keiko hatte ihr noch nicht die Haare geschnitten, und sie hatte noch nicht gelernt, still dazuliegen, bis die Männer fertig waren – auf diesem Foto war sie immer noch Hana. Es gehört ihr.

Hana zwingt sich, keine Reaktion zu zeigen, obwohl jede Faser ihres Körpers danach strebt, vom Pferd zu springen und ihn niederzuschlagen. Sie muss ihre gesamte Beherrschung aufbieten, um das letzte Überbleibsel von ihrem alten Ich in seinem Besitz zu lassen. Hana wendet sich ab und starrt geradeaus. Sie spürt seine Befriedigung, als er sich das Foto in die Brusttasche schiebt.

Der Augenblick geht vorüber, Morimoto schnalzt mit der Zunge, und das Pferd setzt sich in Bewegung. Er geht vor dem Pferd her, und Hana wendet den Blick von ihm ab. Sie weigert sich, den Mann anzusehen, der sie niemals loslassen wird.

Das Gewitter wird heftiger. Schweigend ziehen sie weiter. Hana öffnet den Mund, damit es hineinregnet, während über ihnen die Blitze krachen. Es ist ihr egal, ob sie vielleicht getroffen wird, es wäre ein willkommenes Ende. Er hält sich an seinen Plan. Sie stapfen durch den strömenden Regen Richtung Norden in die Mongolei, als wäre nichts vorgefallen.

Graue Schleier überlagern das Land. Hana schluckt gierig das Regenwasser, das vom Himmel fällt. Ihr Magen bläht sich auf, aber sie kann nicht aufhören. Sie richtet das Gesicht nach oben und trinkt. Irgendwann lässt sie den Kopf hängen, zu erschöpft, um ihn noch länger hochzuhalten. Morimoto nimmt die Zügel fester und zieht das Tier vorwärts.

Bei dem Marsch durch die Steppe kühlt der kalte Regen Hanas Gesicht und Füße. Sie könnte wahrscheinlich weiterlaufen, wenn sie sich einen Tag ausruht, aber sie hat keine Ahnung, wie weit es in die Mongolei ist. Sie weiß nicht, ob sie dort jemanden treffen werden, vielleicht einen Komplizen, Mongole oder Sowjet, einen oder viele. Es könnte sogar sein, dass er Absprachen mit den Chinesen getroffen hat.

Sie bekommt Angst, als sie sich vorstellt, wie sie zu einer Gruppe gesichtsloser, vaterlandsloser Männer stoßen. Was hat er ihnen versprochen? Ist sie Teil des Handels? Hana starrt auf seinen Hinterkopf. Würde er sie zwingen, ihnen allen zu Diensten zu sein? Bilder von Barbaren, die an ihrem zerlumpten Kleid zerren, überwältigen sie. Sie senkt den Kopf, aber selbst mit geschlossenen Augen sieht sie vor sich, wie er spätnachts kommt, nachdem die anderen Männer alle an der Reihe waren.

Sie krümmt sich und erbricht den Inhalt ihres mit Wasser gefüllten Magens. Ihre zarten Schultern beben, als sie das Regenwasser aus ihrem aufgewühlten Magen herauswürgt. Als sie merkt, dass sie vom Pferd abrutscht, ist es bereits zu spät. Da ihre Hände gefesselt sind, kann sie den Sturz nicht abfangen. Sie trifft mit der rechten Schulter auf dem Boden auf. Ein plötzlicher, heftiger Schmerz nimmt ihr die Luft. Das Pferd scheut, aber Morimoto bekommt es rasch unter Kontrolle. Er eilt zu ihr.

»Was machst du denn?«, fragt er die zusammengekrümmt auf dem Boden Liegende. Behutsam dreht er sie auf den Rücken. Der Regen prasselt ihr ins Gesicht. Der Schmerz, die durchdringende Nässe und die Aussicht auf ihre Zukunft mit ihm nehmen ihr die Luft. Er packt sie an den Schultern, um sie auf die Füße zu stellen, aber ihr rechter Arm gibt nach, und sie schreit vor Schmerzen auf. Sie zuckt zusammen, als er ihre Schulter abtastet.

»Die Schulter ist ausgekugelt. Ich muss sie wieder einrenken.« Seine Stimme klingt zärtlich und besorgt. Doch das ist ihr egal. Sie starrt geradeaus in das graue Nichts. Er löst das Seil um ihre Handgelenke. Es dröselt sich auf und fällt auf den Boden. Er richtet sie auf, bis sie sitzt. Das Pferd wendet den Kopf, als würde es die Szene betrachten. Morimoto massiert ihr den Bizeps, knetet sanft die Muskeln und dann die Oberseite der Schulter. Seine Hand ist sicher und geübt. Es tut kaum weh.

»Zieh ganz langsam die Schultern hoch«, weist er sie an.

Sie spürt, wie die Schulter wieder in die Gelenkpfanne gleitet. Mit dem Seil, mit dem er sie zuvor an den Handgelenken gefesselt hatte, bindet er eine Armschlinge, um die Schulter zu entlasten.

»Du musst vorsichtiger sein. Du hättest dir bei dem Sturz den Hals brechen können. Was wäre dann mit uns?« Er schüttelt den Kopf, als hätte er sich mit der Tatsache abgefunden, dass sie ihn enttäuschen wird.

»Uns?« Man merkt ihrer Stimme an, dass sie kaum gesprochen hat.

»Jetzt geht es um uns beide, dich und mich«, sagt er.

Sie starrt ihn entgeistert an.

Er bindet den letzten Knoten und blickt sie lächelnd

durch den Regen an. Er scheint eine Dankesbezeugung von ihr zu erwarten.

Hana erinnert sich an das erste Mal, als er verkündete, ihr helfen zu wollen. Er sagte, er wolle den Seiteneingang offen lassen, damit sie fliehen könne. Sie bemühte sich nach Kräften, ruhig zu bleiben, ihren Herzschlag zu verlangsamen. Sie bekam ihre zitternden Hände in den Griff, indem sie sich selbst immer wieder vorsang: *Er lügt, er lügt, er lügt*, bis ihr Körper ihr glaubte. Es waren leere Worte, und sie wusste, am nächsten Morgen würde sie immer noch als Gefangene aufwachen, und vor der Tür würde eine Reihe Soldaten Schlange stehen.

»Du wirkst nicht gerade froh darüber, dass ich dir angeboten habe zu fliehen. Gibt es jemanden, der dich an diesen Ort bindet, einen anderen Soldaten vielleicht?« Seine Frage überraschte sie. Er hob das Kinn und sah ihr in die Augen. Bis auf ihre Atemgeräusche, seine ruhig und gleichmäßig, ihre immer schneller gehend, war es still im Raum. »Hast du einen Liebling?«

Morimotos Eifersucht widerte sie an. Er hatte sie in das Bordell gebracht, damit die Soldaten sie immer wieder vergewaltigen konnten, und trotzdem war er plötzlich wütend, weil sich einige von ihnen dankbar zeigten, bevor sie in den Tod zogen? Aber dass er ihr zu dem verhelfen konnte, wonach sie sich am allermeisten sehnte, half ihr dabei, den Mund zu halten.

»In der ganzen Armee des Kaisers gibt es keinen Mann, der Ihren Platz in meinem Herzen einnehmen könnte«, antwortete sie. In Wahrheit hasste sie keinen Menschen mehr als ihn.

Hana entkam aus dem Bordell, aber nicht ihm. Er wartet immer noch auf ein Zeichen der Dankbarkeit, weil er ihr den Arm verbunden hat. Sie wendet sich ab, entzieht sich seinem Griff, und legt sich wieder auf den durchtränkten Boden, das Gesicht halb in einer Pfütze. Das schlammige Wasser schmeckt schwer und dunkel, wie das Mark des sterbenden Rinds, wie ein Grab. Morimoto hebt sie aus dem Schlamm auf und dreht ihr Gesicht wieder zu sich hin.

»Wenn wir in der Mongolei sind, fangen wir ein neues Leben an. Gemeinsam. Ich mache dich zu meiner Frau.« Er blickt ihr suchend in die Augen, wartet auf ein Lächeln, aber bei seinen Zukunftsplänen dreht sich ihr der Magen um. Er ist sich völlig sicher, dass sie dieses Leben auch will. Sie will ihm Widerworte entgegenschleudern, will ihm wehtun.

»Es ist ganz egal, was du tust. Für mich wirst du nie mehr sein als ein japanischer Soldat«, flüstert sie ihm auf Koreanisch ins Ohr, so wie er ihr oft ins Ohr geflüstert hat.

Er weicht schockiert zurück, und sie spuckt ihm Regenwasser ins Gesicht. Er packt sie fester an der verletzten Schulter. Hana will nicht aufschreien. Sie beißt sich auf die Lippe und schmeckt frisches Blut. Er drückt noch fester zu, und sie hält den Atem an. Fast wird sie ohnmächtig vor Schmerz. Als er sie schließlich loslässt, tanzen ihr helle Punkte vor den Augen.

»Eines Tages wirst du das verstehen«, sagt er, hebt sie vom Boden auf und zwingt sie auf das Pferd.

Ich werde dich niemals verstehen. Sie beißt die Zähne zusammen, um es nicht laut auszusprechen. Das Pferd setzt sich in Bewegung, trottet auf eine Zukunft zu, die sie unmöglich ertragen kann, während Morimoto zu Fuß vorangeht. Hana lässt sich nach vorne auf den Hals des Pferdes fallen, betrachtet den Boden, der unter ihr vorbeizieht. Der betörende tierische Geruch steigt ihr in die Nase, und sie verliert immer wieder das Bewusstsein.

❧

Hana schlägt die Augen auf, als sie eine Bahnschiene überqueren. Das Geräusch von Huf auf Holz statt des monotonen Stapfens auf durchweichter Erde weckt sie aus ihrem fiebrigen Schlaf. Der Regen ist zu einem leichten Nieseln geworden, und an manchen Stellen bricht die Sonne durch die grauen Wolken. Sie hebt das Gesicht zum Himmel. Das Pferd zögert kurz, als sie sich bewegt, und so merkt Morimoto, dass sie wach ist. Er bringt das Pferd zum Stehen, tätschelt ihm das Maul und füttert ihm etwas aus seiner Jackentasche. Er bleibt neben ihr stehen.

Er zieht sie von dem Pferd herunter. Zuerst tragen ihre Beine ihr Gewicht nicht. Er hält sie eng bei sich, und sein vertrauter Geruch macht ihr Angst. Sie möchte ihn eigentlich auf keine Art würdigen, und doch riecht sie Tabak und Schweiß und Gras und Salz und Regen. Sie wendet sich ab und atmet durch den Mund.

»Wir kommen gut voran«, sagt er.

Hana erwidert nichts. Sie möchte mehr wissen, zum Beispiel, was ihr Ziel ist – ist es eine Ortschaft oder ein Lager oder wieder ein Militärstützpunkt? – und was passiert, wenn sie dort ankommen. Ihre Beine sind kräftiger, und sie kann eigenständig stehen. Sie tritt einen Schritt weg von ihm. Sie atmet die Luft des Spätnachmittags ein, reinigt die Nase von seinem Geruch. Dann lehnt sie sich mit der Stirn gegen den mächtigen Hals des Pferdes. Es stampft mit dem

Vorderhuf auf, stößt sie aber nicht weg. Sie wünscht sich, sie könnte sich für immer an dieses kräftige Tier anlehnen.

»Hier«, sagt Morimoto und dreht sie zu sich. Er reicht ihr einen Apfel. Sie starrt den Apfel an, als wäre er ein Fantasiegebilde. Die blutrote Farbe bildet einen starken Gegensatz zu dem Grauton, der das Land überzieht. »Nimm«, befiehlt er ihr.

Langsam greift sie mit ihrem guten Arm nach dem Apfel. Als sie ihn mit den Fingerspitzen berührt, wird ihr klar, dass er echt ist. Sie reißt ihn ihm aus der Hand und verschlingt ihn mitsamt dem Kerngehäuse. Er sieht ihr mit gierigen Augen zu. Es ist ihr egal. Er kann ihr nicht mehr antun, als er ihr bereits angetan hat. Sie leckt sich die Fingerspitzen und die Lippen ab. Er steckt die Hand tief in seine Jackentasche. Wie bei einem Zaubertrick taucht die Hand wieder vor ihr auf, mit einem weiteren leuchtend roten Apfel. Ihr Blick folgt dem Apfel, als er hineinbeißt. Unwillkürlich fängt sie an zu sabbern, sie kann nichts dagegen tun. Gierig sieht sie zu, wie er noch einmal hineinbeißt.

Sie geht auf ihn zu. Die Andeutung eines Lächelns zeigt sich an seinem Mundwinkel. Sie beugt sich zu ihm, nähert sich dem Apfel mit dem Mund, aber er bewegt ihn langsam in Richtung seines Mundes. Sie folgt ihm, lässt zu, dass seine Lippen die ihren berühren. Er küsst sie. Seine Zunge bewegt sich in ihrem Mund. Sie lässt ihn gewähren, lässt den Apfel aber nie aus den Augen.

Sie greift danach. Zuerst hält er den Apfel fest. Sie erstarrt, lässt sich von ihm küssen, aber ihre Augen ruhen weiterhin auf der Frucht, die er fest in der Hand hält. Schließlich lächelt er sie an und lässt den Apfel los. Sie wendet sich von ihm ab, zieht die Schultern hoch und dreht sich zu dem Pferd hin, während sie den halb gegessenen Apfel verschlingt. Er hebt ihr Kleid an, als sie den letzten Bissen des knackigen Apfels schluckt, und sie lehnt den Kopf gegen die schwarze Mähne des Pferdes, während seine Hand sie berührt.

Er küsst sie auf den Hals und drückt sich an sie, schiebt sie gegen das Pferd. Sie lauscht seinem Atem, der abwechselnd mit ihrem geht. Sie lauscht dem Regen, der sanft um sie beide herum fällt. Sie hört, wie der Wind die Wolken wegschiebt. Er umarmt sie so fest, dass Hana fürchtet, er will sich ganz in sie hineindrücken, bis nichts mehr von ihr da ist, nur noch eine Erinnerung, die in ihm lebt, dem letzten Menschen auf dieser Welt, der sie lebendig sah.

Ihr Herz schlägt laut in ihrer Brust. Seine Umarmung droht sie zu ersticken, aber ihr Herz pocht weiterhin kräftig gegen seine Arme. Durch den offenen Mund holt sie ganz tief Luft. Ihr Brustkorb dehnt sich gegen seinen Klammergriff aus.

Ein Sonnenstrahl dringt durch die abziehenden Wolken und offenbart ein wenig Grün in der Ferne. Schließlich lässt er sie los, und sie atmet tief. Die Luft riecht anders, nach Sonne, warm und frisch. Der pochende Schmerz in ihrer Schulter erinnert sie daran, dass sie noch am Leben ist, dass ihr Körper heilt. Sie schwört sich, das Gesicht von Morimoto wird nicht das letzte menschliche Antlitz sein, das sie sieht.

Morimoto hebt sie auf das Pferd. Sie ist überrascht, als er hinter ihr aufsteigt und sie eng an die Brust drückt, so dass sie reiten, als wären sie eins. Sie erträgt seine permanente Berührung und seine Nähe, aber als er anfängt zu pfeifen, und zwar die vertraute Melodie, die häufig durch das vergitterte Fenster in ihr Zimmer drang, wenn er seine Schicht im Bordell beendete, kann sie ihre Abneigung nicht verhehlen. Sie beugt sich weg von ihm, umschlingt den Hals des Pferdes, hält sich mit den Fäusten in der Mähne fest. Ihre Schulter protestiert gegen die Bewegung, aber sie gibt nicht nach. Sie freut sich über den Schmerz, denn er übertönt Morimotos widerwärtiges Lied.

Emi

Seoul, Dezember 2011

Emi kommt zu sich, als das Echo einer Mädchenstimme verklingt. Fröstelnd blickt sie sich in einem sterilen Raum um. Neben ihr piepst ein Herzmonitor. Sie streckt den Arm aus, um ihn zu berühren, da bemerkt sie ein kleines Gerät, dass an ihrer Fingerspitze festgemacht ist. Mit der anderen Hand fasst sie sich an die Stirn. Die Demonstration kommt ihr in den Sinn. Sie denkt an das Gewimmel von unbekannten Menschen und wie sehr sie bei dem plötzlichen Wiedererkennen erschrocken ist. Die Statue wird in ihrer Erinnerung sichtbar. Das bronzene Gesicht, Hanas Gesicht, glänzt wie Gold. Als sie sich aufsetzt, piepst der Herzmonitor unregelmäßig, und da entdeckt sie ihren Sohn, der in einem Sessel schläft. Das mechanische Piepsen wird langsamer, findet wieder einen gleichmäßigen Rhythmus. Emi ruft ihn.

»Du bist ja wach.« Er hustet. Sie lächelt ihn an, als er sich erhebt und sich neben sie auf das Krankenhausbett setzt.

»Ich muss zurück«, sagt sie.

»Zurück?«, fragt er nach. »Wohin zurück? Nach Hause? Du darfst nämlich nicht fliegen. Der Arzt sagt…«, hebt er an, bevor sie ihn unterbricht.

»Nein, zur Demonstration.«

»Die Demonstration ist vorbei, Mutter. Du bist seit zwei Tagen im Krankenhaus.«

Das ist eine schockierende Neuigkeit. Auf dem Monitor setzt ihr Herz einen Schlag aus, und ihr Sohn sieht besorgt hin. Er tippt auf den Bildschirm, aber die Anzeige schlägt jetzt wieder gleichmäßig aus. Er wendet sich ihr zu, in seinen Augen liegt Unsicherheit. Er sieht aus wie ein Kind, das nicht weiß, was es sagen soll.

»Mutter, dir geht es nicht gut. Der Arzt sagt, dein Herz hat einen Schock erlitten. Du musst dich noch ein paar Tage hier ausruhen – besonders … wegen deiner Herzkrankheit.« Er tätschelt ihren Arm, als wäre er unsicher, was er sonst mit den Händen anfangen sollte. »Ich schaue nach Yoon-Hui. Sie kann das besser erklären als ich. Sie ist Kaffee holen gegangen.« Er steht auf, sieht sie sorgenvoll an, als wisse er nicht, ob er doch besser bleiben soll, und klopft ihr wieder leicht auf den Arm. »Ich bin gleich zurück«, versichert er ihr und fährt sich durch seine sich lichtenden silbernen Haare, bevor er zur Tür geht.

Die Tür schließt sich leise flüsternd, und Emi ist allein. *Hana.* Sie muss sie wiedersehen. Hyoung sagte, es waren zwei ganze Tage. Ob die Statue noch dort ist? Sie erinnert sich nicht, ob sie dauerhaft dort bleibt oder ob sie ein wanderndes Kunstwerk ist. So oder so, sie wird sicherlich noch einen Tag länger dort stehen, aber Emi weiß, sie muss sich beeilen. Die Zeit war nicht auf ihrer Seite, als sie die Insel verlassen hat, und die Tatsache, dass sie in einem Krankenhaus aufwachte, unterstreicht das nur noch.

Als der Dorfarzt sie darüber informierte, dass sie herzkrank ist und nur noch Monate zu leben hat, lachte sie. Natürlich würde sie an einem gebrochenen Herzen sterben. Dann verwandelte sich ihre Verbitterung in Verzweiflung. Sie musste ihre Schwester suchen, nur noch einmal, selbst wenn sie eigentlich nie richtig daran glaubte, sie jemals zu finden. Aber jetzt hat sie Hana doch gefunden. Sie ist dort draußen und wartet darauf, dass Emi zu ihr kommt.

Emi wirft sich die Decke von den Beinen. Sie sind nackt. Sie trägt ein Krankenhaushemd und nichts darunter. Sie macht sich den Clip vom Finger ab, aber dann zeigt der Monitor keinen Herzschlag mehr an und sendet einen Alarm. Sie langt hinüber, drückt auf ein paar Knöpfe, versucht verzweifelt, den hohen Signalton auszuschalten. Schließlich dreht sie einen Knopf, und der Ton hört auf.

Vorsichtig schlüpft sie aus dem Bett und durchsucht das Zimmer nach ihren Kleidern. Sie entdeckt sie in dem angrenzenden Badezimmer, ordentlich zusammengelegt neben dem Waschbecken. Das war ihre Tochter. So zügig, wie ihr schmerzender Körper es gestattet, zieht sie sich an, aber sie findet ihre Handtasche nicht. Sie sucht im Schrank, in den Schubladen, sogar unter dem Krankenbett, aber sie ist nirgends. Ohne ihre Handtasche kann sie nicht gehen.

Das medizinische Personal kommt Emi im Eiltempo entgegen, als sie zur Schwesternstation schlurft. Lane steht im Wartezimmer und starrt durch das Fenster den grauen Himmel an. Es schneit wieder. Emi geht zu ihr.

»Mutter, du bist ja wach. Was machst du denn hier draußen?« Lane klingt beunruhigt.

»Wo ist meine Handtasche?«, fragt Emi. Sie bemüht sich, ruhig und beherrscht zu klingen, als wäre nichts passiert.

»Deine Handtasche?«, wiederholt Lane, als würde sie die Bedeutung dieses Wortes nicht kennen.

»Ich brauche meine Handtasche, damit ich zurückkann«, erklärt Emi.

»Immer mit der Ruhe. Dir geht es nicht gut, Mutter. Setz dich, hier.« Lane hilft Emi in einen Stuhl. »Ich habe deine Handtasche. Hier ist sie«, sagt Lane und kramt in einem Haufen Jacken und Mäntel auf dem Stuhl neben sich. Sie zieht Emis Handtasche von ganz unten hervor und reicht sie ihr.

Emi verspürt Ruhe und Erleichterung, als sie sich die Tasche an die Brust drückt. Sie blickt Lane an und überlegt, wie sie sich am besten erklärt, damit sie verstanden wird. Eine Krankenschwester kommt vorbei, und Emi setzt sich ein wenig aufrechter, als wäre es ein Zeichen für Gesundheit, gerade zu sitzen. Als die Schwester außer Hörweite ist, beugt sie sich näher zu Lane.

»Ich muss noch einmal zu der Statue. Meine Kinder werden das nicht verstehen, aber vielleicht du.«

Lane wirkt skeptisch, aber sie neigt den Kopf zu Emi.

»Mir bleibt nicht mehr viel Zeit«, gesteht Emi. »Ich weiß schon seit einer Weile, dass ich herzkrank bin.« Sie blickt Lane vielsagend an. Lane braucht ein paar Sekunden, um zu verstehen. Sie hält sich die Hand vor den Mund. Emi nickt.

»Wie lange weißt du das schon?«, fragt Lane. Sie berührt Emis Unterarm.

»Das ist nicht wichtig. Wichtig ist, dass das meine letzte Reise nach Seoul ist«, erklärt Emi. »Meine letzte Chance, sie zu finden.«

»Natürlich ist das wichtig!« Lane schreit beinahe. Sie blickt an Emi vorbei, auf der Suche nach YoonHui. »Du musst es deinen Kindern sagen. Wie viel Zeit bleibt dir noch?« Lane bombardiert Emi mit abgehackten Sätzen und Fragen, bis sie plötzlich aufhört und Emi ins Gesicht sieht. »Du darfst nicht sterben. Noch nicht. Deine Tochter braucht dich.«

»Meine Tochter ist eine erwachsene Frau. Sie ist erfolgreich und abgesichert«, sagt Emi, dann berührt sie Lane an der Schulter. »Und sie hat dich. Ich muss zu Ende führen, weshalb ich gekommen bin.«

»Und was ist das genau?« Lane nimmt Emis Hand in ihre beiden.

»Ich muss meine Schwester wiedersehen.«

Lane schweigt. Sie wendet den Kopf ab und blickt aus dem Fenster. Das graue Licht wirft einen dunklen Schleier über ihre bleiche Haut. »YoonHui wird das nie verstehen«, sagt Lane schließlich.

»Ich weiß, deshalb muss ich hier weg, bevor sie mich daran hindern kann.«

»Nein.« Lane lässt Emis Hand los. »Sie wird nie verstehen, warum du ihr nie von deiner Schwester erzählt hast.« Lane sieht sie vorwurfsvoll an. »In den letzten drei Jahren bist du immer zu einer Mittwochsdemonstration gegangen, und du hast YoonHui und mich angelogen ... Du hättest uns sagen sollen, dass du deine Schwester suchst.«

Emi blickt auf den Linoleumboden hinunter. Sie hat keine Zeit, mit Lane, ihrer Tochter oder ihrem Sohn zu diskutieren. Sie hat Angst, im Krankenhaus hängenzubleiben. Wenn sie hier ernsthaft erkrankt, wird sie niemals wieder herauskommen.

»Ich wusste nicht, wie ich YoonHui die Wahrheit sagen sollte. Ich wusste nicht, wie ich überhaupt jemandem die Wahrheit sagen sollte.«

»Du hättest uns etwas über deine Familie und deine Vergangenheit erzählen können, irgendetwas. Dann hätte YoonHui das verstanden, das weiß ich ganz bestimmt. Besonders so etwas. Wir hätten dir helfen können, nach ihr zu suchen.«

Emi hält inne. Sie starrt ihre Hände an, die immer noch die Handtasche umklammern.

»Ich habe keine Ahnung, ob du recht hast«, sagt Emi ganz ehrlich.

»Ich habe recht. Ich kenne sie.« Lanes melierte Haare sind achtlos zu einem Pferdeschwanz zusammengebunden. Einzelne Strähnen stehen ab und rahmen ihr Gesicht. Emi starrt diese freimütige Frau an, die mehr über ihre Tochter zu wissen scheint als Emi. Vielleicht konnte sie ihren Kindern nicht erklären, was mit ihrer Tante passiert ist, weil Emi irgendwie selbst nicht glauben wollte, dass es wahr war. Sie wollte nicht glauben, dass ihr Schweigen an jenem Tag am Strand darin mündete, dass ihre Schwester zur sexuellen Sklaverei gezwungen wurde. Am Anfang schwieg sie wegen ihrer Schuldgefühle. Aber nach so vielen Jahren der Geheimhaltung wurde es unmöglich, die Wahrheit zu offenbaren. Emi lässt die Schultern hängen, und ein dumpfer Schmerz pocht in ihrer Brust.

»Ich habe keine Zeit, alles zu erklären, nicht jetzt«, sagt Emi. »Aber ich verspreche, ich mache das noch. Sag ihr, ich erkläre ihr alles, wenn ich zurückkomme.«

»Sag es ihr besser selbst.« Lane zeigt zur Schwesternstation.

YoonHui schreit verzweifelt die Schwester hinter dem Schalter an, weil ihre Mutter weg ist. Emi betrachtet die Szene, als würde sie im Fernseher laufen. Die Stimme ihrer

Tochter wird immer hysterischer und höher. Dann mischt sich barsch ihr Sohn ein, und Emi weiß, sie kann jetzt unmöglich weg. Sie wird ihre Kinder davon überzeugen müssen, sie gehen zu lassen, als wäre sie das Kind, das eine Erlaubnis benötigt.

Hana

Mongolei, Sommer 1943

Das Unwetter verzieht sich, und der blaue Himmel liegt da wie ein großer, stiller See. Hana hält den Atem an und tut so, als würde sie auf den Grund des Meeres sinken. Das Hämmern der Pferdehufe auf der Erde klingt in ihren Ohren wie Herzschlag. Mit geschlossenen Augen und angehaltenem Atem könnte sie woanders sein. Sie sind zwei Nächte oder mehr durchgeritten. Das Pferd wurde zwar langsamer, blieb aber nie stehen. Morimoto ritt und lief abwechselnd, um das Pferd zu schonen. Sie hielten zum Trinken an einem Fluss, aber das ist über einen Tag her. Hana hat starke Schmerzen in der Schulter, so dass sie gar nicht merkt, wie die Zeit vergeht.

Die Sonne senkt sich schon zum Abend. Hana ist wundgeritten, und ihr geschwollenes Gesicht und die blutigen Füße tragen noch zu ihrem Elend bei. Die Beschwerden lassen aber nach, wenn sie sich in ihre Gedankenwelt zurückzieht. Hier kann sie frei von Schmerzen sein. Ihr Körper gleitet durch den Ozean. Sie strampelt fest gegen die Strömung an, mit der Kraft, auf die sie sich einst verließ, um ihre Familie zu ernähren. Sie ist meilenweit entfernt, unter Wasser, in einem blauen Meer, als plötzlich das Pferd schnaubt. Sie öffnet die Augen. Am Horizont sieht sie eine Art Lager und Bewegung.

Hana hält den Blick auf die Behausung gerichtet, während sie sich annähern. Der Bau wächst mit jedem Schritt. Zu Beginn war er ein kleines Rechteck in der Ferne, nimmt aber nach und nach eine neue Gestalt an, rund, mit einem straff gespannten Kuppeldach. Morimoto sagt ihr, sie seien jetzt in der Mongolei. Ein paar Männer begrüßen sie, als sie näher kommen. Sie sind zu viert und tragen farbenprächtige Mäntel. Ein wolfsartiger Hund bellt und rennt in engen Kreisen herum. Hana braucht einen Augenblick, um zu begreifen, dass er an einen Pfosten im Boden angebunden ist. Das große Tier knurrt das Pferd an. Einer der Männer kickt Gras nach ihm und ruft etwas auf Mongolisch, dann legt sich der Hund auf den Boden und lässt die Zunge seitlich aus dem offenen Maul hängen. Die Männer begrüßen Hanas Entführer, als wären sie alte Freunde. Niemand sieht zu ihr hoch. Ein Junge, vielleicht so alt wie sie, nimmt die Zügel des Pferds und wartet, bis Morimoto ihr heruntergeholfen hat. Der Junge führt das Pferd zu einem Gehege mit ein paar Ponys und einem Rind.

Als sie auf dem Boden steht, spürt sie die Blicke auf sich ruhen. Sie mustern das geschundene, in Lumpen gekleidete Mädchen mit dem zerschlagenen Gesicht, das den Arm in der Schlinge trägt. Morimoto legt ihr die Hand um die Taille, während er mit den Nomaden in deren Sprache spricht. Sie nicken verständnisvoll, und Hana vermutet, dass er sie verkauft oder noch schlimmer, dass sie sich ihrer vorübergehend bedienen dürfen, solange sie sich in dem Lager befinden. Sie blickt hinab auf die blutige Tierhaut, die ihr um die Füße gebunden ist, und fühlt sich erniedrigt und schwach.

Nachdem er fertiggesprochen hat, führt er sie zu dem Kuppelzelt. Später erfährt sie, dass es *ger* genannt wird. Die mit Vorhängen versehene Tür öffnet sich, als sie näher kommen. Eine Frau begrüßt sie, und Hana tritt ein. Morimoto folgt ihr nicht nach drinnen, er übergibt Hana der Frau und lässt den schweren Vorhang zufallen, ohne ein Wort zu Hana zu sagen. Plötzlich fühlt sie sich verlassen.

Im Inneren sieht sie zuerst nur die Mongolin. Ihr rötliches Gesicht ist faltig, mehr von der Sonne als vom Alter. Sie ist nicht älter als Hanas Mutter. Als sie Hanas verletzten Arm berührt, ist Hana überrascht, wie weich ihre Haut ist. Ihre Finger haben keine Schwielen, die Handflächen sind nicht rau an den Rändern, und sie stellt sich vor, dass die Frau auch innerlich weich ist. Sie lässt sich von ihr weiter in das *ger* hineinführen. Sie wird auf ein seidenes geblümtes Kissen gesetzt, ausgezogen und mit einem weichen Tuch gewaschen. Zuerst das Gesicht, dann immer weiter nach unten, bis zu den Füßen. Danach wird Hana mit einem dunkellila, mit Seide bestickten Mantel bekleidet, die Ärmel hängen ihr über die Hände, und der Saum reicht ihr bis weit unter die Knie.

Hana spürt dem nach, was mit ihr geschieht, sie fühlt die Hände der Frau auf ihrer Haut, während der beinerne Kamm durch ihre Haare gleitet. Sie hört nur die Atemgeräusche der Frau, den Wind, der an dem *ger* vorbeiweht, und das Feuer in dem dickbäuchigen Ofen in der Mitte des runden Zelts. Das Halbdunkel und die Ruhe … Es ist warm und behaglich wie im Mutterschoß. Hana schließt die Augen und fühlt sich zum ersten Mal seit ihrer Entführung sicher. Sie fragt sich, ob es in Morimotos Absicht lag, ihr dieses Gefühl der Sicherheit zu geben, aber die Gedanken an ihn drohen ihre innere Ruhe zu zerstören. Sie schiebt sie weg, konzentriert sich auf das, was gerade im Moment passiert. Langsam nimmt sie die Stille in sich auf.

Die Frau sagt etwas und reißt Hana aus ihrem Ruhezustand. Sie versteht kein Wort von dem, was die Frau in der fremden Sprache spricht. Sie trägt einen Mantel, dessen Stil und Farbe ganz ähnlich dem sind, den Hana jetzt anhat. Sie muss ihr etwas von ihren eigenen Sachen gegeben haben. Hana berührt den fein gearbeiteten Mantel und verneigt sich zum Dank. Die Frau lächelt. Ihre Zähne sind weiß und gerade, bis auf den linken Eckzahn, der schräg steht. Hana findet, diese Unvollkommenheit macht sie schön.

Die Frau geht von ihr weg und kümmert sich um das Feuer. Ein Metallrohr leitet den Rauch durch ein großes Loch oben im *ger* hinaus. Die Frau zeigt mit einer Hand auf ihren Mund und sagt etwas in ihrer Sprache. Hana nickt. Die Frau öffnet eine große lederne Truhe neben einem kleinen Altar an der Rückseite. Sie enthält Essenspakete, eingewickelt in Tierhäute, Baumwollstoff oder in kleine Strohkörbe gepackt. Sie reicht Hana eines der Körbchen und öffnet den Deckel.

In dem Körbchen ist getrocknetes Fleisch, und Hana verneigt sich wieder zum Dank. Hungrig macht sie sich über die Fleischstreifen her, das Salz prickelt auf ihrer Zunge. Ihr läuft die Spucke im Mund zusammen. Die Frau reißt ein paar Stücke von einem großen ungesäuerten Brot ab und legt sie in Hanas Korb. Dann nickt sie und steht auf, schlüpft in Wildlederschuhe und verschwindet durch den dicken Vorhang aus schwerer gewebter Wolle und Tierhaut.

Hana nimmt sich ein Stück Brot und folgt der Frau zur Tür. Vor dem Vorhang bleibt sie stehen. Sie isst das Brot, dann legt sie die Hand auf die Türklappe, die sie von den Männern trennt. Sie hört den Hund bellen, das Lachen eines Mannes und den Wind. Etwas weiter entfernt schnaubt das Pferd, und sie kann sich ungefähr vorstellen, wo dort draußen alle sind. Der Drang, die Klappe zu öffnen und auch nach draußen zu verschwinden, lässt ihre Fingerspitzen pochen.

Ein paar Momente vergehen, ohne dass jemand das *ger* betritt. Hana bleibt neben der Tür stehen und hadert mit ihrer Neugierde, bis sie sich schließlich umdreht, wieder zurückgeht und sich auf das Seidenkissen setzt, um weiterzuessen. Als das Körbchen leer ist, kehrt die Frau zurück. Sie hebt die Türklappe gerade so viel, dass Hana einen Blick nach draußen werfen kann. Das schwarze Pferd, das sie hergebracht hat, steht da, umrahmt von der dreieckigen Öffnung. Morimoto sitzt im Sattel. Hinter ihm ist ein Bündel festgeschnallt. Er lässt sie zurück. Ihre Blicke treffen sich einen flüchtigen Moment lang, dann fällt die Klappe zu, und sie ist in dem warmen Kreis aus Licht und Schatten wieder allein mit der Frau.

Ihre Haut prickelt wie von Nadelstichen, und sie bekommt heiße Ohren. Er muss sie verkauft haben. Hana weiß nicht, ob sie Angst haben oder erleichtert sein soll. Wenigstens ist die Frau freundlich. Ihre weichen und fürsorglichen Hände geben Hana Hoffnung, dass diese Mongolen sie vielleicht freilassen, sobald sie begriffen haben, dass sie von zu Hause entführt wurde.

Die Frau bringt Hana eine Schale Wasser. Die kalte Flüssigkeit rinnt ihr die Kehle hinunter, füllt ihren Bauch, lässt dessen salzigen Inhalt aufquellen, bis sie sich zum ersten Mal seit vielen Monaten satt fühlt. Das Klappern der Hufe wird leiser, und das beruhigt sie. Sie stellt sich vor, wie Morimoto über die Ebene wegreitet und nie mehr wiederkommt.

Ihre Lider sind schwer, und auch wenn ihre verletzte Schulter noch pocht, möchte sich Hana am liebsten hinlegen und schlafen und nie mehr wieder aufwachen. Als hätte sie ihre Gedanken gelesen, bringt ihr die Frau ein Fell und bedeutet ihr, sich niederzulegen. Der seidige Pelz fühlt sich herrlich an nach den vielen Nächten, in denen sie in einer kargen Zelle im Bordell gefangen gehalten wurde, und noch drei oder vier weiteren auf einem Pferd. Sie lässt sich in den weichen Pelz sinken. Die Frau deckt Hana mit einer handgewobenen Decke zu. Hana kann kaum noch die Augen offen halten. Die Frau macht sich summend irgendwo in der Nähe mit Garn zu schaffen. Das gleichförmige Rascheln ihres Mantels, wenn sie sich bewegt, wiegt Hana in den Schlaf.

Sie träumt, dass sie in einem warmen Becken in der Nähe des Ufers dahintreibt, umschlossen von schwarzen Felsen. Das Wasser ist seicht, und die Wärme der Nachmittagssonne durchdringt sie. Sie spürt die Hitze auf den Wangen. Über ihr kreischen die Wasservögel. In der Nähe bellt irgendwo ein Seelöwe, und Hana denkt, sie sollte die Augen öffnen und ihre Mutter suchen. Der Impuls ist stark, aber sosehr sie es auch versucht, ihre Augen sind zusammengeklebt, und sie treibt in der Dunkelheit unter einer strahlenden Sonne.

Hana wacht in der Nacht auf. Das schwere Atmen der schlafenden Mongolen erfüllt die heiße Luft. Ihre Augen gewöhnen sich an das schwache Leuchten der Kohle, die noch im Ofen glüht. Sogar an so einem milden Herbstabend lassen sie das Feuer nicht ausgehen, allerdings glimmt es nur noch. Sie hebt den Kopf und erkennt drei Leute, die in der Nähe schlafen.

Die Frau liegt am nächsten bei ihr. Ein dunkler Buckel neben ihr ist zu tief im Schatten, als dass Hana das Gesicht sehen könnte, aber der Größe nach zu urteilen ist es ein Mann. Hinter diesem Buckel ist noch ein kleinerer, nicht viel größer als die Frau. Das muss der Junge sein, der ihnen bei ihrer Ankunft das Pferd abgenommen hat. Die beiden anderen Mongolen sind nicht zu sehen, und so legt sich Hana zufrieden wieder hin und kuschelt sich in die Decke.

Sie kann nicht schlafen und lauscht den Geräuschen um sie herum. Das tiefe Grollen jedes Mal, wenn der Mann laut eingeatmet hat, das leise Ausatmen der Frau, das in ein leises Seufzen mündet, der Junge, der sich herumwälzt, als hätte er einen Alptraum. Der Wind draußen hat sich beruhigt, und selbst der Hund scheint schlafen gegangen zu sein, aber die Pferde stampfen gelegentlich mit den Hufen, und die dumpfen Schläge auf die Erde erinnern Hana an ihren Ritt hierher. Wohin Morimoto wohl aufgebrochen ist, fragt sie sich, und was geschieht mit ihr, wenn die Sonne aufgeht?

Komm heim, Hana … Die Stimme ihrer Schwester scheint ganz nah zu sein, als würde sie gleich draußen stehen. Hana setzt sich auf und lauscht wieder, aber außer dem Schnarchen, dem Atmen und dem gelegentlichen Knistern des Feuers ist nichts zu hören. Sie ist unsicher, ob die Stimme echt war oder wo sie herkam, und so überlegt sie lange, ob sie hinausgehen und nachsehen soll. Sie legt sich schon fast wieder hin, aber dann kreischt hoch über dem *ger* eine Eule, und Hana kriecht zur Tür und schlüpft hinaus.

Die Sterne über dem *ger* strahlen am Nachthimmel, so dass es draußen heller ist als im Inneren. Tausende weißer Nadelstiche erleuchten das schwarze All. Hana sinkt auf die Knie. Nach den friedlichen Augenblicken, die die Mongolin ihr hat zuteilwerden lassen, und dem erholsamen Schlaf, aus dem sie erwacht ist, ist sie von der Schönheit der Nacht völlig überwältigt. Mit großen Augen starrt sie den gesprenkelten Himmel an.

Der Hund unterbricht sie in ihrer Träumerei. Er knurrt irgendwo in der Nähe. Nicht weit entfernt bewegt sich ein kleiner Höcker und nimmt Gestalt an, als der Mischlingshund aufsteht. Er knurrt wieder, kaum hörbar, es ist eine Warnung. Hana wirft einen letzten kurzen Blick auf den von Sternen erleuchteten Himmel und zieht sich wieder in das *ger* zurück. Sie kriecht zu dem Pelz und zieht die weiche Decke über sich. Die Frau neben ihr rührt sich, der Mann schnarcht nicht mehr, und der Junge liegt ganz ruhig da. Sie sind wach, aber sie sagen nichts. Nach einer langen Pause weicht die Spannung aus dem *ger*, die Glut des Feuers knistert ab und an, und sie werden alle von einem rötlichen Schimmer eingehüllt. Hana muss immerzu an die Sterne denken, die hell am Nachthimmel leuchteten. Als sie durch die Rauchöffnung in der Mitte des *ger*-Dachs hinaufsieht, entdeckt sie ein weißes Auge, vielleicht auch zwei, die ihren Blick erwidern.

Die Mongolin weckt Hana, indem sie ihr leicht die Hand drückt. Hana setzt sich sofort auf, ihr Herz rast. Die Frau lächelt und berührt Hana sanft an der Wange, um sie zu beruhigen. Sie reicht ihr Wildlederstiefel und bedeutet ihr, sie anzuziehen. Dann lädt sie Hana ein, ihr durch die Türklappe zu folgen.

Die Sonne hat draußen kaum den flachen Horizont berührt. Am dunkelroten Himmel stehen keine Sterne. Der Hund knurrt, als sie herauskommt, aber die Frau bringt ihn mit einem Handzeichen zum Schweigen. Er legt sich hin und schlägt schnell mit dem Schwanz auf den Boden. Immer noch ist er an dem Pfosten angeleint, und er geht so nahe zum *ger*, wie es der Strick erlaubt. Die Frau umarmt Hana, eine große Geste, und dann nimmt sie Hanas Hand in ihre und führt sie zu dem wartenden Hund. Hana weicht instinktiv zurück, weil sie nicht weiß, was die Frau vorhat, doch die Mongolin sieht ihr in die Augen und schüttelt den Kopf, und dabei lächelt sie ganz offen. Hana gibt nach.

Während sie sich dem Mischling nähern, spricht die Frau leise mit ihm. Der Hund antwortet auf seine Art, und es ist, als würden sich die beiden miteinander unterhalten, die Frau mit Worten und der Hund mit sehnsüchtigem Winseln und leichtem Bellen. Als sie in unmittelbarer Entfernung sind, fängt er wieder leise zu knurren an, die gleiche Warnung, die Hana in der Nacht schon gehört hat. Sie zögert, aber die Frau besteht darauf und legt Hanas Hand langsam an die Schnauze des Hundes. Hana betrachtet den Hund genau. Sie rechnet damit, dass er nach ihrer Hand schnappt.

Dem Hund steht das seidengraue Fell zu Berge wie einer wütenden Katze. Er riecht an ihrer Hand und niest dreimal, als wäre er allergisch auf ihren fremden Geruch. Die Frau sagt etwas zu ihm. Er stößt ein langes und trauriges Jaulen aus. Hana fragt sich, ob der Hund vielleicht mit einem Wolf verwandt ist. Mit seinen gelben Augen blickt er sie finster an, aber dann senkt er die Schnauze und beugt den Kopf.

Die Frau lässt Hanas Hand los und winkt ihr, es ihr nachzumachen und den Hund zu streicheln. Während die Frau ihm durch den dicken Pelz fährt, spricht sie leise mit dem Tier. Hana beugt sich ganz langsam vor, die Hand bereit, den Hund am Kopf zu streicheln. Wenn sie nur die Haarspitzen an seiner Stirn berührt und er sie beißen will, dann kann sie vielleicht noch rasch die Hand wegreißen, bevor er ihr die Zähne in die Finger schlagen kann.

Eine Ewigkeit scheint zu vergehen, bevor ihre Fingerspitzen in Kontakt mit dem Fell des Tiers kommen. Sie hält inne, um ihm einen Augenblick Zeit zu geben, ob er sie mag oder nicht, aber als er nicht reagiert, streicht sie ihm in einer einzigen langen Bewegung vom Kopf bis zum Hals. Nach einem zweiten gewagten Strich lässt er die Zunge seitlich zwischen den Zähnen hindurch heraushängen und rollt sich auf den Rücken, so dass sein weicher Bauch freiliegt. Die Frau bedeutet Hana, ihn weiterzustreicheln, und das tut sie. Sie genießt das flaumige Fell, und echtes Wohlgefühl breitet sich in ihrem Körper aus. Unwillkürlich spricht auch sie sanft mit dem Hund.

»Du bist ein prachtvolles Tier.« Sie krault ihm den Bauch. »Bitte behalte diesen Augenblick, in dem du und ich Freunde geworden sind, in Erinnerung.«

Sie bleiben noch ein paar Minuten bei dem Hund, aber als er Hana die Hand ableckt, winkt die Frau aufzustehen. Nachdem die Begegnung erfolgreich verlaufen ist, ist es Zeit weiterzumachen. Hana folgt der Frau hinter das *ger* und bleibt wie angewurzelt stehen. Weit hinter der ausgedehnten Ebene erheben sich blaue Berge in den Morgenhimmel. Das majestätische Bild raubt ihr den Atem. Die Frau drängt sie weiter in einen kleinen Pferch. Hana wundert sich immer noch, warum sie die Berge gestern nicht wahrgenommen hat.

In dem Pferch steht ein zottiges Rind mit prall gefülltem Euter. Es hebt den Kopf, als sie durch das Tor hineingehen. Vier kleine, gedrungene Ponys in unterschiedlichen Farben begrüßen sie mit ruhigen, wachen Augen. Hinter dem Stall ist ein zweites, kleineres, *ger* mit drei Kamelen, die in der Nähe der Türöffnung an einem Pfosten angeleint sind. Hana vermutet, dass die anderen beiden Männer im Inneren schlafen. Vielleicht sind das keine Blutsverwandten, denkt sie, während sie den Eimer entgegennimmt, den die Frau ihr hinhält. Mit den Metalleimern betreten sie den Pferch und treiben das Rind in die Ecke.

Es brüllt auf, scheint aber das Melken über sich ergehen lassen zu wollen. Hana versucht, nicht an das Bein des verletzten Rinds zu denken, das sie nach ihrer Flucht mitgenommen hat. Sie konzentriert sich auf die Frau, die sich hinkniet und die Kuh melkt. Hana sieht ihr zu und merkt sich alles. Als der Eimer fast voll ist, steht die Frau auf und bedeutet Hana, es ebenfalls zu versuchen.

Gehorsam kniet sie sich genauso wie die Frau hin, stellt den Eimer unter das Euter und nimmt zwei Zitzen. Ihr tut die Schulter weh, aber sie übergeht den Schmerz. Die ersten Male passiert nichts, als sie zudrückt, und die Frau zeigt ihr, wie es geht. Sanft drückt sie ein Stück weiter oben an der Zitze und zieht vorsichtig daran, bis Milch herausspritzt. Nach ein paar erfolgreichen Versuchen nimmt die Frau ihren Eimer, verlässt das Gehege Richtung *ger* und lässt Hana alleine mit ihrer Aufgabe.

Zuerst kämpft sie noch mit den Zitzen und fragt sich schon, ob die Milch eingetrocknet ist, aber dann versucht sie es mit zwei anderen Zitzen. Die Milch fließt wieder, und der Eimer füllt sich langsam. Bevor sie versucht, den schweren Eimer zu heben, wischt sich Hana den Schweiß von der Stirn. Ihre wehe Schulter ist heiß und pocht, protestiert gegen die Bewegung. Hana massiert sie, während sie die heller werdende Landschaft betrachtet. Grüne Wellen erregen ihre Aufmerksamkeit. Schwere Schatten treiben träge über die flache Steppe, als Wolken darüber hinwegziehen. Es könnte der Ozean sein, und Hana stellt sich das Südmeer vor.

Ein Windstoß bläst ihr eine Haarsträhne in die Augen. Als Hana sie sich hinter das Ohr steckt, spürt sie eine Bewegung zu ihrer Rechten. Das Rind geht weg, und sie dreht sich mit rasendem Herzen um, denn sie fürchtet, dass der Hund sie anfallen könnte. Stattdessen lehnt der Junge am Gehege, das Kinn auf die verschränkten Arme gestützt, und lächelt zu ihr hinab.

Hana erkennt ihn wieder. Sie wendet sich rasch ab und steht auf. Mit einer schnellen Bewegung hebt sie den Eimer. Sie braucht dazu zwei Hände, aber es gelingt ihr, das Gehege ohne zu stolpern zu verlassen. Ihre Schulter meldet sich dabei wütend zu Wort, aber sie lässt sich nichts anmerken. Gleich ist der Junge neben ihr und versucht, ihr den Eimer abzunehmen. Sie bleibt stehen und entreißt ihm den Griff. Milch schwappt über den metallenen Rand auf den Boden. Er greift noch einmal nach dem Eimer, aber sie geht einen Schritt zur Seite und hält ihn so, dass der Junge nicht hinkommt. Er lächelt sie belustigt an, dann verschränkt er die Hände auf dem Rücken. Sie geht bedächtig um ihn herum und weiter Richtung *ger*.

Der Junge folgt ihr, hält jedoch genug Abstand, um ihr keine Angst zu machen. Nur einmal wirft sie einen Blick über die Schulter, um sicherzugehen, dass er sich nicht an sie heranschleicht, und als sie das *ger* erreicht hat, duckt sie sich unter dem Vorhang hindurch, ohne sich noch einmal zu ihm umzudrehen. Er betritt das *ger* nicht sofort, aber nachdem es ihr gelungen ist, die Milch in einen Behälter neben der Tür zu gießen, wie es ihr die Frau durch Handbewegungen bedeutet hat, schlüpft er hinein und setzt sich neben seine aufgerollte Schlafmatte. Als die Frau bemerkt, dass er Hana betrachtet, schimpft sie ihn aus, und er verschwindet rasch wieder aus dem *ger*, allerdings erst, nachdem er Augenkontakt zu Hana hergestellt hat. Sein Verhalten versetzt Hana in Alarmbereitschaft. Sie hat die anderen Männer noch nicht gesehen, aber dieser hier scheint zu versuchen, eine Art Anspruch auf sie zu erheben, obwohl er noch beinahe ein Kind ist.

Den restlichen Tag über achtet sie darauf, immer in der Nähe der Frau zu bleiben. Die Aufgaben des Tages sind einfach: frisches Wasser aus dem Bach hinter dem ersten Hügel östlich des Lagers holen, die Ponys, das Rind und die Kamele füttern, die frische Milch zu Butter, Käse und einem fermentierten Getränk verarbeiten, Schuhe, Kleidung und Teile des *ger* ausbessern. Der Tag wird schnell zur Nacht. Die einbrechende Dunkelheit verunsichert sie.

Die Männer haben sich im Inneren des großen *ger* versammelt. Sie haben gerade ihre Mahlzeit beendet. Das Geschirr ist sauber gewischt, und die Männer setzen sich um den Ofen, singen und trinken die fermentierte Milch. Ihr

Gelächter tanzt durch die stille Luft, und ihre Feierstimmung erfüllt Hana mit Angst.

Sie drückt sich vor dem *ger* herum, verborgen in der Dunkelheit, und streichelt das Pony, das an dem Pfosten beim Eingang angeleint ist, wie zur Vorbereitung auf eine bevorstehende Reise. Es ist zwar voll ausgewachsen, aber nicht größer als ein junges Pferd, und erinnert sie an die Rasse, die sie von ferne auf ihrer Heimatinsel gesehen hat. Das Jeju-Pferd wird von den Inselbewohnern sehr geschätzt, und sie fühlt sich zu dem Tier hingezogen, das sie an zu Hause erinnert. Sie hat ein paar Stückchen Birne von ihrer Mahlzeit aufgespart und hält sie in der Handfläche. Das Pony stupst sie mit seinen weichen Nüstern an die Hand, bevor es mit den Lippen das erste Stückchen aufnimmt. Das Geräusch, das die Zähne machen, als sie das Birnenfleisch zu Brei zermalmen, erinnert sie an das hölzerne Windspiel, das zu Hause neben der Tür hing. Sie hat Heimweh.

Als sie mit den Händen über das weiche Fell streicht, kommen sie auf dem ungewöhnlichen hölzernen Sattel zu liegen. Anders als das schwarze Pferd des Soldaten ist diese mongolische Rasse so klein, dass sie ohne große Schwierigkeiten aufsitzen könnte. Sie tastet nach dem Horn des Sattels. Sie spürt das alte Holz unter der Handfläche. Sie könnte in die Nacht hinausreiten. In der Dunkelheit könnten sie ihr nur schwer folgen. Soll sie es wagen?

Hinter ihr jault der Hund, und sie dreht sich um. Jemand beugt sich hinab und streichelt ihm den Kopf. Es ist eine schlanke Silhouette. Der Junge. Sie wendet sich wieder dem Pony zu und lässt die Arme sinken. Hat er gesehen, was sie vorhatte? Seine Schritte kommen näher, unter seinen Lederstiefeln knirscht das spärliche Gras.

Sie blickt zum Eingang des *ger* und lauscht den Männern im Inneren. Der Vorhang wird mit einem Seil ein Stückchen aufgehalten, um die kühle Nachtluft einzulassen. Der kehlige Gesang treibt zu ihr. Das gedämpfte Licht aus der dreieckigen Öffnung beleuchtet das Gesicht des Jungen. Er lächelt nicht. Vielmehr wirkt er ängstlich, vielleicht nervös. Dann bedeutet er ihr, ins *ger* zu kommen. Sie betrachtet den Eingang und wünscht sich, sie wäre mit dem Pony geflohen. Ihre Füße sind schwer, als sie auf das *ger* zugeht. Sie hat das Gefühl, durch nassen Sand zu waten. Nach einer Ewigkeit, wie es ihr vorkommt, duckt sie sich unter der Vorhangklappe hindurch und betritt den Kreis aus Licht und Wärme unter dem großen Dach.

Im *ger* sind Seidenkissen in einem Halbkreis um den Ofen arrangiert. Eines der Kissen liegt neben der Frau am anderen Ende. Sie winkt Hana zu sich. Auf Zehenspitzen geht Hana um die sitzenden Männer herum, die weitersingen. Die Frau wirft einen kurzen Blick zu dem Jungen, als er Hana nach drinnen folgt. Er lässt sich auf ein Kissen nahe der Tür fallen. Von ihrem Platz aus kann Hana ihn nur zum Teil hinter dem Ofen sehen. Das Königsblau seines Mantels schimmert im Licht des Feuers, als er mit den anderen Männern zusammen singt, klatscht und sich hin und her wiegt, so dass sein zufriedenes Gesicht immer wieder zum Vorschein kommt.

Ohne selbst mitzumachen, sieht Hana zu und lauscht den fremden Liedern ihrer neuen Wächter. Mit jedem weiteren Becher des fermentierten Getränks werden die Männer betrunkener. Sie schlagen einander auf die Knie, lächeln und lachen die Frau an, die ihnen nachschenkt, wenn sie ausgetrunken haben. Als das niedergebrannte Feuer im Ofen ganz auszugehen scheint, bereitet sich Hana innerlich auf den unvermeidlichen Übergriff vor, denn sie hat gelernt, dass genau das folgt, wenn betrunkene Männer ihren Spaß haben. Sie hält die Hände steif vor sich, die Handflächen nach unten auf den Schoß gelegt, aber sie wiegt sich nicht mit ihnen im Takt zu den Liedern. Sie hat auch kein Lächeln auf den Lippen. Ihr Blick bleibt scharf, sie bereitet sich auf den Moment vor, wenn ihr die neuen Kleider vom Körper gerissen werden und sich ihr der Gestank dieser fremden Männer dauerhaft einbrennt. Das war letztlich also doch ihr Verwendungszweck, der wahre Grund, weshalb Morimoto sie hier abgeliefert hat.

Das Pony ist immer noch draußen angebunden. Die Männer sind betrunken. Sie könnte aufstehen, rasch an ihnen vorbeigehen und nach draußen verschwinden, als wolle sie sich erleichtern. Sobald sie draußen wäre, könnte sie leise das Pony wegführen, aufsitzen und in die Dunkelheit davonreiten, bevor sie begriffen, was da vor sich ging. Sie könnte, denkt sie, aber dann sieht sie den Jungen und merkt, dass er nicht betrunken ist. Und er hat sie genau im Blick. Er würde die Hufe des Ponys hören. Er würde sie aufhalten.

Das letzte orangefarbene Licht des Feuers schwindet und wird von einem rötlichen Glimmen ersetzt. Die Gesichter liegen jetzt in der Dunkelheit, und Ruhe senkt sich auf die düstere Gruppe. Plötzlich hört der Gesang auf, und eine Hand berührt sie am Arm. Es hat keinen Sinn zurückzuweichen. *Jetzt ist es soweit*, denkt sie, aber die Hand zieht sie hoch und führt sie weg von den Männern. Es ist die Hand der Frau. Sie führt sie zu demselben Schlafplatz wie in der Nacht zuvor. Die Frau breitet das dicke Fell auf dem Fußboden aus, und Hana legt sich darauf nieder und wartet. Zu ihrer Überraschung verlassen die Männer das *ger*. Ihre Stimmen werden nach drinnen geweht, und sie hört konzentriert zu und fragt sich, welcher Mann wohl zuerst zu ihr kommen wird.

Das Pony schnaubt. Die Hufe stampfen auf den Boden, als es weggeführt wird. Ein Mann kommt zurück in das *ger*. Leise tappt er an der Stelle vorbei, an der Hana liegt, und findet die Frau. Als er sich hinkniet, raschelt sein steifer Mantel, der dick gefüttert ist. Er zieht sich aus und legt sich neben die Frau.

Die vertrauten Geräusche von Mann und Frau erinnern sie an ihre Eltern. Sie denkt an deren stilles Liebesspiel zu Hause, während sie neben ihrer Schwester einschlief. Vor ihrer Verschleppung war es ein Geheimnis, was dort im Schutz der Nacht zwischen ihnen vor sich ging. Jetzt blendet sie aus, was sie für einvernehmliches Begehren und womöglich Liebe zwischen Mann und Frau hält. So liebten sich ihre Eltern. Wie sie selbst ist auch der Junge ruhig, aber sie weiß, dass er noch nicht eingeschlafen ist. Der Mann und die Frau werden bald still, und dann ist nur noch Schnarchen in der Dunkelheit des *ger* zu hören. Hana schließt die Augen. Der Schlaf mag nicht kommen. Sie fragt sich immer wieder, ob Morimoto sie wirklich für immer hiergelassen hat oder ob er die Absicht hat zurückzukehren.

Emi

Seoul, Dezember 2011

Emi sitzt in ihrem kleinen Krankenhauszimmer auf der Bettkante. Im Kreis ihrer Familie erzählt sie die Geschichte von der Entführung ihrer Tante. Sie erzählt ihnen, wie ihre Tante aus dem Meer stieg und sie unter dem Felsvorsprung verbarg. Sie erzählt in einem Atemzug, ohne Pause zum Nachdenken, und als sie fertig ist, wird die nachfolgende Stille nur von dem leisen Schniefen ihrer Tochter unterbrochen, wenn sie sich die Tränen aus den Augen wischt.

Ihr Sohn ergreift zuerst das Wort. »Wir haben die ganze Zeit über geglaubt, du wärst ein Einzelkind.«

»Ich weiß, das tut mir leid.«

Er spricht gleich weiter. »Und jetzt erzählst du uns, du hast eine Schwester, die vielleicht noch am Leben sein könnte? Und du bist in der Hoffnung, sie zu finden, auf diese Demonstrationen gefahren? Also, was sollen wir denn nun davon halten?«

»Beruhige dich«, sagt Lane mit sanfter Stimme. »Denk daran, deiner Mutter geht es nicht gut.«

»Warum hast du uns das nicht alles schon vorher erzählt?« Sein Zorn erfüllt den Raum mit Hitze. Emi hatte ganz vergessen, wie reizbar ihr Sohn ist. Zuerst kommt immer Wut in ihm hoch, bevor er nachdenken und verstehen kann. Sie wartet, bis er sich beruhigt hat, bevor sie ihm antwortet. Alle schweigen betreten. Ihre Tochter putzt sich mit einem Papiertaschentuch die Nase. Lanes Arm ruht auf YoonHuis Schultern. Schließlich antwortet Emi ihrem Sohn.

»Ich konnte euch nicht mit meiner Schande belasten.«

»Mit deiner Schande?« Ihre Tochter findet plötzlich ihre Stimme wieder. »Du hast nichts getan, wofür du dich schämen müsstest, Mutter.« Sie nimmt ihre Hand und hält sie.

Ihr Sohn sagt nichts, aber der Ärger ist ihm anzusehen.

»Ihr könnt das nicht verstehen, das weiß ich«, sagt Emi leise.

»Mutter«, flüstert YoonHui. »Wir wollen es aber verstehen. Hilf uns.«

Emi kann sie nicht ansehen. Sie starrt die winzigen gelben Blümchen an, mit denen die weiße Bettdecke gemustert ist. Sie berührt sie mit den Fingerspitzen, jede kleine Blüte sieht genauso aus wie die andere. Sie erinnern sie an gelbe Chrysanthemen, und Emi zieht die Hand zurück. Die Blüten vermischen sich zu lauter Flecken vor einem weißen Hintergrund, und sie wischt sich die Tränen weg. Sie muss all ihre Willenskraft zusammennehmen, um zu sprechen.

»Es ist doch meine eigene Schande«, sagt Emi, und jedes Wort schmerzt mehr als das letzte. Ihr tut das Herz weh.

»Nein, die müssen sich schämen … die Japaner«, sagt ihre Tochter mit einer merkwürdig hohen Stimme. »Sie sind diejenigen, die sich schämen müssen für das, was sie getan haben, nicht du.«

Mit zitterndem Handrücken wischt sich Emi die Tränen

ab. Sie blickt zur Decke hoch, als sie ihr tiefstes, dunkelstes Geheimnis preisgibt. »An jenem Tag habe ich mich unter den Felsvorsprung gekauert und zugelassen, dass sie meine Schwester an meiner Stelle mitnehmen. Sie hat sich als Opfer angeboten, um mich zu retten … und ich habe das zugelassen. Deshalb konnte ich es euch nie erzählen … niemandem. Ich habe mich für meine Feigheit geschämt.« Emi lässt den Kopf in die Hände sinken. Die Angst, die sie an jenem Tag erfüllte, ist plötzlich wieder da und fährt ihr durch alle Gliedmaßen, als wäre sie jetzt dort, zusammengekauert unter den Felsen.

Hana stellte sich dem Soldaten entgegen, und Emi konnte hören, was sie sagte. Ihre Schwester log den japanischen Soldaten an, und dann kamen noch zwei weitere und schleiften sie mit. Je weiter sie sich vom Ufer zur Straße hin entfernten, umso leiser wurden ihre Stimmen. Emi wusste, sie würden sie nicht sehen können, wenn sie aufstand und einen Blick über die Felsen warf, aber sie hatte zu große Angst. Sie blieb unter dem Felsen liegen, bis ihre Mutter zu ihr geeilt kam.

»Bist du verletzt? Emi, was ist mit dir passiert?« Die Panik in ihrer Stimme riss Emi nicht aus ihrem tranceähnlichen Angstzustand. »Emi, wo ist Hana?«

»Sie haben sie mitgenommen«, antwortete Emi schließlich tonlos.

»Wer hat sie mitgenommen?«

»Die Soldaten.«

Emi erinnert sich bis ins kleinste Detail an den entsetzten Gesichtsausdruck ihrer Mutter. Ihre Augen wurden schwarz wie Tinte. Wie bei einem Kind gingen die Mundwinkel nach unten, die Lippen zitterten, und dann erklang plötzlich ein mächtiger, jammervoller Klagelaut. In diesem Moment wurde die kleine Emi von Scham erfüllt, Scham, weil sie sich im Sand versteckt hatte, verborgen vom Seegras, während die erstgeborene Tochter ihrer Mutter, ihr ganzer Stolz und ihre Partnerin im Meer, mit den japanischen Soldaten verschwand.

»Deine Schwester hat dich gerettet«, sagt YoonHui sanft und streichelt ihrer Mutter die Wange. »Und ich bin ihr dankbar dafür. Mutter, ich bin deiner Schwester dankbar … meiner Tante. Sie hat sich entschieden, dich zu retten, indem sie mit den Soldaten mitgegangen ist. Sie war die große Schwester, und du warst ein Kind. Sie hat dir gegenüber ihre Pflicht erfüllt, und sie hat es verdient, dafür in Erinnerung behalten zu werden, ja. Aber du musst dich nicht schuldig fühlen. Sie würde das niemals von ihrer kleinen Schwester verlangen.«

Emi kann die Absolution ihrer Tochter nicht annehmen. Sie erinnert sich, wie sie am Tag nach Hanas Entführung aufwachte.

Sie setzte sich auf, rieb sich den Schlaf aus den Augen und drehte sich um, um ihre Schwester zu wecken. Zuerst verwirrte deren Fehlen sie, aber dann fiel es ihr sofort ein.

»Hana! Wo ist Hana!«, rief sie immer wieder, bis ihre Mutter ins Zimmer kam und sie in die Arme nahm, sie hin und her wiegte und beruhigte. Lange verharrten sie in dieser Umarmung und wiegten sich in gemeinsamer Trauer. Als sie zu ihrer Mutter hochblickte, sah sie stille Tränen über ihre weichen Wangen laufen.

»Weine nicht, Mutter. Vater wird sie finden. Das weiß ich.« Sie stand auf und lief durch das stille Haus. Sie ging nach draußen, setzte sich auf die hölzerne Türschwelle und wartete darauf, dass ihr Vater ihre Schwester nach Hause brachte.

Nach ein paar Wochen wachte Emi bereits in dem Bewusstsein auf, dass Hana nicht neben ihr liegen würde. Sie zog sich die Decke über den Kopf und versuchte, wieder einzuschlafen. Ihre Mutter entdeckte sie später am Morgen und rieb ihr sanft den Rücken, weil sie aufstehen sollte.

»Erst wenn Vater Hana nach Hause bringt«, protestierte sie unter der Decke.

»Wir müssen hungern, wenn ich heute nicht tauchen gehe«, sagte ihre Mutter nüchtern und löste die Hand von Emis Rücken.

Emi fehlte die tröstende Berührung ihrer Mutter auf der Stelle, aber sie kämpfte gegen den Drang an, sich umzuwenden.

»Ich esse erst wieder etwas, wenn Vater mit Hana zurückkommt.«

»Ich muss zurück zum Meer. Ich muss meinen Beitrag leisten, damit wir zu essen haben. Wir können nicht bis in alle Ewigkeit vom Mitleid unserer Freunde leben.«

»Ich habe keinen Hunger«, log Emi, obwohl ihr der Magen knurrte.

»Ich aber schon. Komm, Tochter, wir müssen zur Arbeit.« Sie stupste Emi sanft ins Kreuz.

»Geh du, ich warte auf Vater.« In der darauf folgenden Stille lag etwas, das Emi nicht ganz deuten konnte. Hatte sie ihre Mutter verärgert oder traurig gemacht? Sie konnte es nicht sagen. Jetzt drehte sie sich um und sah ihrer Mutter ins Gesicht. Ihre Miene war undurchdringlich.

»Ich kann dich nicht hierlassen. Das ist zu gefährlich«,

sagte ihre Mutter so leise, dass Emi nicht sicher war, ob sie richtig verstanden hatte.

»Zu gefährlich?«, wiederholte Emi.

»Vielleicht kommen die Soldaten zurück.«

Bilder von gesichtslosen Männern in japanischen Militäruniformen kamen ihr in den Kopf, und sie setzte sich rasch auf. »Warum kommen sie zurück, Mutter?«

»Um euch übrige Mädchen zu holen. Dich und alle anderen, die sie dagelassen haben.« Ihre Mutter strich Emi so zärtlich über die Wange, dass sie schließlich verstand. Ihre Mutter hatte Angst, sie auch zu verlieren.

»Mich kriegen sie nie, Mutter. Ich weiß, dass ich keine gute Schwimmerin bin, aber ich verspreche dir, ich kann das lernen. So wie Hana. Und ich bleibe im Meer immer neben dir. Das kann ich.« Sie erhob sich, so dass sie über ihrer knienden Mutter aufragte. Sie hielt den Kopf hoch und den Rücken gerade, schien ein kleines Stück gewachsen zu sein.

»Ich weiß, Tochter. Ich weiß.« Das Lächeln ihrer Mutter war nicht dasselbe, das Emi von früher her kannte. Es war eine schwache Nachahmung, die nie bis an ihre Augen heranreichte.

An diesem Tag und an allen Tagen danach gingen sie gemeinsam hinunter zum Meer.

Als ihr Vater einen Monat später schließlich nach Hause kam, war er allein. An seinem hohlwangigen Gesicht sah sie, dass er weit gereist war, um Hana zu suchen. Sie fragte ihn nicht, warum er aufgegeben hatte. Sie brachte es nicht über sich, ihm wehzutun, denn sein Herz war ja schon gebrochen.

Emi hält sich die Hand ans Herz und denkt an den unvergesslichen Tag, an dem sie zu einer *haenyeo* wurde. Es war die Angst ihrer Mutter, die ihr damals Stärke verlieh. Hätte sie diese Stärke doch nur schon besessen, bevor Hana sich für sie opferte.

»Du musst dich nicht für ihre Entscheidung oder dafür, dass du überlebt hast, schämen«, wiederholt YoonHui und reißt Emi aus ihren Erinnerungen. »Und es ist keine Schande, wenn deine Schwester gezwungen wurde, als ›Trostfrau‹ zu arbeiten. Du hast so vieles durchgemacht. Du hast es verdient, glücklich zu sein. Lass die Scham los, dann kannst du wenigstens in der Zeit, die dir noch von diesem Leben bleibt, glücklich sein.«

Scham ist für Emi ein schwerwiegendes Wort. Die Scham, die sie empfindet, sitzt tief in ihr und hat nichts mit der Zwangsprostitution ihrer Schwester zu tun. Sie sitzt tiefer und wurde ein Teil von ihr, der niemals verschwinden wird, das weiß sie. Ihre Scham ist ihr *han*. Die Scham, zwei Kriege überlebt zu haben, während andere um sie herum gelitten haben und verschwunden sind, die Scham, sich nie für Gerechtigkeit eingesetzt zu haben, und die Scham weiterzuleben, obwohl sie den Sinn des Lebens nie verstanden hat.

Manchmal hatte sie das Gefühl, sie sei nur in die Welt hineingeboren worden, um zu leiden. Ihre Generation konnte sich niemals vorstellen, dass das Glück ein grundlegendes Menschenrecht ist, aber heutzutage scheint das anders zu sein. Sie sieht es an ihrer Tochter und deren Leben mit Lane. Selbst ihr Sohn ist glücklich, auf seine Art, auch wenn er oft ist wie sein Vater, ein Polizist, der es gewohnt ist, Befehle auszuführen, ohne Fragen zu stellen.

Und Emi selbst ist zufrieden. Das ist mehr, als sie je zu hoffen wagte. Doch das Bild des Mädchens aus Bronze verfolgt sie. Sie muss es noch einmal sehen.

Hana

Mongolei, Herbst 1943

Eine Woche lang beginnt jeder Morgen genauso wie der vorige. Hana folgt der Frau durch den Tag und schläft abends im *ger* ein. Sie fragt sich, wie lange das wohl so weitergeht. Eines Morgens dann wacht Hana auf, als die Frau sie berührt, und sie verlassen das *ger*, während die anderen noch schlafen. Diesmal bekommt Hana beide Metalleimer. Die Frau nickt zum Pferch hin und geht dann selbst in die andere Richtung. Hana ist jetzt allein.

In jeder Hand trägt sie einen Eimer, aber ihrer verletzten Schulter macht das zusätzliche Gewicht kaum etwas aus. Die Sonne hat den Horizont über dem flachen Land kaum berührt. Hana sieht die Frau in der Ferne schimmern. Der dunkelviolette Mantel, ein *del*, wie sie mittlerweile weiß, wirkt in der großen Distanz schwarz.

Langsam wendet sie den Kopf und geht auf das Gehege zu. Sie hat ein paar mongolische Wörter gelernt. *Nokhoi* heißt Hund. *Mori* heißt Pferd. Und *olon* bedeutet hungrig. Sie wiederholt die ungewohnten Wörter im Kopf, damit sie ihr einfallen, wenn sie sie braucht.

Der Hund kläfft, als sie vorbeigeht. *Nokhoi*, denkt sie und stellt einen Eimer ab, um ihm zum Gruß die Hand hinzustrecken. Er leckt sie zufrieden ab, und sie kniet sich hin, um ihm den Bauch zu kraulen, den er ihr darbietet. Er ist nicht angeleint und könnte frei herumlaufen, aber er tut es nicht. Dem Hund den Bauch zu kraulen erfüllt sie mit einer ganz besonderen Wärme, die sie lange nicht gespürt hat. Als sie merkt, dass sie lächelt, hört Hana abrupt auf, nimmt den Eimer in die Hand und marschiert weiter. Der Hund stellt sich wieder auf die Füße und trottet in die Richtung, in der die Frau verschwunden ist.

Die Kuh schnüffelt, als Hana kommt. Die Ponys begrüßen sie und stupsen sie mit ihren weichen Nüstern an die Arme.

»Ich habe noch nichts für euch«, sagt sie und klopft dem kleinsten auf den Hals.

Sie drängt sich zwischen ihnen hindurch und kniet sich neben das Rind. Schritte kommen näher. Sie muss sich nicht umwenden, um zu wissen, dass es der Junge ist. Er hat immer Abstand zu ihr gehalten, solange seine Mutter in der Nähe war, aber jetzt hat sie Hana allein gelassen, und er wird wagemutig. Der Junge ist leichtfüßig, anders als die mongolischen Männer, die herumstapfen wie Soldaten. Er begrüßt sie. Sie ignoriert ihn und konzentriert sich auf ihre Aufgabe, als wäre es die wichtigste Sache der Welt, die Kuh zu melken, aber mit den Ohren folgt sie seinen Bewegungen. Er bleibt eine Weile, an das Gehege gelehnt, neben ihr stehen.

»Altan«, sagt er.

Da sieht sie ihn an. Er fasst sich an die Brust.

»Altan«, wiederholt er und klopft sich mit der flachen Hand auf die Brust. Dann zeigt er auf sie und sieht sie fragend an. Er wartet, aber sie will nichts sagen. Er versucht es wieder, wiederholt alles, aber sie bleibt still.

Als er ein drittes Mal damit anfängt, muss sie unwillkürlich kichern und hält sich den Mund zu. Gelächter bricht aus ihr heraus, als wäre ein Damm gebrochen, und bald hält sie sich den Bauch. Sie kann sich nicht beherrschen. Sie hat so lange nicht gelacht und verliert völlig die Kontrolle. Tränen strömen ihr aus den Augen. Sie sieht das Gesicht des Jungen nur verschwommen, deshalb weiß sie nicht, ob er böse auf sie ist. Er steigt auf das Gatter, springt darüber und kommt auf sie zu. Ihr Gelächter verklingt, als er näher kommt. Sie steht auf und wischt sich die Augen mit dem Handrücken trocken.

Sie stehen sich gegenüber, sind beinahe gleich groß. Nur seine Schultern sind etwas höher, und er neigt den Kopf, als er ihr in die Augen sieht. Bestimmt hat sie noch blaue Flecken von Morimotos Schlägen im Gesicht, und auch am Hals von seinen Händen, aber sie lässt sich nicht durch ihr Aussehen verunsichern. Sie bereitet sich auf alles vor, was er im Sinn haben könnte, beißt die Zähne zusammen und ballt die Fäuste. Sie weiß nicht, ob sie sich wehren sollte. Dieser Junge ist nicht so stark wie ein erwachsener Mann, aber er wäre trotzdem ein beachtlicher Gegner. Sie sieht ihn so herausfordernd wie möglich an, denn wenn sie ihm die Stirn bietet, lässt er sie hoffentlich in Ruhe.

Sie schreckt zurück, als er die Hand hebt. Er fasst sich an die Brust. »Altan.« Er schenkt ihr ein echtes, strahlendes Lächeln. Dann legt er ihr die Hand auf die Brust und hebt die Augenbrauen. Seit ihrer Verschleppung hat niemand sie nach ihrem Namen gefragt. Sie ist sich nicht mehr sicher, wie sie heißt. Sollte sie den Namen verwenden, den sie ihr im Bordell gegeben haben, oder soll sie ihm ihren richtigen Namen sagen? Während sie überlegt, welchen Namen sie nennen soll, wird ihr bewusst, dass seine Fingerspitzen immer noch auf ihrer Brust ruhen. Sie berührt seine Hand sanft und schiebt sie weg. Er lässt die Arme fallen.

»Hana«, sagt sie schließlich.

Er wiederholt den Namen ein paar Mal, und sie lacht über seine Aussprache.

»Ha-nah«, korrigiert sie ihn.

Er versucht es noch einmal, dann zeigt er auf sich, ohne etwas zu sagen. Sie lächelt.

»Altan«, sagt sie.

Er scheint sich zu freuen, als sie es richtig ausspricht. Die Ponys stampfen mit den Hufen auf, da merkt Hana, dass sie beobachtet werden. Der junge Mann aus dem anderen *ger* betrachtet sie von seinem Eingang aus. Er grinst. Hana wird rot, aber der Junge winkt dem Mann zu, der den Kopf schüttelt und hinter das *ger* geht, um sich zu erleichtern. Es ist ihr peinlich, als sie seinen Urin auf die trockene Erde prasseln hört. Sie macht sich wieder ans Melken, und ihr Schweigen signalisiert Altan, dass die Unterhaltung vorbei ist. Gehorsam lässt er sie allein. Sie sieht ihm nach, wie er der Frau hinterherläuft. *Ekh*, korrigiert sich Hana. Mutter.

Worte sind Macht, erklärte ihr Vater ihr einmal, nachdem er eines seiner politischen Gedichte vorgetragen hatte. *Je mehr Wörter du kennst, desto mächtiger wirst du. Deshalb verbieten die Japaner unsere Muttersprache. Sie schränken unsere Macht ein, indem sie unseren Wortschatz einschränken.* Hana wiederholt die neuen mongolischen Wörter im Geiste, während sie arbeitet, sie konzentriert sich auf jedes einzelne und verstärkt ihre Macht.

Als beide Eimer voll sind, versucht sie, sie anzuheben, einen in jeder Hand, und so zum *ger* zurückzugehen, aber sie sind zu schwer. Sie nimmt einen Eimer mit beiden Händen und trägt ihn zurück. Dabei achtet sie darauf, den Mann nicht zu wecken, der noch neben dem Ofen schläft. Sein rasselndes Schnarchen beruhigt ihre Nerven. Solange er schläft, fühlt sie sich in seiner Gesellschaft sicher. Eilig läuft sie zurück zum Gehege, um den zweiten Eimer zu holen, aber der junge Mann aus dem anderen *ger* ist dort bei den Ponys.

Sie zögert, bevor sie hineingeht. Sie sieht ihm zu, wie er dem ersten Pony über das Fell streicht und es nach Kletten oder Dornen absucht. Ein paar zupft er aus dem dicken Fell heraus, dann hebt er einzeln jeden Huf nacheinander, betrachtet ihn genau und geht dann weiter zum nächsten Pony. Hana bleibt am Eingang zum Gehege stehen und wartet, bis er fertig ist. Erst beim dritten Pony würdigt er ihre Anwesenheit.

Er brummt sie an, aber sie reagiert nicht. Er zeigt auf den Eimer neben dem Rind. Das stoische Tier steht gehorsam neben dem Eimer. Die Sonne ist schon weiter oben am Himmel, und sie bemerkt jetzt, dass er nicht viel älter ist als einige der jüngsten Soldaten aus dem Bordell. Vielleicht ist er Altans großer Bruder. Er ist viel größer als sie, mindestens einen Kopf. Er hat breite Schultern und feste Beine, dick wie Baumstämme. Sie hätte keine Chance gegen ihn.

Als sie das Gehege nicht betritt, lacht er und murmelt dem Pony etwas zu. Er zieht es am Schwanz, und es trottet auf das Tor zu. Die anderen beiden Ponys folgen dem ersten, und bald galoppieren sie am *ger* vorbei auf die Weiden zu. Hana staunt, wie frei sich die Ponys bewegen dürfen.

Das vierte Pony trödelt hinter den anderen her und sieht Hana neugierig an.

Der Mann sagt etwas zu Hana. Hana erschrickt, der plötzliche Gesprächsversuch macht ihr Angst. Er lacht sie an und kommt auf sie zu. Sie bleibt aufrecht stehen und tut so, als wäre ihr das egal. Er stellt sich vor sie hin. Schweigend stehen sie einander gegenüber. Er sieht ihr in die Augen, und sie erwidert den Blick, wieder herausfordernd. Er lächelt. Seine Zähne haben gelbe Tabakflecken. Seine sonnengebräunte Haut glänzt. Er sagt wieder etwas und klopft sich auf die Brust.

»Ganbaatar.« Er grinst, und ihr wird klar, dass er sie auf den Arm nimmt, nachdem er ihren Wortwechsel mit Altan beobachtet hat. Sie verengt die Augen, sagt aber nichts. Wind kommt auf und weht trockenes Gras von den Weiden herbei. Sie wendet sich von ihm ab und eilt zum Eimer, um ihn vor dem Schmutz zu schützen. Er kichert in sich hinein und führt das letzte Pony aus dem Pferch. Auch er geht in Richtung der Berge, so wie Altan und die Frau.

Als Hana mit dem zweiten Eimer in das *ger* zurückkehrt, stellt sie überrascht fest, wie still es ist. Der Mongole sitzt halb angekleidet neben dem Ofen und verzehrt sein Frühstück aus Käse und Salzfleisch. So schnell es geht, leert sie die Milch in den Behälter und wendet sich zum Gehen.

»Warte«, sagt er.

Hana bleibt stehen. Er hat japanisch gesprochen. Sie dreht sich zu ihm um. Er steht auf und zieht sich ein Baumwollunterhemd an, während er noch das Dörrfleisch kaut. Ihr Magen knurrt. Als er angezogen ist und sein *del* an der Schulter richtig zugeknöpft ist, setzt er sich wieder hin.

»Komm her«, sagt er und zeigt auf ein Kissen neben sich.

Hana überlegt. Sie kann jetzt loslaufen und hoffen, den Ort zu finden, wo die Frau und die anderen aus dem Lager hingegangen sind, aber bei ihrer Rückkehr wäre er immer noch da. Oder sie kann sich ihm jetzt stellen und es hinter sich bringen. Sie ballt die Finger fest zu Fäusten, ihre Fingernägel graben sich in die Handballen.

Sie senkt den Blick und folgt der unsichtbaren Spur zu dem Kissen neben dem Mann.

»Du hast noch kein Wort gesagt, seit du hier bist«, sagt er, als sie sich hinsetzt. Er sieht sie nicht an. Stattdessen kaut er weiter das Fleisch und inspiziert es nach jedem Bissen, als wäre es etwas Interessantes und Neues. Er bietet ihr einen Streifen an, aber sie lehnt ab.

»Ich wusste nicht, dass Sie japanisch sprechen«, antwortet sie und hält den Blick auf den Boden vor ihren Knien gerichtet.

»Ah, du sprichst schön, ganz sanft. Es ist gut, wenn ein Mädchen eine sanfte Stimme hat.«

Hana erstarrt. Komplimente haben unangenehme Folgen, aber sie versucht, sich ihren Schrecken nicht anmerken zu lassen.

»Ich weiß nicht so recht, warum du hier bist.« Schließlich sieht er sie an. Seine Augen sind von feinen Fältchen umgeben, die ihn freundlich wirken lassen. Seine dicke, sonnengebräunte Haut ist faltig, und sie fragt sich, ob er vielleicht Altans Großvater ist und nicht sein Vater. Als sie nichts sagt, fährt er fort. »Ich weiß, welchen Grund mir Korporal Morimoto genannt hat, aber das bedeutet nicht, dass das auch der wahre Grund ist.«

Hana blickt zu ihm auf. Er sieht sie an, als wäre sie ein merkwürdiges Tier, das er noch nie zuvor gesehen hat, und als würde er versuchen herauszufinden, wovon sie sich ernährt oder wo ihre Art herkommt. Sie denkt bei sich, dass er nicht ganz so furchterregend ist, wie sie zunächst dachte, und entspannt ihre Schultern.

»Was hat er Ihnen für einen Grund genannt?«, fragt sie vorsichtig. Sie vermeidet jeglichen Blickkontakt.

»Er hat gesagt, du bist eine Waise. Und er hätte dich vor der Kwantung-Armee in der Mandschurei gerettet. Er bringt dich zu deinem Onkel im Westen. Warum ist dein Onkel in der westlichen Mandschurei? Auf diese Frage hätte ich gern eine Antwort.«

Morimoto hat ihm erzählt, sie sei eine Waise und nicht Prostituierte. Erleichterung durchdringt ihren ganzen Körper. Das sind gute Menschen. Sie würden niemals eine Waise vergewaltigen. Vielleicht hat Morimoto es ihm deshalb erzählt. Er wollte nie, dass ihr Schaden zugefügt wird. Er wollte sie bis zu seiner Rückkehr an einem sicheren Ort unterbringen. Hana bedeckt das Gesicht mit den Händen, damit er ihre Gefühle nicht lesen kann.

»Ah, das ist immer noch ein heikles Thema.« Er missversteht ihre Geste als eine der Trauer. »Wir können ein andermal reden.« Er steht auf. »Komm«, sagt er und zeigt zur Tür.

Sie folgt ihm, und er führt sie in die Richtung der anderen. Ihre Fußsohlen tun immer noch weh, und sie fürchtet, ein paar der Wunden sind wieder aufgerissen. Sie möchte ihre Schwäche aber nicht zeigen und geht schneller, damit sie nicht zu weit zurückbleibt. Die ganze Zeit denkt sie darüber nach, dass Morimoto vorhat zurückzukehren, um sie zu holen. *Natürlich kommt er zurück*, denkt sie, und das Atmen fällt ihr nicht mehr so leicht wie noch wenige Stunden zuvor.

Sie sind mindestens eine Meile gelaufen, als das hohe Gras kurzem Gestrüpp weicht. Die Berge ragen über ihnen auf und verdecken den Blick auf den Himmel. Eine kleine Steigung zerrt an Hanas Waden, aber sie strengt sich an und geht weiter, achtet aber darauf, dem Mann nicht zu nahe zu kommen. Womöglich bringt er sie nicht zu der Stelle, wo die Familie ist, sondern führt sie in eine abgeschiedene Wildnis. Er ist zwar älter als die anderen im Lager, aber er wirkt auch mächtiger.

Er geht langsamer, als er die Kuppe des kleinen Hügels erreicht hat, und stellt sich mit den Händen in den Hüften hin. Hana bleibt neben ihm stehen, gerade außer Reichweite, und blickt über das Tal unter ihnen. So weit das Auge reicht, überziehen grüne Stiele mit großen runden Kapseln das Tal, bis hin zum Fuß des nächsten Bergs. Dazwischen blühen vereinzelt blutrote Blumen, allerdings haben die meisten schon die Blütenblätter verloren. Altan und die Frau sind da, zusammen mit Ganbaatar und dem anderen jungen Mann. Langsam gehen sie durch die Reihen und bleiben bei jeder Kapsel stehen.

»Was ernten Sie da?«, fragt sie.

»Erkennst du kein Mohnfeld?«

Hana schüttelt den Kopf. Er mustert ihr Gesicht, und sie errötet.

»Hast du noch nie eine Mohnblume gesehen? Weißt du, wofür wir sie ernten?« Er wendet sich ihr zu. Sie geht einen Schritt weg, Richtung Feld, näher zu Altan. »Opium«, sagt er und lächelt. »Komm, mein junger Sohn wird dir alles beibringen, was du wissen musst.« Bevor sie antworten kann, geht er schon den kleinen Hügel hinunter. Sie bleibt wie angewurzelt stehen und sieht ihm nach. Altans Mutter blickt auf und winkt. Hana weiß, sie lächelt, auch wenn ihr Gesicht zu weit weg ist, um es wirklich erkennen zu können. Dann sieht Altan in ihre Richtung und winkt ebenfalls. Er ruft ihren Namen, *Hana*, und plötzlich fühlt sie sich wieder wie sie selbst. Nicht wie das Mädchen, das in dem Bordell gefangen war. Hier ist sie einfach Hana, denn diese Menschen sind nicht wie die Soldaten. Sie folgt Altans Vater hinunter in das Mohnfeld und begrüßt Altan mit einem Lächeln.

Sie mögen Opium anbauen, die Seuche Chinas, aber Hana bedeutet das nichts. Sie denkt an Hinata und ihren Tee und freut sich, dass sie es damit leichter in dem Bordell aushielt. Auf dem Feld zeigt ihr Altan, wie man die Mohnköpfe mit einem Messer aufschneidet, um den Saft herausfließen zu lassen. Viele der Köpfe sind bereits aufgeschnitten, und Ganbaartar sammelt den Saft in kleinen Stoffstücken. Altans und Hanas Aufgabe ist es, die Köpfe aufzuschneiden, die noch nicht geerntet wurden. Sie arbeiten in parallelen Reihen, so dass er ein Auge auf ihre Technik haben kann, auch wenn eigentlich nicht viel dabei ist. Hin und wieder kommt er zu ihr und korrigiert den Winkel ihres Messers. Als die Dämmerung einsetzt, haben sie beinahe drei Viertel des Felds geschafft. Altan hat seine Nachmittagsmahlzeit mit ihr geteilt, aber am Ende des Tages hat sie einen Riesenhunger.

Bald machen sich Altans Eltern auf den Weg zum Lager. Aus dem Nichts tauchen die Ponys auf und folgen dem Paar nach wie brave Hunde. Während sie artig zurück in das Gehege traben, stupsen sie einander am Hals und am Schwanz. Hana blickt in den sich verdunkelnden Himmel hinauf. Der schwarze Schatten eines Vogels mit gewaltiger Flügelspannweite gleitet über das Feld. Es könnte einer der Falken sein, von denen Morimoto gesprochen hat. Ganbaatar kommt zu ihnen und reicht Altan eine Feldflasche. Er schraubt den Deckel ab und drückt sie sich an die Lippen, bevor er innehält. Altan lacht schüchtern und bietet sie Hana an.

»Wasser?«, fragt sie.

Er zuckt mit den Schultern. Sie nimmt ihm die Flasche ab und riecht daran. Es riecht stechend nach fermentierter Milch. Sie schaudert und gibt sie ihm wieder. Er lacht und nimmt einen langen Schluck. Lächelnd bietet er sie ihr noch einmal an. Er sagt etwas, das sie nicht versteht, und stupst sie mit der Flasche an. Ganbaatar lacht und schüttelt den Kopf. Ihre Neugier siegt, und sie nimmt die Flasche doch wieder. Sie hebt sie an die Lippen und trinkt einen Schluck.

Das fermentierte Getränk ist scharf, und sie muss husten, während es ihr warm die Kehle hinunterrinnt. Altan lacht und drängt sie, noch mehr zu trinken. Sie nimmt einen großen Schluck und gibt ihm die Flasche zurück. Das Teilen scheint ihn glücklich gemacht zu haben, und er trinkt noch einmal ausgiebig, bevor er die Flasche in eine Innentasche seines *del* steckt.

Der Vogel fliegt wieder im Kreis über ihnen, und Hana blickt hinauf in den Himmel. Ganbaatar stößt einen hohen Pfiff aus und streckt den Arm aus. Überrascht sieht Hana zu, wie der gewaltige Vogel ihn zweimal umkreist und dann auf seinem Unterarm landet. Es ist ein Königsadler. Altan lächelt sie an und streicht dem Adler über die Halsfedern. Es ist ein prächtiges Geschöpf, das da majestätisch auf Ganbaatars Unterarm hockt. Er sagt etwas zu Hana, und sie sieht ihn an. Er zeigt zu dem Adler hin, aber sie zögert. Sie soll ihn streicheln, so wie sie es auf den Wunsch der Frau hin bei dem Hund tun sollte.

Hana tritt näher. Sie fürchtet, der Vogel könne sie nicht mögen. Seine rötlich braunen Federn schimmern im Zwielicht. Sie möchte den Vogel unbedingt berühren, seine weichen Federn spüren. Sie hebt die Hand und nähert sich ihm langsam. Als der Vogel nach ihrem Finger hackt, reißt sie die Hand weg, und Ganbaatar und Altan brüllen vor Lachen. Sie geht einen Schritt zurück und starrt die Jungen an. Sie ist fassungslos über diese Art von Humor.

»Er hätte mir den Finger abreißen können«, brüllt sie die beiden an. Sie ist wütend, weil sie immer noch lachen.

Altan hört sofort auf, als er ihre Wut sieht, und er stupst Ganbaatar am Arm, aber vergeblich. Der junge Mann lacht weiter, während er dem Vogel den Hals streichelt.

Hana will gehen, aber Altan hält sie auf. Er nimmt sie am Handgelenk, lächelt entschuldigend und sagt etwas zu Ganbaatar, der daraufhin aufhört zu lachen und dem Adler eine Haube überzieht. Sobald seine Augen bedeckt sind, winkt Altan Hana noch einmal, den Vogel zu streicheln.

Hana zögert, denkt, es wäre vielleicht besser, jetzt wegzugehen, statt noch einmal auf einen Trick hereinzufallen, aber etwas an Altans Gesichtsausdruck lässt sie ihre Meinung ändern. Hana streckt noch einmal die Hand aus, um den Adler zu streicheln. Sie beobachtet seinen Schnabel und macht sich darauf gefasst, dass er ihn öffnet, um wieder nach ihr zu hacken, aber diesmal landen ihre Finger auf den weichen Halsfedern, ohne dass er reagiert.

Ihr entfährt ein überraschtes Lachen, aber es ist ihr egal, dass sie in Gegenwart der beiden ihre Freude ausgedrückt hat. Kräftige Muskeln zeichnen sich unter den weichen Federn des Adlers ab, und Hana ist beeindruckt von seiner Pracht. Schließlich lächelt Ganbaatar, und auch er streichelt den Vogel. Sie lächelt ihn an, und warum auch nicht, es gibt nichts außer diesem Moment, in dem sie ein Geschöpf betrachten, das edler ist als sie selbst.

Zu dritt gehen sie zum Lager. Den größten Teil der Strecke legen sie schweigend zurück. Vögel zwitschern über ihren Köpfen und fliegen heim zu ihren Nestern. Eine kühle Brise weht durch das hohe Gras und kitzelt sie an den Fingerspitzen. Hana muss ständig an Altans Nähe denken. Er hält genau den richtigen Abstand zu ihr, so dass sie sich wohlfühlt und nicht beherrscht oder bedroht. Er ist wie der Junge aus ihrem Dorf, der auf dem Markt zum Tisch ihrer Mutter kam. Höflich, interessiert, aber doch intelligent genug, um zu wissen, wo die Grenze verläuft.

Auch wenn sie sich nicht unterhalten können, so spürt Hana doch instinktiv, dass sie die ersten zaghaften Schritte auf dem Weg zur Freundschaft gegangen sind. Sie betrachtet alles um sich herum, um nicht ihn ansehen zu müssen, aber sie spürt jede seiner Bewegungen neben sich, als hätte er ihre Rüstung durchdrungen.

Als sie sich dem Lager nähern, bellt der Hund und rennt im Kreis um ihre Beine herum. Er springt vor Freude hoch, denn er weiß, dass es bald Abendessen gibt. Er leckt Hana die Hand ab und saust dann zu Altan, springt hoch und stupst ihn am Ohr. Lachend schiebt Altan den Hund weg. Ganbaatar winkt Hana und geht zu seinem *ger*.

Altan folgt ihm und nimmt den Korb mit hinein, dann

kommt er wieder heraus und läuft dem Hund nach. Hana lächelt unwillkürlich. Sie bleibt neben dem Gehege stehen, streichelt das kleinste Pony und sieht zu, wie der Junge mit seinem Hund spielt, während die Dunkelheit hereinbricht.

Der Abend verläuft fast wie die anderen, nur sitzt Altan diesmal neben ihr, auf dem Platz, auf dem zuvor seine Mutter saß. Hana tut so, als würde ihr das nicht auffallen, aber er macht es ihr schwer, lächelt sie oft an, während er singt, stupst sie sanft an die Schulter und ermutigt sie mitzusingen. Die anderen tun so, als fiele ihnen seine Ausgelassenheit nicht auf, und die Fremdheit dieser Leute und dieses Ortes löst sich auf. Hana bekommt wieder ein Gefühl von Zugehörigkeit, von Familie. Zwar weigert sie sich, in ihrer Gegenwart zu singen, zu lächeln oder zu lachen. Aber sie wagt es, sich zur Musik zu wiegen, nur ein bisschen, doch das reicht aus, und Altan lächelt noch strahlender, die Männer singen lauter, und die Augen seiner Mutter funkeln im Licht des Feuers noch heller.

Als die letzten Kohlen dunkelrot glühen, erhebt sich Ganbaatar. Altans Vater begleitet ihn hinaus, gefolgt von dem anderen jungen Mann, der im Lager zurückgeblieben war. Hana kennt seinen Namen noch nicht. Sie singen hinter dem *ger* noch weiter. Altan geht zu einer Truhe auf der anderen Seite und holt etwas heraus. Er kehrt zu Hana zurück und reicht es ihr. Es ist eine kleine Ledertasche. Sie zögert und wirft einen fragenden Blick zu seiner Mutter, aber sie hat ihnen den Rücken zugewandt und räumt auf. Altan berührt noch einmal mit dem Täschchen Hanas Hand. Sie will ihn nicht kränken und nimmt es an. Bedächtig bindet sie den Lederriemen auf und klappt die Lasche hoch. Sie wirft einen Blick hinein und ertastet etwas, das so weich ist wie Seide. Altan möchte, dass sie endlich sein Geschenk ansieht, zieht es heraus und offenbart eine fein gearbeitete Schärpe.

Selbst im Halbdunkel leuchten die farbenprächtigen Muster in Blau-, Rot- und Orangetönen. Die Schärpe schimmert zwischen ihnen. Er deutet auf ihre Taille. Sie ist unsicher und rührt sich nicht. Er versucht es noch einmal, doch dann lächelt er und schüttelt den Kopf. Sanft bindet er ihr die Schärpe um den Bauch und befestigt sie mit einem Doppelknoten. Ihr Herz flattert, so nah ist er ihr. Altan lehnt sich zurück, begutachtet sie und nickt zufrieden. Dann wendet er sich ab und folgt den Männern nach draußen. Hana errötet, als seine Mutter die Schärpe mit einem Nicken würdigt. Gemeinsam legen sie für alle die Pelze zum Schlafen aus. Als sie meint, die Mutter sieht nicht her, berührt Hana die glatte Seide, betrachtet die bunten Spiralen. Die dunklen Farben mit den roten und gelben Blüten, grünen Blättern und schwarzen Ranken sind wunderschön. Die Schärpe ist handgestickt, und Hana fragt sich, ob seine Mutter dieses Schmuckstück mühsam für Altan gearbeitet hat, und was sie jetzt wohl denken muss, da es Hanas Taille schmückt.

Später in der Nacht sind Hanas Träume warm und voller Musik. Ihr Vater spielt Zither, das Lachen ihrer Mutter erklingt in ihrer kleinen Hütte, und sie tanzt mit ihrer kleinen Schwester barfuß auf Zehenspitzen im Kreis. Alles ist echt, die Wärme des Feuers, das Lied ihres Vaters, seine Finger, die die straff gespannten Saiten der Zither zupfen, sie kann sogar den salzigen Ozean durch die geöffneten Fensterläden riechen. Sie ist wieder zu Hause, als wäre sie niemals weggegangen und als wäre ihr niemals etwas zugestoßen. Beim Tanzen hält sie die kleinen Hände ihrer Schwester, wirft den Kopf zurück und singt den Text, den sie auswendig kennt. Ihre Mutter klatscht mit, und Hana möchte nie mehr aufhören zu tanzen.

In der Nähe bellt ein Hund. Der vertraute Bariton erinnert sie an etwas. Er bellt noch einmal. Sie hört auf zu tanzen. Ihre Arme hängen schlaff herunter, aber es fällt niemandem auf. Die lustige Feier geht ohne sie weiter. Ihre Schwester wirbelt um sie herum wie ein Blatt in einem Sturm. Gelächter dringt aus dem Mund ihrer Mutter, süß und sanft und voller Freude. Sie träumt. Sie will sie nicht verlassen, aber sie wacht auf. *Bitte,* hör nicht auf, sagt sie ihrem Vater, als er das Zitherspiel unterbricht. Seine Augen finden ihre, und sie sind voller Kummer. Jetzt hört sie das morgendliche Gezwitscher der Vögel vor dem *ger*, das die Bewohner der Steppe aus dem Schlaf ruft. Sie wälzt sich auf ihrem Pelz, und dann ist sie plötzlich wach.

Emi

Seoul, Dezember 2011

Alle Blicke in dem kleinen Krankenhauszimmer sind auf Emi gerichtet. Es ist zu viel Aufmerksamkeit, und sie wünscht sich, die anderen würden sie einfach zu der Statue bringen.

»Ich habe Durst«, sagt Emi, und Lane bietet ihr an, Wasser zu holen.

»Leg dich doch einfach hin, und ruh dich aus, Mutter«, sagt YoonHui und will Emi dazu bringen, sich zurückzulehnen.

»Nein, ich habe keine Zeit, mich auszuruhen. Ich muss die Statue sehen.«

»Das muss doch nicht heute sein. Ruh dich aus, erhol dich, und in ein paar Wochen bringen wir dich hin.«

»In ein paar Wochen?«, ruft Emi aus, lauter als beabsichtigt. »Mir bleiben keine paar Wochen mehr. Verstehst du das nicht?« Sie zieht sich die Decke von den Beinen und will aufstehen.

»Moment mal.« Ihr Sohn eilt herbei. »Du gehst nirgendwo hin. Ich kette dich an diesem Bett an, wenn es sein muss.«

Emi erstarrt. In diesem Augenblick hört er sich genauso an wie sein Vater. Sie sieht ihm ins Gesicht, verblüfft über die plötzliche Ähnlichkeit.

»Du bist wie dein Vater«, flüstert sie, bevor sie sich zurückhalten kann.

Er wirkt perplex. Er runzelt die Stirn, und man sieht ihm seine Verärgerung an. »Warum hast du ihn so gehasst?«, presst er hervor.

Auf Emis Seele sind die Narben zu vieler Wunden. Und jetzt wird ihr bewusst, dass auch ihre Kinder Narben davongetragen haben, sosehr sie sich auch bemüht hat, das zu verhindern. Ihre letzte Reise nach Seoul auf der Suche nach ihrer verlorenen Schwester hat die Tür zu ihrer Vergangenheit völlig zertrümmert.

»Es gibt viele Gründe, warum euer Vater und ich nicht miteinander ausgekommen sind. Zu viele, um euch alles zu erzählen. Aber das betraf nur ihn und mich.«

»Er ist tot«, sagt ihr Sohn. »Er ist schon fast fünf Jahre tot. Kannst du einem Toten nicht vergeben?«

Das Unbehagen in dem kleinen Raum ist spürbar. Lane kam während dieses Satzes zurück und wusste nicht so recht, ob sie Emi das Glas Wasser reichen oder bei der Tür stehenbleiben sollte. Emi winkt sie herbei. Lane reicht Emi das Glas, und alle sehen ihr zu, wie sie das Wasser hinunterstürzt. Emi hört erst auf, als sie das Glas bis auf den letzten Tropfen geleert hat. Als sie es auf den Nachttisch stellt, nimmt ihr Sohn ihre Hand.

»Erzähl es mir einfach. Was hat er getan, das so unverzeihlich war? Ich muss die Wahrheit wissen. Ich habe es verdient, wir beide haben das verdient.« Er streckt den Arm nach YoonHui aus. Als sie sich neben ihn stellt, sehen die beiden wieder aus wie Kinder. Die Jahre sind aus ihren Gesichtern verschwunden, und Emi sieht nur die beiden Lieben ihres Lebens. Sie waren der Grund, weshalb sie eine Ehe ohne Liebe überlebte. Sie weiß, sie schuldet ihnen die Wahrheit, aber sie hat auch Angst davor, sie zu offenbaren.

»Ich habe euch nie erzählt, wie eure Großmutter gestorben ist«, sagt sie.

»Mutter«, setzt ihr Sohn an, aber YoonHui hebt die Hand.

»Sprich weiter, Mutter, erzähl uns, wie sie gestorben ist.« Ihre Tochter nimmt Emis Hand.

»Es war vor dem Ausbruch des Koreakriegs. Euer Vater und ich hatten vor kurzem geheiratet, aber er hat eurer Großmutter nicht vertraut. Er hat sie oft beschuldigt, eine Rote zu sein.«

»Eine Rote? Du meinst, Kommunistin?«, fragt Lane dazwischen.

»Ja, eine Sympathisantin Nordkoreas. Eine Rebellin.«

»Aber Vater war doch nur ein einfacher Fischer?«, unterbricht ihr Sohn, nicht sicher, ob seine Kindheit entweder auseinanderfallen oder langsam einen Sinn ergeben wird.

»Zuerst war er Polizist«, sagt Emi. »Und dann kein sehr guter Fischer.«

Emis Tochter weiß viel über den Koreakrieg. Das ist ihr Spezialgebiet als Dozentin für koreanische Literatur. Sie schweigt, aber Emi weiß, ihr gehen gerade die Fakten zum Krieg durch den Kopf.

»Wie ist unsere Großmutter denn nun gestorben?« fragt ihr Sohn, ungeduldig wie immer.

»Die kommunistischen Rebellen sind nachts in die Dörfer gekommen, im Schutz des Rauchs, der noch aus der Glut der Häuser aufstieg, die die Polizisten niedergebrannt hatten. Sie rekrutierten neue Mitglieder, die Überlebenden, deren Häuser zerstört worden waren. Sie gingen auch von Tür zu Tür, um Vorräte zu sammeln. Euer Vater hatte als Polizist die Aufgabe, die Rebellen zu finden und außerdem jeden zu bestrafen, der ihnen half. Er hat eurer Großmutter nie vertraut. Ganz egal, was ich gesagt habe, um ihn vom Gegenteil zu überzeugen, er bezeichnete sie als Rebellin und als rot – manchmal hat er ihr das auch ins Gesicht gesagt.«

»Stimmte es denn?«, unterbricht ihr Sohn.

Emi hält inne. Die Erinnerungen fühlen sich ganz nah an. Auch der Schmerz ist nah. »Ich weiß es nicht. Ich habe immer stundenlang im Meer getaucht. Euer Vater hat nicht erlaubt, dass eure Großmutter mit mir tauchen geht. Er hat ihr nicht getraut. Deshalb habe ich alleine gearbeitet, und nachts war ich erschöpft und habe geschlafen wie ein Stein. Und ich war jung. Damals habe ich vieles nicht begriffen. Und noch mehr habe ich gar nicht bemerkt. Eines Tages bin ich dann nach Hause gekommen, und sie war weg. Euer Vater wollte mir nicht sagen, wo sie war. Ich habe das ganze Dorf abgesucht. Niemand wollte etwas sagen. Sie hatten zu große Angst vor eurem Vater.« Emi fasst sich an die Stirn, erinnert sich an die Gesichter der Leute.

»Das weiß ich noch«, sagt ihre Tochter plötzlich. »Alle haben ihn so komisch angesehen. Als Kind habe ich das nicht verstanden … aber jetzt, wo du es sagst, schon. Sie hatten Angst vor ihm.«

Der Gesichtsausdruck ihrer Tochter schmerzt Emi. So viele Geheimnisse, so viele Lügen, alles in einem einzigen kleinen Herzen verborgen. Sie wünscht sich, ihr Herz wäre größer gewesen, so wie das ihrer Freundin JinHee. Ihr Gelächter über die Wellen hinweg ist immer die pure Freude.

»Er hat sie angezeigt, oder?« YoonHui klingt, als hätte sie das die ganze Zeit gewusst, doch das ist unmöglich. Sie war damals noch nicht einmal geboren.

»Er hat es mir gegenüber nie zugegeben. Nie. Nicht einmal auf dem Sterbebett.« Emi sieht ihrer Tochter in die Augen. »Aber in meinem tiefsten Inneren weiß ich, dass es so war. Ich habe es immer gewusst. Die Ehe mit eurem Vater war keine Liebesheirat. Das habt ihr bestimmt gemerkt. Wir wurden wegen des Krieges gezwungen zu heiraten. Er war Polizist. Danach hat er für die Regierung gearbeitet.«

Emi hofft, ihre Kinder fragen nicht nach dem Tag, an dem sie zwangsweise ihren Vater heiraten musste; sie fürchtet, es tut den beiden zu weh. Ihre Hände zittern, sie kann sie nicht ruhig halten. Ihr Sohn nimmt sie in seine Hände. Die Wärme verleiht ihr Mut.

»Ich war vierzehn und frisch mit eurem Vater verheiratet. Ein neuer Krieg stand bevor. Eure Großmutter verschwand nur wenige Monate nach dem Beginn dieses neuen Lebens. Ich war verzweifelt. Allein im Haus mit diesem Fremden, der mich vor Angst erstarren ließ. Ich brauchte sie. Ich wollte sie unbedingt finden. Monate vergingen, und dann Jahre, ohne ein Zeichen von ihr. Sie war wie vom Erdboden verschluckt.«

Emi macht eine Pause. Sie erinnert sich daran, wie viel Anstrengung es sie kostete, nicht den Verstand zu verlieren. Die Japaner nahmen ihr die Schwester weg. Dann nahmen ihr die Koreaner den Vater. Und jetzt hatte ihr jemand ihre Mutter weggenommen. Emi war plötzlich allein.

»Ich war mit dir schwanger, als ich schließlich erfahren habe, dass sie hingerichtet worden war.« Sie sieht Hyoung an. »Über zwei Jahre waren vergangen, ohne dass ich auch nur das Geringste über ihren Aufenthaltsort erfahren hatte, und dann kam eines Tages eine Freundin zu mir nach Hause, um mir zu sagen, dass alle politischen Gefangenen getötet worden seien. Ich bin zur Polizeiwache, denn ich wollte unbedingt herausfinden, ob sie unter den Toten war. Sie wollten mir keine Auskunft geben, deshalb habe ich verlangt, die Liste der Gefangenen zu sehen. Die Regierung liebte ihre Bürokratie. Sie haben alles dokumentiert. Euer Vater ist mir auf die Wache gefolgt. Ich habe ihm gedroht, mich und sein ungeborenes Kind umzubringen, wenn er mich die Liste nicht sehen ließ. Auf diese Weise habe ich ihm eröffnet, dass ich schwanger war.

Als sie das ausspricht, kann sie ihren Sohn nicht mehr ansehen.

Ihr Mann sah Emi an, als hätte sie ihm einen Dolch in den Bauch gerammt.

»Du bist schwanger?«, fragte er ungläubig.

Auf der Wache war es still geworden, und ein paar Beamte verließen den Raum. Emi konnte ihm nicht in die Augen sehen. Sie starrte den Schreibtisch an, und da fiel ihr ein, dass es genau der Schreibtisch war, auf dem sie den Ehevertrag mit HyunMo unterschrieben hatte.

»Ja.«

»Seit wann weißt du das schon?« Er sah sie verträumt an, als wäre er in sie verliebt, aber Emi glaubte nicht, dass er sie lieben konnte, denn er hatte sie ja nur geheiratet, um Anspruch auf das Land ihrer Familie zu haben. Er griff nach ihrem Arm, aber sie wich zurück. Nachts nahm er seine ehelichen Rechte in Anspruch, aber tagsüber durfte er sie nicht gegen ihren Willen anfassen. So waren sie übereingekommen, damit Emi das erzwungene Zusammenleben ertragen konnte.

»Erst wenige Monate. Ich brauche meine Mutter. Ich schaffe das nicht ohne sie.«

Emi warf ihm einen flehentlichen Blick zu, denn mit Worten konnte sie nicht ausdrücken, wie sehr sie ihre Mutter brauchte. Sie war sechzehn Jahre alt, hatte Angst vor der Geburt, Angst davor, Mutter zu sein, aber am allermeisten hatte sie Angst davor, ein Kind großzuziehen, während sie ein isoliertes Leben führte, das nicht mehr ihr eigenes war.

»Und jetzt bedrohst du unser Kind?« Er sah aus, als fühle er sich hintergangen, aber das war Emi egal. Er hatte sie zuerst hintergangen. Er hatte ihr Land geraubt, ihre Unschuld, und jetzt verhinderte er, dass sie die Wahrheit erfuhr. Emi hob das Kinn und sah ihn wütend an.

»Ja.«

HyunMo ließ die Schultern hängen, sagte aber nichts mehr. Er öffnete die Tür zum Büro und rief einen Polizisten herein. »Zeigen Sie ihr die Liste.«

»Aber…«, stammelte der Polizist und blickte nervös zwischen Emi und HyunMo hin und her.

»Na los.«

Emi sah zu, wie HyunMo den Raum als gebrochener Mann verließ. Es war das einzige Mal, dass sie ihn so sah. Danach verschloss er sich vor ihr, machte es ihr unmöglich, ihn zu verletzen. Er wurde ein Vater, der Entscheidungen ohne ihre Zustimmung traf, wie zum Beispiel, ihre Tochter weiter in die Schule zu schicken. Manchmal kam er auf sie zu, versuchte, sie körperlich oder emotional zu berühren, aber sie wich immer vor ihm zurück. Sie vergab ihm nie die Rolle, die er beim Verschwinden und dem Tod ihrer Mutter gespielt hatte. Emi mustert die Gesichter ihrer Kinder genau, als sie die Geschichte fertig erzählt.

»Er hat die Polizeiwache verlassen, nachdem er mir die Erlaubnis gegeben hatte, die Liste einzusehen. Er wusste die ganze Zeit, dass ihr Name darauf stand, weil er ihn selbst darauf gesetzt hatte. Ich musste gar nicht erst hinsehen, ich wusste es auch so. Ich habe es trotzdem gemacht, habe Hunderte von Namen überflogen, bis ich ihren gefunden hatte. Sie war die ganze Zeit im Gefängnis gewesen. Und dann wurde sie eines Tages hingerichtet.«

Nachdem sie den Namen ihrer Mutter auf der Liste gelesen hatte, ging sie ans Meer. Sie war fest entschlossen, sich vom höchsten Felsen herunterzustürzen. Sie war allein auf der Welt und schwanger von einem Feind. Doch als sie, schwankend in dem starken Oktoberwind, da stand, schaffte sie es nicht. Ihr wurde bewusst, dass sie das Baby liebte, das in ihr heranwuchs.

»Du hast mir das Leben gerettet«, sagt sie und blickt zu ihrem Sohn auf. »Wäre ich nicht schwanger gewesen, ich weiß nicht, wie ich das überlebt hätte. Ich hatte dich, auf dich konnte ich mich freuen. Auf dich, denn du würdest ein Teil von mir und meiner Mutter und meinem Vater und sogar von meiner Schwester sein. Ihr Blut fließt in deinen Adern. Das habe ich damals geglaubt, und ich sehe es heute. Ich habe sie an jenem Tag in meinem Herzen begraben. Das musste ich. Für dich und für mich. Und dann bin ich zurückgekehrt zu eurem Vater und habe nie jemandem davon erzählt … bis heute.«

»Mutter«, sagt ihr Sohn leise. Seine Augen sind rot gerändert. Seit er erwachsen ist, hat Emi noch nie einen so zärtlichen Blick von ihrem Sohn gesehen. »Ich wusste das nicht.«

»Natürlich nicht. Er war euer Vater, und es war euer gutes Recht, ihn zu lieben. Ich hätte euch das niemals nehmen können.«

»Aber er hat deine Mutter umgebracht … unsere Großmutter.« Seine Worte klingen in der nachfolgenden Stille nach.

Emi weiß, was er jetzt denken muss. Ihre beiden Kinder lassen sich ihre Kindheit durch den Kopf gehen und begreifen nun all die Momente, in denen sie nicht auf die liebevollen Gesten reagiert hat oder nicht über seine besten Witze gelacht oder dass sie nicht einmal an seiner Seite geschlafen hat. Oft saß sie spätabends draußen auf der Veranda und konnte nicht schlafen, aber sie konnte ihnen auch nicht erzählen, weshalb. Es war ihre Art und Weise, sie zu schützen, sie gegen die Schrecken der Welt zu verteidigen. Ihre Kinder sollten nie so leiden wie sie selbst. Sie im Dunkeln zu lassen war das Selbstloseste, was sie je getan hatte. Und sie hatte es aus Liebe getan.

»Ja, seinetwegen ist eure Großmutter getötet worden, aber er hat nur getan, was man ihm aufgetragen hat. Er war eine Marionette der Regierung. Ihr dürft nicht vergessen, dass Krieg herrschte. Die Menschen haben furchtbare Gräueltaten begangen. Und sehr viele sind gestorben. So ist der Krieg nun einmal. Menschen werden getötet. Allen Überlebenden wurde Unrecht zugefügt, so oder so.«

Der Koreakrieg war ein einziges Blutbad. Emi erinnert sich, wie sich Nachbarn gegeneinanderwandten – Jahre bevor der Krieg 1950 offiziell begann – und sich gegenseitig bezichtigten, einander auszuspionieren, bevor der andere womöglich Gelegenheit hatte, denselben Vorwurf zu erheben. Viele der alten Tauchkameradinnen ihrer Mutter verschwanden. Jeder, der Söhne hatte, verlor sie, jeder,

der Töchter hatte, verlor sie oder gewann neue Söhne dazu, denen man nicht trauen konnte. Die ganze Insel weinte in kollektiver Trauer.

Emis Trauer wurde unter dem Jeju International Airport begraben. Damals war es ein Militärflugplatz, verwaist, nachdem die Kaiserlich Japanischen Heeresluftstreitkräfte bei Ende des Zweiten Weltkriegs die Insel verließen. Mehr als siebenhundert Menschen, angeblich politische Dissidenten, wurden dort gefangen gehalten, auch ihre Mutter, wie Emi später erfuhr. Die Gefangenen wurden durch ein Exekutionskommando hingerichtet, die Leichen verscharrte man in einer großen Grube.

Niemand erwähnte jemals, was unter den brandneuen Startbahnen lag, als der Flugplatz zu dem jetzigen internationalen Flughafen erweitert wurde, aber wer die Massaker miterlebt oder jemanden verloren hatte, der vergaß das nie. Deshalb konnte Emi nicht fliegen. Bei der Vorstellung, ihr Flugzeug könnte einfach so über das anonyme Grab ihrer Mutter hinwegrollen, zog sich ihr Magen zusammen, und ihr Mund wurde trocken.

Mit sechzehn war Emi eine Waise. Sie hatte keine Familie mehr, die sie lieben konnte, aber in ihr wuchs Hoffnung. Ihr Sohn wurde 1950 geboren, das Jahr, in dem der Koreakrieg offiziell begann, und ihre Tochter folgte nach, als der Krieg drei Jahre später schließlich aufhörte. HyunMo und Emi lebten während des Krieges und noch Jahre danach zusammen, ohne einander jemals ihre Seele zu zeigen. Erst auf dem Sterbebett offenbarte er ihr seine wahren Gefühle.

Er starb an Krebs. Seine Lunge und seine Leber waren voller Tumore. Er hatte stets den ganzen Tag lang Pfeife geraucht, sogar während er darauf gewartet hatte, dass ihm die Fische ins Netz gingen. Am Ende wog er wenig mehr als vierzig Kilo und konnte kaum noch den Kopf heben, um seine Kinder und seinen einzigen Enkelsohn anzusehen.

»Danke für unsere Kinder«, brachte er unter flachen Atemzügen hervor.

Emi wischte ihm damals mit einem kühlen Tuch die Stirn. Sie hielt inne und sah ihm in die Augen. Das hatte sie nicht mehr gemacht, seit sich ihre Tochter geweigert hatte, eine *haenyeo* zu werden. Ein milchiger grauer Star drohte die ganze rechte Pupille zu bedecken, das Weiß seiner Augäpfel hatte einen Gelbstich und war von wütenden roten Blutgefäßen durchzogen. Er sah viel älter aus, als er wirklich war. Emi fragte sich, wie viel schwerer sein Leben wohl im Vergleich zu ihrem gewesen war.

»Ich habe dich immer geliebt«, flüsterte HyunMo. Er griff nach ihrer Hand, die sie instinktiv wegzog. Er zwinkerte, sie kannte seine Entschlossenheit.

»Auf meine Weise«, sagte er und legte die Hand auf seine eingefallene Brust.

Emi blickte auf ihn hinab und überlegte, wann aus ihm ein alter Mann geworden war.

»Hasse mich nicht so sehr, wenn ich tot bin.« Damit traf er sie unvorbereitet. Er lachte über ihren überraschten Gesichtsausdruck, aber das Lachen verwandelte sich rasch in einen Hustenanfall.

Emi drückte ihm sanft die Hände auf die Brust, damit es ihn nicht so heftig schüttelte. Als der Husten nachließ, legte er die Handflächen auf ihre Hände und umfasste sanft ihre Handgelenke.

»Verbrenne Räucherwerk für meine Ahnen, wenn du glaubst, du kannst mir jemals verzeihen.« Seine roten Augen suchten ihre, als würde er sie bitten, seinem schwachen Körper neues Leben einzuhauchen.

Ihm in die Augen zu sehen, das war, als würde sie in den Erinnerungen eines Fremden wühlen. Als sie schließlich ihre Stimme fand, war sie harsch und voller Bitterkeit.

»Was soll ich dir verzeihen? Den Tod meiner Mutter?«

Er ließ ihre Handgelenke los, die Hände rutschten seitlich herab. Er blinzelte wieder, und die Sekunden zwischen dem Schließen und dem Öffnen seiner Augenlider schienen zu Tagen zu werden. Ein tiefer Husten rasselte in seiner verstopften Lunge. Er spuckte schwarzes Blut. Emi wischte es ihm pflichtbewusst vom Mund.

»Verzeih mir … so viel mehr, als ich sagen kann … alles.«

Das waren die letzten Worte, die er zu ihr sagte. Zwei weitere Wochen lang hing sein Leben noch an einem ganz dünnen Faden, und sein kranker Körper quälte ihn auf Weisen, die sie ihrem ärgsten Feind nicht gewünscht hätte. Als er schließlich starb, war es eine Erleichterung, für ihn wie für sie, aber Emi stellte überrascht fest, dass sie auch ein wenig Trauer verspürte, als sie ihn beerdigten. Vielleicht waren es die Tränen ihrer erwachsenen Kinder, die sie traurig machten, aber sie war sich nicht sicher.

Selbst als Emi jetzt über seinen erbärmlichen Tod nachdenkt, ist sie sich nicht sicher, was sie empfand, als er für immer von ihr ging. Bei diesem Rückblick spürt sie wieder Distanz, die alte Leidenschaftslosigkeit gegenüber ihrem Ehemann. Damals tat sie, was sie tun musste, schluckte ihre Gefühle herunter, um nicht von ihrem Zorn übermannt zu werden, um zu überleben.

Ihre Schwester hatte Emi einmal als tanzenden Schmetterling bezeichnet, voller Leben und Lachen. Emi denkt an den Moment zurück, an dem das kleine Mädchen verschwand und die Hülse einer Frau zurückließ. Sie sieht die schmerzvollen Augenblicke ihrer Kindheit und weiß, dass endgültig eine Grenze überschritten war, als sie auf der Polizeiwache stand und den Namen ihrer Mutter auf der Liste sah. Sie beide starben an jenem Tag.

»Wirst du für deine Großmutter Räucherwerk anzünden?«, fragt Emi ihre Tochter plötzlich.

»Was?« YoonHuis Miene ist erfüllt von Sorge und Kummer.

»Ich … ich habe nie Räucherwerk für unsere Vorfahren angezündet …« Emis Stimme verklingt. Sie sieht das Gesicht ihrer Mutter vor sich und fragt sich, ob sie im Jenseits wohl Frieden fand.

»Mach dir keine Gedanken über solche Sachen, Mutter«, sagt Hyoung verärgert. »Konzentriere dich einfach darauf, wieder gesund zu werden.« Er versucht zu lächeln, aber sie sieht ihm an, welch ein Kampf sich in seinem Inneren abspielt.

Es ist zu viel für sie, diese Aufgabe. Schon ihren Kindern die Wahrheit über ihre Vergangenheit zu offenbaren kostet so viel Kraft. Der ewige Schlaf zupft an ihren Augenlidern, verlockt Emi, die Augen ein für alle Mal zu schließen. Sie fasst sich an die Stirn, drückt die Fingerspitzen in die Haut, bis der Schmerz sie zurück zu den Lebenden bringt. Sie hat nicht mehr viel Zeit, aber ihr Wille ist stark. Sie wird nicht warten, bis ihre Kinder ihren Frieden mit dem Verbrechen ihres Vaters oder ihrer Verschwiegenheit geschlossen haben. Sie hat etwas zu erledigen.

»Ich will zu der Statue. Ich muss sie noch einmal sehen«, sagt sie plötzlich.

»Du kannst nicht aus dem Krankenhaus weg, du bist krank, das ist zu anstrengend für dein Herz«, sagt YoonHui. »Wir können in ein paar Tagen hin, wenn du dich erholt hast.«

»Nein, es muss heute sein. Jetzt. Ich muss sie jetzt sehen.«

»Das geht nicht, Mutter. Du bist krank!« YoonHui regt sich auf, Lane versucht sie zu beruhigen, Hyoung starrt schweigend auf seine Füße.

»Ich bringe dich hin.« Ihr Sohn flüstert nur.

»Das geht nicht«, ruft YoonHui aus. »Sie muss im Krankenhaus bleiben und sich behandeln lassen. Sie kann nicht weg, noch nicht.« YoonHui ist außer sich, in Tränen aufgelöst. Lane legt ihr den Arm um die Schultern. Sie tröstet Emis Tochter wie eine Mutter, die ein verletztes Kind tröstet, nur sitzt die Schramme am Herzen, nicht am Knie.

Keiner sagt mehr etwas. Ihr Sohn verlässt den Raum, um einen Rollstuhl zu besorgen, und YoonHui schweigt, als ihr klar wird, dass sie nichts mehr zu sagen hat. Sie geht zu Emi und küsst sie auf die Wange. Dann nimmt sie Emis Hand, und sie sind wieder Mutter und Tochter, sitzen in ihrem Haus im Dorf am Meer. Wellen schlagen gegen die felsige Küste, während sie friedlich zusammen warten.

»Ich hätte dir ins Meer folgen sollen. Das war meine Pflicht. Ich habe dich im Stich gelassen.« YoonHui klingt schuldbewusst. Tränen tropfen ihr vom Kinn. Lane wischt sie mit der Hand ab. Die Zärtlichkeit zwischen den beiden berührt Emi tief. In ihrem langen Leben hat sie nie eine solche Intimität erfahren. Die Beziehung ihrer Tochter ist eine Art Versöhnung mit den Kämpfen, die sie selbst ausfechten musste. Sie denkt, das war es vielleicht wert, wenn ihre Tochter jemanden auf der Welt gefunden hat, mit dem sie ihr Leben teilen kann, jemanden, den sie für sich auserwählt hat und der ihre Liebe erwidert.

»Du bist deinem Herzen gefolgt. Mehr habe ich mir für meine beiden Kinder nicht gewünscht. Ich bin stolz auf euch ... auf die Entscheidungen, die ihr für euer Leben getroffen habt. Ich bin froh, dass ihr sie selbst treffen konntet. Nichts hätte mich als Mutter glücklicher machen können. Ich habt, wovon ich nie geträumt habe.«

Hyoung kommt mit dem Rollstuhl, und es ist Zeit zu gehen. Er schiebt sie aus dem Zimmer, auf den Aufzug zu. YoonHui und Lane folgen ihnen, ohne weiter zu protestieren, aber Emi sieht sie ohnehin nicht. Sie kann nur nach vorne blicken, auf das Gesicht, das sie einlädt heimzukehren.

Emi konzentriert sich auf dieses goldene Gesicht, das dem ihrer Schwester so ähnlich sieht. Sie ergeht sich in der Vorstellung, dass ihre Schwester noch am Leben sein könnte, dass die Ähnlichkeit mit ihr einen Grund haben muss. Emi spürt es in den Knochen, dass ihre Schwester irgendwie mit der Statue zu tun hat, aber um ganz sicher zu sein, muss sie ihr noch einmal ins Gesicht sehen.

Hana

Mongolei, Herbst 1943

Das tiefe Knurren des Hundes weckt alle im *ger*. Der Mongole – *aav ni,* »Vater«, ein weiteres Wort, das Hana gelernt hat – zündet eine Öllampe an. Seine Frau rührt sich. Hana tut so, als würde sie schlafen, und beobachtet ihn durch die Wimpern. Der Hund bellt warnend. Der Mann zieht sich rasch an und weckt Altan durch einen Stups mit dem Fuß. Zusammen schlüpfen sie in ihre Stiefel und gehen geduckt mit der Lampe hinaus. Ein Gruß hallt durch die Nacht. Ein Windstoß weht in das *ger*, so dass Hana fröstelt. Sie zieht sich die Decke fest bis zum Hals hoch.

Schrilles Vogelgezwitscher durchdringt die Stille im *ger*. Ein Pferd trabt heran. Hana gibt acht, Altans Mutter nicht zu wecken, und kriecht zur Tür, um zu lauschen. Altans Vater ruft dem näher kommenden Reiter etwas zu, der den Gruß erwidert. Hana erkennt die Stimme.

Ihr Herz scheint mitten im Schlag stillzustehen und zieht ihr das Blut aus dem Kopf. Sie kann nicht atmen. Panisch schnappt sie nach Luft wie ein Fisch aus dem Meer. Morimoto ist zurückgekehrt.

Es dauert zu lange, bis ihr Herz sich wieder entkrampft.

Sie ist auf Knien, die Stirn auf dem Teppich, und muss dringend atmen. Sie hat jeglichen Gehör- und Tastsinn verloren. Es ist, als befände sie sich in einem Vakuum. So plötzlich die Panik begann, so abrupt löst sie sich wieder auf. Ganz langsam füllt sich ihre Lunge mit Sauerstoff, und sie kann wieder atmen. Als sie nicht mehr zittert, geht sie mit dem Ohr näher an die Klappe.

Die Männer unterhalten sich auf Mongolisch. Der Hund zieht endlose Kreise um sie. Hana schiebt die Klappe am Rand ein ganz kleines Stück weg, so dass sie gerade durch den Spalt blicken kann. Das Licht der Öllampe scheint in das *ger*. Hana blickt zu Altans Mutter hinüber, aber sie schläft immer noch tief und fest.

Zwei Männer stehen draußen vor dem *ger*. Morimoto trinkt in großen Zügen aus einer Flasche, sein Hals leuchtet weiß im Licht der Lampe. Mit dem Handrücken wischt er sich den Mund ab und bietet die Flasche Altans Vater an. Der trinkt daraus, bevor Morimoto sie sich wieder in die Brusttasche steckt. Morimoto faltet ein Stück Papier auseinander und streckt es Altans Vater hin. Hana kann nicht sehen, was es ist. Eine Landkarte, militärische Pläne?

Altans Vater hält die Öllampe hoch und beugt sich über das Papier, um es besser betrachten zu können. Morimoto zeigt auf ein paar Stellen und spricht mit gedämpfter Stimme. Als Altan, der das Pferd zu den Ponys ins Gehege gebracht hat, zurückkehrt, faltet Morimoto rasch das Papier zusammen und steckt es sich in die Hosentasche. Altans Vater richtet sich wieder auf und deutet zum *ger*. Altan nickt und geht Richtung Tür.

Hana eilt zu ihrem Schlafplatz. Altan murmelt leise vor sich hin und lässt sich auf sein Fell fallen. Er gähnt, zieht sich ein paar Mal die Decke zurecht, dann schläft er ein. Er atmet schon schwer, als sein Vater zurück in das *ger* kommt. Hana wartet, dass Morimoto ihm folgt, aber er taucht nicht auf. Altans Vater bläst die Öllampe aus und legt sich neben seine Frau. Bald schnarcht auch er.

Hana liegt in der Dunkelheit und macht sich darauf gefasst, dass Morimoto gleich neben ihr auftauchen wird. Sie kann sich nirgendwohin flüchten, deshalb steckt sie die Decke um sich herum fest, als würde sie eine Leiche einhüllen. Er ist dort draußen, und sie ist sicher, er wird sie nicht einmal für eine Nacht in Ruhe lassen. Die Minuten werden zu Stunden, ohne dass er kommt. Ihre Lider sind schwer, und sosehr sie sich auch anstrengt, wachsam zu sein, sie fallen ihr ständig zu.

Über ihnen zwitschern in ihren Träumen die Vögel des frühen Morgens und fliegen hoch hinauf in einen strahlenden Himmel. Altans Vater schnarcht noch lauter als sonst, als würde er gleich neben ihr liegen. Sie treibt immer weiter weg von dem *ger*, umfangen von den weichen Händen des Schlafs, doch die Hände sind nun nicht mehr so weich. Sie ziehen und zerren an ihr. Hana wirft sich im Schlaf hin und her, versucht sie wegzuschieben, da drücken ihr grobe Finger die Beine auseinander. Als sie die Augen aufschlägt, ist Morimoto neben ihr.

»Haben sie dir Gewalt angetan?«, flüstert er. Seine Bartstoppeln kratzen sie an der Wange.

Sie ist so erschrocken, dass sie kein Wort herausbringt. Sie windet sich von ihm weg, aber er drückt sie nach unten.

»Haben sie Hand an dich gelegt?«, fragt er heiser.

Es gelingt ihr, den Kopf zu schütteln.

Mitten in seinem plötzlichen Angriff steigt Wut in ihr auf.

Er, der ihr unvorstellbare Gewalt angetan hat, beschuldigt die einzigen freundlichen Menschen, die sie seit ihrer Verschleppung getroffen hat. Ihr Körper spannt sich an, und sie findet ihre Stimme.

»Sie haben mich nicht vergewaltigt. Das sind noble Menschen, nicht wie Soldaten … nicht wie Sie.«

Er unterbricht die grobe Untersuchung und zieht die Hand zurück. Selbst in der Dunkelheit weiß sie genau, dass er vor Wut kocht. Rasch schließt sie ihren *del* und bindet die Schärpe mit einem Doppelknoten fest. Morimoto steht ohne ein Wort auf und verlässt das *ger*. Sie kann nicht mehr einschlafen. Stattdessen lauscht sie den Geräuschen der schlafenden Familie neben sich und stellt sich vor, wie es hätte sein können, wenn er nie zurückgekehrt wäre.

❧

Altans Vater steht am Morgen als Erster auf. Er weckt Altan, und gemeinsam gehen sie hinaus. Hana sieht ihnen nach. Altan wirft einen Blick zurück zu ihr. Sie schließt schnell die Augen, dann ist er weg. Altans Mutter schläft noch. Hana weiß nicht, was Morimoto geplant hat, ob er vorhat, sie heute schon mitzunehmen, oder ob er noch ein paar Tage bleiben will. Mit geschlossenen Augen sieht sie ihn vor sich wie einen bösen Geist, tödlich und bedrohlich. Sie setzt sich abrupt auf und schiebt das Bild weg. Und sie beschließt, ihre Arbeiten zu verrichten, als habe sich nichts geändert.

Nachdem sie das Feuer im Ofen angezündet hat, verstaut sie ihr Bettzeug zusammen mit dem von Altan und seinem Vater in den Truhen. Altans Mutter erwacht und setzt sich auf. Sie lächelt Hana an. Dieser warme, so schlichte Gruß ist zu viel für Hana. Sie will das nicht verlieren. Am liebsten würde sie sich schluchzend vor ihr auf den Boden werfen, aber sie schluckt den Impuls herunter. Stattdessen verneigt Hana sich tief, vollzieht *sebae,* die rituellen koreanischen Verbeugungen, und ehrt sie für ihre Freundlichkeit. Die Frau stößt einen überraschten Laut aus. Hana verbeugt sich dreimal, und als sie wieder aufsteht, nickt Altans Mutter zum Dank. Dann verlässt Hana das *ger* und beginnt mit ihren morgendlichen Arbeiten, als wäre Morimoto nicht zurückgekehrt, um sie zu holen.

Sie füllt die Metalleimer mit Kuhmilch. Beide Eimer trägt sie gleichzeitig zu dem Sammelbehälter und gießt die frische Milch hinein. Dann geht sie zu dem Gehege zurück, um die Ponys mit Apfelstückchen zu füttern. All dies verrichtet sie unter den aufmerksamen Blicken von Morimoto, Altans Vater, Altan, Ganbaatar, dem Mann ohne Namen und Altans Mutter. Selbst der Hund scheint jede ihrer Bewegungen zu verfolgen. Es ist, als wisse jeder, dass ihre Zeit hier so gut wie vorüber ist.

Altan besucht sie nicht im Gehege, so wie in den letzten paar Tagen. Stattdessen hält er Abstand. Er bindet Reisig mit einer Schnur zusammen, während Ganbaatar mit seinem Adler spielt. Sie erwischt Altan ein paar Mal, als er sie ansieht, aber dann blickt er immer schnell wieder weg. Morimoto sitzt auf einem Hocker, nimmt seine Pistole auseinander und reinigt sie. Systematisch wischt er jedes Teil ab und legt alles in geraden Reihen auf ein kleines Tuch.

Ganbaatar lässt den Adler fliegen. Er kreischt laut und erhebt sich in die Lüfte. Alle sehen zu, wie er hoch über ihnen schwebt. Morimoto bricht die ehrfürchtige Stille.

»Ein prachtvolles Geschöpf, nicht wahr?« Er spricht Japanisch. Hana weiß, er redet mit ihr, beobachtet sie, wartet darauf, dass sie ihn anschaut, aber sie wendet den Blick nicht von dem Adler ab.

»Er hat ihn großgezogen«, fährt Morimoto fort, als würde ihm ihr Schweigen nichts ausmachen. »Und jetzt dient er ihm als Augen und als Pfeil, er jagt für ihn mitten im Winter, so dass sie nicht hungern müssen.«

In wachsenden konzentrischen Kreisen fliegt der Adler über ihnen. Er könnte davonfliegen und nie mehr wiederkehren, aber er tut es nicht. Ein unsichtbarer Strick scheint ihn an Ganbaatar zu binden, mit einem immer größer werdenden Radius.

»Er füttert ihn aus der Hand, nimmt ihn in den Arm, lässt ihn in seinem Zelt schlafen. Der Adler ist ein Mitglied der Familie, noch wertvoller als eine Frau oder ein Kind.«

Da sieht Hana Morimoto an. Die Vorstellung, ein Tier könnte kostbarer sein als eine Frau oder ein Kind, überrascht sie. Sie fragt sich, ob er die Wahrheit sagt oder ob er die Mongolen als rückständige Barbaren brandmarken will. Aber dann denkt sie an ihre Beziehung zu den Ponys und wie die Tiere ihnen folgen wie kleine Entlein der Mutter und wie sorgsam und sanft Ganbaatar jeden Morgen mit ihnen umgeht. Vielleicht stimmt es doch, was Morimoto gesagt hat.

Ganbaatar ruft den Adler. Das Tier stößt einen durchdringenden Schrei aus, bevor es gehorsam auf dem Arm des Mannes landet. Ganbaatar streicht ihm über die Brust und trägt den Adler in sein *ger*.

Die anderen nicken Morimoto zu und machen sich Richtung Mohnfeld auf. Hana will ihnen rasch folgen, damit sie nicht allein mit ihm sein muss. Sie umrundet das *ger*, aber Morimoto stellt sich ihr in den Weg.

»Wo willst du hin?« Er riecht nach Schmiere und Metall.

»Ich muss auf dem Feld arbeiten.« Sie geht ein paar Schritte von ihm weg, blickt ihm über die Schulter auf Altans Hinterkopf und wünscht sich, Altan würde stehenbleiben und auf sie warten.

»Mit deinen Arbeiten hat es jetzt ein Ende«, sagt er und führt sie zur Tür des *ger*.

Sie weiß, was er vorhat, und dass er die gesamte Zeit seiner Rückreise nur an sie gedacht hat. Wenn sie tut, was er will, wird er schnell sein. Er wird sich befriedigen, und dann kann sie zum Feld hinuntergehen, als wäre nichts passiert.

Sie stützt sich am Türrahmen ab, klammert sich daran, gräbt die Fingernägel in das Holz. Morimoto hebt die Klappe und will sie hineinführen. Sie hält sich mit der Hand am Türrahmen fest und stemmt sich gegen ihn. Er blickt auf sie hinab.

»Habe ich dir gar nicht gefehlt?« Sein Lächeln wirkt echt. Sie begreift seinen Gesichtsausdruck nicht. »Und?«, fragt er, wartet auf eine Antwort.

Sie überlegt, was sie antworten soll. Ihr fällt nichts ein. Schweigend starrt sie ihn an. Seine Miene verfinstert sich. Er packt sie am Arm und zerrt sie hinter sich ins *ger*.

Morimoto drückt sie auf den nackten Boden und löst die Seidenschärpe, die Altan ihr geschenkt hat. Sie liegt in dem leblosen Zustand, in den sie sich immer zurückgezogen hat, unter ihm auf dem Boden. Macht es sie zu einer Prostituierten, wenn sie sich ihm kampflos ergibt? Er küsst sie auf den Hals. Wenn sie sich nicht wehrt, gibt sie ihm damit automatisch ihre Erlaubnis?

Hanas Instinkte sagen ihr, sie soll still liegen bleiben, damit er ihr nicht wehtut – oder sie umbringt. Er könnte ihr mühelos den Hals zudrücken, und dann würde sie ihre Mutter nie mehr wiedersehen. Altans Gesicht taucht vor ihren Augen auf. Auch Altan würde sie nie mehr wiedersehen. Die Traurigkeit, die sie bei dieser Vorstellung empfindet, überrascht sie.

Morimoto küsst sie auf den Mund, aber sie erwidert den Kuss nicht.

»Ich dachte, du wärst begieriger darauf, mich zu sehen«, sagt er.

Hana schließt die Augen, blendet ihn aus.

»Ich habe dir etwas mitgebracht«, flüstert er ihr ins Ohr. »Ich gebe es dir danach.«

Er nimmt ihren Körper wieder in Besitz, widmet sich jedem Zentimeter von ihr mit derselben Genauigkeit, die er der Reinigung seiner Pistole zuteilwerden ließ. Hana hält die ganze Zeit über die Augen geschlossen. Diesmal erzielt sie einen neuen Rekord, sie hält den Atem einhundertunddreiundsechzig Sekunden lang an und wird beinahe ohnmächtig.

Er raucht eine Pfeife, während sie sich anzieht, und betrachtet die Schärpe, als Hana sie sich um die Taille bindet. Sie macht keinen Doppelknoten, denn sie möchte nicht zu viel Aufmerksamkeit darauf lenken, aber er bemerkt es trotzdem.

»Woher hast du das?«

»Das da? Die Mongolin hat sie mir gegeben, weil ich nichts zum Anziehen hatte. Sie hat die Lumpen verbrannt, in denen Sie mich hergebracht haben.« Sie wendet sich rasch ab und zieht nacheinander ihre Stiefel an.

Er kaut am Ende der Pfeife, ohne in die Falle zu gehen.

»Nein, ich meine nicht den Mantel, sondern den hübschen Gürtel. Was ist das, Seide?«, fragt er und winkt sie zu sich.

Hana zögert, bevor sie gehorcht. Er hebt eine Augenbraue, hat ihr Zögern bemerkt. Sie blickt zu Boden und schleicht zu ihm. Dann kniet sie sich vor ihn hin. Morimoto reibt das seidene Material zwischen Daumen und Zeigefinger, als wolle er die Qualität prüfen. Er legt sich die Pfeife auf das Knie und bindet die Schärpe los. Sie hält sich den *del* mit beiden Händen zu, aus Angst, er könnte sie ein zweites Mal entkleiden wollen. Stattdessen breitet er die Schärpe vor sich aus und betrachtet das zarte Muster in voller Länge.

»Das ist ein Ehrenzeichen«, sagt er und betrachtet immer noch die aufwändige Stickerei. »Wer hat dir das geschenkt?«

»Ist das wirklich so wichtig?«

»Ja. Es ist ein Geschenk. Ein wertvolles.«

»Vielleicht sind sie großzügiger, als Sie wussten.«

Er senkt die Schärpe und betrachtet prüfend ihren Gesichtsausdruck. Sein raubtierhafter Blick verunsichert sie. Sie wendet sich ab. »Frauen tragen keine Schärpen. So hat man leichter Zugriff«, sagt er schließlich grinsend. »Wer auch immer dir das geschenkt hat, hatte einen Grund.«

»Die Mongolin trägt auch eine.«

»Ja, aber ihre ist ein Gürtel, an den sie ihre Arbeitsgeräte hängen kann. Diese hier ist, na ja, sagen wir mal, sie ist dekorativer.«

Prüfend mustert er sie. Die Stille zwischen ihnen macht

sie nervös. Schließlich lacht er und wirft ihr die Schärpe ins Gesicht. Sie fällt auf den Boden. Hana lässt sie liegen. Er schiebt sich die Pfeife in den Mund, nimmt einen Zug und bläst ihr eine Rauchwolke ins Gesicht. Ihr steigen Tränen in die Augen, und sie muss husten.

»Jemand hat also Anspruch auf dich erhoben? Welcher denn, der junge Mann, Ganbaatars Freund? Der kleine Junge? Wer möchte dich besitzen?«

Aus Angst um Altan überlegt sie fieberhaft. Wenn es ihr gelingt, ihn wütend zu machen, lenkt Morimoto seinen Hass auf sie statt auf Altan.

»Hier ist niemand so wie Sie. Sie sind der Einzige, der Anspruch auf mich erhebt, obwohl Sie wissen, dass ich alles tun würde, um Ihrem Griff zu entkommen.«

Er setzt sich aufrecht hin, und es sieht aus, als würde er sie gleich schlagen. Sie versteift sich, wappnet sich dagegen. Doch er scheint seine Taktik zu ändern und lächelt, wie eine Schlange kurz vor dem Angriff.

»Wir können den ganzen Tag hierbleiben, wenn du willst. Oder du sagst mir einfach, wer dir das geschenkt hat.«

Sie sieht ihn nicht an, stattdessen richtet sie den Blick auf die leuchtenden Blau- und Gelbtöne, die die Schärpe zieren. Schon jetzt hat sie Heimweh.

»Wir brechen am Morgen auf.« Er will ihr eine Reaktion entlocken. Als sie immer noch nichts sagt, fügt er hinzu: »Ich schätze, er kann noch eine letzte Nacht von einer Zukunft träumen, die nie eintreffen wird.«

Die Wahrheit hinter seinen Worten schmerzt sie. Hana sackt innerlich zusammen. Äußerlich strafft sie die Schultern und weigert sich, ihn sehen zu lassen, wie sehr er sie verletzt hat.

»Warum muss ich mit Ihnen gehen?«

Falls ihn ihre unvermittelte Frage überrascht, lässt er es sich nicht anmerken. Er pafft weiter und macht eine wegwerfende Handbewegung.

»Ich brauche dich. Nur du kannst mir meinen Kummer nehmen.«

Seinen Kummer? Im Bordell hat er sie in vielen schlaflosen Nächten gezwungen, seinen Tiraden zuzuhören, wenn sie sich eigentlich nur von den Qualen des Tages ausruhen wollte. Morimoto kam in ihr Zimmer getrampelt, weckte sie auf und verlangte, dass sie auch ihm noch zu Diensten war. Danach musste sie wach bleiben, um ihm zuzuhören. Sie würde ihm am liebsten ins Gesicht spucken, aber Morimoto berührt sie an der Wange. Er wird ihr seine Geschichte erzählen, und sie wird wieder einmal zuhören müssen.

»Die Amerikaner haben meine Familie umgebracht.« Er scheint in Gedanken weit weg zu sein. »Meine Frau, meinen kleinen Sohn. Ich habe sie zu meinem Bruder nach Kalifornien geschickt, bevor der Krieg ausbrach, weil ich dachte, sie sind dort in Sicherheit.« Seine Haltung ändert sich. Er wirkt niedergeschlagen.

»Wie sind sie gestorben?«, fragt Hana unwillkürlich. Er hat seine Familie noch nie erwähnt.

»Japan hat Amerika bombardiert. Wusstest du das? Sie haben amerikanische Kriegsschiffe versenkt, an deren Stützpunkt auf Hawaii. Es war ein Defensivschlag, damit die Amerikaner sich nicht am Krieg beteiligen, aber daraufhin sind sie erst recht in den Krieg eingestiegen. Und sie haben alle japanischen Staatsbürger in Amerika zu Verrätern und Spionen deklariert. Sie wurden in Internierungslager gesteckt und mussten ihre Häuser und ihre Habseligkeiten zurücklassen, um im Lager in erbärmlichen Verhältnissen zu leben. Mein Sohn ist verhungert, und meine Frau hat sich vor Kummer – ich hatte sie ja verlassen, um im Krieg des Kaisers kämpfen zu können – erhängt.«

Hana lässt seine Worte auf sich wirken. Sie versucht, sich vorzustellen, wie viel Kummer ihm das bereitet haben musste, als er von ihrem Tod hörte. Morimoto hatte seine Familie nach Amerika geschickt, um sie in Sicherheit zu bringen, doch stattdessen musste sie leiden und kam ums Leben. Im düsteren Licht des *ger* betrachtet sie sein Gesicht, aber sosehr sie sich auch bemüht, sie kann keinen Menschen erkennen, der Mitleid verdient hätte. In ihm ist keine Spur von Menschlichkeit mehr vorhanden. Seine Menschlichkeit starb mit ihnen.

»Als ich dich im Meer gesehen habe, wusste ich, dass die Götter dich mir geschenkt haben. Ich bin sicher, sie haben dich für mich bestimmt, und eines Tages wirst du mir noch einen Sohn gebären.«

Er wird sie niemals loslassen. Die Zukunft, die er ihr zugedacht hat, widert sie an. Bilder dieser Zukunft gehen ihr durch den Kopf, aber am Ende sieht sie sich selbst, wie sie versucht, mit einem Baby in den Armen wegzulaufen. Seinem Baby. Sie würde eher sterben, als ein Kind von ihm auf die Welt zu bringen. Doch dann kommt ihr ein anderer Gedanke. Sie würde ihn lieber töten oder bei dem Versuch sterben.

Er senkt die Pfeife und zieht einen kleinen Beutel aus der Jackentasche. Während sie zusieht, wie er ihn öffnet, hofft sie ein wenig, es wäre das Foto von ihr. Ein unsinniger Gedanke, aber irgendwie ist sie jetzt gespannt darauf, was er ihr mitgebracht hat.

»Die sind für dich.« Er zieht zwei goldene Armreife hervor, wie ein stolzer Verehrer.

Enttäuscht starrt Hana den Schmuck an. Morimoto greift nach ihrem Arm und schiebt ihr die Armreife klirrend über die dünnen Handgelenke. Das Geräusch erinnert Hana an Ketten.

»Gefallen sie dir?«, fragt er.

Hana weiß, wie sie ihn erfreuen kann und dass er zufrieden sein wird, wenn sie einfach nur mit dem Kopf nickt. Sie muss ihre ganze Kraft aufbieten, um das zu schaffen.

Auf dem Mohnfeld hält Hana Abstand zu Altan und den anderen. Sie fürchtet, man könne riechen, dass sie Sex hatte, oder die anderen könnten es spüren, wenn sie ihr zu nahe kommen. Würden sie sich auch in Tiere verwandeln, wenn sie wüssten, was sie für Morimoto in Wirklichkeit ist? Das Messer, das gestern noch ganz leicht war, fühlt sich schwer und unhandlich an, als sie die Kapseln aufschneidet. Morimoto ist damit beschäftigt, mit Altans Vater zu sprechen, blickt aber immer wieder in ihre Richtung.

Altan geht auf dem Feld an ihr vorbei. Sein Schatten fällt über sie, aber sie beachtet ihn nicht. Stattdessen bewegt sie sich weg, geht in die entgegengesetzte Richtung. Sobald sie angefangen hat zu gehen, kann sie nicht mehr aufhören. Ihre Füße haben ihren eigenen Kopf. Bald hat sie das Mohnfeld verlassen und läuft weg von ihnen, auf die Berge zu. Die gewaltige Felsmasse scheint sie zu locken, und sie kann dem Ruf nicht widerstehen. Morimoto folgt ihr, aber sie bleibt nicht stehen.

Er reitet auf einem der Ponys herbei und versperrt ihr den Weg. Sie versucht, um ihn herumzugehen, aber er stellt sich ihr wieder in den Weg. Es ist ein Katz-und-Maus-Spiel, doch sie weigert sich, die Maus zu sein. Sie rennt nicht. Geduldig geht sie immer wieder um das Pony herum. Er hat keine Lust mehr auf das Spiel und steigt ab. Das Tier trabt zu seinen Leuten auf dem Mohnfeld. Er packt sie am Ellbogen und zerrt sie zurück. Sie wehrt sich. Er drückt sie an sich. Sie ist wie ein Fisch, der vergeblich versucht, sich aus dem festen Griff eines Fischers zu winden. Denn wenn der Fischer hungrig ist, hat der Fisch nicht die geringste Chance, und Morimoto ist so hungrig, dass sie nicht entkommen kann.

»Zwing mich nicht, dir vor ihren Augen Hände und Füße zusammenzubinden. Ich mache das, wenn es sein muss, aber ich will es nicht.« Er atmet ihr schwer ins Ohr.

»Das ist mir egal. Lassen Sie die anderen nur sehen, was ich für Sie bin. Nichts als ein Tier.«

»Kein Tier. Meine Frau. Hast du das immer noch nicht verstanden?« Er will sie küssen, aber sie schiebt ihn weg.

»Sie hatten eine Frau. Sie ist gestorben. Sie hatte Glück.«

Er versetzt ihr eine Ohrfeige, so dass sie zu Boden fällt. Aus der Nase rinnt ihr Blut in den Mund. Sie leckt sich die Lippe. Der Geschmack erinnert sie daran, dass sie wieder stark geworden ist.

»Ich werde niemals Ihre Frau werden.« Sie zieht sich die Armreife herunter und wirft sie ihm ins Gesicht.

»Sieh dich doch um.« Er breitet die Arme aus. »Du hast keine Wahl.« Er lacht über sie und richtet das Gesicht zum Himmel. Dann schüttelt er den Kopf, als wäre sie diejenige, die zu bemitleiden ist. Er hebt die Armreife auf, bevor er ihr die Hand hinstreckt, um ihr aufzuhelfen. Sie spuckt darauf. Morimoto hält inne und richtet sich zu voller Größe auf. Ohne den Blick von ihr zu nehmen, leckt er sich ihre Spucke von der Hand. Dann geht er zum Mohnfeld zurück.

Hana folgt ihm nicht sofort. Sie sieht ihm lange nach, denkt daran, was wohl als Nächstes passiert. Er wird sie am nächsten Morgen fortbringen, und dann fängt ihr gemeinsames Leben an. Altan steht immer noch zwischen den Mohnblumen. Sie erkennt seinen Gesichtsausdruck nicht, als Morimoto an ihm vorbei und weiter in Richtung des Lagers geht. Altan rührt sich nicht, bis sie sich schließlich wieder Richtung Feld aufmacht. Er sieht sie fragend an, aber sie reagiert nicht darauf. Er ist zu jung, zu unschuldig, um zu verstehen, was vor sich geht. Er hat sein Leben lang nicht so viel Leid erlebt wie sie allein in den letzten Monaten. Sie hält den Kopf gesenkt, während sie nacheinander die Mohnkapseln aufschlitzt.

An diesem Abend wird nicht gesungen. Altans Vater und Morimoto besprechen Pläne, während Altan beleidigt in der Ecke sitzt. Hana lässt sich die letzten paar Tage durch den Kopf gehen. Die Erinnerungen fallen wie Laub in einen Fluss, treiben auf dem Wasser. Sie ist mitten in dem Strom, er zieht sie hinein, lässt sie nicht mehr los. Wenn sie ihr Zuhause nie mehr wiedersehen sollte, könnte sie hier glücklich werden, und diese Erkenntnis macht ihr Angst. Sie würde ihre Mutter aufgeben, ihren Vater, sogar ihre Schwester, um Morimoto oder jeden anderen Soldaten wie ihn nie mehr wiedersehen zu müssen.

Als alle sich schlafen legen, ist sie überrascht, dass Morimoto eingeladen wird, sich zu ihnen in das *ger* der Familie zu legen. Er schläft in Altans Nähe auf der anderen Seite des Ofens. Seine Anwesenheit raubt ihr die Luft. Er ist in die Ruhe eingedrungen, die sie bei diesen Menschen gefunden hat. Sie versucht, den ersten Moment zurückzurufen, in dem sie Frieden fand, aber ihr Kopf ist leer, als wären die Erinnerungen verflogen. Panisch schlägt sie die Augen auf und blickt sich in dem dunklen *ger* um, während ein einziger Gedanke in ihr heranwächst: *Ich weiß, wo Altans Mutter die Erntemesser aufbewahrt.*

Hana weiß genau, welches sie will. Das kurze mit dem beinernen Griff hat die schärfste Klinge – Altan benutzt es immer. Er hat es ihr am ersten Morgen auf dem Mohnfeld ausgeliehen. Widerstandslos gleitet es durch die Kapseln, ein sauberer Schnitt, rasch und präzise. Es liegt klein in ihrer Hand, ist einfach zu handhaben. Sie könnte sich Morimoto nähern, das Messer in den langen Ärmeln verborgen, und sich neben ihn hinknien, ohne dass er von ihrer Absicht ahnt, bis es zu spät ist. Es wäre so leicht, wie ein Weichtier vom Riff abzuschneiden. Ein sauberer Schnitt, tief und gut geführt, und sie wäre frei.

Hana stellt sich vor, wie sie ihm das Messer an die Kehle drückt. Die Klinge fährt von links nach rechts, und sie überlegt, wie viel Druck nötig ist, um die Haut zu durchdringen. Sie wiederholt die Szene im Geiste immer wieder, bis sie mit der Hand in schnellen, sicheren Bewegungen durch die Luft fährt und übt.

Hana drückt sich gegen das weiche Fell ihrer Unterlage und kniet sich hin. Sie wartet, ob die Schlafenden ihre Bewegung spüren. Die beiden Männer schnarchen, und in den Pausen ist das gleichmäßige Atmen von Altans Mutter zu hören. Altan schläft an der Wand und rührt sich nicht. Sie steht auf und sieht sich in dem runden Raum um. Die Geräusche der Schlafenden beruhigen sie. Sie selbst atmet gleichmäßig und tief, so dass ihr Herz nicht mehr so galoppiert, während sie auf Zehenspitzen um Altans Mutter herum und vorsichtig zwischen den Schlafenden hindurchgeht.

Die Messer liegen in einer Holzkiste neben der Truhe mit den Essensvorräten. Die Scharniere quietschen, wenn man sie öffnet, deshalb befeuchtet sie sie mit Spucke, um das Metall gängiger zu machen. Der Deckel lässt sich beinahe lautlos anheben. Im Inneren der Kiste schimmert das kleine Messer mit dem knochenweißen Griff, als wüsste es, dass es für die tödliche Mission auserwählt wurde. Sie nimmt es aus der Kiste. Von dem glatten beinernen Griff strömt Hitze in ihre Hand, den Arm hinauf und in ihre Brust. Sie schließt die Kiste, umklammert das Messer und bewegt es. Es liegt gut in der Hand, das Schneiden ist eine natürliche Bewegung. Sie muss um den Kopf von Altans Vater herumgehen, um zu Morimoto zu gelangen. Vorsichtig tastet sie sich auf Zehenspitzen um sein Fell, ganz langsam, damit sie keinen Lufthauch erzeugt, der ihm die Haare des Pelzes ins Gesicht blasen könnte. Schritt für Schritt schiebt sie sich an ihm vorbei und achtet auf jede Bewegung in dem *ger*. Die Atemgeräusche verdecken ihre Schritte. Als sie sich Morimoto nähert, zwingt sie sich, ruhig zu bleiben. Ein Schritt, zwei Schritte. Noch drei, dann ist sie da und steht drohend über ihm. Sie lauscht seinem Schlafrhythmus. Es macht sie wütend, wie vertraut er ihr ist. Sie umklammert das Messer noch fester. Sie sieht ihre Hand gleichzeitig anmutig und kraftvoll an seinem Hals vorbeigleiten, und ihr Entschluss steht fest.

Sie holt tief Luft und kniet sich neben ihn. Schon oft hat sie neben ihm gelegen. Sie weiß, wann er träumt, wann sie aufstehen kann, um sich zu waschen oder sich zu erleichtern. Sein Gesicht wird nur von der roten, ersterbenden Glut im Ofen beleuchtet. Seine Augenlider flattern. Mit jedem Zucken wächst ihr Hass. Es ist Zeit.

Das Messer erwacht zum Leben und schwebt über seiner freiliegenden Kehle. Ihr kribbelt die Hand, als wäre sie eingeschlafen. *Ein Schnitt. Mehr ist nicht nötig. Tu es jetzt.* Die Stimme ihres Vaters überrascht sie. Es ist ein Echo aus ihrer Kindheit. Vom ersten Mal, als sie einen Fisch ausnahm. Er war nass und schleimig und zappelte in ihrer Hand hin und her, versuchte wegzuschwimmen. So ähnlich wird das sein. Und so ähnlich wie mit dem sterbenden Rind. Entsetzlich, aber notwendig. So kann sie leben, frei von ihm.

Hana legt die Klinge an Morimotos Hals. Sie hält den Atem an und schätzt ab, wie viel Druck sie braucht, um ihm die Luftröhre durchzuschneiden, damit er nicht schreien kann. Sie atmet ganz aus, spannt den Bauch und den Arm an, bevor ihre Hand sich von links nach rechts bewegt – genau wie sie es im Geiste vor sich gesehen hat. Doch dann hebt ihr jemand ohne Vorwarnung die Arme hoch. Ihr Körper wird nach hinten gerissen. Überrascht von der plötzlichen Wucht, fällt sie auf den Rücken. Sie braucht einen Augenblick, um zu begreifen, dass sie auf jemandem gelandet ist. Sie rangeln um das Messer. Seine Hände sind kräftig und sicher. Sie wendet sich um, um sein Gesicht zu erkennen. Es ist Altan.

Er presst auf einen Druckpunkt an der Innenseite ihres

Handgelenks. Sie lässt das Messer fallen. Er fängt es auf und steckt es sich in den Gürtel. Beide sind sie atemlos. Sie will ihn anschreien, kann es aber nicht riskieren, die anderen zu wecken. Altan sagt nichts, doch sein Gesichtsausdruck genügt. Er ist fassungslos, vielleicht auch abgestoßen.

Sie funkelt ihn zornig an, auch wenn sie es ihm am liebsten erklären würde. Aber er würde das niemals verstehen. Es gibt keine gemeinsamen Worte, die sie austauschen können.

Altan steht auf und geht rasch aus dem *ger* hinaus. Sie folgt ihm nicht. In der Kiste sind noch mehr Messer. Hana könnte sich ein neues holen und zu Ende bringen, was sie angefangen hat, aber Altans Blick hindert sie daran. Er würde ihr nie verzeihen. Sie wendet sich wieder Morimoto zu, dem Mann, der sie beinahe zu einer Mörderin gemacht hat. Wenn sie ihren Plan verwirklicht, ist sie nicht besser als er und die anderen Männer, die sie gequält haben. Will sie besser sein als diese Männer?

Während sie Morimoto anstarrt, knirscht sie voller Frustration, Wut und Hass mit den Zähnen. Sie ballt die Hände zu Fäusten und gräbt die Fingernägel tief in die Handballen. Zum Schmerz hat sie ein vertrautes Verhältnis. Er reißt sie aus dem Nebel ihres Hasses. Altans Gesicht kommt ihr in den Sinn, wie ein Unglück verheißender Mond. Ihretwegen hat er die Unschuld in den Augen verloren. Was ist nur aus ihr geworden?

Über Morimoto hockend, stellt sie sich ein letztes Mal vor, wie sie ihm die Kehle durchschneidet, dann kriecht sie zurück zu ihrem Fell und legt sich hin. Ihr Körper sinkt auf die weiche Unterlage, als hätte sie tausend Meilen zurückgelegt. Sie könnte einen ganzen Tag lang schlafen und wäre immer noch nicht erholt von der Anstrengung, die es braucht, ihn in dem Wissen, dass Morimoto sie am Morgen von hier wegbringen wird, nicht zu töten.

Sie wird Altan nie mehr wiedersehen, und das letzte Bild, das sie von ihm hat, ist das Entsetzen in seiner Miene. Sie stellt sich vor, was er gesehen haben muss, als er beobachtete, wie sie durch die Dunkelheit schlich und sich anschickte, einen Mann im Schlaf zu ermorden. Er muss sie für das niedrigste aller Geschöpfe halten. Er muss sie verachten. Sie schließt die Augen und hofft, ihn am nächsten Morgen nicht zu sehen, hofft, er ist so angewidert von ihr, dass er wartet, bis sie weg ist, bevor er in das *ger* zurückkehrt. Sie schließt die Augen noch fester und versucht, sich davon zu überzeugen, dass ihr das gleichgültig ist.

Später in der Nacht wird Hana geweckt. Sie fürchtet, es ist Morimoto. In Aufruhr schlägt sie gegen die Hand auf ihrem Arm, aber ein Brummen beschwichtigt sie. Altan legt sich den Finger auf den Mund und bedeutet ihr, ihm zu folgen. Er ist angekleidet und hat einen Lederbeutel über der Schulter hängen. Sie setzt sich auf. Ohne sie anzusehen, reicht er ihr die Wildlederstiefel, die seine Mutter ihr gegeben hat. Sie zieht sie an, dann führt er sie aus dem *ger* hinaus.

Ganbaatar steht draußen neben dem Eingang. Hana ist verblüfft. Genau wie Altan gerade eben, legt er einen Finger auf die Lippen. Sie bleibt stehen, versucht zu begreifen, was die beiden vorhaben. Altan hält immer noch ihre Hand und zieht sie weg von dem *ger*. Ganbaatar folgt ihnen, und als sie sich auf den Weg zu dem kleineren *ger* hinter dem Gehege machen, wird Hana allmählich bewusst, dass sie bei ihnen vielleicht nicht sicher ist. Sie löst sich von Altan, aber Ganbaatar geht dicht hinter ihr, hält sie an beiden Schultern und schiebt sie voran. Sie sträubt sich, aber er tut ihr nicht weh. Stattdessen flüstert er ihr leise etwas ins Ohr. Sie versteht ihn nicht, doch sie weiß, dass sie nicht warten kann, bis sie herausfindet, was er vorhat. Sie stößt den Kopf fest gegen seinen. Durch den Schlag sieht sie nur noch verschwommen. Er lässt sie los, und sie will fliehen, aber Altan packt sie an der seidenen Schärpe um ihren Bauch. Sie versucht, sich loszureißen, aber er hält sie fest und schüttelt den Kopf. Er sieht nicht wütend aus, sondern besorgt, und dreht sich immer wieder zu dem *ger* um.

»Hana«, flüstert er eindringlich.

Sie hört auf, sich zu wehren, und wartet darauf, dass er erklärt, was er vorhat. Er zeigt auf das kleinere *ger*. Zwei Ponys sind an dem Pfosten angebunden, und beide Tiere sind vollständig gesattelt, wie zur Vorbereitung auf eine Reise. Er hebt seinen Beutel hoch und öffnet ihn, damit sie hineinblicken kann. Er ist voll mit Verpflegung, Wasserflaschen und anderen Reiseutensilien. Langsam dämmert ihr, was er vorhat. Er will ihr helfen, hier wegzukommen.

Ganbaatar reibt sich die Schläfe, lächelt sie an und zeigt auf seinen Kopf. Sie erwidert sein Lächeln und reibt sich ebenfalls den Kopf, um ihm zu zeigen, dass es wehtut. Zu dritt gehen sie schweigend zu den Ponys. Ganbaatar hilft ihr auf das weiße mit den schwarzen Fesseln. Altan zieht das Messer aus seinem Gürtel und reicht es ihr. Er sagt etwas zu Ganbaatar, der nickt und ihm auf die Schulter klopft, dann bindet er die Ponys los. Altan sitzt überraschend hinter Hana auf. Sie wirft ihm einen Blick über die Schulter zu, aber er stupst nur das Pony an, und gemeinsam reiten sie los. Das zweite Pony folgt ihnen gehorsam, als kenne es ebenfalls den Weg.

Als sie das Mohnfeld hinter sich gelassen haben, treibt Altan das Pony zum Galopp an. Bald jagt es durch die Dunkelheit, als hätte es die Strecke schon oft zurückgelegt. Altan tritt es in die Flanken, sobald es langsamer wird. Seine Nervosität ist ansteckend, und auch Hana treibt das Pony an, mit dem bloßen Willen. Sie reiten einen steinigen Anstieg hinauf, und Hana vermutet, dass sie am Fuß des Bergs hinter ihrem Lager sind.

Über ihnen funkeln die Sterne. Sie lauscht auf sich nähernde Hufe, und die Vorstellung, dass Morimoto sie längst verfolgen könnte, steigert die Anspannung ins Unerträgliche. Ein paar Mal glaubt sie, sein schwarzes Pferd im Galopp hinter ihnen zu hören, aber immer hat sie es sich nur eingebildet.

Als die Sonne beschließt, das Land zu wecken, erkennt sie endlich den Weg, den das Pony gefunden hat. Ein dünner Ziegenpfad schlängelt sich zwischen Felsen, die zu dem Pass hinaufführen, hindurch. Sie haben die Strecke bergauf erst zu einem Viertel zurückgelegt, deshalb können sie außer den Bäumen und Felsbrocken in unmittelbarer Nähe kaum etwas sehen. Nicht zu wissen, ob sie verfolgt werden, schnürt ihr den Magen zu.

Altans Arme umfangen sie, während er die Zügel hält, und spenden ihr etwas Trost. Sie hat keine Ahnung, wo er sie hinbringen oder wie lange er bei ihr bleiben will, aber sie ist froh, dass er mitgekommen ist. Den Abscheu in seiner Miene, als er sie daran hinderte, Morimoto zu töten, hat sie nicht vergessen. Sie würde am liebsten vor Scham und

Schuldgefühlen im Boden versinken. Ihr einziger Trost besteht in der Tatsache, dass Altan nicht weiß, was sie wegen Morimoto durchgemacht hat. Er hat auch keine Ahnung, welche Zukunft ihr bestimmt war. Hätte sie ihm dies alles begreiflich machen können, dann hätte er vielleicht zugelassen, dass sie Morimoto mit dem Messer die Kehle durchschneidet, und sie hätten nicht fliehen müssen. All dies geht ihr immer wieder durch den Kopf, während die Sonne aufgeht und das Pony müde wird, bis sie schließlich Halt machen.

Altan hilft ihr abzusteigen, bevor er den Sattel löst und ihn auf das zweite Pony schnallt. Er gibt dem erschöpften Pony eine Handvoll Wasser aus seinem Beutel, hebt Hana auf das andere und sitzt hinter ihr auf. Sie setzen ihre rasende Flucht über den zerklüfteten Bergpass fort. In einer derartigen Geschwindigkeit eine derartige Strecke zurückzulegen ist eine Strapaze. Der Gedanke, dass Morimoto vielleicht die Nacht durchgeschlafen hat, erst jetzt aufwacht und merkt, dass sie weg ist, und dass sie mit Altans Hilfe wirklich freikommt, ist zu schön, um wahr zu sein, deshalb dämpft sie ihre Gefühle, unterdrückt ihre Hoffnung und konzentriert sich nur auf die aufgehenden Sonne, auf die sicheren Tritte des Ponys und auf Altans Arme, die sie umfangen, während er das Pony durch den nebligen Sonnenaufgang leitet.

Als sie den Gipfel erreicht haben, führt sie das Pony auf der anderen Seite des Passes hinunter. Bergab geht es leichter, und das Pony galoppiert voran. Geschickt weicht es Hindernissen aus, und Hana hält sich nur mit Mühe fest. Altan scheint das zu spüren und drückt die Brust an ihren Rücken. Als wären sie eins, reiten sie den Berg hinunter, und die Steppe breitet sich unter ihnen aus wie ein grüner Ozean. Hana könnte in diesem Land leben, und in dem Moment, in dem sie das denkt, löst sich hinter ihnen ein Stein. Zuerst glaubt sie, es müsse das andere Pony sein, aber als sie einen Blick über die Schulter wirft, stockt ihr der Atem. Es ist, als würde ihr eine Schraubzwinge die Lunge zusammenpressen. Morimotos schwarzes Pferd jagt hinter ihnen über den Pfad. Die Reitgerte saust durch die Luft. Auch Altan hört es und treibt das Pony an. Das stämmige kleine Pferd gehorcht, und bald galoppieren sie über die Steppe.

Sie reiten so schnell, dass sie sich nicht umdrehen kann, aber sie können am Schlag der Gerte ermessen, wie schnell das schwarze Pferd näher kommt. Der Abstand verringert sich. Das Pony ist mit seinen zwei Reitern zu langsam für Morimotos Pferd.

Altan wirft einen kurzen Blick nach hinten und ruft etwas, wahrscheinlich einen Fluch. Er tritt das Pony immer wieder, treibt es an, schneller zu laufen, aber es kann ihm nicht geben, was er will. Ohne jede Warnung fällt Altan urplötzlich rücklings vom Pony. Hana dreht sich um. Er liegt am Boden. Morimoto hat ihn mit dem Lasso gefangen wie bei einer Ponyschau. Sein Pferd bleibt neben Altan stehen. Das Pony läuft noch in vollem Galopp, und Hana nimmt die Zügel. Sie treibt es voran, will verzweifelt entkommen, aber sie wirft unwillkürlich noch einen letzten Blick zurück. Morimoto ist auf dem Boden und bearbeitet Altan mit den Fäusten. Er wird den Jungen umbringen.

Hana kann ihn nicht zurücklassen. Vor Wut und Sorge und Kummer stößt sie einen Schrei aus. Er hallt über die Steppe, und das Pony bäumt sich auf und kommt plötzlich zum Stehen. Sie lässt es kehrtmachen und reitet zurück, zu Altan, in die Gefangenschaft oder vielleicht auch in den Tod.

Morimoto hockt über Altan und schlägt voller Kraft auf den reglos unter ihm Liegenden ein. Das Pony läuft im Galopp zurück, aber Hana fürchtet, es wird bereits zu spät sein. Selbst über die donnernden Hufe des Ponys hinweg hört sie Morimotos Fäuste auf Altans Gesicht einschlagen. Dann fällt ihr ein, dass sie das Messer in der Schärpe stecken hat. Sie fährt mit der Hand darüber, um zu prüfen, ob es noch dort ist. Das Pony kommt rutschend zum Stehen, und sie steigt mit zitternden Beinen ab.

Morimoto, die Fäuste mit Altans Blut besudelt, löst sich von Altan und zwingt ihn, sich hinzuknien. Morimoto wendet sich zu Hana um, eine Hand auf das Heft des Schwerts gelegt, das an seinem Gürtel hängt. Sie berührt das Messer in der Schärpe. Der schlanke Beingriff beruhigt sie, während sie sich darauf vorbereitet, sich zu opfern.

Altans Gesicht schwillt vor Hanas Augen an, sein rechtes Auge geht zu. Er wirft Morimoto Worte entgegen, die sich anhören wie Schüsse, aber sie verfehlen ihr Ziel. Morimotos Aufmerksamkeit ist allein auf Hana gerichtet, als sie auf die beiden zugeht. Seine Augen funkeln sie an, glänzend schwarz im Licht der Mittagssonne. Sie denkt an den Tag, an dem er sie verschleppt hat, als er auf den schwarzen Felsen stand, die ihre Schwester vor seinem Blick verbargen. Auch an jenem Tag ging sie freiwillig zu ihm. Es scheint ihr Schicksal zu sein, sich ihm zu ergeben.

Einen Augenblick lang stellt sie sich vor, wie sie zu dem Pony zurückgeht, aufspringt und in einer Staubwolke davongaloppiert. Dieses Bild erregt sie. Noch während sie es im Geiste genießt, weiß sie, dass es nie dazu kommen wird.

Ihr Leben wäre wertlos, wenn Altan sterben müsste. Er brüllt immer noch, jungenhafte Drohungen gegen die Kraft eines ausgebildeten Soldaten. Morimotos Hand liegt leicht auf dem Heft seines Schwerts. Als sie ein paar Schritte entfernt ist, springt Altan hoch und fordert Morimoto auf, das Schwert zu ziehen.

»Halt«, ruft Hana, leise, aber entschlossen.

Altan streckt eine Hand nach ihr aus, als wolle er sie warnen, näher zu kommen. Sie schüttelt den Kopf.

»Tun Sie ihm nichts«, sagt sie.

»Was sollte mich davon abhalten?« Morimotos Miene ist so finster wie seine Augen. Sie sieht darin, dass er Altan töten möchte. Eine schnelle Bewegung, und Altan wäre enthauptet. Nie mehr würde er den blauen mongolischen Himmel sehen oder so unschuldig lächeln, dass die Sonne heller zu strahlen scheint.

»Weil ich wieder da bin. Ich bin hier.«

»Vielleicht bringe ich euch beide um.« Ein Grinsen zieht sich über Morimotos Gesicht. Es erinnert sie an die Maske des Bösewichts in einer *talchum*-Tanzaufführung. Er ist ein Dämon, zurückgekehrt, um sie für Sünden in einem anderen Leben zu bestrafen.

»Töten Sie mich, wenn es sein muss, aber er ist nur ein Junge. Ihn trifft keine Schuld.«

Morimoto scheint abzuwägen, jedoch ohne den Blick von ihr abzuwenden. Hana bekommt Angst um sie beide. Sie nähert sich Altan und berührt sein zerschlagenes Gesicht.

»Es tut mir so leid«, sagt sie, obwohl sie weiß, dass er sie nicht verstehen kann.

Altan zieht sie von Morimoto weg und schiebt sie zurück zum Pony. Sie leistet ihm Widerstand und stemmt die

Füße in den Boden. Ihre Tränen vermischen sich mit dem Blut, das ihm aus dem Mund tropft. Mit aller Macht versucht er, sie wieder auf das Pony zu bekommen, schreit sie die ganze Zeit an, aber sie rührt sich nicht. Er rutscht aus und fällt auf das trockene Gras. Er packt ein Bein von ihr und zieht sie zum Pony. Ihr Kampf ist eine Pantomime auf einer leeren Bühne, und ihr einziger Zuschauer grinst mit boshaftem Vergnügen. Es ist eine Tragödie in Echtzeit, um Altans willen muss Hana mitspielen. Er kniet jetzt, die Stirn an ihren Schenkel gelegt. Unter dem Schluchzen murmelt er etwas, Worte, die nur Morimoto verstehen kann. Sie starrt ihren Entführer an, kühn und regungslos, und als er den Blick abwendet, erlaubt sie sich schließlich, sich Altan zu widmen. Sie beugt sich zu ihm und hebt sanft sein Gesicht an. Sie streicht ihm über die Wange und küsst ihn zärtlich auf die Stirn. Dann nimmt sie seine Hand und hilft ihm auf die Beine. Altan fleht sie an, aber sie schüttelt den Kopf. Sie muss ihre ganze Kraft aufbieten, um sich zu einem Lächeln zu zwingen.

»Ich komme zurecht«, sagt sie sanft. »Geh nach Hause, Altan.«

Er sagt etwas zu ihr, umklammert ihre Hand. Dann wirft er einen Blick über ihre Schulter hinweg und schreit Morimoto an. Sie dreht sein Gesicht wieder zu sich und sieht ihm in die Augen.

»Geh heim, Altan«, wiederholt sie, diesmal entschlossener. Sie drängt ihn, auf das Pony zu steigen. Erst will er nicht, aber sie schiebt ihn zu dem Tier hin, bis er keine andere Wahl hat, als sich am Sattel festzuhalten und sich hochzuziehen. Er blickt zu ihr hinab.

»Leb wohl, Altan.« Sie verneigt sich.

»Hana.« Ihm versagt die Stimme.

Sie zeigt kopfschüttelnd in die Richtung, aus der sie kamen, zurück über die Berge in den Schutz seiner Familie. Er starrt Morimoto an, und einen Augenblick lang fürchtet sie, er werde noch einmal auf ihn losgehen. Sie tritt ein wenig vor das Pony, damit er um sie herumreiten müsste. Ein letztes Mal sieht er sie an. Dann wendet er das Pony und treibt es an. Das Pony galoppiert los, jagt über die Steppe davon.

Hana sieht ihm nach, als hinge ihr Leben davon ab. Sie strengt die Augen an, als er im Schatten der Berge verschwindet. Noch nachdem er weg ist, sucht sie nach einem kleinen Fleck in der Ferne, vor dem gewaltigen Felsmassiv. Dann umklammert sie das Messer in ihrer Schärpe fester.

Morimotos Schritte knirschen auf dem spröden Gras, als er näher kommt, aber sie wendet sich ihm nicht zu. Sie hat noch das Bild von Altan vor Augen, der im Galopp auf dem Pony wegreitet. Sie lässt die Schultern hängen, und ihre trotzige Haltung schwindet. Sie starrt auf den Boden, wartet, bis Morimoto zu ihr kommt. Er bleibt hinter ihr stehen. Sie packt das Messer und dreht sich zu ihm um.

»Du hast mich beschämt. Mit diesem Jungen wegzulaufen. Jetzt hast du alles kaputtgemacht! Ich kann dir nie wieder vertrauen. Begreifst du das nicht?« Er rast vor Wut. Er greift nach ihrem Handgelenk, aber sie ist zu schnell. Sie zieht das Messer heraus und hebt es hoch, um es auf sein Herz zu richten. Morimoto erwischt ihren Arm, hält ihn fest. Hana kämpft mit aller Kraft gegen ihn an und drückt ihm die Klinge an die Brust. Er stemmt sich gegen sie und blickt sie ungläubig an, aber er gewinnt schnell die Fassung wieder und dreht ihr das Handgelenk um. Das Messer fällt ins Gras, als er ihr den Arm bricht. Er will etwas sagen, doch Hana gibt nicht auf. Sie stößt ihm das Knie in den Unterleib und entwindet sich seinem Griff. Er krümmt sich zusammen, und sie weicht zurück. Hana weiß, sie kann niemals schneller laufen als sein Pferd, ein Versuch wäre sinnlos, aber ihren Beinen scheint das egal zu sein. Sie dreht sich um und rennt los. Sie läuft Altan nach, zurück zu den Bergen, auch wenn ihr die Vernunft sagt, dass sie das nicht schaffen kann.

Morimoto jagt ihr nicht auf dem Pferd nach. Zu Fuß läuft er ihr hinterher und hat sie schnell erreicht. Er fährt ihr mit den Fingern in die Haare und reißt sie nach hinten, so dass sie das Gleichgewicht verliert. Sie fällt zu Boden, und es ist, als würde sie von einem Sack Steine getroffen. Der Aufprall nimmt ihr die Luft. Benommen schreit sie auf, als er sie an den Haaren zurück zum Pferd schleift. Sie hält sich an seinen Handgelenken fest, aber das lindert kaum den Schmerz an der Kopfhaut. Sie strampelt und tritt in den Boden, versucht, mit ihm Schritt zu halten. Dann bleibt er plötzlich stehen und lässt sie los. Sie fällt auf den Boden und hält sich die Hände vors Gesicht. Er versetzt ihr einen Tritt in den Bauch.

»Ich sollte dich umbringen.«

Sie rollt sich zu einer festen Kugel zusammen. Er tritt sie noch einmal, diesmal gegen die Schienbeine, dann zerrt er ihr die Unterarme weg, die sie schützend über ihr Gesicht gehalten hat. Sie tritt nach ihm, aber er überwältigt sie, setzt sich auf ihre Hüfte und drückt ihr die Arme auf beiden Seiten ihres Gesichts nach unten. Sie wehrt sich wie ein Tier, das in der Falle sitzt.

»Hör auf«, schreit er, hebt ihren Oberkörper an, bevor er sie nach unten stößt. Sterne explodieren in ihren offenen

Augen, als ihr Kopf auf den Boden knallt. Der Himmel über ihr wirbelt, als würde sie fallen. Sein Gewicht auf ihr macht das Atmen unmöglich. Es ist, als würde sie ertrinken.

»Warum läufst du ständig weg? Nach allem, was ich dir erzählt habe, nach allem, was ich für uns geplant habe?« Er lässt den Kopf sinken und legt ihn neben ihren. Die Bartstoppeln auf seiner Wange kratzen sie an der Schläfe. Sie liegen da wie ein Liebespaar, das ein Picknick in einem Park macht. Das Pferd und das verbliebene Pony knabbern in der Nähe gemeinsam Gras, ein malerischer Anblick. Es könnte ihr Zuhause sein. Sie sehnt sich mit allen ihren Sinnen nach der Behaglichkeit des *ger*. Der Wind fährt ihr durch die Haare. Die Luft riecht nach warmer Erde. Dieser Ort besaß eine Freundlichkeit, die sie an ihre Heimat erinnerte. Sie schließt die Augen und denkt an das Lächeln ihrer Schwester.

»Ich hatte ein friedliches Leben. Du hast es mir weggenommen. Das werde ich dir nie verzeihen«, sagt sie.

Sein Körper wird starr. Sie spürt seine Anspannung, als er sich an sie drückt. Sie blickt zu ihm auf, wappnet sich gegen einen weiteren Angriff. Seine Miene ist unergründlich, sein Gesichtsausdruck leer.

»Das ist mir nicht mehr wichtig«, sagt Morimoto, schiebt sich hoch und kniet sich neben sie. Hana geht ebenfalls in die Hocke, fürchtet sich vor dem, was jetzt kommt. Er blickt an ihr vorbei über die Steppe und hält schützend die Hand vor die Augen, als würde er Ausschau halten. Dann springt er plötzlich auf, dreht sich panisch zu ihr um. Er blickt zwischen Hana und dem Horizont hin und her, als hätte er eine Entscheidung zu treffen, dann pfeift er nach seinem Pferd. Es kommt auf ihn zugetrottet. Als Morimoto aufsteigt, fürchtet Hana, er habe beschlossen, sie zu Tode zu trampeln. Es wäre ein passendes Ende, hier nach einer kurzen Begegnung mit freundlichen Menschen zu sterben. Sie rührt sich nicht; der Wind fährt über ihren Körper. Die zerzausten Haare wehen ihr ins Gesicht. Das Pferd wiehert über ihr, dann galoppiert es davon. Ungläubig sieht sie Morimoto nach, wie er zurück in Richtung des Berges reitet. Das Trappeln der Hufe wird schwächer und verschwindet im Wind.

Er hat sie zurückgelassen. Der Boden scheint unter ihr zu schwanken, als ihr bewusst wird, dass sie frei ist. Ihr Herz pocht im Hinterkopf, wo er auf dem Boden aufgeschlagen ist. Sie atmet ein paar Mal tief ein und kniet sich in das weiche Gras. Er ist weg. Sie kann es gar nicht glauben, dass er wirklich weg ist. Dass er seine Wahnvorstellung aufgegeben und sie endlich losgelassen hat. Sie ist frei. Bei dem Gedanken muss sie lächeln, selbst nach allem, was sie gerade durchgemacht hat, und dieses Lächeln fühlt sich gut an in ihrem zerschlagenen Gesicht.

Das zweite Pony ist noch in der Nähe und frisst sich mit Gras satt. Die mongolischen Ponys kennen den Weg nach Hause. Dieses hier wird sie zurück zu dem *ger* bringen, zurück zu der Familie und zu Altan. Sie denkt nur an sein Gesicht. Sie hört die Lastwagen nicht, die über die Steppe rumpelnd auf sie zukommen.

Sie steht auf und steigt rasch auf das Pony, stupst es sanft mit dem Fuß, aber es rührt sich nicht. Stattdessen wendet es den Kopf, und sie folgt seinem Blick. Ein Truppenkonvoi kommt in ihre Richtung, und plötzlich begreift sie. Morimoto hat gar nicht beschlossen, sie freizulassen. Weniger als einen Kilometer entfernt nähern sich drei schwere Lastwagen, ein Panzer und eine Staffel berittener Soldaten. Hinten auf dem Panzer weht eine Flagge, blutrot, mit einem gelben Stern und einer Sichel in der Ecke. Ein sowjetischer Patrouillenkonvoi. Morimoto ist feige geflohen und hat sie einem ungewissen Schicksal überlassen.

Hana schreit dem Pony ins Ohr, tritt ihm verzweifelt in die Flanken, bis es sich bewegt, langsam zu Anfang, doch dann verfällt es in Galopp. Sie wirft einen Blick über die Schulter. Vier Reiter lösen sich aus dem ordentlichen Konvoi und setzen ihr nach. Ihre Pferde sind groß und schnell. Sie werden sie einholen. Vor ihr, weit weg in Richtung Horizont, sieht sie einen winzigen Fleck, der sich dunkel vor dem hellen Himmel abzeichnet. Morimoto verlangt seinem Pferd alles ab.

Ihr Pony wird langsamer, aber sie lässt nicht zu, dass es stehenbleibt. Sie tritt es in die Flanken, brüllt ihm ins Ohr, fleht es an weiterzugaloppieren, nicht aufzugeben. Wie tiefes Donnergrollen nähern sich Pferdehufe und überholen ihr kleines Pony. Aber sie rasen an ihr vorbei, ohne langsamer zu werden. Sie jagen über die Steppe, als wäre Hana unsichtbar, aber es sind nur drei Soldaten, die von ihr wegreiten.

Der vierte Reiter taucht neben ihr auf, sein rotbraunes Pferd ist schweißbedeckt und hat weißen Schaum vor dem Maul. Der sowjetische Soldat nimmt ihr die Zügel aus der Hand und lässt das Pony im Trab weitergehen. Die beiden Tiere atmen schwer, während Hana dem fremden Soldaten ins Gesicht blickt. Er hat große braune Augen, helle Haare und eine Hakennase. Er spricht nicht mit ihr. Stattdessen zeigt er auf seine Pistole, die er noch im Gürtelhalfter stecken hat. Lächelnd droht er ihr mit dem Finger. Dann lässt er das Pony eine Kehrtwende vollführen, auf den Konvoi zu.

Hana dreht sich noch einmal zum Horizont um. Die drei

dunklen Punkte nähern sich dem vierten. Er wird nicht entkommen. Auch Morimoto wird gefangen genommen werden. Ihr können sie nichts Neues mehr antun, außer sie zu töten, und das macht ihr in diesem Moment wenig aus. Aber sie denkt an Morimoto. Alles, was sie ihm antun werden, wird neu für ihn sein. Der Schmerz, die Folter, die Erniedrigungen – Morimoto wird das alles zum ersten Mal durchmachen. Dieser Gedanke schmeckt süß wie eine reife, frisch gepflückte Aprikose, noch warm vom Sonnenschein.

❧

Der sowjetische Soldat führt Hana zu dem letzten Laster des Konvois. Es sind Gefangene darin, quasi übereinandergestapelt. Die meisten sind Chinesen, erkennbar an ihren gesteppten Jacken und den hohen Kragen, aber Hana bemerkt auch zwei koreanische Mädchen, die nebeneinandersitzen und die Hände ineinander verschränkt haben. Sie blicken sie nicht an, als sie sich der Ladeklappe nähert, doch Hana weiß, sie haben sie gesehen. Zwei bewaffnete Sowjets sitzen hinten bei den Gefangenen. Sie passt auf, dass sie auf niemanden tritt, und bahnt sich einen Weg zwischen den anderen Gefangenen hindurch, um so weit weg wie möglich von den beiden Soldaten zu sitzen.

Eines der beiden koreanischen Mädchen rutscht ein Stück zur Seite und macht ihr Platz, und Hana hockt sich zwischen sie. Sie halten die Köpfe gesenkt und blicken schweigend auf ihre Knie. Hana sieht in die Ferne. Die drei Reiter kehren zurück. Als sie näher kommen, sucht sie Morimotos Gesicht. Schließlich entdeckt sie ihn, er sitzt hinter einem der Sowjets auf dem Pferd. Er ist nicht entkommen.

Ihr pocht das Herz in der Brust. Ihm wurden die Hände auf dem Rücken gefesselt. Seine Lippe ist geschwollen. Das linke Hosenbein ist blutdurchtränkt. Er sieht sie nicht an, als sie vorbeireiten. Er sitzt aufrecht und starrt auf die Schulter des Soldaten vor ihm, als wäre nichts geschehen, als wäre er nicht in Gefahr und hätte keine Angst. Seine aufrechte Haltung und sein blutendes Bein verraten ihn. Sie weiß, er hat entsetzliche Angst vor dem, was ihm mit Sicherheit bevorsteht. Sie werden ihn verhören, ihn foltern, und nachdem er ihnen alles gesagt hat, was er weiß oder was ihm einfällt, bringen sie ihn womöglich um.

Die Reiter bewegen sich weiter am Konvoi entlang, und sie verliert Morimoto aus dem Blick. Sie dreht sich zum Horizont um und fragt sich plötzlich, was aus seinem prächtigen Pferd geworden ist. Sie würden so ein starkes, kraftvolles Pferd doch bestimmt nicht zurücklassen. Sie möchte sehen, wie es die Muskeln anspannt, während es frei über die Steppe zurück zu Altan galoppiert und ein zufriedenes Leben weit weg von diesen Männern führt. Sie hält sich an diesem Bild fest, aber die warme Befriedigung, die sie bei Morimotos Gefangennahme empfand, löst sich langsam auf, bis sie nur noch fröstelnd in einem Lastwagen voll schweigender Gefangener sitzt.

❧

In der Ferne heult ein Wolf. Sein einsames Jaulen hallt in den Hügeln jenseits der Steppe wider. Der Konvoi ist schon den ganzen Tag in Richtung dieser Hügel unterwegs. Blaue Berge erheben sich hinter ihnen und erinnern Hana an ihre Heimat und den Hallasan. Orangefarbene Wolken reflektieren die untergehende Sonne, als der Himmel dunkler wird. Sie betrachtet das letzte Abendlicht, will sich die Schönheit der leuchtenden Spiralen ins Gedächtnis einprägen. In der Dunkelheit lauern Schrecken. Ihre Mutter hat sie davor gewarnt, jemals nach Sonnuntergang zu tauchen.

»Mit der Nacht kommen die Ungeheuer aus der Tiefe und suchen nach dem Licht«, sagte sie eines Abends zu Hana, als sie ans Ufer schwammen.

So lange war sie noch nie im Wasser gewesen, und die Sonne ging bereits unter. Aber Hana wollte noch nicht aufhören zu tauchen. Sie hatte erst zwei Meeresschnecken gefunden.

»JinSook hat gestern vier gehabt. Ich kann nicht nur zwei nach Hause bringen. Sie ist ein Jahr jünger als ich.«

»Unsinn, du solltest stolz auf die zwei sein, die du gefunden hast. Die Sonne geht unter. Der Tag ist vorbei.« Ihre Mutter schwamm weiter Richtung Ufer. Hana folgte ihr brav, bedrängte sie aber die ganze Zeit.

»Nur noch ein bisschen, bitte! Bestimmt finde ich ganz schnell noch zwei. Bei dem Anker des alten Schiffs, wo sich das Seegras angesammelt hat, sind sicher welche versteckt.«

Sobald sie am Ufer waren, setzte ihre Mutter die Maske ab und beugte sich ein bisschen hinunter, damit sie auf Augenhöhe waren. »Du willst dich nicht dort draußen erwischen lassen, wenn die Geschöpfe der Tiefe an die Oberfläche kommen. Also hör auf zu betteln.«

Hana war sich sicher, dass ihre Mutter sie wegen der nächtlichen Wesen nur auf den Arm nahm, um sie aus dem Wasser zu bekommen. »Du musst dir keine Sorgen um mich machen. Die bemerken mich gar nicht, denn ich habe kein Licht, das sie anlocken könnte«, antwortete Hana.

»Doch, das hast du schon.« Ihre Mutter hob die Augenbrauen.

»Ich? Wo denn?«

»Deine Haut.«

Hana war skeptisch, aber ihre Mutter fuhr fort. »Weiß wie Milch, hell wie die reinste Daune auf einer Gänsebrust. Das hellste Leuchtfeuer im dunkelsten Meer.« Sie berührte Hanas Wange.

Hana betrachtete ihre Arme und Beine. Sie fand nicht, dass sie sehr weiß aussahen. Eigentlich waren sie sogar ziemlich braungebrannt, weil sie so viel schwamm.

»Ich bin braun, nicht mehr weiß wie Emiko.«

Hana zeigte auf ihre Schwester, die auf sie wartete und die Eimer bewachte. Ihre rosa Wangen glänzten, und sie war so verschwitzt, dass ihr die Haare an der Stirn klebten.

»Ich habe die Wasservögel verscheucht«, sagte Emiko stolz. »Die haben heute einen Riesenhunger! Schau mal, die da hat mir in die Hand gepickt.« Emiko zeigte Hana eine kleine Wunde auf dem Handrücken.

»Welche war das?«, fragte Hana und vergaß darüber ganz, wie viele Meeresschnecken sie noch hatte finden wollen. Eine dreiste Möwe hatte ihre Schwester angegriffen, und ihr musste eine Lektion erteilt werden, sonst würden die anderen es ihr nachmachen.

»Die da, mit den grauen Kreisen um die Augen.«

Die Möwe watschelte auf etwas zu, das im Sand vergraben war, ohne von der Aufmerksamkeit etwas mitzubekommen, die ihr zuteilwurde. Hana bückte sich und hob einen kleinen Stein auf. Sie kniff ein Auge zu und zielte. Der Stein traf die Möwe auf dem Rücken. Sie kreischte und floh auf.

»Die holen wir uns!«, rief Hana und folgte ihrem Weg

über den langen Strand ihrer kleinen Bucht. »Komm schon, Schwester, lauf!«

»Warte auf mich«, rief Emiko und rannte, so schnell sie es mit ihren kleinen Beinen vermochte. »Ich komme dich holen, Vogel«, rief sie zum Himmel, und dann sausten sie beide am Strand entlang, bis sie nicht mehr konnten. Sie ließen sich in den Sand fallen und atmeten die salzige Meeresluft in tiefen Zügen ein. Hana blickte in den Himmel hinauf und sah zu, wie die Möwen ihre Kreise zogen. Emiko schob ihre kleine Hand in die von Hana, und nebeneinander lagen sie da und sahen zu, wie die Wolken vorbeitrieben. Als sie wieder zu Atem gekommen waren, sprang Emiko auf. »Wir machen ein Wettrennen bis nach Hause.« Sie lief los.

»Hey, das ist ungerecht, du hast einen Vorsprung«, rief Hana ihr nach, aber Emi lachte nur und rannte noch schneller. Sie lachte den ganzen Nachhauseweg, und als Hana sie überholte, lachte sie sogar noch lauter.

Hana denkt an Emikos Lachen, voll reiner Freude. Eine Hand berührt sie am Arm, und sie zuckt zurück.

»Woran denkst du?«, flüstert das Mädchen neben ihr.

»Was?« Hanas Blick schießt zwischen dem Mädchen und den Sowjets hin und her. Ein Soldat ist eingeschlafen, aber der andere wischt seine Waffe mit einem Lumpen ab.

Das Mädchen berührt kurz Hanas Mund, die Fingerspitzen streichen kaum über ihre Lippen. »Du hast gelächelt«, flüstert sie und blickt dann wieder auf ihre Hände hinab. Sie steckt sie zwischen die Knie, damit sie nicht mehr so zittern.

»Ja?«

»Ja, hast du. Wenn du in so einer Lage lächelst, dann hast

du bestimmt an etwas Wunderbares gedacht«, sagt das Mädchen.

Hana sieht auf ihre Füße. Emikos Lachen ist verschwunden. Sie versucht, den Klang wieder heraufzubeschwören, aber es will ihr nicht gelingen.

»Es war auch wunderbar«, gibt Hana zu. Jetzt spürt sie den Blick des Mädchens auf sich ruhen. Ihre Sehnsucht ist greifbar. Wie lange ist dieses Mädchen wohl schon mit den Sowjets unterwegs, dass allein die Aussicht auf eine schöne Erinnerung sie mit einer solchen Wehmut erfüllt? Sie sieht dem Mädchen ernst in die Augen. Sie sind blutunterlaufen. An den Armen hat sie gelbliche Druckstellen. Auf ihrer Wange leuchtet ein dunkelroter Striemen.

»Ich habe an das Lachen meiner Schwester gedacht. Sie ist erst neun.«

»Ich habe einen kleinen Bruder – er ist fünf. Er fehlt mir.«

»Meine Schwester fehlt mir auch.«

»Wie klang ihr Lachen denn?«

Hana hält inne, versucht sich zu erinnern, doch das laute Motorengeräusch des Lasters übertönt jede Hoffnung darauf, das Lachen noch einmal zu hören. Sie blickt in die trostlosen Augen des Mädchens. Sie hat ein kleines bisschen Glück verdient, Hana muss es für sie zustande bringen. Sie blickt hoch in den Nachthimmel und konzentriert sich auf den ersten Stern, der in dem dunkelblauen All zu sehen ist.

»Es war wie ein Vogel, der anmutig auf dem Sommerwind schwebt, sich hebt und senkt wie die Wellen. Es klang … frei.«

Das Mädchen ist lange still. Sie sieht Hana nicht an. Als der Lastwagen ächzend zum Halten kommt, wischt sie sich rasch die Tränen von den Wangen. Einer der Soldaten befiehlt ihnen allen, sich hinzustellen. Er reißt ein paar von ihnen hoch, als die Ladeklappe aufgeht und sie nicht schnell genug auf die Füße kommen. Zwei der Sowjets kommandieren die Gefangenen aus dem Wagen. Hana steht mit dem Mädchen auf. »Es tut mir leid, wenn ich dich traurig gemacht habe«, flüstert sie ihr eindringlich zu.

Das Mädchen wirft ihr einen Blick über die Schulter zu, als sie Richtung Ladeklappe geht. »Ich konnte sie lachen hören«, sagt sie und lächelt.

Das kurze Glück in ihrer Miene wärmt Hana, bis auch sie aus dem Laster springt und den anderen Gefangenen folgt. Das Gefühl verwandelt sich rasch in Angst, als sie die beiden Soldaten betrachtet, die sie durch die Dunkelheit führen. Es sind Barbaren, groß und stämmig. Sie stellt sich vor, wie jeder der beiden ein Bein von ihr ergreift und sie sie in zwei Hälften reißen, aber ihr Kopf lässt sich nicht spalten, deshalb löst er sich mit der linken Seite, und dieser Soldat stößt einen Triumphschrei aus. Zumindest wäre sie dann tot.

Am Horizont sind überall Lagerfeuer zu sehen. In der Dunkelheit erinnert sie sich an die Worte ihrer Mutter: *Mit der Nacht kommen die Schrecken.* Das Lachen ihrer Schwester kann an diesem Ort nicht überdauern, und doch würde sie es gerne ein letztes Mal hören. Ein Mädchen hinter ihr wimmert, aber niemand spendet Trost. Auch Hana geht schweigend weiter. Sie sind wie Geister, die in eine andere Sphäre eintreten.

Die Sowjets bleiben vor einem großen beigefarbenen Zelt stehen und bedeuten den Gefangenen hineinzugehen. Gehorsam ziehen sie unter der niedrigen Öffnung den Kopf ein. Als Hana am Eingang ist, legt ihr einer der Soldaten die

Hand auf die Schulter. Sie hat zu große Angst, zu seinem Gesicht hochzublicken, und so hält sie den Blick weiter auf die Menschen im Zelt gerichtet. Er sagt etwas zu ihr, aber sie versteht ihn nicht. Er wiederholt es, lauter. Sie muss den Blick von der Gruppe lösen.
Er holt sie aus der Schlange und winkt den anderen, weiter ins Zelt hineinzugehen, ohne Hanas Arm loszulassen.

Der Soldat bellt dem anderen Wachmann etwas zu, der sich daraufhin vor die Tür stellt, das Gewehr im Anschlag. Hana wird weggeführt, den Weg zurück, den sie gekommen sind. *Jetzt ist es soweit*, denkt sie. Sie werden sie sich »nehmen«, wie Morimoto es auf der Fähre gemacht hat. In der Dunkelheit stolpert sie, stößt sich den Zeh an Steinen, die auf dem niedergetrampelten Gras verstreut liegen. Wie eine Schraubzwinge hält er ihren Arm fest und verhindert, dass sie hinfällt oder entkommen kann. Sie wird schon wieder entführt, doch diesmal von einem Mann, der doppelt so groß ist wie sie und zehnmal so stark.

Auf dem Weg zu den Lastwagen kommen sie an vielen anderen Soldaten vorbei. Die Männer gehen in Zweier- und Dreiergruppen. Manche bemerken sie, als sie vorbeigeht, andere sind zu beschäftigt, um herzusehen. Die Männer umgibt eine Geschäftigkeit, selbst noch, als sie weiter vom Lager weggeführt wird. Eine Spannung liegt in der Luft, die ihr zuvor nicht aufgefallen war, als sie zwischen den anderen Gefangenen steckte. Jetzt aber, allein, spürt sie beim Vorbeigehen, wie jeder einzelne Soldat unter Strom steht.

Ihr Bewacher lässt sie vor einem Panzer des Konvois stehenbleiben. Die rote Flagge hängt in der ruhigen Nachtluft schlaff herunter. Zwei Sowjets stehen oben auf dem metallenen Ungeheuer und halten die Gewehre auf einen Mann gerichtet, der auf dem Boden kniet. Ein paar Meter entfernt brennt ein Lagerfeuer, das die sowjetischen Soldaten im Halbkreis um den knienden Mann beleuchtet. Das Gesicht des Mannes ist zugeschwollen. Aus einem Schlitz über dem einen Auge rinnt ihm Blut über die Wange und bedeckt die Hälfte seines Antlitzes wie eine Kriegsbemalung. Er starrt auf den Boden, und Hana fragt sich, ob er durch seine blutigen Augen überhaupt etwas sehen kann.

Zwei Männer aus der kleinen Gruppe von Sowjets treten auf den geschundenen Mann zu. Einer der beiden sagt etwas zu ihm. Der andere übersetzt ins Japanische.

»Lass dich doch nicht noch mehr quälen und sag uns, was wir wissen wollen.« Der Dolmetscher spricht mit starkem Akzent und in gebrochenem Japanisch. Der erste Mann, der dieses Verhör offensichtlich leitet, wirft Hana einen kurzen Blick zu, und sie fängt an zu zittern. Der blutende Mann ist Morimoto. Sie starrt in sein entstelltes Gesicht, und es bereitet ihr keine Befriedigung, ihn so zu sehen. Vielmehr packt Entsetzen sie. Warum hat man sie hierhergebracht? Wird man sie ebenfalls schlagen?

»Sie wird es uns sagen, wenn du dich weigerst.«

Der sowjetische Offizier nickt. Der Soldat, der sie bewacht, dreht ihr den Arm auf den Rücken und zwingt sie, sich hinzuknien. Sie ist drei Meter von Morimoto entfernt. Er hebt weder den Kopf, noch sagt er etwas. Er atmet lediglich durch seine gebrochene Nase. Nur ein schmerzhaftes Rasseln ist zu hören, wenn die Luft durch das Blut dringt. Der Offizier versetzt Morimoto einen Schlag, so dass er umfällt. Zwei Soldaten eilen zu ihm und helfen ihm, sich wieder hinzuknien. An dem Blut in seinem Gesicht kleben Erde und Gras. Er sieht jetzt aus wie ein Tier, alles Menschliche wurde aus ihm herausgeprügelt. Das tun Männer anderen Männern in Kriegszeiten an. Hana weiß nicht, ob es schlimmer ist als das, was sie Frauen antun. Sie kann den Blick nicht von dem monströsen Gesicht lösen.

»Wo sind deine Komplizen?«, schreit der Dolmetscher. »Wir wissen, dass du ein Spion bist und immer wieder die Grenze überquerst, um Informationen für deinen Kaiser einzuholen. Wir wissen, dass die mongolischen Verräter dir helfen. Wo sind sie? Wie heißen sie?«

Altan. Er ist in Gefahr. Wenn Morimoto gesteht, werden sie brutal ermordet. Altan, seine Eltern und Ganbaatar, die keine Ahnung haben, dass die Sowjets nur ein paar Tagesreisen entfernt sind. Wie viel Loyalität empfindet Morimoto noch für seine mongolischen Freunde, nachdem Altan ihr bei der Flucht geholfen hat? Würde er aus Rache ihren Aufenthaltsort verraten? Er sieht Hana an, und plötzlich scheinen sich seine Augen scharfzustellen. Sein Gesichtsausdruck lässt sich unter den Verletzungen nicht erkennen.

Sie fürchtet, mit einer Bewegung könnte sie ein Geständnis hervorrufen, und so verharrt sie völlig reglos. Sie würden die Mongolen jagen, sie in der Nacht überraschen und sie ohne zu zögern auslöschen – und es wäre Hanas Schuld. Der Offizier schreit Morimoto wieder an, während der Dolmetscher übersetzt, doch dann hebt Morimoto eine Hand. Hana klopft das Herz bis zum Hals.

»Ich habe es doch schon gesagt«, stößt er heiser aus. In seinem Rachen klickt es trocken, und seine Worte scheinen hängenzubleiben. Es dauert, bis er sie hervorbringt. »Ich transportiere …«

»Ja, wir wissen, dass du Frauen transportierst«, sagt der Dolmetscher gereizt. Er seufzt. »Sag du es uns.« Er spricht

Hana an. »Sagt er die Wahrheit? Bist du Prostituierte für die japanische Armee?«

Die Frage trifft sie wie ein Messerstich in den Bauch. Morimoto hat ihnen erzählt, sie wäre eine Lagerhure für die Soldaten des Kaisers. Erinnerungen an ihre Gefangenschaft blitzen wieder auf: der Augenblick, in dem er sie am Strand verschleppt hat, die erste Vergewaltigung durch ihn, die lange Reihe der Männer, die folgten, die Schläge, die medizinischen Zwangsuntersuchungen, der Hunger, ihre Flucht – alles vermischt sich zu einem goldenen Licht, das auf Altans Mutter und ihre weichen Hände scheint, und diese erste Freundlichkeit, der sie begegnete, leuchtet wie ein guter Geist. Die Zeit wird zähflüssig, und Hana scheint diese Erinnerungen zehnmal neu zu durchleben, bevor es ihr gelingt zu sprechen.

»Ich bin das, was er sagt.«

Diese Worte schmecken wie Asche, aber das Bild von Altan gibt ihr Kraft. Morimoto spuckt Blut auf den Boden. Sie wünscht sich, sie könnte die Augen von seinem Mund abwenden, der voller zerschlagener Zähne ist.

»Wo wollte er dich denn hinbringen?«

Sie starrt geradeaus, kann nicht woanders hinsehen. Ihr fällt die Geschichte eines Mädchens aus dem Bordell ein.

»Er hat gesagt, ich werde die Schulden meines Vaters zurückzahlen, indem ich in der Mandschurei arbeite.«

Der Dolmetscher gibt diese Information an den Offizier weiter, und sie unterhalten sich kurz, bevor sie sich wieder Morimoto widmen.

»Wie seid ihr in der Mongolei gelandet?«

Morimoto fixiert Hana. Er rührt sich nicht, während er antwortet. Seine Worte klingen dumpf. »Sie ist geflohen ...

Ich habe sie bis hierher verfolgt. Ich wollte sie zurück in die Mandschurei bringen, aber dann wurden wir von Ihnen gestellt.«

»Du willst uns glauben machen, dass dieses zerlumpte, ausgehungerte Mädchen ganz allein von der Mandschurei bis hierher gekommen ist?«

»Sie ist zäh.« Halb lacht, halb hustet er. Er krümmt sich zusammen und erbricht Blut. Als er sich wieder aufsetzt, wendet er sich nur dem Dolmetscher zu. »An Ihrer Stelle würde ich die da nicht aus den Augen lassen.«

Der Dolmetscher übersetzt das ins Russische. Hana spürt die Augen aller auf sich ruhen, sie messen sie an seinen Worten. Sie sind neugierig, aber ihre Neugier ist nicht so stark wie der Hass, der von Morimotos Körper auf sie ausstrahlt. Sollte sie je eine Chance gehabt haben, so hat er sie zunichtegemacht. Er hat dafür gesorgt, dass sie weiterhin leiden muss, und jetzt unter diesen Männern.

Der Offizier sagt etwas zu dem Dolmetscher, bevor er wieder zum Zelt zurückgeht. Der Dolmetscher und die anderen Sowjets bleiben noch. Sie murmeln aufgeregt. Der Dolmetscher zieht zögernd Morimotos Schwert aus der Scheide, die jetzt an seinem eigenen Gürtel hängt. Hana fragt sich, warum ihr das vorher nicht aufgefallen ist. Die metallene Klinge funkelt im Schein des Feuers. Morimoto drohte, Altan mit diesem Schwert den Kopf abzutrennen. Der Dolmetscher wirft das Schwert vor Morimoto auf den Boden und tritt einen Schritt zurück.

»Nimm es.«

Morimoto rührt sich nicht. Hana fragt sich, ob er zu verletzt ist, um sich zu bewegen, gar nicht zu reden davon, das Schwert hochzuheben.

»Wir haben oft von euren faszinierenden Samurai-Ritualen gehört«, sagt der Dolmetscher, als würde es ihn gar nicht stören, dass Morimoto das Schwert noch nicht genommen hat. »Gesehen hat das allerdings noch keiner von uns.« Er wirft einen Blick in die kleine Runde, die sich versammelt hat. Die Männer nicken, ermutigen ihn weiterzumachen.

»Sie haben also eine Wahl. Sie können dieses alte Ritual vollziehen und bekommen Gelegenheit, in Würde von eigener Hand zu sterben, oder Sie können sich von den anderen töten lassen.« Er zeigt auf die Männer hinter sich. »Und das wird alles andere als ein Tod in Würde, das kann ich Ihnen versprechen.«

Hana bleibt auf den Knien und sieht gebannt zu Morimoto hin. Langsam greift er nach dem Schwert und fällt beinahe um, so sehr strengt ihn das an. Schließlich findet er das Gleichgewicht wieder und setzt sich aufrecht hin, legt sich das Schwert quer über die Knie. Er ist sichtlich erschöpft und holt Atem. Seine Schmerzen dabei sind hörbar, die Luft strömt durch sein zerstörtes Gesicht, gluckert in dem vergossenen Blut.

Morimoto spannt die Schultern an und hebt das Schwert, um die Klinge zu begutachten. Er fährt mit dem Finger über die rasiermesserscharfe Schneide, so dass es blutet. Hana schaudert, sie will ihn nicht weiter ansehen, kann sich aber einfach nicht abwenden. Er blickt in Hanas Richtung, aber seine zugeschwollenen Augen verraten seine Gedanken nicht. Sie stellt sich vor, wie er hinter den zugeschwollenen Lidern lächelt, weil er seine letzte Tat genießt, da er Hana einem noch größeren Feind überlässt.

»Und, wie hast du dich entschieden?«, fragt der Offizier, aber da stößt Morimoto sich unvermittelt das Schwert in den Bauch, und alle erstarren. Das Schwert steckt nun tief in Morimotos Leib. Ohne einen Ton von sich zu geben, durchschneidet er seine Eingeweide horizontal nach rechts. Sein Gesicht ist schmerzverzerrt. Sein blutiges, geschwollenes Gesicht wirkt in dem flackernden Licht grotesk. Hana würde am liebsten fliehen, aber der Soldat packt sie so fest am Arm, dass sie nur entsetzt weiter zusehen kann, wie Morimoto das *Seppuku* zu Ende ausführt. Ein sowjetischer Soldat dreht sich um und würgt, aber Morimoto ist immer noch nicht tot. Mit zitternden Händen hebt er langsam das Schwert und schneidet sich mit einer schnellen Bewegung die Kehle durch. Leblos und schlaff kippt sein Körper um und färbt den Boden schwarz. Morimoto ist nicht mehr der Todesgott. Stattdessen ist Gangnim gekommen, um seine Seele zu holen.

Auf Morimotos Fall folgt Stille, betreten und zähflüssig, wie das Blut, das aus seiner Leiche sickert. Die Erleichterung, die Hana nach seinem Tod erwartete, mag sich nicht einstellen. Sie spürt nur noch Leere. Nicht einmal die Angst vor dem, was mit ihr geschehen wird, kann das Nichts durchdringen, das sie erfüllt.

Die verbliebenen Soldaten gehen, einer nach dem anderen. Selbst der Mann, der sie auf die Knie gedrückt hat, scheint zu verschwinden, als wollten sie sehen, was Hana tut, wenn sie alleine mit dem Toten ist. Sie steht auf und geht auf ihn zu. Hana kniet sich vor Morimotos leblosen Körper und hält einen Moment inne. Sie betrachtet die groteske Leiche, die einst ein Mann war, der sie allein durch seine Anwesenheit folterte. Im Tod ist sein zerschlagenes Gesicht eher tierisch als menschlich. Seine Augen sind trüb wie die eines verwesenden Fischs. Es verstört sie, dass er so reglos daliegt. Jetzt ist er nichts als ein Haufen Blut und Fleisch auf der mongolischen Ebene.

Ohne darauf zu achten, wer sie womöglich beobachten könnte, langt Hana in seine Tasche. Sie zieht das Schwarz-Weiß-Foto des Mädchens heraus, das sie früher war. Es ist mit Morimotos Blut besudelt. Sie wischt es eilig an ihrem *del* ab und schiebt es sich voller Erleichterung in die Tasche. Jetzt besitzt er gar nichts mehr von ihr.

Nach einer langen Weile wendet sie schließlich den Blick von Morimotos sterblichen Überresten ab. In diesem Moment taucht der Dolmetscher neben ihr auf. Er mustert ihr Gesicht, als wolle er ihre Gedanken lesen. Sie erspart ihm die Mühe.

»Ich habe ihn gehasst«, sagt sie schlicht und fragt sich, ob er wohl gesehen hat, wie sie das Foto an sich genommen hat. Ihre Worte klingen genauso leer, wie sie sich fühlt. Der Dolmetscher gibt keine Antwort. Stattdessen führt er sie zum Lager zurück. Sie kommen zu dem Zelt, zu dem die anderen Gefangenen gebracht wurden. Der Wachmann weicht aus, um sie eintreten zu lassen. Sie wirft dem Dolmetscher einen letzten Blick zu, bevor sie sich duckt und hineingeht. Doch sollte er gesehen haben, dass sie das Foto eingesteckt hat, so ist es ihm egal.

Dutzende Gesichter blicken ihr entgegen, als sie eintritt. Manche weinen leise in ihre Hände hinein, sie haben zu viel Angst, einen Laut von sich zu geben, während andere, die dem, was ihnen bevorsteht, offenbar wie betäubt entgegensehen, Hana mit leeren Augen anstarren. Sie sucht in dem von Lampen beleuchteten Zelt nach den koreanischen Mädchen aus dem Lastwagen. Sie stecken in der hintersten Ecke, verborgen hinter zwei Chinesen, denen die Hände hinter dem Rücken gefesselt wurden. Hana drückt sich an den Männern vorbei und setzt sich neben die Mädchen.

»An deinem Mantel ist Blut«, sagt das ältere Mädchen.

Hana blickt auf den *del* hinunter. Das Mädchen hat die kleinen dunklen, nach oben gerichteten Blutspritzer auf ihrer Brust bemerkt. Sie wischt mit dem Ärmel darüber.

»Was ist passiert?« Ihre Augen sind voller Unschuld.

»Sie haben den Mann getötet, der mich entführt hat. Ein japanischer Soldat.«

Hana hat sich Morimotos Tod im Geiste so oft ausgemalt, und im *ger* hätte sie beinahe selbst dafür gesorgt. Altan hat ihr geholfen, ihre Menschlichkeit zu bewahren, zumindest hat er sie an deren Existenz erinnert. Sein Abscheu vor ihrer Tat riss sie vom Abgrund des Bösen zurück. Er bewahrte sie davor, das Schlimmste in sich zutage zu bringen, zumindest gelang ihm das vorübergehend. Nachdem sie draußen auf der Steppe gesehen hatte, wie Morimoto Altan zusammenschlug, versuchte sie ein zweites Mal ihn umzubringen, aber es gelang ihr nicht.

»Dennoch, kein Mensch sollte so sterben«, sagt sie schließlich.

Das Mädchen nickt. Sie berührt die Schärpe um Hanas Taille. »Die ist hübsch.«

Hana streicht über die Seide. Die roten und gelben Blüten, die zwischen den schwarzen und grünen Ranken auf der dunkelblauen Seide aufleuchten, scheinen sich zu bewegen, ein Muster der Schönheit an diesem angsterfüllten Ort.

Morimoto hat dem Dolmetscher gesagt, Hana sei Prostituierte. Ihr ist klar, sie werden sie früher oder später holen. Ihr Schicksal ist besiegelt. Plötzlich fühlt sie sich erschöpft.

Diesmal wird sie kämpfen, beschließt sie, und dieser Gedanke endet in dem Bewusstsein, dass dies wahrscheinlich den Tod für sie bedeutet.

»Ich muss euch etwas sagen«, flüstert Hana den beiden zu. »Falls sie mich holen kommen und ich nicht zurückkehre, möchte ich, dass jemand meine Geschichte kennt.« Beide nicken. »Mein Name ist Hana.«

Hana fängt am Anfang an. Ihr Leben als *haenyeo*, wie sie im Meer vor ihrer Insel schwamm und den japanischen Soldaten entdeckte, der am Strand auf ihre Schwester zuging – es sprudelt nur so aus ihr heraus. Das Wissen, schon sehr bald nicht mehr da zu sein, nötigt sie, diesen Mädchen alles zu erzählen. Hana berichtet ihnen von dem Bordell, von den anderen Mädchen und von Keiko. Sie erzählt von der mongolischen Familie und ihren Tieren und von ihrem Freund Altan. Aber um sie nicht zu gefährden, behauptet sie, sie hätte sie über einen Monat nicht gesehen. Als sie fertigerzählt hat, ist sie leer, als hätte sie alles von sich weggegeben.

Auch die beiden koreanischen Mädchen erzählen Hana ihre Geschichten. Sie sind Schwestern aus einem Dorf in Nordkorea, nahe der mandschurischen Grenze. Sie wurden von der örtlichen Polizei hereingelegt. Sie stiegen eines Abends in deren Lastwagen, angeblich um nach der Arbeit im Apfelgarten nach Hause gefahren zu werden. Die Polizisten fuhren sie direkt an die Grenze und übergaben sie einem japanischen Schleuser, der sie mit fünf anderen Mädchen in einen Zug steckte und sie hoch in den Norden schickte, in Richtung der Mandschurei. Doch bevor sie dort ankamen, gelang es den Mädchen, im Schutz der Nacht aus dem Zug zu springen. Sie liefen, so weit sie konnten. Sie überquerten einen Gebirgskamm, ohne zu begreifen, dass sie die Grenze in die Mongolei passiert hatten. In der Morgendämmerung wurden sie gefangen genommen, ein paar Tage vor Hana.

Die drei Mädchen fassen sich an den Händen. Sie bilden einen kleinen Kreis in dem vollgestopften Zelt. Sie lassen ihren Tränen freien Lauf, während sie einander ansehen und sich jede Nuance der Gesichtszüge der anderen einprägen. Die Klappe geht auf, und der Dolmetscher tritt ein. Die Gefangenen, die dem Eingang am nächsten sind, rutschen rückwärts von ihm weg, bis sie beinahe auf dem Schoß der Leute hinter ihnen sitzen. Er ignoriert ihren ängstlichen Rückzug und lässt den Blick durch den Raum schweifen, bis er Hana entdeckt.

»Du da, kommt mit«, befiehlt er ihr.

Der ganze Raum folgt seinem Blick. Die beiden Chinesen vor ihr drehen sich zu ihr um. Sie sehen sie entschuldigend an. Sie wissen, dass Hana jetzt an der Reihe ist, gefoltert zu werden. Sie steht auf, blickt auf die Schwestern hinunter.

»Vergesst mich nicht«, sagt sie eindringlich und greift in die Manteltasche. Sie holt das Foto des Mädchens heraus, das sie einst war und das sie so gerne wieder sein möchte.

»Na los!«, ruft der Dolmetscher.

Mit zitternder Hand reicht Hana das Bild der älteren Schwester, bevor sie sich rasch abwendet.

»Wir werden dich nie vergessen«, antworten die beiden, als Hana dem Dolmetscher in die Nacht hinaus folgt.

Stolpernd geht sie ihm nach, tiefer ins Lager hinein. Er führt sie in ein kleines Zelt, sie vermutet, es ist seine persönliche Unterkunft. Er winkt ihr, sich auf ein Feldbett zu setzen. Das gedämpfte Treiben vor dem Zelt dringt bis zu ihnen her. Soldaten unterhalten sich im Vorbeigehen, Motoren werden hochgejagt, als Lastwagen losfahren. Trotzdem nimmt Hana noch die leise vor sich hin brennende Petroleumlampe im Zelt wahr.

Der Dolmetscher steht am anderen Ende bei der Tür und holt etwas aus der Tasche. Er ist ein massiger Mann und muss den Kopf einziehen, um in dem kleinen Zelt stehen zu können. Hana hat noch nie Männer gesehen, die so groß sind wie die Sowjets. So nahe bei einem zu sitzen, das fühlt sich an, wie von einem hungrigen Bären beobachtet zu werden. Er lehnt sich gegen einen Metallpfosten und tippt Tabak aus einem kleinen Döschen auf ein dünnes weißes Blättchen. Geübt rollt er das Papier zusammen und leckt mit der Zungenspitze den Rand an, um es zuzukleben.

Er zündet die Zigarette an und nimmt einen Zug. Er raucht, als wäre sie gar nicht da, und er hätte alle Zeit der Welt. Als er nur noch einen Stummel zwischen den Fingern hält, lässt er ihn fallen und geht zwei Schritte auf sie zu. Noch zwei, und er ist bei ihr. Seine Miene ist ernst.

»Warum bist du wie eine Mongolin angezogen?«, fragt er.

Sie betrachtet den blutigen und schmutzigen *del* und sieht dann zu ihm hoch. Sie denkt nach, wie sie ihm antworten könnte, ohne Altans Familie zu gefährden.

»Du bist doch Japanerin, oder? Und trotzdem trägst du dieses lächerliche Kostüm?« Er zeigt auf ihren *del*.

Er öffnet die ersten beiden Knöpfe seiner Uniform. Sie antwortet nicht auf seine Frage und sagt ihm auch nicht, dass sie Koreanerin ist. Sie sieht zu, wie seine Hand in der Brusttasche verschwindet und mit einem braunen Metallfläschchen wieder zum Vorschein kommt.

»Wodka. Leider der letzte Rest. Ich musste ihn während der letzten Monate in diesem gottverlassenen Land aufsparen. Jetzt ist er fast alle.« Er nimmt einen Schluck und spült den Mund damit, bevor er schluckt, dann seufzt er befriedigt. »Sag mir die Wahrheit. Ich merke es, wenn du lügst.«

Sie atmet kurz ein, bevor sie antwortet. Sie lässt die Wörter in einem langen Satz hervorquellen. »Mongolen haben mich gefunden, als ich über das Gebirge bin, ich war fast nackt, weil wir in dem Bordell keine Kleider bekommen haben, deshalb haben sie mir das hier gegeben.«

»Wie lange warst du bei ihnen?«

»Ein paar Tage.«

»Und wo ist ihr Lager?«

Sie zögert.

»Denk nicht nach, antworte mir einfach auf die Frage.«

»Ich weiß es nicht.«

»Du lügst.«

»Ich lüge nicht. Ehrlich, ich weiß nicht, wo das Lager ist.«

»Ich habe dir doch gesagt, du sollst nicht lügen.« Er steckt sich den Flachmann wieder in die Tasche und geht auf sie zu, als wolle er sie ohrfeigen.

»Ich sage die Wahrheit. Als … als ich erfahren habe, dass der Soldat …«, stottert sie und denkt an Morimotos kaum zurückliegenden Tod. Sein blutiges Gesicht erscheint vor ihren Augen, und sie muss richtiggehend den Kopf schütteln, um das Bild auszulöschen. »Als ich erfahren habe, dass er im Lager der Mongolen ist, bin ich mit dem Pony geflohen. Ich konnte es nur antreiben, so schnell es ging, um von dort wegzukommen. Es war dunkel. Ich habe nicht gesehen, wo ich hinreite. Ich wusste bloß, dass ich fliehen musste, sonst würde er mich wieder ins Bordell bringen. Ich bin einfach nur weg …«

Sie wartet auf den Schlag, auf seine Hand in ihrem Gesicht, aber es kommt nichts. Stattdessen richtet er sich auf und kreuzt die Hände hinter dem Rücken.

»Ich bin mir sicher, dass er ein Spion war.« Er starrt sie an, als hätte sie etwas gesagt. Seine Miene ändert sich, er zieht eine Augenbraue hoch. »Vielleicht war er auch Opiumschmuggler. So kann sich euer Kaiser nämlich diesen Krieg leisten. Wusstest du das? Dass der große Hirohito Opium schmuggelt wie ein gemeiner Drogenhändler? Der Westen kauft alles auf und produziert daraus Heroin, Tee ... Dieser Mann hatte Opium bei seinen Sachen.« Der Dolmetscher greift hinter einen kleinen Tisch und hält Morimotos Bündel hoch. Es ist blutverschmiert. »Nicht genug, um eine Armee damit zu bezahlen, aber man kann ordentlich Geld dafür bekommen. Wusstest du, dass er das hat?«

Erschöpfung überkommt sie, und sie legt die Stirn auf das Feldbett. Wie lange ist sie schon in diesem Alptraum gefangen? Sie hat das Gefühl, als wären tausend Jahre vergangen. Vielleicht wollte Morimoto das Opium verkaufen und mit dem Erlös ihr neues Leben aufbauen. Vielleicht war er auch Schmuggler. Sie wird es nie erfahren.

»Davon habe ich keine Ahnung. Ich weiß nur, dass er mich von zu Hause verschleppt und mich an ein Bordell verkauft hat. Mehr kann ich nicht sagen.« Sie merkt, dass sie die Augen schließt, als er die Schärpe aufbindet. *Vergebt mir*, flüstert Hana über die vielen Meilen hinweg ihrer Familie zu. Sie sieht Emiko ganz allein bei ihrer *haenyeo*-Zeremonie stehen, und es tut ihr im Herzen weh, aber sie schiebt das Bild zur Seite. Mit aller Kraft drückt sie sich gegen die Brust des Dolmetschers. Er ist nicht auf den plötzlichen Angriff vorbereitet und fällt von dem Feldbett. Sie kriecht über ihn hinweg und greift sich die Pistole aus dem Holster an seinem Gürtel. Schließlich steht sie über ihm und richtet die Pistole auf seine Brust.

»Wenn du mich erschießt, bist du tot. Und sie werden nicht so nett zu dir sein, wie ich es gewesen wäre.«

Sie lacht ihn aus. Es klingt bitter, wie eine zornige alte Frau. »Du und nett? Du kennst doch die Bedeutung des Wortes gar nicht. Ihr blickt auf uns herab, aber du und deinesgleichen, Soldaten, Männer, ihr seid die schlimmste Plage für dieses Land. Ihr bringt euren Hass und euren Schmerz und euer Leid mit euch, wo auch immer ihr hingeht. Ich verachte euch alle.«

Bevor er antworten kann, drückt sie den Abzug. Die Waffe löst keinen Schuss aus. Kribbelnder Schweiß dringt ihr aus den Poren. Sie drückt den Abzug noch einmal, fester, aber es passiert immer noch nichts. Er macht eine Bewegung in ihre Richtung. Sie weicht zurück, sucht verzweifelt nach einem Sicherungshebel. Er hat sich jetzt ganz aufgerichtet und stürzt sich auf sie. Hana fällt und strampelt unter ihm, aber seiner Größe und Kraft hat sie nichts entgegenzusetzen. Er verdreht ihr das Handgelenk und entwindet ihr die Pistole. Mit dem Lauf schlägt er ihr auf den Kopf. Ihr Mund füllt sich mit Blut.

»Hoch mit dir. Auf die Knie«, befiehlt er.

Benommen gehorcht sie ihm. Er entsichert die Pistole. Hana starrt seine Stiefel an, Blut tropft ihr vom Kinn. Sie ist hundert Meilen entfernt, an einem schwarzen Kieselstrand. Über ihr scheint die Sonne und trocknet ihr die langen Haare. Das Lachen ihrer Schwester rollt mit den Meereswellen herein.

»Irgendwelche letzten Worte?«. Er ist atemlos. Seine Brust hebt und senkt sich.

»Ich war nie eine Prostituierte.«

Er lacht. »Mehr hast du nicht zu sagen? Wen kümmert es, was du warst? Du bist gar nichts.« Er zielt, den Finger am Abzug.

»Ich bin eine *haenyeo*«, sagt sie und funkelt ihn wütend an. »Wie meine Mutter und ihre Mutter vor ihr, wie meine Schwester eine sein wird und eines Tages auch ihre Töchter … ich war nie etwas anderes als eine Frau des Meeres. Weder du noch sonst irgendein Mann kann etwas Geringeres als das aus mir machen.«

Er schnaubt, aber sie hört ihn nicht. Sie ist an einem anderen Ort, in einer anderen Zeit. Hana schließt die Augen. Die Sonnenstrahlen wärmen ihr Blut, und sie schmeckt sie auf der Zunge. Der Wind fährt ihr durch die Haare. Unter ihr wogt der Ozean und ruft ihren Namen, *Hana*.

Sie spürt den Schmerz, bevor sie begreift, was geschehen ist. Sie öffnet die Augen, aber da ist nur Blut. Sie kann gerade noch den Dolmetscher erkennen, der die Hand hebt und ihr noch einmal die Waffe gegen die Schläfe schlägt. Hana sinkt auf den Boden. Das Letzte, was sie sieht, ist die Spitze seines Stiefels über ihrem Gesicht.

Emi

Seoul, Dezember 2011

Als sie vor der japanischen Botschaft ankommen, möchte Emi nicht im Rollstuhl sitzen bleiben, aber für ihren Sohn kommt gar nicht in Frage, dass sie versucht, zu der Statue zu gehen. Das wäre viel zu anstrengend für ihr Herz und ihr schlimmes Bein, sagt er.

»Entweder ich schiebe dich im Rollstuhl hin, oder ich fahre dich zurück ins Krankenhaus. Du hast die Wahl.«

Emi kann sich nicht erinnern, so mit ihrem Sohn gesprochen zu haben, als er noch ein Kind war, aber sie glaubt, es muss wohl so gewesen sein. Sie hat ihre Kinder sehr geliebt, aber es fiel ihr schwer, ihnen das zu zeigen, ohne ihrem Vater die gleiche Zuneigung zuteilwerden zu lassen. Er hätte das von ihr verlangt, wenn er gesehen hätte, dass sie dazu fähig ist. Daher war es einfacher, die Kinder still und nicht sichtbar zu lieben. Nur so konnte sie überleben.

Ihr Mann war nach der Geburt seines Sohnes nie unfreundlich zu ihr. Vielleicht, weil sie nur selten miteinander sprachen. Als Fischer war er so gut wie unbrauchbar, er passte lieber auf die Kinder auf, wenn sie tauchen war. Er brachte sie zum Markt, wo Emi ihren Fang verkaufte. Ihre

Tochter saß bei ihm auf den Schultern und klatschte vor lauter Freude darüber, so weit oben zu sein, in die Hände. Ihr Sohn folgte seinem Vater auf Schritt und Tritt, wie ein Schatten. Sie waren unzertrennlich. Vielleicht wurde ihr Sohn deshalb so zornig, als sein Vater starb. Er hatte seinen Schutzschirm auf dieser Erde verloren und musste nun in der sengenden Sonne schmoren.

Emi gibt nach, und er holt den Rollstuhl aus dem Kofferraum. Bald überqueren sie die Straße, und weiter geht es auf die Statue zu. Als sie an der Botschaft vorbeikommen, wirkt das Backsteingebäude klein und nicht besonders beeindruckend. Die Fenster haben nichts Furchteinflößendes mehr. Sie löst den Blick von dem Gebäude und erblickt die Statue.

Ein junges Mädchen sitzt auf einem Stuhl. Neben ihr steht ein leerer Stuhl, der Platz ist frei. Das Mädchen trägt ein traditionelles *hanbok*-Kleid, und ihre bloßen Füße hängen ein kleines Stück über dem Boden. Jemand hat die Statue für den Winter zurechtgemacht und ihr eine Strickmütze auf den Kopf gesetzt und einen Schal und eine Decke umgehängt, damit sie es warm hat. Ein paar Meter entfernt lässt Emi ihren Sohn anhalten.

»Ich möchte zu Fuß gehen«, erklärt sie ihm.

Er will protestieren, aber sie hält eine Hand in die Höhe, und er schweigt. Sie ergreift die Armlehnen des Rollstuhls und drückt mit aller Kraft, bis ihre Füße ihr Gewicht tragen, dann steht sie auf. Langsam, so wie in den frühen Morgenstunden, bevor die Sonne aufgeht und sie an den Strand hinuntergeht, schlurft sie zu dem sitzenden Mädchen.

Sie zieht das schlimme Bein erbärmlich nach, aber sie nimmt die Hand nicht, die ihr Sohn ihr anbietet. Sie hat das

Gefühl, durch zähen Schlamm zu waten. Ihre Augen sind auf das Gesicht des jungen Mädchens geheftet. Es drückt tiefes Verständnis, Schmerz und Verlust, Vergebung und Geduld aus. Das gibt ihr Kraft.

Als sie schließlich die Statue erreicht, lässt sich Emi auf den leeren Stuhl neben ihr fallen. Sie schöpft Atem, lässt ihre Brust zur Ruhe kommen. Dann greift sie nach der Hand des Bronzemädchens. Sie ist kalt, und Emi reibt sie leicht, wärmt sie mit ihrer runzligen Hand. So sitzen sie schweigend zusammen da. Emi wirft ab und an verstohlen einen Blick auf das Profil des Mädchens. Es ist das Mädchen, das sie aus ihrer Kindheit in Erinnerung hat. Es ist Hana.

Ihr Sohn raucht in ein paar Metern Entfernung eine Zigarette und hüstelt verlegen, bevor er die halb gerauchte Zigarette auf den Boden wirft und mit der Schuhspitze ausdrückt. Emi lächelt ihn an. Sie ist zurück in einer Zeit, als sie nichts vom Krieg wusste. Ihre Unschuld war unberührt, und sie war am Meer und umgeben von ihrer kleinen Familie, tollte am Strand herum und jagte Möwen. Ihre einzige Aufgabe bestand darin, sie vom Fang wegzuscheuchen. Emi sitzt Hand in Hand mit ihrer Schwester da. Die Sommersonne scheint ihr warm ins Gesicht. Es riecht nach Meer, sie schmeckt Salz auf der Zunge. Es ist nicht mehr Winter, sondern Sommer, ein Sommertag, bevor alles passierte, als sie noch eine Familie waren.

»Was an dieser Statue bringt dich so zum Lächeln?«

Die Stimme ihrer Tochter scheint von irgendwo weither über das Meer zu kommen. Sie will den Blick auf YoonHuis Gesicht richten und sie noch einmal sehen, aber es ist zu anstrengend, durch die Zeit zu reisen, weg von diesem Sommertag und zurück zu ihr.

»Erzähl es mir, Mutter«, sagt YoonHui. Ihre Stimme ist plötzlich ganz nah, als wäre ihr Mund an Emis Ohr.

»Das ist Hana, meine Schwester. Ich habe sie endlich gefunden«, flüstert sie.

»Du meinst, sie erinnert dich an deine Schwester?«

»Das ist Hana«, wiederholt sie. »Meine Schwester, sie ist hier.« Emi hat das Gefühl, ihr zerspringt gleich das Herz. Schnell und fest schlägt es in ihrer Brust. Sie drückt sich die Hand dagegen, und die kalte Winterluft fährt ihr den Ärmel hinauf. Schneeflocken kühlen ihre glühenden Wangen. Sie schlägt die Augen auf, und ihre Tochter kniet neben ihr, eine Hand auf ihrer Schulter. Sie zittert in der Kälte.

»Mutter?« Sie ist wieder ein kleines Mädchen, besorgt und unsicher. Emi beugt sich zu ihrer Tochter und küsst sie auf die Stirn. YoonHui blickt zu ihr auf, und in der sanften Kontur ihres Kinns erkennt Emi ihre Mutter wieder. Sie ist überrascht, dass sie beim Gedanken an ihre Mutter keine Trauer empfindet. Stattdessen ist sie nur von Frieden erfüllt.

Sie wünscht sich, es hätte kein ganzes Leben gedauert, um diesen Moment zu erreichen, aber die Vergangenheit lässt sich nicht mehr ändern. Die Gegenwart ist alles, was ihr bleibt.

»Ich war immer stolz darauf, dass du an die Universität gegangen bist«, flüstert sie heiser.

YoonHui vergräbt das Gesicht in Emis Schoß. Der raue Wollstoff fängt ihre Tränen auf.

»Ich war auf euch beide stolz.« Emi wendet sich ihrem Sohn zu. Auch er kniet vor ihr und bemüht sich sehr, nicht zu weinen.

Emi lächelt und sieht wieder zu der Statue hin. *Ich habe*

dich nie vergessen, denkt sie, auch wenn sie das viele Jahre lang vorgetäuscht hat. Die Statue sitzt neben ihr, als würde sie ihr verzeihen. Emi wünscht sich, dieser Moment würde ein Leben lang dauern.

Hana

Mongolei, Herbst 1943

Manchmal noch kommt Hana wieder zu sich. Als es ihr gelingt, die Augen zu öffnen, sieht sie nur schwarze feste Erde. Sie versucht den Kopf zu heben, die Hand, das Bein, irgendetwas, das ihr beweist, dass sie noch auf dieser Welt ist, aber nichts bewegt sich. Vielleicht irrt sie sich und ist doch schon tot, und ihr Körper wartet darauf, dass ihr Geist sich löst und aus diesem elenden Leben entflieht.

Kindheitserinnerungen ziehen vorbei, Echos des Glücks werden ein- und ausgeblendet. Das Gesicht ihrer Mutter schwebt hell schimmernd über ihr, es strahlt wie eine leuchtende Sonne, die zahllose Welten entfernt ist. Die Hitze erreicht Hanas Wangen, und Wärme durchdringt ihre gefühllose Haut. Sie wendet das Gesicht zu dem Leuchten, eine Blume, die der Hitze der Sonne folgt. Das Licht ruft sie: *Hana, mach die Augen auf.*

Die späte Vormittagssonne blendet sie. In weiter Entfernung ruft jemand. Eine Männerstimme. Hana wird bewusst, dass sie gefesselt und an einem Pfosten festgebunden ist. Die Sowjets brechen das Lager ab und bereiten den Aufbruch vor. Sie ist noch am Leben. Er hat sie doch nicht erschossen.

Sie blickt in die Morgensonne, will herausfinden, was sie mit ihr vorhaben. Als das letzte Zelt verstaut ist, kommt der Dolmetscher mit einem Jagdmesser in der Hand.

»Du bist wach.« Das Grinsen auf seinem fremdländischen Gesicht ist dem der anderen Soldaten, die sie in ihrem kurzen Leben kennengelernt hat, so ähnlich.

Hana antwortet nicht. Ihr tut der Kopf weh, und es fällt ihr schwer, sich länger auf eine Sache zu konzentrieren. Er kniet sich hinter sie und schneidet ihr die Hände frei. Dann durchtrennt er die Stricke um ihre Fesseln, bevor er sie zum Sitzen hochzieht.

»Man hat deine Freilassung ausgehandelt.« Er klingt aufgeregt.

Hana folgt seinem Blick und erschrickt, als sie Altan auf sich zukommen sieht. Sein Vater und Ganbaatar folgen ihm. Die Sowjets haben sie aufgespürt, man wird sie töten. Plötzlich bekommt Hana keine Luft mehr.

»Du hast großzügige Freunde«, sagt der Dolmetscher, als sie sich nähern.

Altan verbeugt sich rasch vor dem Soldaten, der ihn mit einem fröhlichen Lachen grüßt. Die Mongolen werfen nicht einmal einen kurzen Blick auf Hana. Es scheint, als würden sie sie gar nicht sehen, obwohl sie weiß, dass das Gegenteil der Fall ist. Sie macht es genauso und sagt nichts, aber unwillkürlich starrt sie Altans zerschlagenes Gesicht an, Morimotos Werk.

Altans Vater tritt vor seinen Sohn und sagt etwas auf Japanisch zu dem Dolmetscher. Er spricht so leise, dass sie ihn nicht hören kann. Sie blickt sein Gesicht an, während die beiden Männer kommunizieren. Schließlich blickt der Dolmetscher zu Hana hinunter und grinst wieder.

»Du kannst gehen«, sagt er und marschiert davon, ohne sich noch einmal umzudrehen.

Erst jetzt nehmen die Mongolen Notiz von ihr. Altan und sein Vater greifen nach ihren Armen und helfen ihr auf die Füße. Einer rechts, einer links, stützen sie Hana, und eilig verlassen sie die Überreste des sowjetischen Lagers. Ihre Ponys stehen zusammengedrängt da und warten auf ihre Herren. Hana stellt überglücklich fest, dass Morimotos schönes Pferd unter ihnen ist. Altan hilft ihr auf eines der Ponys und steigt hinter ihr auf. Als die Ponys vom Lager weggaloppieren, übertönt der Schrei eines Adlers das Hufgetrappel.

Hana wirft einen Blick über die Schulter. Ganbaatars Adler sitzt auf dem Unterarm des Dolmetschers. Ihr wird furchtbar bang. Der Vogel schreit wieder, mit seinen scharfen Augen kann er leicht erkennen, wie sein Herr wegreitet. Ganbaatar hat seinen liebsten Besitz gegen ihre Freiheit eingetauscht. Morimoto sagte, Mongolen schätzen ihre Adler noch mehr als ihre Frauen und Kinder, dennoch hat Ganbaatar seinen gegen ein Mädchen eingetauscht, das er kaum kennt.

Sie versucht, ihm ins Gesicht zu sehen, aber er galoppiert vor ihr und führt die kleine Gruppe Richtung Berg an. Altans Arme umfassen sie, während er das Pony antreibt. Sie weiß nicht, wie viel er aufgegeben hat, um Ganbaatar davon zu überzeugen, seinen wertvollsten Besitz gegen ein Mädchen einzutauschen. Hana weiß nur, dass sie ihnen beiden ihr Leben verdankt.

YoonHui

Insel Jeju, Februar 2012

»Ich weiß, liebe Tante, ich weiß«, antwortet YoonHui und zieht sich die alte Tauchmaske ihrer Mutter über die Augen. Ein Sprung in einer Ecke verdeckt ihr die Sicht, aber das ist ihr egal. Sie will nicht zu tief tauchen, gerade tief genug, um sich zu erinnern, wie es ist, eine *haenyeo* zu sein, wie ihre Mutter zu sein.

JinHee nickt und zieht ebenfalls ihre Maske übers Gesicht. Damit bedeutet sie den anderen Taucherinnen, dass es so weit ist. Sie waten tiefer ins Wasser und tauchen nacheinander mit einer Rolle vorwärts in den Ozean, um auf dem Meeresboden nach den Schätzen zu suchen, die sie ernähren und mit denen sie den Schulbesuch ihrer Enkel finanzieren können, während sie die Erinnerung an eine Freundin am Leben halten, eine Matriarchin, die nicht mehr unter ihnen ist, aber nie vergessen sein wird.

YoonHui taucht unter. Zuerst erschrickt sie, wie kalt das Wintermeer ist. Sie hält die Luft an, kämpft gegen die Strömung an, die droht, sie wieder an die Oberfläche zu treiben. Langsam stößt sie ein paar Bläschen durch die Nase aus, so dass sie weiter in die Tiefe tauchen kann, wo der Ozean in ihren Ohren pocht. Die Unterwasserwelt öffnet sich einladend. Fische schießen zwischen dem Seegras, das sich mit der Strömung wiegt, hin und her. Eine Krabbe tippelt über den Meeresboden, auf der Suche nach Futter. Ein roter Oktopus lauert in der Nähe und wartet, bis die Krabbe näher kommt. YoonHui kann die Luft nicht mehr anhalten und steigt langsam an die Oberfläche auf, während sie zusieht, wie der Oktopus ganz langsam über den Sand schleicht.

JinHee begrüßt sie, als sie ihre Lunge mit Luft füllt. »Nicht schlecht für das erste Mal.«

»Wahrscheinlich erinnere ich mich noch daran«, sagt YoonHui. Sie lächelt und freut sich, dass sie noch weiß, was ihre Mutter ihr beigebracht hat. Als sie wegging, war sie ein Mädchen; jetzt ist sie eine Frau mittleren Alters. Warum hat sie so lange gebraucht, den Weg zurück nach Hause zu finden?

»Sie war stolz auf dich«, sagt JinHee.

»Ich weiß«, antwortet YoonHui. Sie wendet sich zum Ufer um. Ein paar der ältesten Frauen sitzen auf den Felsen und winken ihr zu. Ihre gebrechlichen Körper erlauben es ihnen nicht, zu lange in dem kalten Februarwasser zu bleiben, aber aus Respekt sind sie trotzdem gekommen.

Ihren Bruder hat sie in Seoul gelassen, genau wie ihren Neffen. Aber bevor sie auf die Insel Jeju fuhr, besuchte YoonHui die Statue noch einmal, zum ersten Mal seit dem Tod ihrer Mutter. Lane begleitete sie, und auch ihr Neffe kam mit. Als sie am Ort der letzten friedvollen Momente ihrer Mutter ankamen, war sie von Traurigkeit überwältigt. Der Januarwind trocknete ihre Tränen, deshalb musste sie sie gar nicht erst vor ihrem Neffen verbergen. Er wirkte groß vor der Statue, und er starrte sie an, als erwarte er, dass sie aufstehen und ihn begrüßen könnte. YoonHui war überrascht, als er sich plötzlich vor der Statue verneigte, es war eine tiefe Verbeugung voll kindlichen Respekts. Er richtete sich auf und wiederholte die Verbeugung noch zweimal. YoonHui nahm Lanes Hand und sah ihm verblüfft und stolz zu. Als er aufstand, sackten seine Schultern nach vorn, ob aus Verlegenheit oder aus Trauer, das wusste YoonHui nicht, aber so liebte sie ihn sogar noch mehr. Er wischte sich die Nase ab, bevor er sich zu ihr umwandte.

»Da hat jemand Blumen hingelegt.« Er zeigte auf den Schoß der Statue.

Weiße Blüten ragten unter einer Strickdecke hervor, mit der jemand die Statue hatte wärmen wollen. YoonHui ging näher heran und hob die Decke an. Ein Trauerstrauß lag darunter, weiße Chrysanthemen. Die Blütenblätter waren noch geschmeidig, und sie bückte sich, um sie mit der Wange zu berühren.

In den Tagen nach der Beerdigung ihrer Mutter hatte Lane die Künstler, die die Statue geschaffen hatten, aufgespürt. Per E-Mail erzählten sie ihr, was sie dazu inspiriert hatte. Eine blutbefleckte, vergilbte Schwarz-Weiß-Fotografie war im House of Sharing in Gyunggi-do gelandet. Die Tochter einer Frau, die während des Zweiten Weltkriegs von russischen Soldaten gefangen genommen worden war, hatte es dem Museum of Sexual Slavery by Japanese Military im House of Sharing geschenkt. Dort wohnen einige überlebende »Trostfrauen«, werden betreut und medizinisch versorgt, und dort befindet sich auch das Museum, in dem ihre Geschichten dokumentiert sind. Die Künstler waren während ihrer Recherche bei einem Besuch dort auf das Foto gestoßen. Es trug den Titel *Haenyeo-Mädchen, 1943*. Der Gesichtsausdruck des Mädchens hatte ihre Aufmerksamkeit erregt, und auch die Tatsache, dass ihre Haare hinten zusammengebunden waren und nicht kurz geschnitten wie auf den meisten anderen Fotos, die sie gesehen hatten. Für die Statue hatten sie die Frisur angepasst, damit sie wirklich aussah wie die »Trostfrauen« damals, aber ihre Züge und ihren ernsten Gesichtsausdruck hatten sie übernommen, weil etwas an dem Blick des Mädchens sie berührt hatte.

YoonHui betrachtete das Gesicht, mit dem das Leben ihrer sterbenden Mutter einen Abschluss gefunden hatte.

»Auf Wiedersehen, Tante Hana«, flüsterte sie der Statue zu. »Hätten wir uns doch nur früher kennengelernt.«

❧

Lane steht am Ufer und winkt. Sie hat sich schon mit den *haenyeo*-Frauen angefreundet. YoonHui winkt über das Wasser hinweg zurück, die Hand weit hochgereckt, damit auch die älteren Frauen sie sehen können. In ihren Gesichtern sieht sie ihre Mutter, in ihren ruhenden Körpern, in ihrer Freundlichkeit. Sie wird eine Weile hierbleiben und Räucherwerk für ihre Vorfahren verbrennen, bis sie sicher sein kann, dass der Geist ihrer Mutter zurück auf ihre Insel gefunden hat.

YoonHui wendet sich wieder zu der ältesten Freundin ihrer Mutter hin. Zusammen tauchen sie in die Tiefen des Ozeans, der unter den Wellen gegen ihr Trommelfell pocht wie ein schlagendes Herz.

Hana

Mongolei, Winter 1943

Kalte Luft weht über Hanas Haut. Sie schmeckt die braun gewordenen Gräser der Steppe auf der Zungenspitze. Ihre Haare wehen lose, und einzelne Strähnen fliegen ihr ins Gesicht. Altan streicht sie weg und steckt sie ihr hinter das Ohr. Seine Berührung ist sanft. Er zieht ihr das Fell fester um die Schultern.

»Kalt?«, fragt er, ein Begriff aus dem immer größer werdenden mongolischen Wortschatz, den sie jetzt versteht. Sie schüttelt den Kopf.

Der Hund legt ihr den Kopf in den Schoß. Er riecht nach Morgentau. Sein nasses Fell streift ihre Handrücken. Sobald sie in das Lager der Mongolen zurückgekehrt war, wich ihr der Hund nicht mehr von der Seite. Es schien fast, als hätte er sie adoptiert, ein verlorenes Kind, das wiedergekommen war, von der Wildnis gebrochen. Am liebsten ruht er sich auf ihren Händen aus, die sie still im Schoß liegen hat. Mit den Knöcheln knufft sie die weichen Falten unter seiner Schnauze. Er richtet den Blick nach oben, als wolle er nachsehen, ob es ihr auch gut geht. Sie neigt den Kopf und blickt in die dunklen Augen, die jedes Mal blinzeln, wenn sie es tut. Seit ihrer Rückkehr wurde ihr sehr viel Fürsorge und Freundlichkeit entgegengebracht. Sie ist wie neugeboren.

Altan verlässt sie und geht zu den anderen. Sie packen wieder zusammen. Zum vierten Mal, seit sie das sowjetische Lager verlassen haben, ziehen sie jetzt weiter. Hana vermutet, die Mongolen wollen ganz sichergehen, für den Fall, dass die Sowjets es sich anders überlegen, vielleicht fliehen sie auch vor den Amerikanern. Ihr sagen sie nichts.

Der Hund leckt ihr die Hand. Es ist Zeit aufzubrechen. Vor ihr steht ein Pony und wartet. Altan hilft ihr beim Aufstehen. Seit sie in dem mongolischen Lager angekommen sind, behandelt er sie wie ein verletztes Kleinkind. Nach ihrer Rückkehr dauerte es ein paar Tage, bis sie wieder deutlich sehen konnte, aber die Kopfschmerzen kehren manchmal wieder. Die Schwellung in seinem Gesicht ließ rasch nach, nachdem seine Mutter jeden Tag Umschläge machte. Die Prellungen um seine Augen sind mittlerweile dunkelgelb. Er ist fast wieder er selbst.

Hana steigt auf das gefleckte Pony. Es schnaubt und nickt mit dem Kopf, schüttelt sich die Mähne von den Augen. Sie langt nach vorne und kämmt sie ihm sanft auf eine Seite. Die steifen Haare gleiten ihr zwischen den Fingern hindurch, und das erinnert sie an eine andere Zeit, daran, wie es sich anfühlte, als sie unter dem Meer durch raues Seegras streichelte, während sie im dunklen Wasser trieb. Das Pony setzt sich in Bewegung. Das Meer ihrer Erinnerung wird ersetzt durch das Blau des gewaltigen Himmels über ihr und das Braun der Gräser, die sich bewegen wie Wellen. Die majestätische Landschaft umfängt ihre kleine Reisegruppe wie ein Gemälde. Einmal hat sie eine Karawane in einem Schulbuch gesehen, das ihre Lehrerin der Klasse gezeigt hat. Bauern, die in eine neue Heimat, ein neues Land, ziehen.

Hana erinnert sich, wie froh sie damals war, dass sie niemals mitansehen musste, wie ihr Heim in einen Wagen gepackt wurde, so wie diese Kinder. Sie fühlte sich mit ihrem Status als Tochter einer *haenyeo* überlegen, mit dem Wissen, dass sie eines Tages ebenfalls die Geldverdienerin, die Matriarchin ihres Heims und Herrin über ihr Schicksal sein würde. Sie würde niemals gezwungen sein, das Meer zu verlassen, denn es würde sie immer ernähren, glaubte sie damals.

Früher Schneefall bedeckt die mongolische Steppe. Sie schlagen ihr Lager am Fuß einer niedrigen, zerfurchten Hügelkette mit kahlen Gipfeln auf. Ein großer See schimmert blau und grün am Horizont.

»Das Meer«, sagt Hana, die vergessen hat, dass sie von Land umschlossen sind.

»Nein, das ist der Uws Nuur, ein See. Früher war er ein großes Meer, bevor das Land ihn von den Ozeanen trennte. Er ist salzig wie das Meer.«

Hana hört Altans Worte nicht. Sie macht sich schon auf zu den vertrauten Farben, die sie anlocken. Er ruft ihren Namen, aber sie geht weiter, wie von einem Magneten zum geografischen Norden gezogen. Schritte folgen ihr nach, ihr Beschützer gibt auf sie acht, seine Hand legt sich ihr leicht ins Kreuz.

»Wo gehst du hin?«, fragt Altan. Als sie keine Antwort

gibt, versucht er es anders. »Wir sollten nicht so weit vom Lager weggehen. Da draußen gibt es Raubtiere. Die Wasservögel im Feuchtgebiet locken sie an.«

Wie auf ein Stichwort erhebt sich ein Schwarm weißer Möwen kreischend in die Luft und verteilt sich über den Himmel. Sie schrecken ein vierbeiniges Wesen auf, wie Hana noch nie eines gesehen hat. Sie bleibt unvermittelt stehen und betrachtet das faszinierende Tier, das aussieht wie eine Kreuzung zwischen einem Schaf und einem Hirsch.

»Hallo, kleiner Freund«, ruft Altan dem Tier zu, das sofort flieht. »Das ist ein *dzeren*«, erklärt er ihr. »Sie schmecken gut, wenn man eines erwischt.« Er lacht, als hätte er ihr gerade einen Witz erzählt, obwohl er weiß, dass sie noch nicht viel von dem versteht, was er sagt.

Das Tier springt durch das hohe Gras und verschwindet zwischen den braunen Halmen. Dann wendet Hana ihre Aufmerksamkeit wieder dem See zu und läuft weiter in Richtung des blaugrünen Wassers hinter dem Schilf. Auf dem stillen See treiben Möwen und rufen zu ihren Gefährten hoch, die über ihnen auf einem kalten Winterwind schweben. Winzige Schneeflocken schmelzen auf Hanas Wimpern. Ihre Stiefel sinken mit jedem Schritt in den sandigen Boden ein. Sie geht wieder über einen Strand. Der Wind bläst ihr durch die Haare, der Pelz um ihre Schultern kitzelt sie am Hals. Sie atmet die salzige Luft ein. Erinnerungen gehen ihr durch den Kopf. Das erste Mal das Meer schmecken, das erste Mal tauchen, die *sumbisori*-Pfeiftöne ihrer Mutter nach jedem Tauchgang, wenn sie die Luft ausstößt, ihr Gelächter im Wind und Emi, die am Strand tanzt.

Hana bindet sich die Schärpe auf und zieht den *del* aus.

»Was machst du denn?«, fragt Altan und versucht erfolglos, sie daran zu hindern, sich auszuziehen. »Willst du da rein? Du wirst erfrieren.«

Der Ruf des Meeres überwältigt sie und blendet ihn aus. Ihre Nacktheit ist ihr nicht peinlich, sie spürt lediglich den Sog des Wassers. Befreit von ihren Kleidern, schiebt sie ihn weg und geht auf das Ufer des Sees zu. Er folgt ihr, nimmt sie am Arm, aber sie reißt sich los. Sie läuft in den See hinein und schnappt nach Luft, als ihr das kalte Wasser den Atem nimmt. Ihr Instinkt setzt ein, und schon taucht sie unter die Oberfläche und verschwindet in dem trüben, tiefen Wasser.

Es war immer ein Traum. Selbst wenn es Hana gelungen wäre, die Strecke zurückzulegen, wäre eine Rückkehr nach Hause niemals sicher gewesen. Hätte sie plötzlich bei ihrer Mutter vor der Tür gestanden, hätte es Fragen gegeben. Es herrscht noch Krieg, das haben die Sowjets klargemacht, und in Korea herrschen noch immer die Japaner. Fänden sie Hana, man würde sie womöglich wieder in das Bordell in der Mandschurei bringen oder an einen noch schlimmeren Ort. Sie muss mit Altan und seiner Familie in der Mongolei bleiben. Damit hat sie sich abgefunden.

Die Erkenntnis, dass sie zufrieden bei ihnen ist, nimmt eine schwere Last von ihr. Sie ist nicht mehr matt. Stattdessen fühlt sie sich bei dem Gedanken an dieses neue Leben schwerelos. Altan ist das Licht, das sie an die Wasseroberfläche zurückholt. Das Licht, das die Dunkelheit vertreibt, der sie zu lange ausgesetzt war. Eine plötzliche Energie durchströmt ihren ganzen Körper. Hana drückt die Füße gegen den sumpfigen Boden des Sees und stößt sich hinter den aufsteigenden Luftblasen her nach oben.

Anmerkung der Autorin

Einige Historiker sind der Ansicht, es wurden fünfzig- bis zweihunderttausend koreanische Frauen und Mädchen vom und für das japanische Militär verschleppt, getäuscht oder verkauft, um während der japanischen Kolonisierung Koreas als Zwangsprostituierte zu dienen. Die japanischen Armeen kämpften um die Weltherrschaft. Es begann 1931, als Japan in die Mandschurei einmarschierte, was 1937 in den Zweiten Japanisch-Chinesischen Krieg mündete, und endete mit dem Sieg der Alliierten über die Japaner im Zweiten Weltkrieg. In dieser Zeitspanne wurde das Leben vieler Menschen in allen involvierten Ländern vernichtet und zerstört.

Von den Zehntausenden Frauen und Mädchen, die von der japanischen Armee versklavt wurden, sind (zu dem Zeitpunkt, an dem dieses Buch geschrieben wurde) nur noch vierundvierzig Südkoreanerinnen am Leben, die der Welt berichten können, was während ihrer Gefangenschaft geschah, wie sie überlebten und wie sie nach Hause zurückkehrten. Wir werden nie erfahren, was mit den anderen Frauen und Mädchen passiert ist, die ums Leben kamen, bevor sie Gelegenheit hatten, der Welt von ihrem Leiden zu erzählen. Viele starben in fremden Ländern, und ihre Familien erfuhren ihre tragischen Geschichten.

Viele *halmoni*, Großmütter, die ihre Versklavung überlebt hatten, wagten nach ihrer Rückkehr nicht, ihren Familien oder Dorfgemeinschaften ihre Geschichte zu erzählen. Korea war eine patriarchalische Gesellschaft und die sexuelle Reinheit von höchster Bedeutung. Die Überlebenden waren gezwungen, über die Leiden ihrer Vergangenheit Stillschweigen zu bewahren. Viele litten unter gesundheitlichen Folgen, posttraumatischen Belastungsstörungen zum Beispiel, und es gelang ihnen nicht, wieder in die Gesellschaft zurückzukehren. Die meisten lebten in erbärmlicher Armut, ohne Familie, die sich im Alter um sie kümmerte. Einige Historiker sind der Meinung, die »Trostfrauen« hatten nach dem Zweiten Weltkrieg nie hohe Priorität für die koreanische Regierung, denn sehr bald brach der Koreakrieg aus, und bei diesem Bruderkrieg zwischen dem Norden und dem Süden kamen wieder viele Menschen um. Dann wurde entlang des 38. Breitengrads quer über die Halbinsel eine Grenze gezogen, und Korea war für immer in zwei Hälften geteilt. Die südkoreanische Regierung musste ein Land neu aufbauen, dessen Infrastruktur durch den Krieg zerstört worden war. Es gab vermeintlich wichtigere Probleme. Weitere vierzig Jahre sollte es dauern, bis das Thema »Trostfrauen« wieder zur Sprache kam, als Kim Hak-sun 1991 der Presse ihre Geschichte offenbarte. Viele weitere Frauen folgten ihrem tapferen Beispiel, insgesamt waren es mehr als zweihundert.

Im Dezember 2015 kamen Südkorea und Japan zu einer »Vereinbarung« bezüglich der »Trostfrauen«. Beide Länder hofften, den Konflikt ein für alle Mal beilegen zu können. Japan forderte, die Friedensstatue zu entfernen, die auf Privatgrund gegenüber der japanischen Botschaft in Seoul errichtet worden war. Die *halmoni* haben diese »Vereinbarung« abgelehnt und streben weiterhin eine gemeinsame Resolution an, weil sie der Meinung sind, Japan möchte diese furchtbare Geschichte der sexuellen Versklavung durch das Militär im Krieg einfach auslöschen, als hätten diese Gräueltaten nie stattgefunden, als hätten bis zu zweihunderttausend Frauen nicht unter tragischen, herzzerreißenden Umständen leiden und viele von ihnen auch sterben müssen.

Im März 2016 fuhr ich nach Seoul, um mir *Pyeonghwabi* (die Friedensstatue) persönlich anzusehen. Für mich war es eine Art Pilgerreise um die halbe Welt, um das Mahnmal zu Gesicht zu bekommen, das für mich nicht nur für koreanische Frauen und Mädchen stand, die in Kriegszeiten vergewaltigt worden waren, sondern für alle Frauen und Mädchen in der ganzen Welt: Uganda, Sierra Leone, Ruanda, Myanmar, Jugoslawien, Syrien, Irak, Afghanistan, Palästina … Die Liste der Frauen, die Opfer von Kriegsvergewaltigungen wurden, ist lang, und sie wird weiter anwachsen, wenn wir das Leiden der Frauen in Zeiten des Krieges nicht in die Geschichtsbücher und Museen aufnehmen, ihnen zu Ehren keine Denkmäler wie die *Friedensstatue* errichten.

Während ich dieses Buch schrieb, verliebte ich mich in Hana, die für mich letztlich alle Frauen und Mädchen repräsentierte, die ihr Schicksal geteilt haben. Ich konnte sie nicht tot im mongolischen Boden zurücklassen, ermordet von der Hand eines Soldaten, allerdings ist es kaum wahrscheinlich, dass Hana im echten Leben die Freiheit erlangt hätte, und das Ende meines Buches entspricht dem, was ich mir für Hana und andere wie sie gewünscht hätte. Emis Geschichte aufzuschreiben, das war mein Trost im Angesicht der Schrecken. Emi war meine Lieblingsfigur, und ich glaube, nach allem, was sie durchmachen musste, war es nur gerecht, dass die Statue am Ende wirklich Hana darstellte. Im echten Leben wurde die Statue gar nicht nach einer bestimmten »Trostfrau« geschaffen, aber in meiner Geschichte ist das anders – eine Geschichte, die ich allen Frauen auf der Welt widme.

Wichtige Daten

1905 Korea fällt unter das Protektorat Japans, das Kaiserreich Korea endet.

1910 Japan annektiert Korea. Die koreanische Tradition und Kultur werden fortan unterdrückt.

1931 Japan marschiert in die Mandschurei ein und besetzt sie.

1932 Die Japaner gründen den Marionettenstaat Mandschukuo.

1937 Der zweite Japanisch-Chinesische Krieg beginnt. China wird von Deutschland, der Sowjetunion und den USA unterstützt. Dieser Konflikt wird im Zweiten Weltkrieg fortgesetzt.

1938 Japan startet Anpassungsprogramme für die kolonialisierten Koreaner; die Ausübung koreanischer Traditionen – dazu gehören Sprache, Kulte, Kunst und Musik – wird illegal.

1939 Japan zwingt koreanische Männer und Frauen in den Kriegsdienst.

1941 Japan greift Pearl Harbour an. Der Zweite Japanisch-Chinesische Krieg wird Teil des Pazifikkriegs und des Zweiten Weltkriegs.

1945 August: Die USA werfen Atombomben auf Hiroshima und Nagasaki.

Die Sowjetunion erklärt Japan den Krieg und marschiert in die Mandschurei ein. Sie dringt in Nordkorea ein.

Japan ergibt sich bedingungslos den alliierten Mächten.

Der Zweite Weltkrieg endet.

Korea wird in den von der Sowjetunion kontrollierten Norden und den von den USA kontrollierten Süden entlang des 38. Breitengrades geteilt. Amerikanische Truppen besetzen Südkorea.

Dezember: Die USA, Großbritannien, die Sowjetunion und die Republik China verabschieden ein Vier-Mächte-Abkommen bezüglich eines vereinigten Korea. Diese Pläne scheitern an zunehmenden Differenzen zwischen den USA und der Sowjetunion im Kalten Krieg.

1948 April: Jeju-Aufstand und Massaker.

August: Nach der freien demokratischen Wahl am 10. Mai offizielle Gründung der Republik Korea. Syngman Rhee wird der erste Präsident.

September: Die demokratische Volksrepublik Korea wird im Norden gegründet, Kim Il-sung wird Premierminister.

Oktober: Die Sowjetunion erklärt die Hoheit von Kim Il-sungs nordkoreanischer Regierung über Nord- und Südkorea.

Dezember: Die Vereinten Nationen erklären Syngman Rhees Regierung für die einzig rechtmäßige; die USA verweigern dem Süden militärische Unterstützung, aber die Sowjetunion verstärkt ihre Truppen im Norden.

Die Sowjetunion zieht ihre Truppen aus Nordkorea ab.

1949 Januar: Der chinesische Präsident Chiang Kai Shek tritt zurück.

Die Vereinigten Staaten ziehen ihre Truppen aus Korea ab, damit endet die alliierte Besatzung Koreas.

Oktober: Mao Tse Dong gründet die Volksrepublik China.

1950 Juni: Der Koreakrieg beginnt, als Nordkorea den 38. Breitengrad überschreitet und in Südkorea einmarschiert.

Nordkorea wird von der Sowjetunion und China unterstützt, Südkorea von den USA und dem Rest der Vereinten Nationen. Mehr als 1,2 Millionen Menschen werden in diesem Konflikt getötet.

1953 Der Koreakrieg endet; die Teilung zwischen der Demokratischen Volksrepublik Korea im Norden und der Republik Korea im Süden bleibt bestehen. Nachdem der Friedensvertrag von Südkorea nie unterzeichnet wurde, sind die zwei Länder immer noch offiziell im Krieg.

1991 Kim Hak-sun erzählt auf einer Pressekonferenz ihre Geschichte als Zwangsprostituierte unter dem japanischen Militär und verklagt die japanische Regierung.

1992 Januar: Die erste Mittwochsdemonstration in Seoul.

Dezember: Kim Young-sam wird zum ersten zivilen Präsidenten Südkoreas gewählt.

1993 August: In der Kono-Erklärung gesteht die japanische Regierung erstmals ein, dass die japanische Armee im Zweiten Weltkrieg Frauen gegen ihren Willen gezwungen hat, als »Trostfrauen« zu arbeiten.

2007 Die japanische Regierung zieht diese Erklärung zurück.

2011 Dezember: In Seoul findet die tausendste Mittwochsdemonstration statt. Die Friedensstatue wird enthüllt.

2015 Die japanische und südkoreanische Regierung verkünden ein »bahnbrechendes Abkommen« – die Friedensstatue soll entfernt und über die Ereignisse um die »Trostfrauen« soll in Zukunft geschwiegen werden.

Dank

Bevor aus einer Geschichte ein Buch wird, macht sie viele Veränderungen durch, und ich bin froh, dass mich so viele Menschen bei diesem wunderbaren Vorgang unterstützt haben. Ein doppelter Dank geht an meine Lektorinnen Tara Singh Carlson und Becky Hardie für ihre Hilfe und ihre Vorschläge während der Bearbeitung. Ich habe großes Glück, mit euch beiden gearbeitet zu haben, genauso wie mit Charlotte Humphery und Helen Richard. Meiner Agentin Rowan Lawton und dem Team von Furniss Lawton danke ich dafür, dass ihr an meinen Roman und an mich geglaubt habt. Liane-Louise Smith und Isha Karki, euer Engagement half mir in vielerlei Hinsicht, danke. Meinen Freundinnen und Freunden von der Willesden Green Writer's Group – Lynn, Clare, Anne, Lily, Naa und Steve – danke dafür, dass ihr euch die vielen Versionen dieses Werks angehört habt, eure Kommentare dazu waren sehr hilfreich. Ich danke meinen Dozentinnen am Birkbeck College – Mary Flanagan, Helen Harris, Courttia Newland und Sue Tyley – für die Anleitung und Betreuung. Meiner ganzen Familie und allen Freunden danke ich für eure Liebe und Unterstützung während all der Jahre. Ein herzliches Dankeschön an Tony, der mich darin bestärkt hat, meinen Traum zu verfolgen. Und der größte Dank geht an meinen wunderbaren Sohn, dessen Liebe und Verständnis mir geholfen haben, ihn Wirklichkeit werden zu lassen.